FREE ME

SOBALD DU MICH BEFREIT HAST

LAURELIN PAIGE

Hot Alphas.
Smart Women.
Sexy Stories.

FREE ME – SOBALD DU MICH BEFREIT HAST

DAS FOUND-DUO, BUCH 1

von

Laurelin Paige

EINS

KAPITEL EINS

EIGENTLICH HÄTTE ich gar nicht arbeiten sollen an dem Abend, als ich JC kennenlernte.

Jana hatte mich im letzten Moment angerufen und gebeten, für sie einzuspringen. Ich wusste schon, dass es etwas Ernsthaftes sein musste, ehe sie überhaupt etwas sagte. Jana meldete sich nie krank.

»Sie haben gesagt, die Wunde muss mit zwölf Stichen genäht werden. Am Kinn, Gwen. Oh Gott, ich hoffe, es hinterlässt keine Narben.«

»Ich bin bloß froh, dass dir sonst nichts passiert ist.« Eigentlich wollte ich ihr sagen, es wäre ein Wunder, dass sie sich bisher noch nie verletzt hatte – Roller Derby war schließlich nicht gerade ein harmloser Sport –, aber es gelang mir, mich zurückzuhalten und nicht mit ihr zu schimpfen.

»Ah, das ist lieb von dir.« Ihr Akzent – eine Mischung aus Long Island und Puerto Rico Jargon – schien am Telefon noch ausgeprägter zu sein. Vielleicht lag es auch an den

Schmerztabletten, die sie ihr gegeben hatten. »Mir fehlt ehrlich nichts. Ich könnte zur Arbeit gehen, wenn ich hier fertig bin.«

»Kommt nicht infrage. Ich übernehme deine ganze Schicht.« Was hatte ich schon vor? Mir mit Norma *The Voice* anzusehen war so ziemlich das Einzige auf meiner Liste, und den ersten Teil konnte ich noch sehen, ehe ich wegmusste. Das war unser schwesterliches Bonding-Ritual, wenn sie von der Arbeit kam und bevor ich zu meiner ging. In letzter Zeit war unser gemeinsamer Fernsehabend ohnehin kein reines Vergnügen, denn sie schien mit den Gedanken woanders zu sein. Was ich merkwürdig fand. An was zum Teufel konnte man schon denken, wenn sich auf dem Bildschirm Adam Levine und Blake Shelton gegenseitig neckten? Aber wir konnten es ja aufnehmen. Den Rest würde ich dann am anderen Morgen sehen, ehe ich zu Bett ging.

»Danke, Schätzchen«, lallte Jana mir ins Ohr. »Ich bin nicht dazu gekommen, Matt anzurufen, aber ich bin sicher, dass er einverstanden ist. Ich übernehme dafür deine Donnerstagsschicht, damit dir dein Wochenende erhalten bleibt.«

Ich hoffte, sie war von den Medikamenten nicht zu benebelt, um sich später noch daran zu erinnern. Ich schätzte mein »Wochenende« – meine beiden Tage Pause vom Eighty-Eighth Floor, wo ich arbeitete. Nicht dass ich mit meiner Freizeit etwas besonders Aufregendes anzufangen gewusst hätte oder mich überhaupt ausruhen musste. Wenn es gesetzlich zulässig gewesen wäre, hätte ich ununterbrochen gearbeitet. Aber ich war die einzige Nachtklubmanagerin, der regelmäßig zwei aufeinanderfolgende freie Tage zugesichert waren, und mir ging es hauptsächlich um das, was es bedeutete. Es bedeutete nämlich, dass ich meine Sache gut machte. Es bedeutete, dass ich diese Belohnung verdient hatte.

Es bedeutete, dass es in meinem gottverlassenen Leben etwas gab, was tatsächlich etwas wert war.

»Du musst noch weg?«, fragte Norma, als ich das Gespräch beendete. Sie blickte nicht von den Akten auf, die über dem Tisch verstreut lagen. Norma war ein Arbeitstier, und obwohl sie an unseren gemeinsamen Abenden versuchte, alles beiseitezulegen, brachte sie es oft genug einfach nicht fertig. Ich nahm ihr das nicht übel. Ihre Stelle als Finanzleiterin bei Pierce Industries hatte sie sich durch harte Arbeit und unermüdlichen Ehrgeiz verdient. So war meine Schwester eben – ehrgeizig bis zum Letzten.

Aber ihr Ehrgeiz hatte uns geholfen, dem Ghetto zu entkommen. Dank ihrer Strebsamkeit konnte sie sich die Miete für die Wohnung leisten, die sie mit mir teilte. Sie konnte die Lebenshaltungskosten für meinen Bruder am anderen Ende des Landes aufbringen. Sie war das Schutzschild vor unserer Vergangenheit, in die wir nie wieder zurückkehren wollten.

»Ja«, sagte ich und war bereits dabei, meine Jeans auszuziehen. »Jana ist in der Notaufnahme gelandet.« Ich überlegte, ob ich unseren Geschäftsführer Matt davon in Kenntnis setzen sollte, entschied mich aber dagegen. Er hatte eine Woche Urlaub und brauchte mit Kleinigkeiten dieser Art nicht belästigt zu werden. »Sie übernimmt dafür meine Donnerstagsschicht. Auf diese Weise habe ich immer noch zwei Tage nacheinander frei. Diese Woche könnten wir uns *Project Runway* ansehen.«

Norma blickte von ihrer Arbeit auf und runzelte die

Stirn, als sähe sie vor sich in der Luft einen Terminkalender hängen. »Ähm, ich weiß nicht, ob ich Donnerstag kann. Ich habe ... etwas anderes vor.« Sie versenkte sich wieder in ihre Arbeit, ohne auch nur nachzufragen, was ich gerade über die *Notaufnahme* gesagt hatte.

Ich sammelte achselzuckend meine Kleider ein und begab mich zur Dusche. Sie musste wahrscheinlich zu einer Spendenveranstaltung oder irgendeiner dieser extravaganten Feiern, zu denen sie immer ging. Selbst meine fünf Jahre ältere Schwester hatte ein aktiveres Gesellschaftsleben als ich. Was machte es schon aus, dass alles mit ihrem Beruf zu tun hatte? Wenigstens ging sie aus.

Als mir das heiße Wasser über den Körper strömte, schluckte ich meinen unwillkürlichen Neid auf sie hinunter und sagte mir, dass ich ja schließlich auch ausgehen könnte, wenn ich wollte. Ich hatte mich bloß bisher nicht entscheiden können, ob es tatsächlich das war, was ich wollte. Und selbst wenn ich es täte, hätte ich keine Ahnung, wie ich es anfangen sollte.

DAS EINZIG KOMISCHE DARAN, an einem Dienstag zu arbeiten, war, dass ich dauernd vergaß, welcher Tag es war, wenn ich das Datum auf meine Papierarbeit schreiben musste. Das Eighty-Eighth Floor war einer der heißesten Nachtklubs in Greenwich Village. Himmel, er war einer der heißesten Nachtklubs in New York City. An Wochentagen war fast so viel Betrieb wie an Wochenenden. Heute war es besonders voll wegen der bevorstehenden Festtage. Colleges waren geschlossen, die Leute besuchten ihre Freunde und für Aktivitäten im Freien war es draußen zu kalt – obwohl man das nach der Aufmachung der meisten Mädchen hier zu urteilen nie gedacht hätte. Überall erblickte ich von Bikinioberteilen kaum verhüllte Brüste und Hinterteile, die von Rocksäumen nur teilweise bedeckt waren. Vielleicht wäre mir anders zumute, wenn ich selbst einen heben und mich auf der Tanzfläche vergnügen würde, aber ich war lieber züchtig und bequem gekleidet in meiner grauen Hose mit dem konservativ rötlich-braunen Trägerhemd.

Vielleicht war ich für die Klubszene einfach zu alt. Ich ging schließlich auf die Dreißig zu. War es in meinem Alter normal, wenn man lieber einen ruhigen Abend auf dem Sofa verbrachte, als tanzen zu gehen? Norma war nie eine Tanzmaus gewesen, mit ihr konnte ich mich also nicht vergleichen. Unser jüngerer Bruder Benjamin lebte schon seit seinem achtzehnten Lebensjahr an der Westküste, mit seinen Gewohnheiten war ich also nicht vertraut. Und Freunde ... nun, die hatte ich eigentlich auch nicht.

Das war natürlich das Hauptproblem. Ich würde wohl ganz gern ausgehen, wenn ich jemanden hätte, der mitgehen würde. Oder vielleicht auch nicht. Das war schwer zu sagen.

Mein Job gefiel mir jedenfalls. Er war beständig und regelmäßig. Die Arbeit als Managerin ermöglichte es mir, sachlich und streng aufzutreten. So gefiel ich mir am besten. Kalt. Hart. Verantwortungsbewusst.

Der Abend begann ganz normal. Alle vier Tanzflächen waren voll und gegen elf hatten wir sogar eine kurze Schlange am Eingang. Alle Bars hatten ausreichend Personal. In allen Kassen gab es genügend Wechselgeld. Unser bester Rausschmeißer war mit der Sicherheit betraut. Die Schicht begann gut organisiert und vorhersehbar.

Mir war bewusst, dass man nie die Hände in den Schoß legen sollte. Es war wichtiger, auf alles vorbereitet zu sein. Ich hätte besser vorbereitet sein sollen.

Aber nichts hätte mich auf JC vorbereiten können.

Ich war gerade erst zwei Stunden im Dienst, als ich hörte, wie die Kellnerinnen miteinander tuschelten. Sie verstummten, sobald ich mich näherte, was nicht ungewöhnlich war. Ich war ihre Chefin, nicht ihre Freundin. Normalerweise pflegte ich so etwas zu ignorieren. Meistens klatschten sie ja nur über die neueste Angestellte oder darüber, wo man einen Vierteldollar Trinkgeld bekam, was mich nicht störte, solange sie gut arbeiteten.

Dieses Mal hörte ich zwei Worte, die mich aufhorchen ließen – *Viper* und *Zigarrenrauch*. Ein Name und ein Wort, das automatisch in meinem Hirn Alarmglocken auslöste.

Ich ging noch näher an die Frauen heran. »Was habt ihr da gesagt?«

Bethany starrte mich erschrocken an. »Ich muss das schnell servieren.« Sie entfernte sich mit ihrem Tablett voller Vorspeisen in Richtung Lounge, ehe ich sie aufhalten konnte.

Die andere Kellnerin war noch damit beschäftigt, an der Kasse ihre Bestellung einzugeben. Sie hatte keine Entschuldigung wegzulaufen.

Ich lehnte mich an die Theke neben ihr, dankbar, dass sich die Kassen nicht in der Nähe der Küche, sondern in einem ruhigeren Teil des Klubs befanden, wo ich nicht schreien musste, um mich verständlich zu machen. »Alyssa, was hat sie mit Zigarrenrauch in der Viper gemeint?« Es war gar nicht so ungewöhnlich, Gäste zu haben, die die verdammten Dinger im Mund hielten, ohne sie anzuzünden – es half bei der oralen Fixierung, die so viele Leute hatten –, aber das tatsächliche Rauchen von Zigarren war im Klub nicht erlaubt. Das Eighty-Eighth Floor war ein rauchfreies Etablissement und wenn diese Regel ignoriert wurde, dann musste ich etwas unternehmen.

Alyssa blickte nicht sofort vom Computer auf. Ich sah, wie sich ihre Kehle bewegte, als sie schluckte. Dann sah sie mich mit einem strahlenden Lächeln an. Einem viel zu strahlenden Lächeln. »Ach, du weißt schon. Das ist bloß Gerede. Ich bin sicher, dass gar nicht wirklich geraucht wird.«

Ich kniff die Augen zusammen. »Aha.« Alyssa war eine der zuverlässigeren Angestellten. Aber wie ich bereits sagte – ich war nicht mit ihr befreundet. »Wer hat denn eigentlich den Raum heute Abend gebucht?«

Die Viper war nicht der richtige Name der privaten Räumlichkeit, die der Klub für Elitegäste reservierte. Offiziell in unserem Werbematerial erscheint sie als *Das Deck*, oder auch *VIP-Raum* genannt. Matt vermerkte auf allen unseren schriftlichen Unterlagen stets VIP-R, aber bei seiner unordentlichen Jungenhandschrift geriet ihm das *R* immer zu nahe ans *P*, und bald nannte das ganze Personal den Raum bloß noch die Viper.

Alyssa schüttelte den Kopf, sodass ihr Pferdeschwanz hin- und herflog. »Niemand Besonderes. Eine Gruppe von Geschäftsleuten«, sagte sie wegwerfend. Als sie dann merkte, dass diese Taktik bei mir nicht funktionierte, bot sie an: »Ich kann ja mal nach oben gehen und nachsehen. Wenn da irgendetwas Zwielichtiges vor sich geht, sage ich dir Bescheid.« Natürlich, als würde ich auf so etwas reinfallen. »Wie wär's, wenn wir zusammen nachsehen?«

Sie wirkte sofort etwas betreten, nickte aber zustimmend

und bewegte sich auf die Wendeltreppe zu, die zum Deck hinaufführte.

Ich folgte ihr. Ich spürte, wie mir das Adrenalin in den Adern knisterte, als ich zur Viper emporstieg. Ich hatte keine Angst vor dem, was ich dort finden würde – schließlich hatten wir ein gutes Sicherheitsteam und da ich bereits einiges erlebt hatte, war ich nicht leicht zu erschrecken. Aber die Aussicht auf etwas Ungewöhnliches war irgendwie aufregend. Der Nervenkitzel, der darin lag, dass dieser Abend vielleicht *doch* nicht so normal und vorhersehbar verlaufen würde. Das köstliche Gefühl einer Gänsehaut auf meiner blassen Haut, als etwas in mir sich nach dem Unerwarteten sehnte. Nicht dass ich irgendetwas anderes tun würde, als die Situation wieder in normale Bahnen zu lenken. Es mochte mich zwar nach Abwechslung verlangen, aber ich wusste nicht, wie ich reagieren sollte, wenn ich damit konfrontiert würde.

An der Tür zur Viper zögerte Alyssa und wartete auf mich. »Vielleicht sollten wir anklopfen?«

Zum Teufel damit. Manager hatten freien Zutritt zu allen Teilen des Etablissements. Ich würde unseren unbotmäßigen Gästen keine Gelegenheit geben, ihr Kokain zu verstecken und ihre Schwänze zu bedecken. Besonders deshalb nicht, da ich den Rauch der kubanischen Zigarren bereits riechen konnte.

Ich öffnete mit Schwung die Tür und betrachtete mir von der Schwelle aus, was sich dort abspielte. Was ich sah, überraschte mich. Jedenfalls einiges davon. Die verqualmte Luft und halb gerauchte Zigarren hatte ich erwartet. Und wenn erst mal eine der Regeln des Klubs übertreten wurde, blieb es selten dabei, die halb nackten Frauen brachten mich also auch nicht gerade aus der Fassung. Und die Tatsache, dass drei Männer in einer Ecke um richtiges Geld Poker spielten, ebenfalls nicht.

Es waren die Männer selbst. Wie sie auftraten, ihre Art, sich wie die respektablen Geschäftsleute zu benehmen, als die ihre teuren Anzüge sie auswiesen, anstatt wie betrunkene Mitglieder einer Studentenverbindung. Es waren etwa zwölf oder so – alle jung und ledig. Jedenfalls sah ich keine Eheringe oder helle Spuren von abgenommenen Ringen auf der gebräunten Haut. Die Bruchstücke ihrer Unterhaltung, die ich auffing, klangen intelligent und verständlich, nicht zu vergleichen mit den Hunderten von Kerlen zwischen zwanzig und dreißig, die ich jede Woche im Klub antraf, die Sorte, die beim Bestellen die Brüste der Kellnerin begafften und die zu besoffen waren, um sich daran zu erinnern, wo sie ihr iPhone gelassen hatten.

Und dann waren da die Frauen.

Keine richtige Ausschweifung wäre komplett ohne Flittchen und heruntergekommene Callgirls. Das war selbstverständlich. Aber diese Frauen, im Ganzen fünf an der Zahl, waren ganz definitiv nicht heruntergekommen. Selbst während sie sich um die Männer drapierten – und obwohl drei davon oben ohne waren und eine der anderen nur einen französischen Spitzen-BH und einen Slip trug –, hatten sie entschieden Klasse. Sie wirkten geschliffen und elegant. Sexy auf jeden Fall, aber nicht billig.

Eine der beiden barbusigen Frauen, eine Brünette, die einem der Männer auf dem Schoß saß, blickte zu mir auf. Ich sah ihren Augen an, dass sie mich wiedererkannte. Sie lächelte und ihre Lippen formten ein lautloses Hallo, ehe sie sich wieder dem Mann zuwandte, dem sie mit den Fingern durchs Haar strich.

Ich runzelte die Brauen und überlegte, wo ich sie schon einmal gesehen hatte. Da fiel mir siedend heiß ein, dass ich sie nicht aus meiner zwielichtigen Vergangenheit, sondern vom College her kannte. Sie war eine Doktorandin gewesen, bei der ich einen Kurs über Hilfsmittel in Großküchen belegt hatte. Jetzt war sie die Managerin eines Fünf-Sterne-Restaurants im Nobelviertel der Stadt.

Und sie war hier? Ein Teil dieses … dieses …

Ich wusste nicht, was dies eigentlich war. Es war eine Party, die alle Regeln brach, aber sie war nicht zuchtlos oder schmutzig oder hemmungslos. Sie war unanständig und sinnlich und … verlockend. Ich würde dagegen einschreiten – natürlich würde ich das, wie konnte ich das denn nicht? –, aber einen Moment lang zögerte ich doch. Einen Moment lang wollte ich daran teilnehmen, anstatt eine Rüge zu erteilen.

»Sie können sich ruhig setzen.« Die Stimme erklang hinter mir. Sie war voller Einsicht. Als könnte ihr Besitzer meinen Konflikt verstehen. Als wüsste er, was ich wirklich wollte.

Was natürlich Blödsinn war. Es war nur eine verdammte Einladung. Sonst nichts.

Ich wandte mich um und wollte gerade mit meiner *Was-zum-Teufel-geht-hier-vor*-Rede anfangen, als mein Blick auf den Mann fiel, der mich angesprochen hatte. Sein Anblick verschlug mir die Sprache. Er saß mit ausgestreckten Beinen an die Wand neben der Tür gelehnt da, und darum hatte ich ihn auch zunächst nicht bemerkt.

Aber als er mir jetzt auffiel, fiel er mir *ungeheuer* auf.

Es war ausgeschlossen, ihn nicht zu bemerken. Er strahlte so viel Sexappeal und Charisma aus, als bestünde seine Kleidung aus beidem. Gut ausgeprägte Muskeln spannten sich unter seinem knappen weißen Hemd. Sein dunkelblondes Haar war total scharf – an den Seiten kurz geschnitten, der Rest so gestylt, dass er wie ein heißer italienischer Gangster aus den Zwanzigerjahren wirkte. Er trug einen Stoppelbart, der ihn, wie ich vermutete, älter aussehen ließ, als es seinem Alter entsprach, das ich um die Dreißig ansetzte.

Und erst seine Augen ...

Ich konnte sie in der Dunkelheit nicht klar erkennen, aber *spüren* konnte ich sie. Spüren, wie er mich ernsthaft musterte. Die flackernde Sehnsucht in ihnen fühlen. Die Schwermut dahinter, wo Schmerz verborgen lag oder vielleicht auch Bitterkeit.

Wie ein lose hängendes Seil, das man plötzlich strafft und spannt, wurde mein Blick auf ihn gezogen. Ich konnte ihn nicht abwenden und während er mich weiterhin ansah, in mich *hineinsah,* begann ein Summen durch meinen Körper zu vibrieren und versetzte jedes Molekül in mir in Alarmbereitschaft. Selbst meine Geschlechtsorgane, die sich im Winterschlaf befunden hatten, erwachten in seiner Gegenwart – dehnten sich aus und kribbelten vor Erregung, als sie auf ihn reagierten.

Mir wurde klar, dass all dies auf seine Veranlassung geschah. Es war seine Party, seine Unterhaltung – er war der Gastgeber. Er stand im Mittelpunkt.

Außer im Hintergrund, wo alle anderen mit ihren bisherigen Aktivitäten fortfuhren. Er stand also doch nicht im Mittelpunkt. Es mochte zwar seine Party sein, aber niemand schenkte ihm die geringste Beachtung. *Ich* war es, die auf ihn konzentriert war. Und zwar so intensiv, als wäre der ganze Raum ein Schiff im Sturm und dieser Mann der einzige Ruhepunkt. Der einzige Ruhepunkt in einem Raum voller Chaos. Das war ungewöhnlich, denn sonst fiel diese Rolle immer *mir* zu. Ich verkörperte Stabilität, ich verkörperte Ordnung.

Sein prüfender Blick brachte mich aus dem Gleichgewicht. Als wäre mir ein Absatz abgebrochen und ich plötzlich ins Straucheln gekommen – und er mir zur Hilfe den Arm reichte. Er brachte mich gleichzeitig zu Fall und fing mich auf.

Ich weiß nicht, wann er zu sprechen begann. Ich sah, wie seine Lippen sich bewegten, ehe ich die Worte hörte. »Also los, machen Sie doch mit«, sagte er, glaube ich.

»Was?« Ich war jetzt völlig auf seinen Mund konzentriert – seine Zähne waren perfekt, gerade und weiß. Seine Unterlippe war voller als die Oberlippe, blass und einladend.

Seine Mundwinkel hoben sich zu einem leichten Lächeln. »Nehmen Sie sich einen Stuhl. Alyssa wird Ihnen etwas zu trinken holen. Vielleicht massiert Luke Ihnen sogar den Rücken. Er kann sehr gut verspannte Muskeln lockern. Sie sind so verspannt, dass ich Ihre Knoten von hier aus sehe.«

»Ich werde nicht ... ich kann nicht ... ich bin ...« Ich war durcheinander. Völlig entgeistert. Er war wie ein Gangster, der den Polizisten zum Abendessen einlädt. Wer macht denn sowas?

Hinzu kam, dass er wirklich gut aussehend war. Und obwohl wirklich gut aussehende Männer gewöhnlich keine

Wirkung auf mich haben, war es mit diesem anders. Und das ... machte mir Angst.

So viel zu meiner hohen Stressschwelle.

Der Mann gab jemandem hinter mir ein Zeichen. »Jenny, könntest du unserem Gast einen Stuhl bringen?«

Die spärlich Bekleidete schob mir einen Stuhl zu und ich nahm Platz, wobei meine Knie sich unwillkürlich auf den Fremden ausrichteten, wie eine Kompassnadel, die nach Norden zeigt.

Dann kam mir zu Bewusstsein, dass ich das nicht tun sollte. Ich stand auf. Ich war wieder zu mir gekommen. Ich war wieder in der Position der Autorität, wo ich diejenige war, die die Kontrolle besaß und sich Gehör verschaffte.

»Ich danke Ihnen«, sagte ich fest und bestimmt – wenigstens hoffte ich das, »aber nein danke. Ich muss Sie bitten, das in Ordnung zu bringen.«

»Was genau meinen Sie damit?« Seine lässige Haltung überrumpelte mich. Schon wieder. Wenn ein Manager einen Gast zur Ordnung rief, reagierten die Schuldigen normalerweise zerknirscht und entschuldigten sich. Jedenfalls wenn sie nicht zu high oder zu betrunken waren, um sich etwas daraus zu machen, und auf diesen Mann traf keins von beiden zu.

Über mich selbst erstaunt versuchte ich, mich zu fassen. »Hier ist Rauchen verboten. Glücksspiel und Striptease ebenfalls. Sagen Sie Ihren Freunden, sie sollen ihre Zigarren ausmachen, die Karten wegstecken und sich anziehen, sonst müssen sie den Klub verlassen. Oder all das tun *und* den Klub verlassen. Das wäre sogar noch besser.« Während meine Rede auf die meisten im Raum nicht den geringsten Eindruck machte, tippte einer der Männer meiner Kellnerin auf die Schulter. »Alyssa, wer ist diese Biene?« Verärgert darüber, dass Alyssa offenbar mehr über diese Party gewusst hatte, als sie mir unten zu sagen bereit gewesen war, warf ich ihr einen vernichtenden Blick zu, der ihr sowohl bedeutete *unterstehen Sie sich, darauf zu antworten* als auch *wir werden uns später darüber unterhalten.*

Vielleicht tat ich ihr unrecht. Männliche Gäste merkten sich die Namen ihrer Kellnerinnen, manchmal aus harmlosen, manchmal aus weniger harmlosen Gründen. Darum hatte Matt auch die strikte Regel eingeführt, dass im Klub nur Vornamen benutzt werden durften – damit niemand im Internet belästigt werden oder über irgendeine Webseite nach seiner oder ihrer Adresse gesucht werden konnte. Das war eine Vorsichtsmaßnahme, mit der ich hundertprozentig einverstanden war.

Den Blicken zufolge, die Alyssa mit dem Fragenden tauschte, schien es mir dennoch so, als kannte sie diese Leute viel besser, als sie zugeben wollte. Mir wurde allmählich klar, dass es sich hier um Stammgäste handelte.

Nur ich war normalerweise nicht hier. Nicht dienstags, also war ich ziemlich erstaunt, als der charismatische Fremde sagte: »Das ist Gwen. Sie ist heute Abend die diensthabende Managerin.«

»Woher ...« Ich unterbrach mich, aber ich hatte mich bereits verraten. Es konnte ihm auf keinen Fall entgehen, wie leicht er mich aus der Fassung brachte.

»Sie fragen sich, woher ich das alles weiß.« Er lehnte sich zurück und legte lässig den Knöchel des einen Beins über das Knie des anderen. Eine der barbusigen Frauen kam herüber, setzte sich auf die Armlehne seines Stuhls und legte ihm den Arm um den Hals, als er das sagte, aber er würdigte sie keines Blickes, während er fortfuhr. »Ich will Ihnen sagen, woher ich das weiß. Es ist meine Aufgabe, für das Wohl meiner Gäste zu sorgen, und das schließt ein zu wissen, welche Angestellten Dienst haben. Alyssa hat mich vorhin informiert, dass Sie heute Abend das Sagen haben. Sie hat mir auch eine ziemlich gute Beschreibung von Ihnen gegeben.«

Ich biss die Zähne zusammen, als ich mich fragte, wie mich Alyssa eigentlich genau beschrieben hatte – *blond? Mager? Verkrampft? Eine Nervensäge?*

»Obwohl du unrecht hattest, Alyssa«, sagte JC zu der Kellnerin, die hinter mir stand. »Du hast gesagt, dass sie hübsch ist, und das ist völlig falsch.«

Meine Augen weiteten sich entsetzt. Ich mochte zwar keine Kandidatin für Schönheitswettbewerbe sein, aber mir hatte noch nie jemand ins Gesicht gesagt, dass ich nicht hübsch wäre.

JC wandte sich wieder mir zu. »Nein, nein, nein. Sie missverstehen mich.« Himmel, war ich wirklich so durchsichtig? »*Hübsch* ist eine Bezeichnung, die Ihnen in keiner Weise gerecht wird, denn Sie sind vielmehr umwerfend. Es ist eine besondere Art von Schönheit. Eine harte Schönheit. Es gelingt nicht vielen, gleichzeitig steinern und umwerfend zu wirken. Aber Sie können das. Es liegt an Ihren Augen. Sie sind weicher, wie eingefügt. Sie stehen im Widerspruch zu Ihrem Gesichtsausdruck.«

Ich blinzelte. Vielleicht starrte ich ihn auch verblüfft an. Diese direkte Art und Weise, wie dieser Mann – dieser Fremde – über mich sprach, über meine Erscheinung ... hätte mir eigentlich unverschämt vorkommen müssen. Verletzend. Keineswegs schmeichelhaft. Und schon gar nicht charmant.

Und ganz sicher sollte ich seinetwegen keine Schmetterlinge im Bauch oder Herzklopfen haben. Oder erröten.

Die Frau hinter ihm lehnte sich so nach vorne, dass ihre Brüste den Mann wie zufällig am Ohr streiften. »Es ist auch kein Nachteil, dass sie hübsche Titten hat«, fügte sie hinzu.

Diesmal bekam ich wirklich den Mund nicht wieder zu. Zum einen, wie konnte sie über meine Titten Bescheid wissen, die zwar relativ üppig waren, aber vollkommen bedeckt? Und zum anderen, hatte sie in den Spiegel gesehen? Denn wenn es um hübsche Brüste ging, gab es wenige, die mit ihren konkurrieren konnten, und ich war sogar ziemlich sicher, dass sie echt waren.

»Aber Natalie, das ist wohl kaum angebracht.« Doch sein Blick bewegte sich abwärts, um meine Brüste zu begutachten, als er das sagte.

Trotzdem schätzte ich seinen Versuch, höflich zu sein.

Dann kam mir zu Bewusstsein, dass ich nichts von alledem begrüßte. »Schmeichelei bringt Sie bei mir auch nicht weiter. Sie müssen hier aufräumen. Und zwar sofort.« Gott sei gedankt für die natürliche Rauheit meiner Stimme – sie verbarg meine Unsicherheit.

»Ich gebe mich nicht mit Schmeichelei ab, Gwen.« Er hielt inne, wohl um sicherzustellen, dass ich mir das merkte, ehe er fortfuhr: »Und so leid es mir tut, dass Sie das von mir hören müssen, aber ich habe diese Räumlichkeiten unter der Voraussetzung gemietet, dass ich hier tun und lassen kann, was ich will.«

»Sie mögen diesen Raum zwar gemietet haben. Aber nicht, um hier zu tun, was Sie wollen.« Es gab für den Raum einen eindeutigen Mietvertrag mit festen Regeln. Er musste eine Kopie davon bekommen haben. Außerdem war er ja ein

Stammkunde – nichts davon konnte ihm also neu sein. Und falls er vorhatte, aus meiner Unwissenheit Nutzen zu ziehen, konnte er sich auf etwas gefasst machen.

Daran hielt ich mich fest – an den Regeln, an den gesetzlichen Vorschriften. Ich verließ mich auf die Überzeugung, dass das Recht auf meiner Seite war.

»Er hat den Raum tatsächlich gemietet, um darin zu tun, was er will«, sagte Alyssa sanft.

Ich wandte mich um und bemerkte, wie schuldbewusst sie aussah. Ob es daran lag, dass sie mich nicht von vornherein über die Situation aufgeklärt hatte, oder daran, dass sie jetzt seine Partei ergriff, wusste ich nicht.

Ich wusste aber, dass sie auf keinen Fall recht haben konnte.

Als könnte er Gedanken lesen, sagte er: »Alyssa hat recht, das habe ich getan.«

Es gab wirklich nur einen Menschen, der die Autorität besaß, eine solche Abmachung zu treffen, aber ich fragte trotzdem nach, obwohl es mir vor der Antwort graute: »Wer sagt das?«

»Matt«, kam die Antwort wie aus einem Munde von Alyssa und ihm.

Dann stellte er es klar. »Matt und ich haben eine Art formloser Abmachung getroffen.«

Was von meiner Würde übrig war, kam mir jetzt auch noch abhanden. Wenn das stimmte – und ich hatte das dunkle Gefühl, dass das der Fall war –, dann befand ich mich im Unrecht. Es war demütigend. Und enttäuschend.

Ich hatte zwar Gerüchte über Matts formlose Abmachungen gehört, war aber noch nie damit in Berührung gekommen. Matt wusste sicher, dass ich sie nicht billigen würde. Allerdings brauchte er mich als mein Vorgesetzter nicht gerade um meine Zustimmung zu bitten. Es sei denn, er befürchtete, dass ich über ihn hinweggehen und mich bei dem Besitzer, Joseph Ricker, beschweren würde.

Das würde ich natürlich nie tun. Matt war ein guter Vorgesetzter und ich hatte kein Interesse daran, ihm den Job wegzunehmen. Aber ein bisschen Angst einjagen könnte ich ihm wenigstens, damit er lächerlichen Abmachungen dieser Art ein Ende setzte. »Vielleicht sollte ich ihn anrufen.«

Er schien zu verstehen, was auf dem Spiel stand. Er neigte den Kopf ein wenig zur Seite und ehe er überhaupt etwas sagte, wusste ich bereits, dass er ein guter Debattierer war. »Das wollen Sie doch nicht wirklich tun, Gwen, oder?« Er saß vorgebeugt, mit beiden Füßen fest auf dem Boden, und hatte die Hände so ineinander verschlungen, dass die Zeigefinger noch ausgestreckt waren. »Ich meine, ich sehe die Sache so. Offenbar will Matt nicht, dass Sie über mich Bescheid wissen. Ich miete diesen Raum jetzt schon wie lange – seit sieben, acht Monaten?« Er blickte sich nach Unterstützung im Raum um und mehrere Leute gaben sie ihm bereitwillig.

Dann sah er mich an. »Und wie lange arbeiten Sie schon hier?«

»Fünf Jahre.« Ich war direkt vor meinem fünfundzwanzigsten Geburtstag hier als Managerin eingestellt worden. Es war der erste Job nach meinem Doppeldiplomabschluss in Restaurantleitung und Personalwirtschaft, natürlich finanziert von Norma. Ich hatte nicht unbedingt geplant, im Eighty-Eighth zu bleiben, aber ich war innerhalb von drei Jahren von Teilzeitassistentin des Managers zu stellvertretender Geschäftsführerin aufgestiegen. Die Bezahlung war gut. Die Arbeit war angenehm. Mein Chef und meine Mitarbeiter respektierten mich.

Jetzt zeigte er mit dem Finger auf mich. »Sie arbeiten dienstags nie, oder?«

»Nein.«

»Matt hat mich also absichtlich von Ihnen ferngehalten. Warum glauben Sie wohl, dass er das getan hat?« Seine Frage klang herablassend, ich starrte ihn zur Antwort also nur böse an. »Sie erraten es nicht? Ich wette, Sie sind hier die Spießerin. Diejenige, die immer auf die Regeln pocht. Und bei der Vereinbarung, die ich mit Matt habe, sind die Regeln, sagen wir mal, etwas vage. Das geht Ihnen sicher gegen den Strich. Habe ich recht, Gwen?«

Ich hasste die Art und Weise, wie er meinen Namen aussprach, als hätte er vollkommene Macht über mich, weil er ein wenig von mir wusste. Ich hasste es und liebte es. Ich hasste es ebenfalls, wie sein Blick über meinen Körper glitt, bedächtig und langsam. Wie er voller Sinnlichkeit jede Rundung und jeden Winkel begutachtete.

Hasste es und liebte es. Hasste, dass ich es liebte.

Ich setzte mich auf den Stuhl, der immer noch hinter mir stand, denn ich traute meinen Beinen nicht zu, mich noch länger zu tragen. »Um was für eine Vereinbarung genau handelt es sich denn eigentlich? Und wer sind Sie überhaupt?«

»Ich«, er legte eine eindrucksvolle Pause ein, »bin JC.«

Ich hatte noch nie von ihm gehört. »JC ...«

»Nur JC.« Er sagte das, als wäre es eine Antwort auf alles. Zwei kurze Silben, die mich in die Schranken wiesen.

»Wie Jesus Christus?«

Ein paar Leute lachten. Aber ich muss schon sagen,

wenn Christus wirklich existiert hat – und da war ich mir keineswegs sicher –, stellte ich ihn mir so vor wie den Mann, den ich vor mir hatte. Magnetisch, aalglatt und umgeben von Verworfenheit, an der er nicht öffentlich beteiligt war.

JC lachte ebenfalls leise und sah dabei unverschämt sexy aus. »So bin ich schon öfter genannt worden. Aber gewöhnlich nur, wenn ich mich mit dem Gesicht zwischen den Schenkeln einer Frau befunden habe.«

Igitt.

Aber auch *heiß*.

Es war keine Seltenheit für mich, solch schlüpfrige Bemerkungen zu hören. Schließlich arbeitete ich in einem Nachtklub. In New York City. Krass war ich gewohnt.

Aber die Art und Weise, wie JC diese unanständigen Ausdrücke benutzte, brachte die Muskeln in meinem Bauch dazu, sich zusammenzuziehen. Unterhalb meines Bauches. In jenen vernachlässigten Regionen, die schon seit Jahren nicht mehr stimuliert worden waren. An die ich schon seit Jahren nicht einmal gedacht hatte. Der Raum schien sich wieder um mich zu drehen.

Das war mir höchst unangenehm. Ich konnte es mir nicht erklären. Sicher, ich war auch nur ein Mensch – eine Frau mit sexuellen Bedürfnissen wie jede andere –, aber ich hatte schon lange gelernt, diese Gefühle zu unterdrücken. Sie kamen nicht ohne meine Erlaubnis auf und auf keinen Fall ließ ich zu, dass mir deswegen Funken an der Wirbelsäule herab tanzten, die mir aus den Gliedern stoben und jede Zelle meines Körpers in Brand steckten. Es gefiel mir gar nicht.

Also beschloss ich, es einfach zu ignorieren. »Und Ihre Abmachung ...«

Ein Funkeln in JCs Augen bewies, dass er genau wusste, was ich zu verbergen versuchte. Vielleicht bildete ich mir das auch nur ein, denn er unterließ es, mich damit zu nerven, und ich hatte das Gefühl, dass er der Typ war, der sich das nicht entgehen lassen würde. Stattdessen beantwortete er meine Frage. »Ich bekomme diesen Raum jeden Dienstag. Ich benutze ihn, um hier meine Freunde und Geschäftspartner zu unterhalten.«

»Sie unterhalten Ihre Geschäftspartner«, wiederholte ich. So war das also. Er war der Schlangenbeschwörer. Der Mann, der seiner Firma Aufträge verschaffte, indem er potenzielle Kunden mit heißen Mädchen und Alkohol bestach. »Mit Stripperinnen?«

»Aber hören Sie mal, glauben Sie wirklich, dass diese Frauen Stripperinnen sind? Das sind auch meine Geschäftspartner. Lassen Sie sich nicht durch ihre spärliche Bekleidung täuschen.« Er betrachtete einen seiner männlichen Freunde, dem sich gerade eines der barbusigen Mädchen rittlings auf den Schoß setzte. »Geben Sie ihnen noch eine Stunde Zeit und ich wette, dass die Männer sich dann auch ausgezogen haben.«

Ich blickte mich wieder im Raum um, denn dieser Gedanke war mir völlig fremd. Sich gegen Bezahlung auszuziehen ... das konnte ich ja verstehen. Wo ich herkam, musste man diese Dinge manchmal tun, um sich über Wasser zu halten.

Aber nur deshalb die Regeln zu verletzen? Das wollte mir nicht in den Kopf. *Wie fühlte es sich wohl an, so ungehemmt zu handeln? So frei zu sein?*

Ich schüttelte den Kopf. Das Ganze ging mir über den Verstand. Und es machte mich wütend. Ich fühlte mich übergangen. Und erniedrigt. Als Matt mir vor einem Jahr angeboten hatte, Dienstag und Mittwoch freizunehmen, tat er das wirklich, weil ich mir das verdient hatte? Oder war es nur ein Trick, um seine Machenschaften vor mir zu verbergen?

»So ein verdammter Blödsinn«, murmelte ich, wobei meine eigene Dummheit mich mehr erbitterte als alles andere.

JC hob fragend eine Augenbraue.

Als hätte ich es nötig, mich ihm gegenüber zu rechtfertigen. »Was machen Sie denn eigentlich beruflich?«

»Dies und das. Manchmal investiere ich in Projekte. Die übrige Zeit nutze ich zum Entspannen und um zu tun, was ich will.«

Einer von *diesen* also, kein Schlangenbeschwörer. Ein Treuhandfonds-Baby, das seinen Lebensstil finanzierte, indem es andere Leute dafür bezahlte zu arbeiten, während es sich amüsierte und absahnte.

Ich konnte mich nicht beherrschen. Ich verdrehte die Augen.

»Ich könnte Ihnen auch dabei helfen, diesen Stock in Ihrem Hintern loszuwerden.« JC sagte das voller Ernst, aber in seinem Ausdruck lag etwas Verspielteres. Als wollte er mich necken.

Ich kniff die Augen zusammen. »Wie denn, indem Sie mir stattdessen *Ihren* Stock in den Hintern stecken?«

»Ha, ha. Sehr witzig. Ich meine, wenn Sie das wollen ...« Er unterbrach sich, als wollte er mir die Gelegenheit geben zuzustimmen. *Als hätte er auch nur die geringste Chance.* »Aber darauf wollte ich nicht hinaus. Ich wollte Ihnen etwas anderes anbieten. Nicht *wollte*, sondern *will*. Ich *biete* Ihnen etwas anderes an.«

Sicher. Etwas anderes. Na gut. »Hat es mit einer Ihrer Machenschaften zu tun? Was Sie so nebenher tun?«

»Ich nehme kein Geld dafür, wenn Sie das meinen. Nein. Es handelt sich nicht um einen Job. Ich habe bloß gesehen, dass Sie ziemlich nervös sind. Ich glaube, dass ich Ihnen behilflich sein kann, etwas dagegen zu tun.« Obwohl ich sarkastisch reagiert hatte, war er ganz sachlich. Trotz meines beißenden Spotts blieb er aufrichtig.

Ich war sprachlos, wenn ich auch keine Ahnung hatte warum. Weil er die Oberhand hatte? Weil ich von meinem Managerpodest gestoßen worden war? Weil ich schon Gott weiß wie lange nicht mehr so genüsslich angesehen worden war, wie er mich jetzt betrachtete? Als wollte er mich gleich verspeisen, aber nicht ohne jeden Bissen auszukosten.

Als wüsste er, dass ein sehr kleiner, aber sehr hartnäckiger Teil von mir genau das auch wollte.

»Mir hat er geholfen«, sagte Natalie. »Ganz ehrlich, in JCs Gesellschaft kannst du gar nicht anders, als zu lernen, dich ein bisschen zu entspannen.«

Er schaute nicht zu ihr auf, denn sein Blick blieb auf mich geheftet. Ich fragte mich, was genau er ihr beigebracht hatte. Welche Erziehungsmethode hatte er bei ihr angewendet? Sie war sicher genauso schamlos und vulgär, wie ich annahm.

»Nein danke.« Nicht dass ich dazu zu prüde war. Ich hatte bloß nichts für die Freizügigkeit übrig, die hier vorzuherrschen schien. Ich zog Selbstkontrolle vor. Mir war Beherrschung lieber.

Ich blickte mich wieder im Raum um. Ein Paar knutschte auf dem Zweisitzer und eine Dreiergruppe auf einem der Tische war mit einem Zwischending von Tanzen und angezogenem Sex beschäftigt. Die Frau, die dem Kerl auf dem Schoß saß, kreiselte nun über seiner Leistengegend, während er sich mit einem Ausdruck purer Lust auf die Lippe biss.

Mein Abscheu war wohl offensichtlich, denn JC sagte: »Hey, lehnen Sie es nicht ab, ehe Sie es ausprobiert haben.« Er musterte mich einen Moment lang. Dann stand er auf und kam auf mich zu. »Das haben Sie nicht, oder? Es ausprobiert, meine ich. Sie haben noch nie einen guten Lapdance erlebt. Noch gar keinen Lapdance.«

Er war grösser, als ich dachte, denn er überragte mich sicher um mindestens fünfzehn Zentimeter, war also etwa ein Meter dreiundachtzig. Und wegen der Art und Weise, wie er mich mit Blicken durchbohrte und mich mit sexuellen Zweideutigkeiten aufreizte, kam ich mir noch kleiner als gewöhnlich vor.

Kleiner und ralliger.

Seine Nähe und seine hypnotische Stimme verursachten mir nicht nur eine Gänsehaut an den Armen, sondern auch Herzflattern. Ich brachte nur mühsam eine Antwort heraus. »N-nein.«

Er nickte Natalie zu. »Willst du es ihr zeigen?«

»Ähm, nein danke«, sagte ich und stand auf, ehe Natalie antworten konnte. Hatte er wirklich gedacht, dass ich ihr das erlauben würde? Das kam nicht infrage. Mir schauderte bei dem bloßen Gedanken daran, wenn ich auch nicht ganz sicher sein konnte, ob es vor Ekel war.

JC schüttelte den Kopf. »Nicht für dich, Püppchen. Du würdest in Panik geraten. Die Mädchen hier werden es dir vorführen.«

Normalerweise würde ich es mir verbitten, *Püppchen* genannt zu werden. Und ich würde mich auf jeden Fall entfernen, ehe diese verrückte Szene sich weiterentwickelte. Aber aus irgendeinem Grund blieb ich wie angewurzelt stehen, als JC den von mir verlassenen Stuhl vor mich hinzog. Er brauchte niemanden dazu aufzufordern – das Mädchen mit der französischen Unterwäsche ließ sich wortlos darauf nieder. Sie verschränkte die Arme hinter dem Kopf und spreizte die Beine. Weit.

Natalie nahm drei sinnliche Schritte nach vorn und blieb zwischen den Knien der Frau stehen. Sie kehrte ihr den Rücken zu und begann zu tanzen. Sie bewegte sich zunächst fast unmerklich, neigte langsam die Hüfte zu einer Seite, um dann verführerisch das Becken zur anderen gleiten zu lassen. Bald ließ sie die Hände auf den Knien der anderen Frau ruhen und bog die eigenen Knie, während sie sich abwärts schlängelte – bis sie beinahe auf dem Schoß hinter ihr saß –, dann schlängelte sie sich wieder nach oben zurück.

Eine spürbare Spannung verbreitete sich im Raum, aber JCs Gäste verhielten sich ruhig. Ich hatte Hoppla-Rufe und Beifall erwartet, aber es kamen keine. Der einzige Laut außer dem schwachen Rhythmus der Klubmusik jenseits der Wand war die weiche Reibung von Natalies Schenkeln, als sie aneinander auf- und abglitten, das Wedeln ihres Pferdeschwanzes und der keuchende Atem der beiden Mädchen direkt vor mir.

Mein eigener Atem war unregelmäßig geworden und ich musste mich sehr darauf konzentrieren, keinen Laut zu machen. Natalies Tanz war hypnotisch. Ihr Körper bewegte sich nach einem festen Rhythmus, den niemand außer ihr hören konnte, aber er war spürbar. Er war verführerisch. Es war Vorspiel. Das bloße Zusehen brachte meine Schenkel zum Beben. Brachte meine Brustwarzen dazu, sich zu verhärten. Durchnässte mir den Slip.

Ein Schauer rann mir den Rücken herab, als ich mich von Begierde erfüllen ließ. Es war nicht nur der sexuelle Aspekt, der mich so sehr erregte. Es war auch nicht die künstlerische Schönheit ihrer Bewegungen. Es war etwas anderes, etwas, das ich nicht benennen konnte, was sich meiner Erfahrung entzog.

»Es ist extrem sinnlich, nicht wahr?«

Ich zuckte zusammen, denn ich hatte nicht gemerkt, dass JC so dicht hinter mir stand. Oder vielleicht wusste ich es auch und es war der eigentliche Grund für die glühende Erregung meines Körpers. Aber ich wusste nicht, was ich auf seine Frage antworten sollte.

Es *war* sinnlich.

Und das erboste mich, weil ich wollte, dass es Pornografie wäre und nicht diese merkwürdige Sache, was auch immer es war. Auf keinen Fall wollte ich, dass es dies war, was mich so vollkommen überwältigte.

Darum antwortete ich auch nicht.

JC schien mein Schweigen als eine Einladung aufzufassen, fortzufahren. »Weißt du, was es so ungeheuer heiß macht? Abgesehen von zwei schönen nackten Frauen und Natalies flüssigen Bewegungen ist es heiß wegen dem, was es darstellt. Eine Machtübergabe.« Er musste sich näher zu mir gebeugt haben, denn ich spürte seinen Atem auf meiner Schulter, als er mit mir sprach. »Bei einem Lapdance ist Berühren verboten. Man möchte es schon – *oh Gott, wie sehr man es möchte* –, aber man muss sich von der Lust reizen und sich hilflos von ihr beherrschen lassen. Das hört sich zunächst eigentlich ganz leicht an, nicht wahr? Man braucht sich nur zu beherrschen. Das fällt dir sicher nicht schwer. Aber in Wirklichkeit ist es genau das Gegenteil. Man muss die Kontrolle aufgeben. Sie gehört Natalie. Lena hat sie ihr übertragen. Sie hat versprochen, die Regeln einzuhalten – Regeln, mit denen sie vielleicht nicht einverstanden ist. Und als Gegenleistung verschafft Natalie ihr die Lust, die sie begehrt.«

Er beugte sich noch näher zu mir, sein Atem kitzelte mich am Ohr und brachte mein Blut in Wallung, als er sagte: »Sag bloß, du willst nicht an ihrer Stelle sein.«

Ich verschränkte die Arme vor der Brust. »Nein. Ich mag nicht einmal gewöhnliches Tanzen.«

»Nicht Natalie, Gwen. An ihrer Stelle willst du nicht sein. Du willst Lena sein. So frei wie sie.«

Mir stockte der Atem und unversehens traten mir Tränen in die Augen.

Ich wollte mich umdrehen und JC ins Gesicht schlagen. Wie dreist und arrogant es doch von ihm war, sich einzubilden, er wüsste irgendetwas über mich. Er hatte keine Ahnung. Er versuchte nur zu raten, wahrscheinlich weil er mit mir schlafen wollte, und mit seinem Ratespiel hatte er bei mir einen wunden Punkt getroffen. Und zwar so, dass ich ihm ins Gesicht geschlagen hätte, und zwar so fest ich konnte. Zumindest wenn ich ein freier Mensch wäre, was nicht der Fall war, wie er so klar festgestellt hatte.

Aber ich war ja nicht über die Tatsache aufgebracht, dass er zu raten versuchte oder die Gründe dafür. Ich war aufgebracht, weil er recht hatte. Ich wollte *tatsächlich* frei sein. Ich war gehemmt. Ich fühlte mich eingeengt. Ich lebte nur für die Routine und versagte mir eine Menge Genuss.

Er wusste jedoch nicht – konnte nicht wissen –, dass es

einen Grund dafür gab, dass ich so zu sein beschlossen hatte. Ganz gleich, was ich wollte, dies war meine Überlebensstrategie. Wie konnte er es verdammt noch mal zu unterstellen wagen, dass ich die falsche Entscheidung getroffen hatte? Er war nicht ich. Er hatte keine Ahnung.

Ich ohrfeigte ihn nicht. Und ich sagte auch nichts. Ich drehte mich einfach nur auf dem Absatz um, verließ die Viper und knallte hinter mir die Tür zu. Doch abgesehen von diesem leichten Ausbruch würde ich mich von JC nicht weiter verunsichern lassen. Ich würde nicht über meine Entscheidungen nachdenken oder die Rolle, die ich mir ausgewählt hatte. Ich weigerte mich nachzugrübeln, ob ich wirklich anders sein könnte. Während meiner restlichen Schicht ging ich nicht mehr nach oben. Ich redete mir ein, dass ich diese ganze Sache vergessen könnte. Das bedeutete, ich würde Matt nicht sagen, dass ich über sein formloses Abkommen Bescheid wusste.

Und unter keinen Umständen würde ich noch einmal an einem Dienstag arbeiten, solange ich es verhindern konnte.

ZWEI

KAPITEL ZWEI

»HABE ich dich noch vor der Arbeit erwischt?« Normas Stimme klang nur gedämpft durch meinen Mantelkragen, weil ich versuchte, mein Handy auf der Schulter zu balancieren und gleichzeitig die Tür zum Klub aufzuschließen.

Es war kalt und mit meinen Handschuhen war es mir nur gerade rechtzeitig gelungen, auf die Sprechtaste zu drücken, ehe mein Handy zu klingeln aufhörte. »Nur knapp. Ich gehe gerade hinein.«

Es war Donnerstag und wie an vielen Abenden während der Woche hatte Norma Überstunden gemacht, ich hatte sie also nicht zu sehen bekommen, ehe ich zu meiner Acht-Uhr-Schicht aufbrach.

»Hast du schon zu Abend gegessen? Im Kühlschrank ist sonst noch der Rest von meinem Schnellimbiss.«

»Ja, ich habe schon gegessen.« Sie klang etwas abgelenkt. »Es tut mir leid. Ich wollte dich eigentlich schon eher anrufen, aber ich war noch in ... Besprechungen.«

Ich betrat durch den Angestellteneingang die Küche. »Kein Problem. Was gibt's denn?«

»Ich habe heute von Dads Rechtsanwalt gehört.«

Dad. Nur ein kleines Wort, aber ich blieb wie angewurzelt stehen. »Und?«

Ruhig Blut, sagte ich mir. *Er will dir sicher bloß verfrüht zum Geburtstag gratulieren.*

Ja, sicher. Ab und zu hatte er uns damit überrascht, dass er sich an die besonderen Tage in unserem Leben erinnerte. Aber nicht in letzter Zeit. Nicht, seit er im Gefängnis gelandet war.

»Und ...« Norma zögerte und ich befürchtete schon das Schlimmste. »Und er wird früher entlassen, als wir gedacht hatten.«

»Großer Gott, nein.« Ich konnte kaum sprechen, weil ich plötzlich einen Kloß in der Kehle hatte.

»Wann denn?«

»Im Juni.«

»Im Juni?« Ich musste es in Gedanken ein paarmal wiederholen, ehe ich es begriff. »Aber das ist sechs Monate früher! Ich dachte, er würde nicht vor Dezember entlassen werden.« Dad war zu einer Freiheitsstrafe ohne Bewährung verurteilt worden. Im Dezember würden es zehn Jahre sein. Dieses Datum kam schnell genug näher, aber wenigstens hätte ich dann noch einen ganzen Jahreszeitenzyklus gehabt, ehe ich damit fertigwerden musste. Mit ihm fertigwerden musste.

Jetzt war nur noch der Frühling dazwischen, bis er wieder frei war. Mir wurde speiübel.

»Er sollte eigentlich nicht vorzeitig entlassen werden, nein. Aber das Gefängnis ist überfüllt und ... es gibt alle möglichen Schwierigkeiten. Sie überführen ihn in ein Resozialisierungszentrum, damit er dort den Rest seiner Haftstrafe abbüßen kann.« Norma klang erschöpft und darum stellte ich ihr keine Fragen mehr. Ich vertraute darauf, dass meine Schwester mir sagte, was ich wissen musste, und den Rest für sich behielt. Sie war einer der wenigen Menschen, denen ich tatsächlich vertraute. »Wir können versuchen, dagegen Einspruch zu erheben, aber es ist unwahrscheinlich, dass wir damit Erfolg haben. Es wäre nur Zeit- und Geldverschwendung.«

Ich fuhr mir frustriert mit der Hand durchs Haar, ehe ich merkte, dass ich noch Handschuhe trug. Diese Geste fühlte sich nicht annähernd so beruhigend an, wie ich es beabsichtigt hatte, weil die merkwürdige Weichheit mich nur noch mehr aufbrachte. Ich zog mir den Handschuh mit den Zähnen ab und kam zur wichtigsten Frage. »Hast du Ben Bescheid gesagt?«

So sehr es Norma und mir vor Dads Entlassung graute, war es unser kleiner Bruder, der die Nachricht am schlimmsten aufnehmen würde. Und das war verständlich. Schließlich hatte er am meisten unter unserer dunklen Vergangenheit leiden müssen.

»Noch nicht. Ich werde ihn anrufen. Bald.« Norma räusperte sich und ich hatte den Verdacht, dass sie denselben angstvollen Kloß im Hals hatte. »Aber nicht heute Abend. Ich muss mir zuerst überlegen, wie ich es ihm beibringe.«

»Sag Bescheid, wenn du Hilfe brauchst.« Nicht dass ich viel tun konnte. Norma war diejenige, die beruhigend wirken konnte. Meine Taktik bestand darin, *autsch* zu sagen und dann darüber hinwegzugehen.

Eigentlich war es mehr so, dass ich *autsch* sagte und dann

alles tief in das schwarze Loch stopfte, von dem ich nicht ganz im Ernst annahm, dass es anstelle meines Herzens existierte. Wie war es sonst zu erklären, dass ich jeglicher anhaltenden Gefühlsbewegung so unfähig war? Die Dunkelheit verschlang jedes echte Gefühl, das sich meiner zu bemächtigen drohte. Wut und Angst beherrschten mich wohl mehr als alles andere. Aber selbst die Panik wegen meines Vaters ließ bereits nach und verwandelte sich in stumpfe Irritation. Dies war wohl nicht die gesündeste Art und Weise, mit dem Leben fertigzuwerden, aber für mich war es eine Überlebensstrategie.

Doch Ben war ganz anders als ich. Ben würde es sich schwer zu Herzen nehmen.

»Mann, so eine Scheiße.« Ich machte mich auf den Weg durch die Küche und klemmte mir das Handy wieder zwischen Ohr und Schulter, während ich den anderen Handschuh auszog und ihn in meine Manteltasche stopfte.

Bethany sah von ihrer Vorbereitungsarbeit zum Kochen auf und wollte mir etwas sagen, als Norma gerade wieder zu sprechen begann.

»Eine Sekunde, Norma.« Ich legte die Hand über den Hörer und nickte Bethany zu.

»Dieser JC –«

Ich verdrehte die Augen und unterbrach sie. »Du brauchst gar nicht weiterzureden.«

JC war der Allerletzte, über den ich mir im Augenblick Gedanken zu machen brauchte. Er war der Allerletzte, über den ich mir je Gedanken zu machen brauchte, Punktum. Er war arrogant und krass. Lächerlich und anmaßend.

Und jedes Mal, wenn er mir einfiel, machte mein Herz einen Überschlag.

Seit jener Nacht vor einem Monat, als ich ihn in der Viper kennengelernt hatte, hatte ich ihn nicht wiedergesehen, aber da mir seine Existenz nun bewusst war, schien er allgegenwärtig zu sein. Ein paarmal hatte ich gehört, wie er flüchtig von den Angestellten erwähnt wurde. Einmal sah ich, dass er für Matt eine Nachricht auf dem Anrufbeantworter hinterlassen hatte. Sogar auf dem Kalender im Büro standen seine Initialen – wie kam es nur, dass mir das noch nie aufgefallen war?

Und dann waren da natürlich die Blumen.

Er hatte mir welche in den Klub geschickt, an dem Wochenende, nachdem wir uns kennengelernt hatten. Ich hatte sie zu Beginn meiner Samstagsschicht im Büro vorgefunden. Als ich den versiegelten Umschlag öffnete, der meinen Namen trug und zu dem üppigen Blumenstrauß gehörte, war ich vor Neugierde fast gestorben und zugegeben ganz aufgeregt gewesen. Niemand, den ich kannte, würde mir je Blumen schicken. Wo um alles in der Welt kamen sie her?

Die Nachricht war schlicht.

»Der Unterschied zwischen dem, wer man ist, und dem, wer man sein möchte, besteht darin, was man tut.«

JC

Eine Welle verschiedener Emotionen durchspülte mich so schnell, dass ich keine Ahnung hatte, welche ich tatsächlich empfand. Erstaunen, Scham, Wut, Angst. Sexuelle Erregung.

Schließlich entschied ich mich für Wut. Genau wie ich es getan hatte, als wir uns kennenlernten, fragte ich mich, für wen er sich eigentlich hielt. Er konnte also Bill Phillips zitieren, war er deshalb plötzlich mein Motivationsredner geworden? Wie konnte er sich eigentlich anmaßen, so zu tun, als wüsste er irgendetwas über mich? Und wenn er so versuchte, mich in sein Bett zu locken, hatte er jedenfalls die falsche Methode gewählt. Und trotzdem, war es nicht ein wenig schmeichelhaft, dass er mehrere Tage später noch an mich dachte?

Nein. Das war es entschieden nicht. Es erboste mich sogar noch mehr, dass ich es auch nur in Betracht gezogen hatte. Also warf ich das Ganze, inklusive Vase, in den Mülleimer neben dem Schreibtisch und versuchte, es zu vergessen.

Aber ich dachte trotzdem daran.

Vielmehr, ich dachte an ihn. Ziemlich oft. Während der Weihnachtszeit und bis ins neue Jahr erinnerte ich mich immer wieder an ihn. Sicher, er sah gut aus, und das war wohl der Grund dafür, dass sein Bild bei den merkwürdigsten Gelegenheiten in meiner Vorstellung auftauchte. Aber es war eigentlich mehr, was er über mich gesagt hatte. Er hatte gesagt, dass ich frei sein wollte. Er hatte gesagt, er könnte mir dabei helfen, es zu lernen. Aber was hatte er damit gemeint? Wollte er es mit Sex erreichen? War das sein Ernst?

Und selbst wenn Sex gut für mich wäre, gab es irgendjemanden, der in das Gefängnis eindringen konnte, in dem ich lebte?

Falls das irgendjemandem gelingen sollte, ihm jedenfalls nicht. Da war ich ganz sicher.

»Ich wollte dich ja nur warnen«, sagte Bethany jetzt zu mir.

Na wunderbar. Wahrscheinlich erwartete mich ein

weiterer Blumenstrauß auf meinem Schreibtisch. Ich hätte wissen müssen, dass er nicht so einfach abzuschütteln war.

»Danke, Bethany«, mimte ich lautlos mit den Lippen, ehe ich zu meinem Gespräch mit Norma zurückkehrte, während ich die Küche durchquerte. »Okay, ich bin wieder da.«

»Da ist nur noch eine Sache.«

»Schieß los.« Ich blieb stehen, um den Arbeitsplan für die Küche zu überfliegen. Ich war zwar nicht für das Küchenpersonal zuständig, aber ich wusste gern, mit wem ich arbeitete, ehe meine Schicht begann.

»Ich will dich ja nicht erschrecken«, sagte Norma zögernd, »aber er hat darum gebeten, bei uns zu wohnen, wenn er entlassen wird.«

»Wer hat darum gebeten? Der Rechtsanwalt?«

»Dad hat seinem Rechtsanwalt aufgetragen, uns darum zu bitten.«

»Zum Teufel, nein!« Jetzt war ich richtig wütend. An dieser Empfindung konnte ich länger als eine Minute festhalten. »Auf keinen Fall, das kommt nicht infrage. Wie kann er sich überhaupt unterstehen, darum zu bitten? Du hast doch Nein gesagt, oder? Ich will doch stark hoffen, dass du Nein gesagt hast.«

»Selbstverständlich habe ich Nein gesagt. Ich werde ihm nicht einmal sagen, wo wir wohnen, solange das möglich ist. Ich wollte dich nur warnen, falls er versuchen sollte, mit dir Kontakt aufzunehmen.«

»Ich danke dir.« Ich ging durch die Küchentür in den Hauptteil des Klubs. Dann blieb ich zum zweiten Mal innerhalb nur weniger Minuten wie angewurzelt stehen. »Hey, ich muss jetzt Schluss machen.«

»Okay. Wir reden nachher weiter. Nimm es dir nicht zu

Herzen, Gwen. Wir schaffen das schon. Es ist alles in Ordnung.«

Ich beendete das Gespräch und hörte Normas Abschiedsworte kaum noch. Meine ganze Aufmerksamkeit war auf den Mann gerichtet, der an der Bar lehnte.

Warum hatte ich bloß Bethanys Warnung nicht genügend Beachtung geschenkt? Dann hätte ich Brent oder jemand anderen vom Küchenpersonal bitten können, ihn für mich loszuwerden.

Wieder einmal war ich völlig unvorbereitet.

Als er mich erblickte, hoben sich JCs Mundwinkel zu einem Lächeln. Dann blinzelte er mir zu. Er *blinzelte!*

Und mein idiotischer Körper reagierte darauf mit einer Gänsehaut. Was mich noch wütender machte, als ich bereits war.

»Ist das Ihr Ernst? Ein ganzes Jahr vergeht, ohne dass ich von Ihrer Existenz etwas weiß, und dann sehe ich Sie zweimal in einem Monat?« Mir tat mein Ausbruch sofort leid. Wenn die geringste Chance bestand, dass er nicht gemerkt hatte, welche Wirkung er auf mich ausübte, hatte ich sie mir damit verdorben.

Da der Klub noch geschlossen war, war das zur Arbeit notwendige Licht noch an und ich konnte ihn deutlicher sehen als an dem Abend, an dem ich ihn kennengelernt hatte. Diesen Anblick hätte ich mir lieber erspart. Wenn ich gedacht hatte, dass das gedämpfte Licht in der Viper seinem Aussehen geschmeichelt haben könnte, hatte ich mich geirrt.

Denn nun konnte ich ihn genau betrachten, und er sah einfach umwerfend aus.

Er war fast genauso bekleidet, wie er es gewesen war, als ich ihn das letzte Mal gesehen hatte, in einem dunkelgrauen

Zweiteiler, der ihm hervorragend stand. Sein Haar war nicht so extrem gestylt und ich sah jetzt, dass es leicht gelockt war. Er trug immer noch einen Stoppelbart, den er aber vor Kurzem gestutzt haben musste, und er verlockte mich noch mehr dazu, ihn zu berühren. Ich musste die Faust ballen, um der Versuchung zu widerstehen, die Hand auszustrecken und ihm über die Wange zu streicheln.

Er richtete sich auf und steckte die Hände in die Hosentaschen. »Ich weiß. Ich hätte eher kommen sollen. Aber wegen der Festtage und allem anderen ...«

»Warum hätten Sie eher kommen sollen?« Warum ich das fragte, wusste ich nicht. Es würde unweigerlich dazu führen, dass ich etwas hören würde, das ich wahrscheinlich nicht hören wollte. Es war bloß so schwer, in seiner Gegenwart einen klaren Gedanken zu fassen. Er war so irritierend und gleichzeitig so faszinierend. Wie konnte jemand nur dadurch so anziehend wirken, dass er die Hände in die Taschen steckte?

Es war geradezu grausam.

JC nahm lässig einen Schritt auf mich zu. »Weil ich den *Wunsch* hatte, Sie zu sehen, Gwen.« Es klang wie eine vollkommen sachliche Feststellung. »Normalerweise schiebe ich es nicht so lange auf, wenn ich jemanden sehen möchte. Bloß ... war ich nicht einmal in der Stadt. Ich hätte Ihnen auch öfter Blumen geschickt, damit Sie wissen sollten, dass ich an Sie denke, aber wie ich gehört habe, haben Sie sich nicht so darüber gefreut, wie ich gehofft hatte.«

»Ich ...« Er tat es schon wieder – er brachte mich aus dem Konzept und nahm mir den Wind aus den Segeln. »Sie wissen über die Blumen Bescheid?« Ich schloss kurz die Augen, denn das war mir so herausgerutscht. »Ich meinte, vielen Dank. Die Blumen waren wunderschön. Ich bin bloß nicht interessiert.«

Außerdem, wie zum Teufel hatte er erfahren, was ich mit den Blumen gemacht hatte?

Verdammt, durch Alyssa. Sie war dabei gewesen, als ich sie weggeworfen hatte. Sie musste es ihm erzählt haben.

Nun gut, er wusste es also. Es war ja auch besser, dass er sich nicht einbildete, ich hätte mich darüber gefreut.

Allerdings schien er den Wink nicht verstanden zu haben, denn hier war er nun.

»Das ist unfair, Gwen.« Er nahm noch einen Schritt auf mich zu. »Sie sollten mir wenigstens die Gelegenheit geben, mein Angebot zu erneuern, ehe Sie es ablehnen.« Mir wurde es plötzlich zu heiß und ich begann, mir den Mantel aufzuknöpfen. »Ich weiß, es muss Ihnen lächerlich vorkommen, dass ich dauernd Fragen stelle, aber würden Sie mich daran erinnern, um welches Angebot es sich handelt?« Das war natürlich ein Bluff. Ich wusste sehr wohl, auf welches Angebot JC sich bezog. Der bloße Gedanke daran – Sex mit diesem irritierenden Fremden – erregte mich auf eine mir bisher unbekannte Weise. Aber das durfte ich ihm auf keinen Fall merken lassen. Er wusste ohnehin schon viel zu viel über mich.

Mein Pulsschlag erhöhte sich, als JC rasch mehrere Schritte auf mich zu machte. Aber er ging nur um mich herum, um mir aus dem Mantel zu helfen. »Sie wissen doch, welches Angebot ich meine. Ich wollte Ihnen helfen, sich ein wenig zu entspannen.« Jetzt war er nahe bei mir, ganz nahe. Und selbst als er mir das Gewicht des Mantels von den Schultern nahm, spürte ich, wie meine Körpertemperatur anstieg.

Ich seufzte, obwohl es in meinen eigenen Ohren mehr wie ein Stöhnen klang. »Sie sind so geschmacklos.« Ich drehte mich zu ihm um und entriss ihm den Mantel.

»Und Sie sind so verkrampft.« Er sprach das Wort *verkrampft* aus, als ob es ihn faszinierte. Als stellte es eine Herausforderung für ihn dar.

Das hatte mir gerade noch gefehlt – von jemandem als Herausforderung betrachtet zu werden. Immer noch meinen Mantel haltend verschränkte ich die Arme vor der Brust. »Sie kennen mich doch nicht einmal.«

»Sie kenne ich zwar nicht, aber *das* weiß ich trotzdem. Das weiß jeder.« Wieder mit den Händen in den Taschen schien er sich über meine noch defensivere Haltung lustig zu machen.

»Jeder weiß, dass ich verkrampft bin?« Meine Stimme klang schrill. Mir war klar, dass ich damit seine Behauptung nur bestätigte. Ich schüttelte den Kopf und murmelte: »Dies ist die merkwürdigste Unterhaltung, die ich je mit irgendjemandem geführt habe.«

»Dann sagen Sie doch einfach nichts mehr. Wir brauchen nicht zu reden.« Er blickte mir suchend in die Augen. Was mir die Gelegenheit gab, in seine zu schauen. Sie waren so leuchtend und voller Leben, wie meine es bestimmt seit Jahren nicht mehr gewesen waren – wenn überhaupt jemals. Aber darunter verborgen, unter dem Lächeln und dem Licht, war immer noch dasselbe, was ich in jener Nacht in der Viper entdeckt hatte. Etwas Hohles. Etwas Einsames. Etwas Leeres.

»Ihr kennt euch?« Matts besorgte Stimme ließ mich aufschrecken. Ich war so auf JC konzentriert gewesen, dass ich nicht gehört hatte, wie er aus dem Büro hereingekommen war.

Wunderbar. Einfach toll.

Da er mich nun mit JC gesehen hatte, würde ich zugeben müssen, dass ich über seine regelwidrige Abmachung Bescheid wusste. Und das bedeutete auch, dass ich entweder dem Besitzer darüber Mitteilung machen oder Matt zu der Annahme verleiten musste, dass ich damit einverstanden war. Ich würde ihn nicht verpetzen. Aber damit einverstanden war ich auch nicht. Es war mir lieber, als er dachte, dass ich im Dunkeln tappte. Vielmehr war es mir lieber, als das tatsächlich noch der Fall gewesen war.

Dazu war es jetzt zu spät.

Matt war genauso beunruhigt, das war ihm deutlich anzusehen. Ich biss mir auf die Lippe und überlegte mir, was ich sagen sollte.

Doch ehe ich irgendetwas zugeben konnte, sagte JC: »Wir sind uns gerade erst begegnet.« Er zog eine Augenbraue hoch. »Gwen, sagten Sie?«

Er wollte wohl, dass ich auch etwas sagte, aber ich brachte nur ein Nicken zustande. Ich war einfach zu verblüfft. JC hatte keinen Grund zu verbergen, dass wir uns kannten. Es sei denn, er konnte die Zwickmühle verstehen, in der ich mich befand. Es sei denn, er verstand mich besser, als ich es ihm zutraute. Dieser Gedanke ließ mir das Blut aus dem Gesicht weichen und die Kehle trocken werden.

»Ich dachte, ich hätte alle Manager vom Eighty-Eighth bereits kennengelernt. Scheinbar nicht.« JC wandte sich von mir ab und ging zu Matt hinüber. »Wie auch immer, ich bin vorbeigekommen, um mit dir zu reden.«

Ich hätte gedacht, Matt würde erleichtert darüber sein,

dass ich nichts über seine geheimen Geschäfte mit JC wusste. Aber er klang noch nervöser, als er fragte: »Warum? Was hast du herausgefunden? Gibt es etwas Neues?«

Matts Reaktion ließ mich erschauern. Er wirkte angespannt und hektisch, dabei war er sonst immer so abgeklärt und vernünftig. Dass es JC war, mit dem er so sprach, beunruhigte mich. Es weckte mein Interesse an ihrem Verhältnis zueinander, was mir sonst vollkommen gleichgültig gewesen wäre.

JC legte Matt die Hand auf die Schulter. »Nein, nein, deswegen bin ich gar nicht hier. Wir haben uns bloß ein paar Wochen nicht gesehen. Du hast dir eine Zeit lang freigenommen und dann kamen die Feiertage – es ist ein ganzer Monat gewesen.« Sie hatten vergessen, dass ich da war, und das war mir recht. Ich hätte mich entschuldigen sollen, damit sie über ihre Privatangelegenheiten sprechen konnten. Stattdessen glitt ich auf einen Barhocker und tat so, als ordnete ich einen Stapel Happy-Hour-Speisekarten. Hinter mir hörte ich, wie Matt einen zittrigen Seufzer ausstieß. »Ich habe es einfach nicht fertiggebracht, in dieser Woche hier zu sein. Diesmal nicht. Zu viele Erinnerungen.«

»Ich weiß«, erwiderte JC. »Das kann ich ja verstehen. Warum glaubst du wohl, dass ich so lange an der Küste geblieben bin?«

Ich beobachtete sie heimlich im Spiegel über der Bar. JCs Gesicht war nicht zu sehen, aber seine Hand lag immer noch auf Matts Schulter und nun legte Matt JC ebenfalls die Hand auf die Schulter, als trösteten sie sich gegenseitig ... aber weswegen?

»Aber du bist trotzdem hiergeblieben. Du bist ein zäher

Bursche.« Matt schlug JC noch einmal auf die Schulter, ehe er den Arm sinken ließ.

JC ließ ebenfalls die Hand sinken und versenkte sie achselzuckend wieder in der Hosentasche. »Ich hatte Arbeit zu erledigen. Die Ablenkung hat mir geholfen.«

»Ich danke dir. Ich weiß es zu schätzen, dass du nicht aufgibst.«

Dann wurden ihre Stimmen leiser und ich konnte nicht mehr verstehen, was sie sonst noch sagten. Dem zufolge, *was* ich jedoch gehört hatte ... war es offensichtlich, dass Matt und JC füreinander mehr waren als nur Geschäftspartner. Matt war der Typ, der Persönliches und Arbeit strikt getrennt hielt, und darum kam mir dieses Verhältnis zwischen den beiden Männern merkwürdig vor. Ich kannte meinen Chef seit fünf Jahren und wusste immer noch nicht, ob er Familie hatte, abgesehen von einer Frau, was sein schlichter Ehering bezeugte. Sein ganzes Verhalten JC gegenüber, einem Mann, der jung genug war, sein Sohn zu sein, war seltsam und faszinierend. Und so persönlich. Es war ein rätselhaftes Geheimnis, das ich, wie ich sehr gut wusste, nicht ergründen durfte. Was immer auch zwischen ihnen vorging, eines war mir klar – es war schwerwiegend und hatte Vorrang vor JCs Flirt mit mir. War es also nicht einmal meinetwegen, dass er heute Abend in den Klub gekommen war? War er in Wirklichkeit gekommen, um Matt zu sehen?

Und warum war ich darüber so enttäuscht?

»Gwen?«

Ich zuckte zusammen, als ich meinen Namen hörte, versuchte aber, meine Überraschung zu verbergen, indem ich so tat, als wäre ich in meine Arbeit vertieft. »Hm?«

»Matt ist nach oben gegangen. Wir sind allein.«

Ich blickte wieder hinauf in den Spiegel und sah, dass nur JC hinter mir stand.

Und er war ganz nahe hinter mir. »Oh. Okay.«

Ich drehte mich um und wandte mich ihm zu. »Ähm, ich möchte mich bedanken. Weil Sie ihm nicht verraten haben, dass ich über Sie Bescheid weiß.« Wenn ich offen und höflich mit ihm sprach, würde er vielleicht meinen Dank annehmen und gehen.

»Ich sollte Ihnen jetzt sagen, dass es aus rein egoistischen Beweggründen geschah und nur aus Sorge, dass es negative Folgen für meine Vereinbarung haben könnte.« Er nahm einen Schritt auf mich zu und ich musste mich zurücklehnen, um ihn ansehen zu können. »Aber das wäre eine Lüge.«

Ich schluckte, aber meine Stimme war trotzdem schwach, als ich fragte: »Und was wäre die Wahrheit?«

»Ich wollte Sie nicht in eine peinliche Lage bringen.«

Erstaunlicherweise konnte ich mich beherrschen und musste nicht lachen. Ich befand mich ja bereits in einer peinlichen Lage. Er war mir viel zu nahe, ich spürte seine Körperwärme heiß an meiner Brust, meinen Schenkeln, meinem Gesicht, und für den Bruchteil einer Sekunde fragte ich mich, wie es wohl sein würde, wenn ich jetzt nachgab und mich an ihn drückte.

Vielleicht hätte ich ihn wegstoßen sollen. Aber ich tat es nicht. »Warum sollte Sie das kümmern?«

Er schloss die Lücke zwischen uns und stützte die Hände rechts und links neben mir auf die Theke, sodass ich praktisch unter ihm gefangen war. »Ich weiß es auch nicht genau, Gwen. Ich finde Sie anziehend. Ich würde gern etwas Zeit mit Ihnen verbringen. In einem Bett. Ich glaube, das würde uns beiden guttun, und wenn das geschmacklos klingen sollte, entschuldige ich mich. Aber ich habe schon längst gelernt, dass man nur bekommt, was man will, wenn man seinen Wunsch äußert. Dann stellt sich manchmal heraus, dass die Dinge, die man für unmöglich gehalten hat, gar nicht so unmöglich sind.«

Seine unverschämten Worte, seine unverblümte Aufforderung ... eigentlich hätte ich sie als beleidigend empfinden sollen und teilweise tat ich das auch, aber ein anderer Teil von mir, und zwar der größere, wollte annehmen, was er mir vorschlug. Drängte mich, das Kinn zu heben und unseren Lippen zu erlauben, sich zu berühren und gegenseitig zu erforschen. Unwillkürlich leckte ich mir mit der Zunge über die Unterlippe, als wäre der Kuss, von dem ich träumte, unvermeidlich.

Sein Blick senkte sich auf meinen Mund und seine Augen verdunkelten sich.

Jetzt geschieht es, dachte ich. *Jetzt wird er mich küssen.*

Stattdessen atmete er tief ein und schloss die Augen, während er meinen Duft einsog. Diese Bewegung, bei der er mein ganzes Wesen in sich aufzunehmen schien, gab mir das Gefühl, der Hauptgang einer sehr lang ersehnten Mahlzeit zu sein. Es war beinahe peinlich, wie sehr mich eine so einfache Geste erregte.

»Wie gut du riechst«, sagte er. Er lehnte sich noch näher zu mir und war mir jetzt so nahe, dass mir auch *sein* Duft deutlich bewusst wurde. Es war eine Mischung aus dem Kölnischwasser, das er benutzte, und dem sauberen Geruch seiner Kleidung, aber das Einzige, was ich wahrnehmen konnte, war sein männlicher Duft. Und das Einzige, woran ich denken konnte, war Sex.

»Was meinst du, Gwen? Sollen wir versuchen, uns zu einigen?«

Irgendwie fanden meine Hände den Weg zu seinem Brustkorb, als hätten sie sich selbstständig gemacht. Unter meinen Handflächen fühlte er sich fest und warm an. Mir schmerzten die Brüste bei dem Gedanken, mich an ihn zu drücken. Es würde das erste Mal sein, dass ich mich auf Gelegenheitssex einließ. Und wenn solche Vereinbarungen nicht unweigerlich kompliziert und mit Gefühlen vermischt würden, wäre ich wahrscheinlich häufiger bereit, in rein sexuelle Beziehungen einzuwilligen.

Aber die Mühe, die es bereitete, die Dinge auf einer ungebundenen Basis zu halten, war es einfach nicht wert. Und bei JC war mir klar, dass es besonders schwierig sein würde. Er war der Typ, dem man dauernd schmeicheln musste. Der angebetet sein wollte. Der geliebt werden wollte. Und das konnte ich ihm nicht bieten.

Und selbst wenn ich es könnte, war JC kein Mann, der es je erwidern würde. Jede Beziehung mit ihm würde von Anfang an zum Scheitern verurteilt sein. Sie konnte nur ein schlimmes und schmerzliches Ende nehmen. Und es ist mir noch nie daran gelegen gewesen, jemandem wehzutun.

Es war jedoch nicht zu leugnen, dass ich ihn anziehend fand. Und ich brauchte mehr Energie, als ich aufzubringen bereit war, um seine Annährungsversuche abzuwehren. Da ich aber von meinem Telefongespräch mit Norma ohnehin noch frustriert war, machte mich dies umso gereizter.

Mit einem größeren Kraftaufwand, als wohl notwendig gewesen wäre, stieß ich ihn von mir. »Nein, auf keinen Fall.«

Ich glitt vom Barhocker und wirbelte zu ihm herum, wobei

ich mich gerade hielt, damit die Schwerkraft mir die Stabilität geben konnte, die ich so verzweifelt nötig hatte. »Ich weiß ja nicht, was Sie Matt voraushaben, Mr. ...« Mein Gott, wie lächerlich es war, nicht einmal seinen Nachnamen zu kennen, und JC war mir einfach zu vertraulich. »Mr. C. Aber bei mir läuft das nicht. Sie können sich glücklich schätzen, dass Sie mit ihm als Geschäftsführer zu tun haben und nicht mit mir, denn bei mir gäbe es keine Extrawürste und ich würde auch kein Auge zudrücken. Ich bin nicht der Typ, der unter der Hand irgendwelche Geschäfte oder Ausnahmen dieser Art macht. Ich halte mich an die Vorschriften. Das merken Sie sich am besten und sparen sich alle Sonderwünsche für Matt auf.«

JC verbiss sich ein Lächeln.

»Hey. Das ist mein voller Ernst.« Ich hätte am liebsten mit dem Fuß aufgestampft, beherrschte mich aber, denn ich wusste, dass das meine Position wahrscheinlich nur schwächen würde.

Er verbarg den Mund hinter der Hand. Als er sie fortnahm, war von seinem Lächeln keine Spur mehr zu sehen. »Es tut mir leid. Ich weiß, dass es Ihnen ernst ist. Ich wollte Sie nicht von oben herab behandeln. Sie sind bloß noch bezaubernder, wenn Sie temperamentvoll werden.«

»Sie wollten mich also nicht von oben herab behandeln, aber Sie haben es gerade schon wieder getan, oder?« Wenn er temperamentvoll wollte, das konnte er haben. »Wissen Sie was, Mr. C? Ich habe doch einen Vorschlag, den ich Ihnen gern machen würde. Ich arbeite donnerstagabends und Sie haben den Raum dienstagabends gemietet. Wie wäre es, wenn wir uns darauf einigen, dass ich an Ihren Abenden nicht in den Klub komme und Sie ihn an meinen nicht betreten?«

»Oh, Gwen, einem solchen Vorschlag kann ich nicht zustimmen. Das würde Sie ja der Chance berauben, Ihre Meinung zu ändern. Und wenn ich mir ansehe, in welchem Zustand Sie im Moment sind – die verspannten Schultern, der verkrampfte Kiefer, der müde Blick –, dann gehe ich jede Wette ein, dass Sie das tun werden. Und zwar schon bald.«

»Verschwenden Sie nicht zu viel Geld daran. Ich würde Sie gar nicht gern im Obdachlosenheim sehen.«

Er nahm zwei Schritte auf mich zu und legte mir die Hand an die Wange. Es war das erste Mal, dass er mich berührte, und es war fast zu viel für mich. Ich schmolz dahin wie ein Eiswürfel auf heißer Kohle. Löste mich in ihm auf.

Aber ich hatte ebenfalls das Bedürfnis, die Kohle fallen zu lassen und einen Sprung zurück zu machen.

Er spürte meinen Konflikt. Ich sah die Enttäuschung in seinen Augen. Aber es war auch ein Hoffnungsschimmer dabei.

»Jetzt sind Sie am Zug, Gwen.« Er ließ seinen Daumen an meiner Wange hinabgleiten und zeichnete den Umriss meiner Kinnpartie nach. »Sie wissen ja, wo Sie mich finden.«

Aber das war ja gerade das Problem. Ich wüsste lieber nicht, wo er zu finden war. Und ich wünschte, wir wären uns nie begegnet.

Am meisten wünschte ich mir, ich wüsste nicht, wie sich seine Haut auf meiner anfühlte. Die Spur, die er an meiner Wange hinterlassen hatte, brannte noch endlose Minuten, nachdem er sich von mir abgewandt und den Klub verlassen hatte.

Dann verblasste sie und war verschwunden. Und ich war wieder allein in der Kälte meines Eisgefängnisses.

DREI

KAPITEL DREI

»HAST du in letzter Zeit etwas von Ben gehört?«, fragte ich Norma, während ich den Strumpf faltete, auf den sein Name gestickt war, und ihn in den Beutel packte, auf dem in großen Buchstaben WEIHNACHTEN stand. Es war Martin Luther King Jr. Tag und obwohl Norma fast den ganzen Tag auf ihrem Laptop arbeitete, war sie wenigstens zu Hause.

»Nicht, seit ich ihn letzte Woche mit der Nachricht über Dad angerufen habe.« Sie sprach etwas undeutlich, weil sie den Pfannenwender zwischen den Zähnen hielt. Sie nutzte gerade eine Pause dazu, überbackenen Käsetoast zu machen, und ich hatte die Gelegenheit ergriffen, mich einmal tatsächlich mit ihr zu unterhalten. Norma nahm den Pfannenwender aus dem Mund, ehe sie fortfuhr: »Und ich habe gestern eine kurze E-Mail von ihm bekommen.«

Ich unterdrückte ein Gähnen und sah auf die Uhr. Es war schon nach Mittag und ich sollte längst im Bett sein, besonders deshalb, weil ich an diesem Abend gegen zehn wieder im Klub sein musste. Aber es kam nicht oft vor, dass Norma und ich uns bei Tage sahen, und ich war gern mit ihr zusammen. In ihrer Gesellschaft unterlag ich seltener der Versuchung, über sinnliche Lapdance-Vorführungen mit einem sexy lächelnden Zirkusdirektor nachzudenken, der mich viel zu sehr beschäftigte. Besonders seit er klargemacht hatte, was genau er von mir wollte. Geben konnte ich es ihm nicht, aber wenn ich schlaflos im Bett lag, fantasierte ich darüber, während meine Hand sich wie von selbst unter das Taillenband meines Slips stahl und in Regionen herumtanzte, die ich schon viel zu lange ignoriert hatte.

Es fühlte sich gut an, zu kommen und das alles, aber es brachte mir nur umso stärker zu Bewusstsein, wie einsam ich meistens war.

Ich schob also meine Schlafenszeit so weit wie möglich hinaus, wenn Norma zu Hause war. Außerdem, jemand musste ja den Weihnachtsschmuck wegräumen, und wenn ich mich nicht opferte, wäre er wohl im Sommer noch da.

»Ja, die habe ich gelesen.« Deswegen hatte ich ja unter anderem über ihn nachgedacht.

»Wenn du seine Nachricht gelesen hast, weißt du genauso viel wie ich.«

Norma hatte bis nach meinem Geburtstag gewartet, ehe sie Ben anrief, um ihm die Neuigkeiten über Dad mitzuteilen. Er hatte sie ziemlich gut aufgenommen. Natürlich war er beunruhigt gewesen, aber er hatte keinen Zusammenbruch erlitten, wie wir erwartet hatten. Danach schien er sich abzukapseln. Vielleicht half ihm das, auf seine Art damit fertigzuwerden. Oder vielleicht machte es ihm nicht so viel aus, weil er sich am anderen Ende des Landes aufhielt.

Aber da war diese E-Mail.

Norma hatte ihren Laptop aufgeklappt und die E-Mail offen gelassen. Ich hatte seinen Namen gesehen, also las ich sie natürlich. Seine vier Sätze blieben mir in Erinnerung wie ein auswendig gelerntes Gedicht.

Wollte mich nur mal melden. Du brauchst mir diesen Monat kein Geld zu schicken. Ich mache diese Woche Überstunden. Ich werde keins mehr brauchen.

Es klang eigentlich ziemlich banal. Nichts Besonderes, aber irgendetwas daran versetzte mich in Alarmstimmung. Es lag nicht an der Kürze – Ben war nicht der Typ, der gern übermäßig viele Worte verlor. Die Nachricht selbst klang nicht unbedingt alarmierend. Und Norma ergänzte regelmäßig seinen Gehaltsscheck vom Theater, bei dem er arbeitete, Geld war also auch kein ungewöhnliches Thema.

Bloß, Ben war nicht ... stark. Es widerstrebte mir, ihn als zerbrechlich zu bezeichnen, aber das war eine zutreffende Beschreibung. In den letzten beiden Jahren war es ihm besser gegangen. Nicht so wie vorher. Er hatte seinen Job. Er hatte Freunde. Von Zeit zu Zeit auch Partner. Ich schätzte, ich sollte mir keine Sorgen machen.

Trotzdem, er war weit weg. Es störte mich, ihn nicht näher bei mir zu haben, wo ich ihn sehen könnte und wüsste, dass es ihm gut ging. Ganz besonders jetzt, da Dad so bald schon entlassen würde.

Ich legte meinen Strumpf auf Bens und Normas obendrauf. »Was hältst du von der E-Mail? Kam sie dir in irgendeiner Weise merkwürdig vor?«

»Nein. Sollte sie das?«

Vielleicht lag es an mir. Ich fühlte mich nicht wohl. Ich fühlte mich schon seit ein paar Wochen nicht wohl. Es hatte an dem Abend begonnen, an dem ich JC zum ersten Mal begegnet war, und war nur noch schlimmer geworden, als ich ihn wiedergesehen hatte, aber ich weigerte mich zu glauben, dass er es geschafft hatte, mich einen ganzen Monat aus dem Konzept zu bringen. Er hatte also einige Dinge gesagt, die mir nachgingen. Er hatte mein Innenleben dazu gebracht, sich vor Begehren zu winden. Das hatte gar nichts zu bedeuten. Ich musste mein bisheriges Leben einer gründlichen Untersuchung unterziehen. Dass er grade da war, als sie begann, war ein bloßer Zufall.

Aber allein die Tatsache, dass ich Schwierigkeiten hatte, bedeutete nicht, dass Ben nicht ebenfalls Schwierigkeiten hatte. In der Tat, wenn man die Umstände bedachte, konnte ich sogar darauf zählen.

»Vielleicht nicht.« Ich stand auf, zog die Keramik-Strumpfhalter vom Kaminsims und wickelte sie einzeln in Zeitungspapier. »Meinst du nicht, es ist merkwürdig, dass er dich bittet, ihm kein Geld mehr zu schicken? Ich meine, braucht er denn kein Taschengeld?«

Sie strich Butter auf das Brot, das sie gerade zubereitete. »Er sagte, er mache Überstunden. Es muss ihm finanziell ganz gut gehen.«

»Aber selbst mit Überstunden ... geht er denn nicht aus? Entwickelt er sich zum Einsiedler? Macht er denn niemals einen Einkaufsbummel?«

»Gwen, du bist paranoid.«

»Du hast recht, du hast ja recht. Ich weiß, dass du recht hast.« Aber ich konnte nicht aufhören, mir Sorgen zu machen. Ich war voller unerklärlicher Angstgefühle. Als ob mich etwas juckte und ich nicht genau herausfinden konnte wo, kratzte ich dauernd an meiner Psyche, um zu ergründen, warum ich mich so unbehaglich fühlte. Warum ich so beunruhigt war.

Ich bückte mich, um den letzten Strumpfhalter zu verpacken, und schloss den Beutel. »Wir sollten ihn besuchen.«

Norma drehte einen Toast um und die Butter brutzelte, als er zurück in die heiße Pfanne fiel. »Okay, sag mir, wann du hinwillst, und ich werfe einen Blick auf meinen Terminkalender.«

So spielte sich diese Unterhaltung immer ab. Eine von uns schlug einen Besuch vor und die andere bat um einen Termin, und dann konnten wir uns nicht einigen, welche Woche wir am besten freinehmen sollten. Vielleicht war Norma von uns beiden nicht das einzige Arbeitstier.

Dieses Mal meinte ich es ernst. Ich musste Ben unbedingt sehen. Ich brauchte eine Pause. Ich brauchte ... irgendetwas. Aber was?

In meiner Vorstellung erschien ein Bild von JC, was ich mir sofort wieder aus dem Kopf schlug. JC war nicht, was mir fehlte, oder was auch immer er mir anzubieten hatte. Aber vielleicht wäre ein Wochenende in Kalifornien genau das Richtige für mich. Es war zumindest einen Versuch wert.

Ich stapelte den Beutel in der Ecke auf den anderen Kartons, die ich noch wegräumen musste. Es waren nicht viele – unsere Festlichkeiten waren alles andere als aufwendig. Dann ging ich auf die andere Seite der Kücheninsel, meiner Schwester gegenüber, lehnte mich der Länge nach darüber und stützte das Gesicht in die Hände. »Diesmal machen wir es aber, Norma. Wir reden nicht nur davon. Lass uns wirklich nach San Francisco fliegen.«

»Natürlich.« Sie sah mich dabei nicht an, aber sie war

gerade dabei, Butter auf die nächste Brotscheibe zu streichen, vielleicht hatte es also nichts zu bedeuten.

Ihr dabei zuzusehen brachte Erinnerungen zurück. Die ganze Situation machte mich ganz wehmütig. Es war wie damals, als ich noch auf dem College war, Ben noch zur Highschool ging und wir beide bei Norma wohnten. Damals kochte sie auch immer für uns. An Festtagen feierten wir nur, wenn wir alle drei zusammen waren. Dieses Mal waren es nur Norma und ich gewesen.

Ich drehte den Kopf zur Seite und ließ die Wange auf der Granitarbeitsfläche ruhen. »Wir hätten darauf bestehen sollen, dass er zu Weihnachten nach Hause kommt.«

Norma schürzte die Lippen. »Er wollte ja nicht, Gwen.«

»Wir hätten ihn eben dazu überreden sollen.« Darüber hatten wir uns schon mehrmals unterhalten. Aber ich war immer noch nicht überzeugt.

Sie nahm die Pfanne von der Flamme und wischte sich die Hände an ihrer Jeans ab. Dann schenkte sie mir ihre volle Aufmerksamkeit. »Er will nicht hier sein. Verstehst du das nicht?«

Ich richtete mich auf und begegnete ihrem überheblichen Ton mit trotziger Hartnäckigkeit. »Dann hätten wir eben ihn besuchen müssen.«

»Du wolltest dir doch nicht freinehmen.«

»*Du* wolltest dir nicht freinehmen.«

Sie fuhr sich mit der Hand über den Mund und ich hatte den Verdacht, dass sie in Gedanken umformulierte, was sie eigentlich hatte sagen wollen. Nach einer Weile nickte sie. »Wir wollten uns alle beide nicht freinehmen.«

»Okay, dann nehmen wir uns eben jetzt frei und besuchen ihn.« Ich legte den Kopf zur Seite, betrachtete sie aufmerksam und versuchte, ihr Schweigen zu deuten. »Warum willst du das nicht?«

Sie verdrehte die Augen. »Das habe ich ja gar nicht gesagt.« Sie legte den fertigen Toast auf einen Teller und schob ihn mir zu. »Im Sieb sind Trauben, wenn du welche dazu essen willst.«

Ich zog den Teller vor mich hin, ging aber auf den Themenwechsel nicht ein. »*Gesagt* hast du nichts dazu. Ich musste es also deinem Gesichtsausdruck entnehmen und der sagt mir, dass es nicht geschehen wird. Willst du ihn nicht sehen?«

Sie blickte mich an. »Das will ich schon. Natürlich möchte ich das, Gwen. Er ist doch mein kleiner Bruder.« Er war viel mehr als nur ein kleiner Bruder für sie. Sie war ihm praktisch eine Mutter gewesen. Sie war uns beiden eine Mutter gewesen.

Sie konzentrierte sich jetzt auf ihren eigenen Toast und knabberte an der Kruste, aber diesmal war ich sicher, dass die Mahlzeit für sie nur eine Ausflucht war. »Er will uns nicht bei sich haben.«

»Nein. Das ist nicht wahr.« Dann dachte ich kurz nach. »Hat er das gesagt?«

»Das ist nicht nötig. Ich weiß es auch so.« Ihre Stimme klang erstickt. Genau wie ich zeigte Norma nur selten ihre Gefühle, und wenn doch ein wenig Kummer oder Enttäuschung an ihrer stoischen Fassade vorbei schlüpfte, wusste ich nie, wie ich darauf reagieren sollte.

»Nein, das kannst du nicht wissen.« Vielleicht konnte sie es ja doch. Sie hatte per E-Mail oder Telefon viel mehr Kontakt mit Ben als ich. Das lag nicht daran, dass ich nicht mit ihm sprechen wollte, aber Norma war sein Mutterersatz.

Aber wir standen uns trotzdem nahe. Ich konnte mir nicht vorstellen, aus welchem Grund er keine von uns beiden sehen wollte.

Oder vielleicht doch?

Ein möglicher Grund kam mir plötzlich in den Sinn und ich platzte damit heraus. »Er will nichts mehr mit der Vergangenheit zu tun haben. Liegt es daran? Und die schließt uns ein. Und darum meidet er uns.«

Sie zuckte die Achseln. Dann überlegte sie es sich anders und schüttelte den Kopf. »Ich weiß es nicht. Hör nicht auf mich. Vielleicht irre ich mich ja.«

Ihre Körpersprache strafte sie Lügen. Und nach meiner blitzartigen Einsicht musste ich ihr wohl recht geben. Ich beschäftigte mich mit meinem abgebrochenen Daumennagel, damit ich Norma nicht länger in die Augen zu sehen brauchte, aber auch, weil mich der brennende Schmerz tröstete. »Aber wir sind doch nicht Dad«, murmelte ich. »Wir haben ihm nichts getan.«

»Nein. Aber wir erinnern ihn an Dad. Ich kann verstehen, warum Ben nicht hier sein will. Es ist leichter für ihn, alles zu vergessen, ohne dauernd Leute zu sehen, die ihn daran erinnern.«

Ich fragte mich, ob sie mich auch so sah – als eine dauernde Quelle der Erinnerung. Erinnerte ich sie an unsere Kindheit? Ließ ich sie unsere Mutter vermissen? Norma war zwölf gewesen, als sie starb. Sie konnte sich besser an Mom erinnern als ich. Wir sahen ihr beide ähnlich, aber ich hatte ihren hellen Teint geerbt – ihr blondes Haar, ihre blauen Augen. Sah Norma sie in mir, wenn sie mich anblickte?

Oder schlimmer noch, ließ ich sie an Dad denken?

Selbst wenn das so war – selbst wenn wir Ben daran erinnerten –, sollte das keine Entschuldigung dafür sein, uns Geschwister voneinander zu trennen. Ich wollte, dass wir zusammenblieben. Ich wollte meine kleine Familie beschützen. Wollte, dass wir uns nahe waren und uns verbunden blieben.

Wenn ich das nicht haben konnte, wollte ich wenigstens dafür sorgen, dass es uns allen gut ging. »Wenn Ben in San Francisco bleiben will, bin ich damit einverstanden. Aber ich mache mir Sorgen um ihn. Besonders wenn wir nichts von ihm hören oder wenn ich nicht weiß, wie er zurechtkommt. Er hat sich schon einmal so abgekapselt, weißt du noch? Bevor er –«

»Ich weiß.« Sie fiel mir ins Wort, denn sie wollte das Ende des Satzes ebenso wenig hören, wie ich es aussprechen wollte. »Ich weiß, Gwen. Ich sorge mich ja auch um ihn.«

Sie raffte ihr braunes Haar in einem Pferdeschwanz zusammen, hielt es eine Weile fest und ließ es dann wieder fallen. »Ich rufe ihn an, okay? Lass mich ihn anrufen.«

Und weil Norma diejenige war, die sich immer um Ben kümmerte, würde ich es auch diesmal ihr überlassen. »Okay.«

* * *

IM EIGHTY-EIGHTH WAR an diesem Abend mehr Betrieb als gewöhnlich. Offenbar hatten die Leute sich entschlossen, den MLK Jr.-Tag dieses Jahr zu feiern. Ich beklagte mich bestimmt nicht – ich hatte gern viel zu tun.

Der Klub schloss um vier Uhr dreißig und weil Matt und ich immer so schnell waren, wenn wir es zusammen erledigten, war ich mit meinem Papierkram bereits kurz nach fünf fertig. Ich ließ ihn im Büro den Rest seiner Arbeit erledigen und sah noch einmal auf allen Ebenen nach, ob alles in Ordnung war.

Ich machte meine gewohnte Runde und sah in den Toiletten nach, ob auch niemand dort zurückgeblieben war, ehe ich über die Haupttanzfläche zur Bar neben der Küche ging. Alles war leer bis auf eine einsame Gestalt, die auf einem Barhocker am anderen Ende saß und mir den Rücken zugekehrt hatte. Ich sah mich nach Alyssa oder Greg um – sie waren für das Schließen dieser Ebene zuständig –, konnte sie aber nirgendwo erblicken. Sie waren immer schnell mit dem Aufräumen fertig und wohl bereits im Belegschaftsraum zum Ausstempeln.

Doch darum war ich umso erstaunter, die einsame Gestalt noch dort zu sehen. »Entschuldigen Sie bitte«, rief ich, als ich näher kam. »Wir haben jetzt geschlossen.«

Der Mann drehte sich um und mein Herzschlag setzte kurz aus. »Oh. Sie sind es.«

JC schien weniger erstaunt, mich zu sehen, was ja logisch war, da ich im Klub arbeitete und meine Anwesenheit zu erwarten war. Dennoch war es mir gar nicht recht, dass er mal wieder die Ruhe selbst war und ich völlig durcheinander. Seine Mundwinkel hoben sich, wahrscheinlich weil er darüber erfreut war, dass er mich aus dem Konzept gebracht hatte. »Hey. Wie nett, Sie zu sehen.«

Wie immer ließ er den Blick über meinen Körper wandern, langsam und genüsslich. Seine Pupillen weiteten sich, als er jedes Detail in sich aufnahm – meine schwarzen Sandalen mit dem Blockabsatz, meine nackten Schienbeine, meinen schwarzen, leicht ausgestellten Jerseyrock, meinen weißen Pulli mit dem V-Ausschnitt und darunter die Wölbung meiner vollen Brüste.

Darüber verweilte sein Blick auf meiner Kehle und dann auf meinen Lippen.

Mir wurde heiß im Nacken, obwohl ich mein Haar hochgesteckt trug. Mein Mund wässerte und meine Haut brannte wie Feuer, und alles nur nach einem einzigen Blick von ihm. Es ließ mich völlig vergessen, was ich ihn hätte fragen sollen – warum war er hier? Schließlich sah er mir in die Augen. »Sie sehen gut aus, Gwen.«

Sein Kompliment brachte mich aus der Fassung. Nicht die Tatsache, dass er es mir machte – in meinem Arbeitsbereich regneten männliche Komplimente nur so auf einen herab. Aber er hatte genau hingesehen, ehe er etwas sagte. Und weil seinen Worten der lüsterne Unterton fehlte, der ihnen gewöhnlich anhaftete. Begehren schwang zwar darin, aber sein Kompliment klang mehr nach tatsächlicher Bewunderung als nach dem bloßen Mittel zum Zweck, mich dazu zu bringen, mit ihm zu schlafen.

Unanständige Blicke wären mir lieber gewesen. Damit konnte ich umgehen. Hiermit nicht. Es verwirrte mich, da es mich unwillkürlich auf den Gedanken brachte, dass JC vielleicht doch kein so schrecklicher Mensch sein könnte, und das wollte ich mir auf keinen Fall eingestehen.

Also wappnete ich mich dagegen und quittierte seine Aufrichtigkeit mit einer überaus gehässigen Antwort. »Ich dachte, Sie hätten gesagt, dass ich jetzt am Zug bin.« Ich hatte nicht vorgehabt, das zu tun, aber ich wollte verdammt noch mal auch nicht, dass er mich mit seiner Anwesenheit in Versuchung führte.

»So ist es.« Er neigte den Kopf zur Seite. »Sind Sie jetzt dazu bereit?«

»Äh, unter keinen Umständen.«

Er wandte sich von mir ab. »Dann tun Sie einfach so, als sei ich nicht da. Ich bin nicht Ihretwegen hier.«

Erst als er gesagt hatte, dass er nicht um meinetwillen gekommen war, wurde mir klar, wie sehr ich mir das gewünscht hatte. Wie dumm von mir. Denn eigentlich hatte ich gedacht, es wäre mir lieber, wenn er überhaupt nicht gekommen wäre. Wenn ich nicht aufpasste, würde er mir vorwerfen, dass ich mich zweideutig verhielt. Mir selbst gegenüber tat ich das zweifellos.

Geh jetzt einfach weg, sagte ich mir. *Mach nur deine Arbeit. Beachte ihn gar nicht.*

Aber das konnte ich doch nicht. »Ich schätze, Sie brauchen nicht zu gehen, weil Sie kein gewöhnlicher Gast sind, hab ich recht? Ist das noch so ein Teil Ihrer formlosen Vereinbarung? Aber heute ist nicht Dienstag.« Selbst in meinen eigenen Ohren klang das kindisch und patzig. Und es trug auch nicht dazu bei, die Schmetterlinge in meinem Bauch zu beruhigen.

JC nahm es gelassen auf. Er drehte sich auf seinem Barhocker herum, um sich mir voll zuzuwenden. Er trug dunkle Jeans und einen dunkelblauen Pullover unter einer braunen Lederjacke. Die Freizeitkleidung stand ihm ebenso gut wie der formelle Anzug. Er wirkte darin genauso sexy.

Ohne eine Spur von Abneigung sagte er: »Da haben Sie unrecht. Es ist Dienstag. Und zwar seit ...« Er warf einen Blick auf seine Uhr – so ein Sportding aus rostfreiem Stahl, sicher teuer, aber nicht protzig. »... nunmehr genau fünf Stunden und zwei Minuten.«

Verdammt, er hatte recht. Das war das Problem bei meinem Job. Ich kam mit den Tagen und Tageszeiten immer durcheinander. Ich würde erst gegen elf Uhr morgens ins Bett kommen und für mich begann der Dienstag erst, wenn ich am Spätnachmittag aufwachte. Für alle anderen Leute jedoch begann er mitten in meiner Schicht.

Er hatte mich wieder einmal übertrumpft.

Ich konnte entweder zulassen, dass ich mir wegen meines Irrtums dumm vorkam, oder ich konnte ihn einfach zugeben. »Sie haben recht. Es ist Dienstagmorgen.« Aber dann konnte ich nicht umhin, giftig hinzuzufügen: »Aber der Raum – und alle dazugehörigen Privilegien – steht Ihnen erst heute Abend zu.« *Wenn ich nicht hier bin,* sagte ich mir im Stillen.

Also ehrlich, wenn ich auch hart und streng sein mochte, ein totales Arschloch war ich gewöhnlich nicht. Aber JC gegenüber hatte ich ein besonders starkes Bedürfnis, mich zu behaupten, und da ich ihm wegen dieser lächerlichen Vereinbarung mit Matt nichts zu sagen hatte, war Gemeinheit die einzige Waffe in meinem Arsenal.

Wenn es ihm auffiel, ließ JC sich nichts davon anmerken. »Ah. Sicher. Das ist wahr. Aber ich bin im Moment sowieso nicht als Kunde hier. Ich warte auf Alyssa.«

»Oh.« Ich war von Enttäuschung erfüllt, die die Schmetterlinge in meinem Bauch wie ein Sturmwind davon blies. Ich hatte gedacht, er wartete auf Matt. *Wie dumm, wie dumm, wie schrecklich dumm von mir.* Warum sollte JC auch nicht mit Alyssa zusammen sein? Sie war ja ein ganz hübsches Mädchen und wusste offenbar viel mehr über diesen Mann als ich. Hatte ich wirklich gedacht, ich wäre die Einzige, bei der er Annäherungsversuche machte?

Und vor allem, warum sollte mir das etwas ausmachen?

Das tat es nicht. Natürlich nicht. »Nun, sie sollte in ein paar Minuten hier sein. In der Regel bestehen wir darauf, dass Nicht-Angestellte vor der Eingangstür warten, aber da Sie nun einmal hier sind ...« Ich wünschte mir wirklich, dass er endlich gehen würde. »Wie auch immer, ich werde jetzt weiter ...« Ich konnte mich nicht einmal mehr daran erinnern, weswegen ich eigentlich gekommen war.

In dem Moment stürzte Alyssa aus dem Belegschaftsraum und setzte damit meinen peinlichen Unterhaltungsversuchen ein Ende. »JC, da bist du ja. Wie war der Flug?«

Ich wandte mich der Küche zu, denn ich wollte sie nicht stören und vielleicht auch vermeiden, Zeugin irgendwelcher Zuneigungsbeweise zu werden.

Aber Alyssa hielt mich auf, ehe ich sehr weit gekommen war. »Oh, Gwen. Das hätte ich fast vergessen. Da ist ein Anruf für dich auf Leitung zwei.«

»Okay. Vielen Dank.« Bei den Bartelefonen war der Klingelton abgestellt, darum war es nicht verwunderlich, dass ich nichts gehört hatte. Aber es war seltsam, dass jemand mich um diese frühe Stunde anzurufen versuchte. Außer meinen Arbeitskollegen kannte ich niemanden. Es musste also Norma sein. Sie wusste, dass ich während der Arbeitszeit mein Handy abschaltete. Matt hatte eine strenge Regelung, was Mobiltelefone während der Arbeit anging – teils, weil es einen professionelleren Eindruck machte, aber hauptsächlich, um zu vermeiden, dass prominente oder profilierte Persönlichkeiten in wenig schmeichelhaften Situationen fotografiert oder gefilmt wurden. Aber da Norma mich selten im Klub anrief, war ich nervös, als ich die Bar durchquerte und am anderen Ende der Theke den Hörer abnahm.

»Hier spricht Gwen.« Ich wickelte mir das Kabel um den

Finger und warf einen verstohlenen Blick auf JC und Alyssa, die irgendwo hinter mir standen. Ich wünschte plötzlich, ich wäre in einen anderen Raum gegangen, um das Gespräch entgegenzunehmen. Aber da Matt keine schnurlosen Geräte im Klub erlaubte, saß ich fest. Er hatte Angst, sie würden verlegt, die Batterie würde ausgehen und dann würde niemand sie je wiederfinden können. In der Regel stimmte ich ihm zu. Aber in diesem Moment fand ich Telefone, die unbeweglich waren, einfach lächerlich.

Aber noch lächerlicher war, wie störend JC und Alyssa sich verhielten. Wie ihre Augen aufleuchteten, als JC ihr irgendetwas erzählte ... einfach erbärmlich. Ich fragte mich, ob er ihr gesagt hatte, wie gut sie aussähe. Ob er mit seinen Blicken ihren Körper so gründlich erkundet hatte wie meinen.

»Ich bin's.« Norma lenkte meine Aufmerksamkeit wieder auf das Telefon, ihre Stimme klang angespannt und leise. Aber sie hatte sicher noch keinen Kaffee getrunken, es war ja noch so früh.

Doch etwas an ihrer Stimme war *zu* angespannt. *Zu* leise. »Fehlt dir etwas?« Vielleicht wurde sie krank und ich musste ihr Suppe und Halspastillen mitbringen.

»Nein, mir geht es gut. Es ist Ben.« Sie räusperte sich. »Er hat es wieder versucht.«

Alles um mich herum versank im Nichts, ich nahm Alyssas und JCs Gelächter gar nicht mehr wahr, ich hörte nur noch meinen Herzschlag und Normas Stimme, die mir bestätigte, was ich am meisten fürchtete – Ben hatte versucht, sich umzubringen.

VIER

KAPITEL VIER

MEINE WELT VERSANK IN DUNKELHEIT. Keine
Nachricht hätte mich härter treffen können, obwohl ein Teil
von mir schon geahnt hatte, dass etwas nicht in Ordnung
war. Mit diesem Gefühl wachte ich jeden Tag auf – der
Angst, dass mein kleiner Bruder wieder versuchen würde,
sich das Leben zu nehmen.

Ich ließ mich eher fallen als niedersinken. Mein Hintern
schlug hart auf dem Boden auf und ich lehnte den Kopf
gegen die Wandschränke hinter der Bar, wobei es mir gleich
war, dass ich einen Rock trug oder dass der Boden klebrig von
verschüttetem Alkohol war. Ich wickelte mir mehr von der
Telefonschnur um die Hand, als könnte sie mir Halt geben,
und brachte mühsam die Frage heraus, die mir jetzt am wichtigsten war – die mir alles bedeutete. »Ist er ...«

»Noch am Leben«, beendete Norma sie mit mir. »Ja, er
hat es überlebt«, sagte sie.

Nun kamen mir die Tränen. Nicht viele – mein Vater

hatte mir vor langer Zeit beigebracht, sie zurückzuhalten. Weinen führte damals nur zu weiteren Schlägen mit dem Gürtel. Aber manchmal wurde ich doch von Tränen überrascht, die mir hinter den Augenlidern brannten und verstohlen an der Seite meiner Nase herabglitten.

Ich schluckte, obwohl ich einen riesigen Kloß in der Kehle hatte, und zwang mich, mehr zu erfahren. »Und ist er okay?« Mir war völlig klar, dass *okay* ein relativer Ausdruck war und dass, selbst wenn seine Prognose aus physischer Sicht gut erschien, sein seelischer Zustand das wohl kaum sein konnte. Ich hoffte, Norma begriff, was ich wissen wollte, denn ich hatte nicht die Kraft, es umzuformulieren.

»Er kommt wieder in Ordnung.« Sie sagte es mit Entschlossenheit, als hätte sie die Macht, das zu entscheiden. Ich war nicht so sicher, aber es tröstete mich trotzdem, es zu hören. »Diesmal hat er es mit Tabletten versucht. Mit einem ganzen Röhrchen Vicodin, aber sobald er sie alle geschluckt hatte, bereute er es. Er hat selbst den Notruf gewählt. Sie haben ihm den Magen ausgepumpt. Er ist jetzt auf der Intensivstation, aber sie sind ziemlich sicher, dass er es schafft. Sie beobachten seine Leberwerte. Das ist im Augenblick ihre größte Sorge.«

Ich nickte zu ihrer Erklärung, obwohl sie mich nicht sehen konnte.

»Er hat sich anders entschlossen, Gwen. Er will leben.« In ihren Worten lag mehr als Hoffnung. Es war blinder Glaube. Sie glaubte daran so, wie sie einmal an Gott geglaubt hatte. Sie predigte mir, als sei es ihre Religion.

»Ja. Das will er wirklich.« Ich wünschte, ich könnte ihre Überzeugung teilen. Vielleicht hatte ich das zuvor auch getan – als er es zum ersten Mal versuchte –, aber da er es nun zum zweiten Mal getan hatte, war ich mir nicht so sicher.

Wie dem auch sei, ich würde Ben nicht aufgeben. Ich musste für ihn da sein. »Also, wann fliegen wir zu ihm?« Was Organisation betraf, war Norma unschlagbar. Sie hatte sicher bereits einen Flug gebucht, ehe sie mich anrief, was mir nur voreilig erscheinen konnte, wenn ich mir nicht bewusst machte, dass sie nun einmal so war.

»Hudson hat mir angeboten, sein Privatflugzeug zu benutzen. Ich fliege bald rüber.«

Noch nie war ich so dankbar dafür gewesen, dass meine Schwester einen Chef hatte, den sie dank der Tatsache, dass sie schon so lange für ihn geschwärmt hatte, gut genug kannte, um solche Vorzüge zu genießen. »Ich komme sofort nach Hause. Mit dem Taxi kann ich es in zwanzig Minuten schaffen.«

»Ich, ähm ...« Sie zögerte und ich spürte, dass sie im Begriff war, mir etwas Unangenehmes mitzuteilen, das ich nicht hören wollte. »Ich fliege allein hin, Gwen.«

Verdammt, das war mal wieder typisch Norma mit ihrem Hang zur Märtyrerin. »Das ist doch verrückt. Ich komme mit. Ich lege jetzt auf –«

Ich wollte gerade aufstehen, aber Normas Erwiderung hielt mich zurück. Ließ mich erstarren. »Er will nicht, dass wir kommen. Diesmal hat er es gesagt. Er will uns nicht sehen. Das hat er ganz deutlich gemacht.«

»Oh.« Was mir noch an Kraft geblieben war, verließ mich jetzt. Es gab auf der ganzen Welt nur zwei Menschen, die ich liebte. Zwei Menschen, denen ich erlaubte, mich zu lieben. Und ich brauchte beide. Ich musste wissen, dass sie gesund und unversehrt waren und mich ebenso brauchten.

Und jetzt erfahren zu müssen, dass Ben uns nicht sehen wollte, *mich* nicht sehen wollte – war beinahe so schmerzvoll für mich wie die Nachricht, dass er versucht hatte, sich umzubringen. »Oh«, sagte ich noch einmal und brachte selbst diese einzige Silbe kaum über die Zunge.

Norma versuchte, mich zu trösten. »Ich muss nur hin, weil ich im Notfall die Kontaktperson bin. Sein Sozialarbeiter hat gesagt, ich dürfte nicht zu ihm. Sie wollen bloß, dass ich dort bin, falls ... falls ...«

Sie konnte nicht weitersprechen. Norma, die immer so stark war und uns durch alles hindurch half – sie konnte nicht einmal einen einfachen Satz beenden.

»Du wirst mich dort brauchen. Zur Unterstützung.« Vielleicht war das ja so, vielleicht konnte ich ihr wirklich eine Hilfe sein, wenn es auch mehr so schien, als bräuchte ich ihre. »Ich werde also mitkommen und im Hotel bleiben. Er braucht ja nicht zu erfahren, dass ich dort bin.«

»Gwen, ich fliege ohne dich. Ich muss das allein erledigen.«

Das letzte Mal war ich hingeflogen. Wir waren zusammen hingeflogen. Als er sich mit zwei tiefen Einschnitten die Pulsadern aufgeschnitten hatte. Gott sei Dank in der falschen Richtung, was seine Rettung gewesen war. Sein damaliger Partner hatte es noch geschafft, ihn ins Krankenhaus zu bringen, ehe er spurlos verschwand. Ich war zu dieser Zeit erst ein Jahr im Klub beschäftigt gewesen und hatte gerade eine Vollzeitstelle bekommen. Matt war sehr verständnisvoll gewesen und hatte mir zwei Wochen Urlaub gegeben.

Ich war also zusammen mit Norma zu ihm geflogen. Wir besuchten Ben jeden Tag und unsere Gesellschaft schien ihn aufzuheitern. Wir besorgten ihm einen ambulanten Psychiater. Wir organisierten Hilfe für ihn und als wir wieder wegmussten, war es ihm schon besser gegangen.

Aber seitdem waren vier Jahre vergangen und jetzt sprach er seltener mit uns, als er es damals getan hatte. Ich hatte gehofft, das bedeutete, dass er sich ein von uns unabhängiges Leben aufbaute. Das war ein Irrtum gewesen. Darum war es umso wichtiger, dass ich jetzt für ihn da war. Damit ich dafür sorgen konnte, dass er sich erholte. Damit ich dafür sorgen konnte, dass er diesmal mit uns nach Hause kam.

»Norma, ich besorge mir ein Ticket und dann treffen wir uns dort. Du brauchst das nicht allein zu machen. Wir bringen ihn zusammen zurück –«

Sie unterbrach mich. »Genau deswegen will ich dich ja nicht dort haben, Gwen. Er will nicht mit uns nach Hause kommen. Und ich vertraue nicht darauf, dass du ihn nicht zu zwingen versuchst. Diesen Konflikt kann er im Moment nicht brauchen.«

Ich wollte ihr gerade widersprechen, aber sie war noch nicht fertig. »Außerdem glaube ich nicht, dass es gut für dich wäre, ihn zu sehen.«

Ich gab mir keine Mühe zu verbergen, dass sie mich verletzt hatte. »Was zum Teufel soll das denn heißen?«

»Das soll heißen, dass du nicht ganz so stark bist, wie du glaubst.« Im Hintergrund läutete es an der Wohnungstür. »Das ist mein Taxi. Ich melde mich dann später, Gwyneth. Sobald ich etwas erfahren habe. Es wird alles wieder gut. Das verspreche ich dir.«

Sie hängte auf, ehe ich dazu kam, noch etwas zu sagen, ehe ich sie bitten konnte, ihren Entschluss zu ändern oder sich genauer zu erklären. Ehe ich mich auch nur verabschieden konnte.

Ich blieb noch einige Minuten auf dem Boden sitzen, bis mir der Hintern kribbelte, weil er mir eingeschlafen war, und das Amtszeichen vom Summton des vom Haken gelassenen Telefons abgelöst wurde. Ich fühlte mich ganz taub. Alles war völlig gefühllos. Mein Körper, meine Haut. Meine Lippen. Meine Brust. Ich war leer. Ich war der Weltraum. Ich war ein endloses Universum von nichts, nichts, nichts.

Ich konnte mich nicht daran erinnern, wann ich endlich aufstand und das Telefon auf die Gabel legte. Oder ob ich es überhaupt tat. Als ich wieder bewusst etwas wahrnehmen konnte, befand ich mich in der Küche. Es war niemand mehr da, der Koch und das Küchenpersonal waren schon längst nach Hause gegangen, da nach zwei Uhr morgens keine Mahlzeiten mehr serviert wurden. Niemand würde mich hier stören. Niemand würde mich daran hindern zu tun, was auch immer mir bestimmt war zu tun. Ich war mir selbst noch nicht sicher, was das war.

Ich blickte mich suchend um, ohne genau zu wissen, wonach ich suchte. Mein betäubter Verstand erlaubte mir nicht, mich auf einen Gedanken zu konzentrieren, aber mehrere Gedankenfetzen trieben in meinem Bewusstsein herum und versuchten, sich festzusetzen. *Er hat es wieder versucht. Er will mich nicht sehen. Ich will empfinden, was er fühlt. Ich will ihn in der Dunkelheit nicht allein leiden lassen. Ich wünschte, ich wäre die Einzige, die Dads Handrücken zu spüren bekommen hat. Ich muss mich genauso schlimm fühlen wie Ben.*

Ich muss etwas fühlen.

Dann fiel mir ein, dass es in der Küche Messer gab. Das

war genau das, was ich jetzt brauchte. Eine scharfe Klinge. Ich könnte damit nur die Oberfläche meiner Haut einritzen. Nicht um mich zu verstümmeln, nicht um meinem Leben ein Ende zu setzen. Nur um etwas zu fühlen.

Ich fand die Besteckschublade und zog daran. Sie war abgeschlossen. Selbstverständlich. Und meine Schlüssel hatte ich im Büro gelassen. Ich würde sie nicht holen können, ohne Matt über den Weg zu laufen, und außerdem erschien mir der Weg viel zu weit. Ich musste es sofort haben. Brauchte es auf der Stelle. Ich musste den Aufruhr in meinem Kopf zum Schweigen bringen. Brauchte den Schmerz, um wieder zu mir zu kommen.

In meinem Hinterkopf läuteten Alarmglocken. Ich näherte mich dem Rand der Klippe, auf der es mir gelungen war, jahrelang Halt zu finden. Ich gehörte nicht zu denen, die die Kontrolle verloren. So jemand war ich nicht.

Aber der Drang, mich selbst zu verletzen, war stärker als die Warnung.

Ich zerrte wieder an der Schublade. Als könnte ich sie irgendwie aufziehen, wenn ich mir nur genügend Mühe gab. Aber selbst als ich beide Hände benutzte, rührte sie sich nicht.

Ich stöhnte laut vor Frustration. Ich fühlte also doch etwas. Irritation. Ärger. Brennende Wut. Sie durchzuckten die Leere, wie Blitze über einen pechschwarzen Himmel zucken. Ich wollte immer noch diese Messer haben. Ich wollte etwas verletzen. Ich wollte mich selbst verletzen.

»Gwen? Ist alles in Ordnung?«

Ich war völlig von meiner Nichtigkeit umgeben, aber im Hintergrund hörte ich undeutlich eine Stimme, als hätte der Sprecher sich einen Schal ums Gesicht geschlungen. Ich wandte mich in die Richtung, aus der das Geräusch kam, und erblickte JC auf der Schwelle der Tür, durch die ich eben eingetreten war.

Ich hatte ganz vergessen, dass er da war, aber es überraschte mich nicht. Bei seinem Anblick war ich ... erleichtert? Nein, das nicht. Aber er war ein Ersatz für die Messer. Er stellte vielleicht eine Alternative dar bei meinem Versuch, mir eine Empfindung zu verschaffen.

»Ich habe Sie von draußen gerufen und als Sie nicht geantwortet haben, bin ich Ihnen hierher gefolgt.« Er sah mir mit gerunzelter Stirn prüfend ins Gesicht. »Was haben Sie denn?«

Ich sagte nichts, ich dachte nicht einmal. Ich ging einfach nur auf ihn zu.

Er versuchte es noch einmal, während ich die lange Küche durchquerte. »Ist etwas passiert? Kann ich –«

Dann kam ich bei ihm an. Anstatt eine Erklärung abzugeben oder mich in seinen einladend ausgebreiteten Armen trösten zu lassen, anstatt irgendetwas Vernünftiges zu tun, packte ich ihn mit beiden Händen an der Jacke und zog ihn an mich. Und ich küsste ihn.

Ich drückte meinen Mund auf seinen und ließ meine Zunge zwischen seine Lippen gleiten, als sie sich vor Erstaunen teilten. Ich tat es nicht sanft oder zögernd. Ich war entschlossen und unnachgiebig und drang mit jedem Zungenstoß weiter in seinen Mund vor. Dabei saugte und knabberte ich an seiner Unterlippe.

JC entzog sich mir nicht. Er zog mich auch nicht an sich. Er stand einfach nur da und ließ sich von mir küssen, fasste mich aber nicht an, sodass nur unsere Lippen sich berührten. Als ich kurz Atem schöpfte, versuchte er, etwas zu sagen, aber ehe er auch nur ein Wort äußern konnte, zerrte ich ihn wieder an mich und küsste ihn noch aggressiver. Ich bin nicht sicher, an welchem Punkt er begann, meinen Kuss zu erwidern, aber als er es tat, wurde alles anders. Obwohl er mir zunächst nachgegeben hatte, übernahm er nun die Kontrolle und bald schon war es *seine* Zunge, die mir über die Zähne fuhr und es waren *seine* Zähne, die an meinen Lippen knabberten. Er schmeckte nach Kaffee und den Pfefferminzbonbons, die in kleinen Schalen auf der Theke verteilt standen. Es war ein neuer, anderer und gefährlicher Geschmack.

Ich wollte mehr von ihm.

Es war nur eine andere Methode, mich zu schneiden. Eine andere Weise, mir wehzutun. Ein anderer Weg, mir diese ersehnten Schmerzen zuzufügen, die ich unbedingt spüren wollte.

Ich drückte meinen ganzen Körper an ihn und hoffte, er würde den Hinweis verstehen. Hoffte, er würde einwilligen, wenn er es tat. Ich seufzte vor Erleichterung auf, als er mir die Hände um die Taille legte und meine Hüften an seine zog. Durch meinen Rock hindurch liebkoste er mit den Händen mein Hinterteil, aber es war die sich erhärtende Beule an meinem Bauch, an der ich am meisten interessiert war. Ich wollte sie berühren. Sie streicheln. Sie in mich aufnehmen. In den Mund, in die Muschi – das war mir egal, solange sie mich irgendwie beschmutzte.

Als ich ein Bein um ihn schlang, war er genauso verloren wie ich. Er schob mir den Rock zur Taille hoch und zog mein anderes Bein um sich. Er hob mich hoch und drückte mein Becken fester an sich, damit ich das Pulsieren seiner Erektion dort spüren konnte, wo ich sie jetzt haben wollte. An meinen

Geschlechtsteilen. Seine Begierde trieb mich noch mehr zum Wahnsinn. Ich begann, mich an ihm zu winden und an seinem Schwanz zu reiben.

Unsere Lippen blieben verschmolzen, als er mich den kurzen Weg zur nächsten Arbeitsfläche trug. Sobald ich den Stahl unter mir spürte, gelang es mir, meinen Slip abzustreifen und zu Boden zu treten.

Dies war eine eindeutige Aufforderung. Wenn JC bis dahin nicht gewusst hatte, was ich von ihm wollte, bestand jetzt kein Zweifel mehr. Mir war an Knutschen nichts gelegen, eigentlich wollte ich nicht einmal angefasst werden. Ich wollte hart und schnell gefickt werden. Das war alles. Ich spreizte die Beine und bot mich ihm dar.

Ohne zu zögern, zog er den Reißverschluss an seiner Jeans herunter und holte seinen Schwanz in Rekordzeit hervor. Ich verlangte nicht, dass er ein Kondom benutzte. Es war mir egal. Ich verhütete, aber was war mit Geschlechtskrankheiten? Zum Teufel, ich gab einen Scheißdreck darum. Es war wie russisches Roulette. Es war gefährlich und unsicher, und mir war das aufregende Risiko gerade recht.

Als er bereit war, rutschte ich nach vorn und zog ihn näher zu mir, bis die Spitze seiner Erektion an meinem Eingang lag. »Bitte«, sagte ich. Ich würde nur einmal darum bitten, es musste also erfolgreich sein. »Bitte, fick mich.«

Ich beobachtete, wie er es abwägte. An seinen Augen konnte ich ablesen, dass er zwischen *nicht sicher* und *zum Teufel, ja* schwankte. Als er sich dann entschieden hatte, ließ er alle Zweifel fahren und versenkte sich mit einem einzigen festen Stoß in mir.

Ich war feucht, aber noch nicht ganz bereit, und es tat mir weh, als er in mich eindrang. Aber genau das wollte ich ja

– diesen Schmerz, dieses Stechen, dieses Brennen. Ich litt schreckliche Qualen, als er sich wieder herauszog und dann von Neuem zustieß.

Dann passte mein Körper sich ihm an, mein Inneres weitete sich und umspannte ihn auf eine andere Weise. Es war nun ein angenehmes Gefühl. Während er ein und aus glitt und dabei jeden Teil von mir berührte, erweckte er mit seinen regelmäßigen Stößen all meine Nervenenden zum Leben. Es fühlte sich wirklich gut an.

Und das war nicht, was ich wollte. Ich musste es roher haben. Schmerzhafter. »Fester«, spornte ich ihn an. »Fick mich fester.«

Seine Augen blitzten vor Begierde, als er mich losließ, um zuerst einen, dann den anderen Arm aus den Ärmeln zu ziehen. Er warf die Jacke auf den Boden. Dann packte er mich an den Hüften und zerrte mich an sich. Sein Tempo steigerte sich, er rammte sich jetzt regelrecht in mich hinein, so tief, dass er an meine Gebärmutter stieß.

So war es besser. Gewalttätig, wild. Ich bäumte mich ihm entgegen und spornte ihn mit meinem Körper an und mit den Worten, die ich ständig wiederholte. Wieder und wieder. »Fick mich. Fick mich. Fick mich.« Ich wollte nicht kommen. Ich wehrte mich gegen die Spannung, die sich tief in mir sammelte. Ich biss JC in die Lippe und brachte all meine Willenskraft auf, um das angenehme Kribbeln aus meinen Gliedern zu vertreiben.

Er war jetzt nahe dran, das konnte ich spüren. Sein Atem wurde keuchender und sein Tempo unregelmäßig. Gleich würde er kommen, und dann wäre es vorbei und ich würde mir bewusst sein, dass ich etwas Dummes und Unerfreuliches getan hatte, und ich könnte mich ganz darauf konzentrieren, wie beschissen ich mich deswegen fühlte.

Aber der Erfolg meines Planes hing davon ab, dass ich überhaupt kein Lustgefühl dabei verspürte. Doch selbst während JC sich aggressiv und gnadenlos in mich hinein pflügte, konnte ich das nicht behaupten. Dann ließ er mit einer Hand meine Hüfte los, vergrub sie zwischen uns und fand mit traumhafter Sicherheit meine Klitoris. Ich wäre schon bei der ersten festen Berührung mit seinem Daumen beinahe explodiert.

Verdammt. Nein. Das war nicht, was ich wollte. Keine Lust. Nicht für mich.

Ich versuchte, die Hüften nach hinten zu manövrieren, um seiner immer intensiver werdenden Massage zu entgehen, während ich immer noch durch seinen Schwanz mit ihm verbunden war, aber er legte mir seinen anderen Arm um die Taille und zog mich wieder näher zu sich.

Ich versuchte also, ihn mit der Hand wegzustoßen.

JC hielt mitten in der Bewegung inne, wobei sein Gesichtsausdruck bezeugte, wie schwer ihm das fiel, aber er tat es trotzdem. »Das mache ich nicht im Alleingang.« Seine Stimme klang heiser und angespannt, und ganz gegen meinen Willen erregte es mich, als ich sah, wie ernst es ihm damit war. »Wenn du also willst, dass ich weitermache, wirst du zusammen mit mir kommen müssen.«

Ich hatte Schmerz empfinden wollen. Ich hatte mich schmutzig fühlen wollen. Ich wollte mich schuldbewusst fühlen.

Und JC versagte es mir.

Es machte mir Angst. Denn das Einzige, was noch schlimmer für mich war, als gar nichts zu fühlen, bestand darin, mich wohlzufühlen. Ich hatte es nicht verdient. Ich hatte es nicht verdient, glücklich zu sein, solange mein kleiner Bruder so unglücklich war.

JC musste die Angst in meinem Ausdruck gesehen haben. »Es wird alles gut«, sagte er mit denselben Worten, die Norma vorhin benutzt hatte. »Ich sorge dafür, dass du dich besser fühlst, keine Angst.« Vielleicht war es die magische Kraft seines Schwanzes, aber ich glaubte ihm tatsächlich. Ich legte die Hände neben mich auf die Oberfläche und hielt mich an der Kante fest.

JC nahm meinen Akt der Ergebung zur Kenntnis. »Gut.« Sein Lob war wie Balsam. Selbstbewusst, ohne jede Unsicherheit, begann er wieder, meine Klitoris zu reiben. Sachkundig. Mit genau dem richtigen Druck.

Mein Bauch wurde hart und ich fühlte, dass mein Orgasmus direkt bevorstand.

JC begann wieder, sich fest in mich hineinzustoßen, aber seine Bewegungen waren nicht mehr so wild wie zuvor, dafür aber tiefer und intensiver.

»Ich möchte, dass du dich wunderbar fühlst, Gwen.« Sein Daumen setzte sein Spiel mit meiner Klitoris fort und ich bewegte mich immer weiter auf den Höhepunkt zu. »Ich will, dass du dich richtig gut fühlst. Lass dich gehen, Gwen. Komm zusammen mit mir. Wir kommen gleichzeitig.«

Da gehorchte ich ihm. Ich weiß nicht, ob ich selbst die Absicht hatte oder ob ich mich von der Poesie seiner Worte mitreißen ließ. Aber ich ließ mich gehen.

Im selben Augenblick überwältigte mich ein Orgasmus, der mit ursprünglicher Gewalt über mich hereinbrach. Mein ganzer Körper erzitterte unter der Macht der Erschütterungen, die mir an der Wirbelsäule herab und durch alle Glieder tobten. Tränen liefen mir aus den Augenwinkeln. Mein Aufschrei war so laut, dass ich mich mit JCs Schulter knebeln musste.

Aber das Beste daran war das Gefühl der Befreiung. Nicht in physischer, sondern in emotionaler Hinsicht. Der seelische Teil. Mir war, als flöge ich hoch in der Luft. Es war wie Fallschirmspringen. Oder vielmehr, wie ich mir vorstellte, dass ich mich beim Fallschirmspringen fühlen würde – glücklich und wundervoll und frei.

Er kam, während ich noch immer zitterte. Seine Finger gruben sich mir in die Taille, als er leise stöhnend zum letzten Mal fest zustieß.

Dann verharrten wir bewegungslos, nur unsere Brust-körbe hoben und senkten sich heftig und sein Schwanz zuckte noch in mir.

Es dauerte ein paar Sekunden, bis die Euphorie nachließ und ich mit einem Schlag in die Wirklichkeit zurückkehrte. Nur dass ich nicht wusste, wie ich mich jetzt verhalten sollte. Sex um seiner selbst willen hatte ich zwar schon gehabt, aber noch nie mit einem völlig Fremden. Auch war es noch nie auf meine Initiative hin geschehen und auf keinen Fall an meinem Arbeitsplatz. Ich wusste nicht, wie ich jetzt reagieren sollte.

Wie ich mich jetzt fühlen sollte, wusste ich auch nicht. Mir war nicht mehr, als hätte ich mich hoch in die Lüfte geschwungen, sondern eher, als würde ich fallen. Und ich war nicht sicher, ob es ein tröstlicher Fall war, wie beim Einschlafen, oder ein furchterregender Fall wie in Albträu-men. Ich hatte etwas empfinden wollen, aber nicht so. Obwohl ich mich also glücklich fühlte, war mir gerade deswegen elend zumute, was beinahe meiner ursprünglichen Absicht entsprach, aber nicht ganz.

Auch hatte ich nun, da das Küssen und Ficken vorbei war, den Verdacht, dass JC darüber reden wollte.

Nun, nicht, wenn ich es verhindern konnte.

Ich war es, die sich zuerst wieder losmachte. Ich stieß ihn an, und nicht einmal sanft, bis er den Hinweis verstand und einen Schritt zurücknahm. Ich war schon von der Arbeitsplatte gesprungen und hatte bereits meinen Slip aufgehoben, als er sagte: »Wow, das hatte ich nicht erwartet.«

»Es war ja auch nicht so geplant.« Ich stieg in meinen Slip und zog ihn hoch, ohne mich daran zu stören, dass ich klebrig war, denn ich wollte das »Danach« so schnell wie möglich hinter mich bringen. Dann ging ich zu dem kleinen Spiegel über dem Spülbecken hinüber und versuchte, mein Haar wieder in Ordnung zu bringen. Himmel, ich hatte gar nicht gemerkt, dass er die Hände darin vergraben hatte. Wann war das passiert?

»Gwen«, rief JC hinter mir, aber ich drehte mich nicht um. Ich erwiderte auch nicht seinen Blick im Spiegel. »Hey, Gwen, halt.«

Er klang eindringlich und da ich kein totales Biest sein wollte, konnte ich ihn nicht länger ignorieren. Ich drehte ihm den Kopf zu.

»Bist du okay?«

»Ja, natürlich.« Herrgott, wie ich diese Frage hasste. Ich sah wieder in den Spiegel und strich eine verirrte Locke zurück auf die richtige Seite meines Scheitels, ehe ich mich zu JC umwandte, der mich intensiv anstarrte. Offenbar hatte meine Antwort ihm nicht genügt. Aber mehr wollte ich ihm nicht sagen, stattdessen fragte ich also: »Und wie ist es mit *dir*?«

Es klang unfreundlicher, als es gemeint war. Aber ich entschuldigte mich nicht. Wie immer ignorierte JC mein zickiges Verhalten und lächelte. »Ich fühle mich wunderbar. Sogar fantastisch.« Dann runzelte er die Stirn. »Aber um dich mache ich mir Sorgen.«

»Ich habe doch gesagt, dass es mir gut geht.« Ich streifte an ihm vorbei, um seine Jacke vom Boden aufzuheben. Warum ich das tat, wusste ich nicht – ich hatte jede Menge Platz und hätte ebenso gut um ihn herumgehen können. Es war auch nicht nötig, sie für ihn zu holen. Aber es gab mir den Vorwand, etwas anderes zu tun, als ihm in die Augen zu sehen, und ich hatte eine Entschuldigung, ihn noch einmal zu berühren, wenn es auch nur flüchtig und ungeschickt war.

Ich kam zurück und gab ihm die Jacke. Er sah mich immer noch an, sein Blick war intensiv und sein Gesichtsausdruck voller Sorge. *Irgendetwas* musste ich zu ihm sagen. »Es tut mir leid.« Es klang sogar aufrichtig. Denn es tat mir leid. Ein wenig.

Er machte eine Geste, die uns beide einschloss. »Deswegen? Das braucht es nicht.« Er nahm mir mit der einen Hand die Jacke ab und ergriff mit der anderen sanft meine Hand. Auf der Innenseite meines Handgelenks zog er sachte einen Kreis mit dem Daumen. »Bitte sag nicht, dass es dir leidtut, Gwen. Es war schön. Verdirb es dir nicht im Nachhinein.«

Ich spürte, wie etwas in mir nachgab. Ich wusste nicht einmal, was mich dazu brachte, aber der Schutzwall, den ich vor Jahren um mich errichtet hatte, schien zu erbeben und zu schwanken. Mir war plötzlich, als müsste ich weinen. Oder lachen. Oder vielleicht JC wieder küssen, aber nicht so wie vorhin. Diesmal zart. Bedächtig.

Oder vielleicht wollte ich ihn auch ohrfeigen. Oder mich selbst. Oder vielleicht wusste ich auch nicht, was ich wollte, und wenn JC mir in diesem kurzen Moment sagen wollte, was es war, war ich gewillt, ihm recht zu geben.

Ich war gerade im Begriff zu sagen, was auch immer nötig war, um das herbeizuführen, als ich hörte, wie jemand außerhalb der Küche meinen Namen rief.

JC erstarrte und sah genauso erschrocken aus wie ich.

»Bleib hier«, flüsterte ich. Ich ging zur Tür und öffnete sie einen Spaltbreit, nachdem ich mich vergewissert hatte, dass JC von draußen nicht gesehen werden konnte. »Ja, Matt. Ich bin hier. Brauchst du mich?«

Er stand hinter der Theke und füllte gerade seine Sportflasche mit Coca-Cola. »Ich wollte nur Bescheid sagen, dass alles erledigt ist.« Während seine Flasche sich langsam füllte, fuhr er sich mit der Hand über die Glatze, was er häufig tat. »Ich habe alles abgesperrt. Die Angestellten sind alle nach Hause gegangen. Jetzt brauche ich bloß noch ein paar Unterschriften von dir auf den Belegen, dann können wir gehen.« Wenn Matt mich auch wahrscheinlich nicht dafür gefeuert hätte, dass ich es in der Küche mit einem Kunden getrieben hatte, erschien es mir besser, wenn er nichts davon wusste. Und wenn er wüsste, dass ich mit JC zusammen war, würde er sich den Rest denken können.

Ich musste ihn ablenken. Mit einem gezwungenen Lächeln sagte ich: »Okay. Ich komme gleich ins Büro. Ich muss nur gerade etwas Eis aufkehren, das mir runtergefallen ist.« Ich schloss die Tür und wandte mich JC zu, der mich immer noch besorgt anstarrte. »Wenn du vorne rausgehst, löst du die Alarmanlage aus. Die Hintertür ist da drüben, am anderen Ende der Küche.«

»Gwen –«

Ich gab ihm nicht die Gelegenheit weiterzusprechen. »Schalte auf dem Weg nach draußen bitte überall das Licht aus. Ich muss weg.«

Ich ging, ohne auf seine Antwort zu warten, und fragte mich, ob Norma vielleicht doch nicht so unrecht hatte, als sie sagte, ich wäre nicht so stark, wie ich dachte. Denn wenn ich stärker wäre, wäre ich nicht einfach so weggelaufen. Wenn ich stärker wäre, wäre ich geblieben.

FÜNF

KAPITEL FÜNF

ICH WACHTE gegen zwei Uhr nachmittags auf.

Das war für meine Verhältnisse früh, aber ich war ja auch schon früh eingeschlafen, denn ich war ins Bett gefallen, sobald ich zu Hause ankam. Es war mir nicht einmal gelungen, mehr als ein Glas Moscato zu trinken – Normas Lieblingswein und das Einzige, was wir im Haus hatten, wenn er auch für meinen Geschmack zu süß war –, ehe ich den Kopf aufs Kissen sinken und mich vom Nichts verschlingen ließ. Vielleicht war es so das Beste, denn jetzt hatte ich keinen Kater und nicht einmal Kopfschmerzen.

Im Gegenteil, als ich aufwachte, fühlte ich mich verdammt wohl.

Ich hatte natürlich nicht vergessen, was Ben passiert war oder was Norma über meinen Mangel an Stärke gesagt hatte. Aber jetzt hatte ich das Gefühl, dass ich wieder genügend Energie hatte, um mit der Lage fertigzuwerden. Es war erstaunlich, was ein guter Nachtschlaf – beziehungsweise Tagschlaf – bewirken konnte.

Als ich allerdings duschen ging und meine schmerzenden Schenkel mir JC ins Gedächtnis riefen, kam mir der Verdacht, dass ich das nicht nur einem guten Schlaf zu verdanken hatte. Als ich unter dem heißen Wasserstrahl stand und mich zwischen den Beinen wusch, kam unwillkürlich die Erinnerung daran zurück, wie JC meine Klitoris massiert und mich so zum Orgasmus gebracht hatte. An seine Worte, mit denen er mich dazu ermutigte, ihn zu erreichen.

Und ich war es gewesen, die sich *ihm* an den Hals geworfen hatte.

Mir wurde plötzlich ganz schwindelig und ich fing an zu lachen.

Und zwar aus vollem Halse. Ich bog mich vor Lachen. Ich lachte so, dass ich mich mit der Hand an die Kacheln stützen musste, um nicht umzufallen.

Mitten in meinem Heiterkeitsausbruch kam mir plötzlich der Gedanke, dass ich wohl am Ende doch noch übergeschnappt sein könnte, aber ich verwarf ihn schnell wieder und gab mich dieser Gemütsbewegung ebenso vollständig hin, wie ich mich dem Orgasmus an diesem Morgen hingegeben hatte. Außerdem war mein Gelächter ja durchaus gerechtfertigt. Ich hatte etwas für mich völlig Untypisches getan, als ich JC in der Küche gebumst hatte. Und anstatt mich deswegen beschissen zu fühlen, wie ich es erwartet oder vielmehr gehofft hatte, fühlte ich mich wie neugeboren. Und quicklebendig. Und ganz einfach wunderbar.

Es war so unerwartet, dass es komisch wirkte. Außerdem war ich vielleicht ja doch nicht mehr ganz dicht.

Verrückt oder nicht, jedenfalls war ich unverkennbar

beschwingt und voller Elan, als ich mich abtrocknete. Ich war noch in ein Handtuch gewickelt und hatte mir ein zweites um mein blondes Haar geschlungen, als das Telefon klingelte. In der Hoffnung, etwas Neues über Ben zu erfahren, lief ich schnell hinüber.

Nach einem Blick auf die Anruferkennung meldete ich mich. »Norma? Du bist angekommen? Wie geht es ihm?«

»Ja, ich habe es geschafft. Ich bin vor zwei Stunden gelandet und direkt zum Krankenhaus gefahren.« Im Hintergrund hörte ich eine Sprechanlage mit einer Nachricht für Dr. Soundso. Dann das Klicken von Absätzen auf hartem Boden – wahrscheinlich Normas. Ich konnte sie mir vorstellen, wie sie auf und ab ging, während sie mit mir redete. »Habe ich dich geweckt?«

»Nein, ich war schon wach. Und das hätte mir sowieso nichts ausgemacht. Wie. Geht. Es. Ihm?« Es beunruhigte mich, dass sie meine Frage noch nicht beantwortet hatte.

»Es geht ihm gut.« Sie seufzte, aber das schien ihren Stress nicht zu verringern. Ihre Stimme klang noch genauso angespannt und nervös. »Es tut mir leid. Das hätte ich zuerst sagen sollen. Sogar sehr gut. Jedenfalls körperlich. Sie haben ihn rechtzeitig erwischt und seine Leber scheint nicht langfristig geschädigt zu sein.«

»Das ist wundervoll!« Ich war so erleichtert, dass ich schon dachte, ich müsste wieder lachen. Es würde ihm noch schwer genug fallen, sich von dem psychischen Schaden zu erholen. Aber wenigstens musste er sich nicht auch noch mit Gesundheitsschäden herumschlagen. »Und was jetzt? Wird er entlassen? Hast du ihn gesehen?«

»Er will immer noch nicht, dass ich ihn besuche. Aber er weiß, dass ich hier bin. Ich habe ihm während des Fluges einen Brief geschrieben. Ich weiß nicht, ob er etwas nützen wird oder ob er ihn überhaupt liest. Wir werden sehen.«

Meine Einstellung war nun entschieden anders als bei ihrem ersten Anruf an diesem Morgen. Anstatt mich darüber aufzuregen, dass Ben mich nicht sehen wollte, beunruhigte es mich jetzt viel mehr, dass er nicht wollte, dass Norma ihn besuchte. »Ach, Schwesterherz, es tut mir ja so leid.«

»*Schwesterherz*. So hast du mich schon seit Jahren nicht mehr genannt.« Sie klang endlich ein wenig gelockerter und sogar ein bisschen wehmütig.

»Nein, das ist wahr.« Als Norma mein Vormund gewesen war, erschien es mir passend. Ein geeigneter Ersatz dafür, sie Mom zu nennen, was sie mir in vieler Hinsicht war. Ich merkte, dass sie sich darüber freute, und war froh, dass ich ihr ein wenig Trost spenden konnte. »Vielleicht sollte ich dich öfter so nennen.«

»Das wäre schön.« Ich konnte spüren, wie sie lächelte.

Ich wollte sie gern fragen, was in ihrem Brief stand, aber ich wusste, dass es zu persönlich war. Also stellte ich ihr die Frage, die mir wichtiger war. »Was wird jetzt mit Ben?«

Ihre neu entdeckte Weichheit verschwand und sie wurde wieder hart und sachlich. »Sie wollen ihn hierbehalten, bis wir eine Einrichtung zur stationären Behandlung gefunden haben, in die er überwiesen werden kann. Sein Sozialarbeiter hat mir einige Tipps gegeben, aber ich muss mich noch umsehen, um das Richtige für ihn zu finden. Das dauert sicher ein paar Tage.«

»Ich sage das nicht oft, Norma, aber Gott sei es gedankt, dass Hudson Pierce dich so unverschämt gut gezahlt.« Ich dachte manchmal, ihr Gehalt wäre viel zu hoch. Im Vergleich zu den Verhältnissen, in denen wir aufgewachsen waren, hielt ich es für völlig übertrieben. Das bedeutete nicht, dass ich nicht schätzte, was sie für mich tat. Ich sorgte aber auch dafür, dass ich so viel beitrug, wie sie mir gestattete. Und ich sparte. Eine Menge.

Aber in dieser Situation war ich bloß dankbar für ihr Bankkonto. Ich wusste, dass sie es sich leisten konnte, Ben damit die bestmögliche Pflege zuteilwerden zu lassen.

»Nun, ich werde sicherstellen, dass Hudson sich deiner Wertschätzung bewusst ist.«

»Ja, das möchte ich wetten.« Vielleicht war jetzt nicht der richtige Zeitpunkt, sie wegen der Schwärmerei für ihren Chef zu necken, aber ich konnte nicht anders. Außerdem hatte sie schon lange nicht mehr über ihre romantischen Gefühle für ihn gesprochen und es war meine schwesterliche Pflicht, sie daran zu erinnern, dass ich Bescheid wusste.

»Falls du es nicht merken solltest, ich wackele mit den Augenbrauen.«

Anstatt verlegen zu reagieren, überraschte sie mich mit ihrer Antwort. »Du bist aber gut gelaunt. Woran liegt das denn?«

Das war ein Ablenkungsmanöver. Aber ich war in besserer Stimmung, als ich es hätte sein sollen, und dafür gab es nur eine logische Erklärung. »Ich habe in der Küche des Klubs wahllos einen Kerl gefickt. Das hat auf meine Laune Wunder gewirkt.«

»Das solltest du öfter tun. Es hat wirklich einen Unterschied gemacht.« Sie schien es bloß für einen Scherz zu halten.

Was mir ganz recht war. Ich hätte ohnehin nicht gewusst, wie ich ihr meine Begegnung mit JC erklären sollte, wenn sie darauf bestanden hätte. »Ja, ja. Ich liebe dich auch. Wie auch immer.« Während wir uns unterhielten, war ich von der Küche ins Wohnzimmer gewandert, ließ mich dort aufs Sofa fallen und zog die Knie an die Brust, ehe ich wieder ernsthaft wurde. »Norma, wird Ben denn überhaupt in so eine Einrichtung gehen?«

»Ich denke schon. Es ist auf vollkommen freiwilliger Basis, aber sein Sozialarbeiter hat gesagt, er hätte es selbst vorgeschlagen.«

Das war ein gutes Zeichen. Ich kratzte gedankenverloren an dem Nagellack auf meiner Zehe herum. »Vielleicht war das sein eigentliches Motiv? Seine Art, dir zu zeigen, dass er mehr Hilfe braucht.« Ich fand es schwer zu akzeptieren, dass Ben nicht mehr leben wollte, und ich griff nach jedem Strohhalm, der sich mir bot.

Ich wusste, dass es Norma genauso ging. »Ich hoffe es«, sagte sie. »Ich persönlich glaube, dass er nicht mit Dads Entlassung fertigwird. Er hat offenbar Schuldgefühle, weil er es gewesen ist, der ihn ins Gefängnis gebracht hat –«

»Aber das sollte er nicht. Dad hat ihn tätlich angegriffen.« Er hatte uns ebenfalls verprügelt, aber nicht annähernd so schlimm wie Ben.

Und ich hatte gewusst, dass Ben das so empfand. Er wäre sonst nicht so weit weggelaufen. Darum war er auch so viel stärker von dem Missbrauch in unserer Kindheit traumatisiert als Norma und ich. Denn obwohl wir alle von unserem Vater geschlagen worden waren, war er derjenige gewesen, der ihn letzten Endes hinter Gitter gebracht hatte.

»Es lässt sich nicht so einfach sagen, was Ben empfinden sollte und was nicht«, sagte Norma. »Sicher, er hat das Richtige getan. Aber es ist auch natürlich, dass er sich dafür verantwortlich fühlt. Und ich bin sicher, dass er Angst hat, dass Dad sich jetzt an ihm rächen will. Ich habe ihm in meinem Brief versichert, dass die Bewährungsauflagen Dad nicht erlauben, den Staat zu verlassen. Ich werde dafür sorgen, dass die Einrichtung, die wir für Ben aussuchen, hohe Sicherheitsvorkehrungen besitzt, und nach Dads Entlassung stelle ich einen Leibwächter für Ben ein, wenn ihn das beruhigt.«

»Hast du ihm all das in deinem Brief mitgeteilt?«

»Ja.«

Ich war ganz überwältigt davon, was Norma alles für Ben zu tun bereit war. Und ich wusste, dass sie für mich dasselbe tun würde. Sie liebte uns aufrichtig. Sie sorgte auf eine Weise für uns, wie unser Vater es nie getan und unsere Mutter es nie gekonnt hätte. Sie tat weit mehr, als man verlangen konnte, um uns dafür zu entschädigen. Oft fragte ich mich besorgt, wer eigentlich sie dafür entschädigte.

Heute versuchte ich diejenige zu sein, die ihr Trost spendete. »Er wird ihn lesen, Norma. Und wenn er es getan hat, gehe ich jede Wette ein, dass er dich sogar sehen will.«

»Vielleicht.« Sie räusperte sich und wie ich Norma kannte, war sie im Begriff, mir etwas zu sagen, was ich nicht hören wollte. »Gwen, ich weiß ja, dass das mit dem Kerl in der Küche nur ein Scherz war, aber vielleicht ist das gar keine so schlechte Idee. Du brauchst wirklich etwas zum Entspannen.«

Ich hatte es ja geahnt – das wollte ich tatsächlich nicht hören. Es war schlimm genug, wenn ein Fremder mir vorwarf, verkrampft zu sein, aber ich konnte es abstreiten oder ihn ficken, wie es sich herausgestellt hatte. Wenn es meine Schwester war, die mich gut kannte, war es nicht so leicht zu leugnen.

Meine Stimmung verdüsterte sich und ich gab mir keine Mühe mehr, sie zu trösten. »Mir war nicht bewusst, dass du meinen Charakter so unangenehm findest.«

»Tu mir das nicht an«, schimpfte sie mit mir. »Versuche nicht, mir zu unterstellen, dass ich dich nicht so liebe, wie du bist. Du weißt doch, dass ich das tue.« Dann wurde ihr Ton nachgiebiger. »An deinem Charakter habe ich noch nie das Geringste auszusetzen gehabt. Mich stört jedoch, dass du so unglücklich bist. Um Ben mache ich mir immer Sorgen, aber du solltest wissen, dass ich mir auch Sorgen um dich mache. Ben weiß wenigstens, dass er ein Ventil braucht. Es würde dir vielleicht guttun, wenn du auch eines finden würdest.«

Danach verabschiedeten wir uns und ich fühlte mich sofort einsam. Ich zog wieder in Betracht, ein Flugticket zu kaufen und nach San Francisco zu fliegen, und wenn es nur war, um ihr Gesellschaft zu leisten. Nur, um nicht allein zu sein.

Aber ich wollte Norma nicht noch mehr Ärger bereiten, als sie bereits hatte. Außerdem hatte sie mir ohnehin nicht gesagt, in welchem Krankenhaus Ben sich eigentlich befand. Ich war sicher, dass sie das absichtlich unterlassen hatte.

Ich blieb also zu Hause. Es war seit Langem der erste Dienstagabend, den ich allein verbrachte, und das machte mich ruheloser als sonst. Ich konnte nichts finden, was mich geistig genügend in Anspruch nahm, um mich abzulenken. Ganz gleich, was ich versuchte – Lesen, auf Pinterest Surfen, Saubermachen –, meine Gedanken kehrten immer wieder zu Ben und Norma und Dad zurück.

Ich dachte auch an JC. Er war wohl im Klub, während ich hier saß, mir einen Film auf Netflix ansah und versuchte, mir keine Sorgen um meine Familie oder mein eigenes

Bedürfnis nach einem Ventil zu machen. Ich erwog, ins Eighty-Eighth zu gehen. Etwas Offenherziges in meinem Kleiderschrank auszusuchen, mir das Haar hübsch zu frisieren und mich zu schminken. Ich könnte in der Viper auftauchen und Normas Rat folgend versuchen, mich zu entspannen.

Aber es würde einen komischen Eindruck machen, einfach so aufzukreuzen. Anlehnungsbedürftig und irritierend. Das mit JC war ganz klar eine spontane, einmalige Sache gewesen. Er würde wahrscheinlich ohnehin seine Horde um sich haben. Halb nackte Frauen, die nur auf sein Fingerschnippen warteten. Er brauchte mich gar nicht. Und nur weil ich an diesem Morgen in einem Anfall von Mut den Slip hatte fallen lassen, bedeutete das nicht, dass ich jetzt zu einer Orgie bereit war.

Ach ja, und Alyssa war bei der Arbeit. An besagtem Morgen war er ihretwegen gekommen. Das hatte ich nicht vergessen. Ich sollte mich schämen, dass ich mich auf eine potenzielle sexuelle Dreierbeziehung eingelassen hatte. Ich weigerte mich, so etwas zu unterstützen.

Aber wieder von ihm träumen konnte ich doch. Allein zu Hause mit meinem Vibrator erschien mir das die offensichtliche Lösung zu sein.

Erst als ich am Mittwochnachmittag aufwachte, fiel es mir ein – wir hatten kein Kondom benutzt.

IN DER AMBULANTEN KLINIK, zu der ich an diesem Nachmittag gegangen war, teilte man mir nur mit, dass die Symptome irgendwelcher potenzieller Geschlechtskrankheiten sich erst zwei Wochen später zeigen würden. Und ehe ich einen Aidstest machen lassen konnte, musste ich noch länger warten. Mir wurde die Pille danach angeboten, die ich aber ablehnte. Stattdessen bat ich die Sprechstundenhilfe, wenigstens nachzusehen, ob meine Spirale noch da war. Das wurde mir bestätigt. Ich verließ die Klinik mit einem Termin, einen Monat später wiederzukommen.

Ein ganzer Monat. Ein Monat, in dem ich mir Sorgen machen würde. Ein Monat der Reue. Natürlich war mir daraufhin das Hochgefühl nach meiner sexuellen Kücheneskapade längst vergangen, als ich am Donnerstagabend meine Schicht begann. Ich musste beim Schließen des Klubs assistieren, brauchte also eigentlich nicht vor zehn Uhr anzufangen, aber ich war bereits um halb neun gekommen, denn es machte mich nur nervös, allein zu Hause zu sein. Da der Haupteingang vor neun Uhr nicht geöffnet wurde, benutzte ich die Hintertür und sah unterwegs zum Büro noch schnell beim Küchenpersonal vorbei.

Vielleicht wollte ich ihn nur wiedersehen – diesen kalten, sterilen Raum, in dem es jetzt von mit der Vorbereitung der Speisen beschäftigten Köchen und Kellnern wimmelte. Diesen Raum, in dem ich mich von meinem gesunden Menschenverstand und meinem Slip befreit hatte. Diesen Raum, in dem ich mich völlig ungehemmt benommen hatte. Als Brent, der Küchenchef, eine schroffe Anordnung bezüglich des korrekten Stiftelns von Karotten brüllte, hörte ich stattdessen nur, was JC zu mir gesagt hatte. *Ich möchte, dass du dich wunderbar fühlst.*

Trotz meiner nagenden Sorge um das Gesundheitsrisiko, das ich eingegangen war, stieg mir bei der Erinnerung daran eine angenehme Wärme in die Wangen.

»Hey, hübsche Lady«, sagte Brent, als er mich bemerkte. Er war einer der wenigen Angestellten, mit denen ich mich wirklich gut verstand. Das lag teils daran, dass ich nicht seine Vorgesetzte war. Während ich die stellvertretende Geschäftsführerin des Klubs war, war Brent so etwas wie der Küchenmanager. Wir waren auf gleicher Stufe und unterstanden beide nur Matt.

Aber ich hatte das Gefühl, Brent und ich würden uns selbst dann verstehen, wenn das nicht der Fall wäre. Er war genauso anspruchsvoll wie ich, ebenso gewissenhaft und methodisch, aber er wirkte weniger streng. Jedenfalls lachte er mehr als ich. Und er konnte mit den Angestellten scherzen, ohne ihren Respekt zu verlieren. In der Küche lief immer alles glatt, aber ihm war kein Anzeichen von Stress anzumerken, wie es bei mir nach dem Ende einer perfekten Schicht der Fall war.

In mancher Hinsicht beneidete ich ihn, aber ich hatte deswegen keine Abneigung gegen ihn. Ich akzeptierte, dass er war, wie er war, und ich war eben anders. Seine Vorzüge, die ich mir auch gewünscht hätte, besaß ich ganz einfach nicht.

Heute Abend jedoch fragte ich mich, eingedenk meines unerwarteten Stelldicheins und Normas Empfehlung, ich solle mich auch mal amüsieren, ob ich vielleicht nicht doch verborgene Energiereserven in mir hatte.

Ich beschloss also, so zu tun, als wäre dies der Fall und ich durch bloße Willenskraft Zugang zu ihnen hätte. Ich schenkte ihm ein ungewöhnlich strahlendes Lächeln. »Hey, du.«

»So ist es besser. Diese weißen Beißerchen solltest du

öfter zeigen, Gwen-Gwen. Sie bringen dein ganzes Gesicht zum Leuchten.«

»Ach, Brent, auch wenn du dir noch so große Mühe gibst, mir gehst du nicht an die Wäsche.« Das war ein Witz, der uns beide zum Lachen brachte. Brent war nämlich nicht nur zwanzig Jahre älter als ich, sondern auch hundertzehnprozentig schwul.

Dazu kam, dass meine Bemerkung nicht nur humorvoll, sondern auch erstaunlich war. Ich machte so gut wie nie Witze, ganz zu schweigen davon, dass ich selbst über sie lachte.

Brent schob die Kochmütze nach hinten, die er meiner Ansicht nach eher als Modeartikel als um ihres praktischen Nutzens willen trug. Er betrachtete mich. »Du bist heute aber munter. Gehe ich recht in der Annahme, dass es etwas mit einem Mann zu tun hat?«

Ich verdrehte die Augen, spürte aber gleichzeitig, dass ich wieder rot wurde. Was völlig unnötig war, denn Brent konnte ja unmöglich etwas von JC wissen. Es sei denn ... waren die Sicherheitskameras auf diesen Teil der Küche gerichtet?

Ich suchte angelegentlich die Decke nach Kameras ab, während ich antwortete. »Ich kann höchstens müde sein. Ich schlafe im Moment nicht gut. Mein Bruder hat Probleme und meine Schwester ist zu ihm geflogen, um sich darum zu kümmern. Und wenn ich ganz allein in der Wohnung bin, kann ich nicht schlafen.« Gott sei Dank waren die Kameras nicht direkt auf den Tisch – *unseren* Tisch – gerichtet. Wenn jemand sich die Aufnahmen ansah, würde er vielleicht nur einen kleinen Teil von uns erkennen, aber wenn nichts Ungewöhnliches vorgefallen war, sah sich niemand die Aufzeichnungen an, und sie wurden ohnehin nur eine Woche lang aufbewahrt.

»Ach, das ist aber schade. Ich hatte gehofft, dein Freund hätte dich inzwischen erreicht. Mir scheint, du brauchst nicht allein zu sein, wenn du das nicht willst.« Er blinzelte mir zu.

Verflucht. Er hatte doch etwas über JC erfahren. Aber wie? Und was genau wusste er? »Ich habe keinen Freund, Brent. Wovon redest du denn bloß?«

»Du hast also die Nachricht für dich noch gar nicht gesehen?«

»Wo denn? Und von wem?« Außer in der Küche war ich noch nirgendwo gewesen, und hier war nichts für mich. Und die zweite Frage hätte ich gar nicht zu stellen brauchen.

»Im Pausenraum ist eine an deinen Spint geheftet. Ich glaube, im Büro ist noch eine. Der Kerl wollte keinen Namen hinterlassen. Er sagte nur, du wüsstest schon Bescheid.«

Mein Gott, »der Kerl« war arrogant. Ich wusste genau, wer es war. Natürlich wusste ich, wer es war.

Brent ging zum Herd, um nach der Suppe zu sehen, während er mit mir redete. »Er war am Dienstag hier. Kam herein, als gehörte ihm der ganze Klub, und fragte Matt, wann du das nächste Mal arbeitest. Komischerweise hatte Matt nichts dagegen, dass er einfach so durch meine Küche schlenderte, aber er wollte ihm trotzdem nicht sagen, wann deine nächste Schicht ist. Mir scheint, unserem Boss liegt mehr an deinen Angelegenheiten als an meinen. Wie auch immer.« Er wandte sich wieder zu mir um. »Der junge Mann hat gestern wieder angerufen und ich bin zufällig ans Telefon gegangen.«

»Hat er eine Nummer hinterlassen?« Meine Frage klang

übereifrig, eine dumme, hormonbedingte Reaktion. Mein ganzer Körper kribbelte bei der Nachricht, dass JC mich gesucht hatte. Wie machte er das bloß? Wie konnte er mein ganzes Nervensystem auf den Kopf stellen, ohne auch nur anwesend zu sein?

»Ja. Sie steht auf dem Zettel. Und, Gwen, ich hoffe, du bist jetzt nicht beleidigt, aber dieser Kerl war verdammt süß.«

»Er ist ein Kunde, Brent. Sonst nichts.« Ich konnte keinem von uns beiden etwas vormachen, denn ich war bereits unterwegs zum Pausenraum, wo ich sonst nur selten hinging, und zwar in einem Tempo, das man nur als Laufschritt bezeichnen konnte.

Mein Spint war im vorderen Teil des Raumes, ein Privileg, das ich als langjährige Mitarbeiterin genoss. Ich bewahrte darin eine Schachtel Tampons und ein Paar Turnschuhe für Wintertage auf, an denen es draußen zu glatt war, um in Absatzschuhen nach Hause zu gehen. Es verging keine Woche, ohne dass mich eine Kellnerin darum bat, ihr einen Tampon zu leihen. Ich konnte mich nie genug wundern, wie unvorbereitet manche Leute waren. Perioden hatte man schließlich in regelmäßigen Abständen. Selbst ich hatte solche Artikel zur Hand, obwohl ich meine Periode gar nicht mehr bekam.

Der Zettel war ans Metall geheftet und nicht einmal gefaltet. Darauf stand nur: *diesen Kerl zurückrufen*, gefolgt von einer Telefonnummer, alles in Brents unordentlicher Handschrift gekritzelt. Ich zeichnete die Ziffern mit dem Finger nach und prägte sie mir wie zufällig ein, oder vielleicht auch mit Absicht, während ich mich fragte, warum JC unbedingt mit mir reden wollte. Hatte er Angst, ich hätte mich in Schwierigkeiten gebracht? Sorgte er sich wegen des

Zustandes, in dem ich mich befunden hatte, als ich ihn zurückließ? Oder wollte er mich bloß wiedersehen?

Und falls er das vorhatte, wollte ich ihn wiedersehen?

Ich hatte darüber nachgedacht. Himmel, abgesehen von Ben und Norma war das alles, woran ich während der letzten Tage gedacht hatte. Bevor wir gebumst hatten, hätte ich mich strikt geweigert, und all meine Gründe dafür waren noch gültig. Aber nachdem wir nun zusammen gewesen waren, musste ich mir die Sache wohl noch einmal überlegen. JC war offensichtlich ein Playboy – wenn ich das nicht gleich an jenem ersten Abend gemerkt hätte, jetzt war ich mir sicher. Wer sonst würde sich mit einer Frau, die er kaum kannte, auf Sex einlassen, nur weil sie ihn dazu aufforderte?

Aber wenn ich mir aus romantischen Beziehungen nichts machte – und das tat ich nicht –, konnte mir sein Playboy-Verhalten nicht eigentlich egal sein? Der Sex war gut gewesen. Er war sogar sehr gut gewesen. Doch vor allem hatte ich mich danach so wohlgefühlt wie schon lange nicht mehr. Und er war danach nicht schnulzig geworden. Was ein Pluspunkt war.

Was hielt mich also davon ab, ihm eine zweite Gelegenheit zu geben?

Ein Hindernis war wohl, dass ich keine Ahnung hatte, wie ich eine solche Bitte formulieren sollte. Und zweitens war ich nicht sicher, ob er mich wirklich wiedersehen wollte.

Und drittens konnte ich mich unter keinen Umständen dazu bringen, ihn anzurufen. Ich wusste nicht einmal, was ich sagen sollte.

Hinter mir schwang die Angestelltentür auf und brachte mich mit einem Ruck zurück in die Wirklichkeit. Ich war zwar vorzeitig hier, aber mit meiner Vorbereitungsarbeit konnte ich trotzdem anfangen.

Ich wandte mich zum Gehen, blieb aber wie erstarrt stehen, als ich sah, wer gerade eingetreten war.

Es war JC. Und sein Anblick raubte mir den Atem.

Er trug wieder einen Anzug. Er war maßgeschneidert und teuer, und plötzlich konnte ich verstehen, warum so viele Frauen ganz verrückt auf einen Mann in einem Dreiteiler von Armani waren. Er sah wohlhabend, aber nicht pompös aus. Etwa wie ein Rockstar, der sich für die Grammy-Verleihung fein gemacht hatte – wie jemand, den man nicht in einem Anzug zu sehen erwartete, der aber darin traumhaft gut aussah.

Sein ungeheurer Sexappeal war mir bereits bekannt gewesen, aber jetzt wusste ich noch etwas anderes über ihn. Dass er meinem Körper so perfekt passte wie ihm dieser Anzug – eng anliegend und ohne jeden Spielraum.

Wie beim letzten Mal machte ich mir erst gar nicht die Mühe, ihn zu fragen, wie er hereingekommen war, ehe der Klub geöffnet hatte. Und selbst wenn ich das eigentlich gewollt hätte, war ich zu überwältigt, um die richtigen Worte zu finden.

Er war über meinen Anblick ebenso überrascht wie ich über seinen, aber er erholte sich schnell davon und grinste. »Ich habe dich gesucht.«

Seine Stimme klang ruhig und aufrichtig. Sie wirkte auf mich wie eine fast zu heiße Dusche – gleichzeitig wundervoll und brennend auf der Haut. Ich war nicht sicher, ob ich sie genießen oder einen Schritt zurücktreten sollte, bis sie abgekühlt war. Wusste nicht, ob ich ihm näher kommen oder mich abwenden wollte.

Ich blieb, wo ich war. »Das habe ich gehört. Dies hat jemand von den Angestellten für mich hinterlassen.« Ich hielt die Nachricht hoch, die ich gerade gelesen hatte, beeindruckt, dass ich trotz der von ihm ausgehenden Hitze, die mir die Gedanken verwirrte, etwas Vernünftiges herausbrachte.

Als er daraufhin die Stirn runzelte, fragte ich mich, ob mir das vielleicht doch nicht gelungen war. Er zog sein Handy aus der Hosentasche und sah auf dem Bildschirm nach. »Das ist merkwürdig. Ich habe keine Anrufe verpasst.«

Zum zweiten Mal an diesem Abend musste ich lachen. »Ich habe deine Nachricht ja gerade erst bekommen. Ich hatte noch keine Gelegenheit, dich anzurufen.« Es war einfacher, mit ihm zu reden, als ich es in Erinnerung hatte. Oder vielleicht auch nur leichter, als ich *gedacht* hatte, denn ich hatte ja noch nicht oft die Gelegenheit dazu gehabt.

»Du hättest mich sowieso nicht angerufen.«

Ich senkte den Blick, denn ich wollte verhindern, dass er mir ansehen konnte, wie richtig seine Annahme war. Und es ging mir gegen den Strich, dass er, wie immer, richtig geraten hatte. Ich hatte ganz vergessen, wie gern er auf Umstände hinwies, die andere Leute aus Höflichkeit ignorierten. Vielleicht war er doch kein so angenehmer Gesprächspartner. Oder es mochte wohl auch an mir liegen. Ich beschloss, mir etwas mehr Mühe zu geben. »Ich weiß nicht. Vielleicht hätte ich dich doch angerufen. Sobald mir eingefallen wäre, was ich sagen sollte.«

»Du weißt ja nicht, wie froh ich bin, das zu hören.« Er kam näher, bis kaum noch ein Meter uns trennte. Es schien zwischen uns zu knistern und so sehr ich befürchtete, er würde auch die restliche Entfernung zwischen uns überwinden, befürchtete ich noch mehr, dass er es nicht tun würde.

Natürlich war ich es also, die wie zufällig zur Seite auswich und hoffte, dass mein Manöver nicht zu durchsichtig wirkte.

»Woher hast du gewusst, dass ich heute Abend hier sein würde?« Ich versuchte, ganz kühl zu wirken, strich mir durchs Haar und wünschte, es wäre offen und stattdessen wären JCs Finger darin vergraben.

Nein, das wünschte ich mir nicht. Ich wünschte mir, er würde gehen und nie mehr wiederkommen.

»Ich habe logische Schlüsse gezogen. Du hattest zwei Nächte frei. Du hast eine Vollzeitstelle. Entweder würdest du Urlaub haben, oder du musstest heute Abend hier sein. Das Risiko bin ich eingegangen.« Er sah mir in die Augen und ich versuchte, seinen Blick zu erwidern. Obwohl ich eigentlich gar nichts von dem wissen wollte, was seine Augen mir verraten könnten, ertappte ich mich bei dem Versuch, darin zu lesen, und sah schnell weg, um mich stattdessen auf seine Hände zu konzentrieren.

»Was ist das denn?«

Er hielt einen dreimal gefalteten Papierbogen in der Hand. »Oh, das ist für dich. Ich dachte, du wolltest es so bald wie möglich sehen.« Er reichte ihn mir und ich vermied sorgfältig, seine Hand zu streifen, als ich ihn entgegennahm.

Sofort tadelte ich mich dafür, diese Gelegenheit verpasst zu haben, denn wer weiß, ob sie sich mir je wieder bieten würde.

Doch als ich nun diesen Papierbogen in den Händen hielt, wurde meine Neugier darauf, was es sein könnte, stark genug, um meine Gedanken darauf zu konzentrieren.

Ich entfaltete ihn und überflog, was ich für eine Art von Beurteilung hielt. »Was ist das?« Aber ich brauchte nicht auf seine Antwort zu warten. Es wurde mir klar, als ich weiterlas. Nun sah ich es mir ganz genau an.

HIV Früherkennung – negativ, HIV – negativ, Chlamydien – negativ, Hepatitis B – negativ, Hepatitis C – negativ, Herpes Simplex 1 – negativ, Herpes Simplex 2 – negativ, Gonorrhö – negativ, Syphilis – negativ. Jedem grauenhaften, furchterregenden Ausdruck folgte ein Wort, das ihm den ganzen Schrecken nahm.

Mir war, als wäre mir das Gewicht eines riesigen Steinbrockens von den Schultern genommen worden. »Dies sind deine Untersuchungsergebnisse.«

»Ein Teil meiner Untersuchungsergebnisse. Ich dachte, diese Seite würde dich am meisten interessieren.«

»Das ist wahr. Ich danke dir.« Ich sah ihn jetzt an, diesen Mann, von dem ich gar nichts wusste. Ich hatte mir vorschnell ein Urteil über ihn gebildet. Sicher, er war wohl trotzdem ein Playboy. Doch wenn er sich auch bei mir unvorsichtig verhalten hatte, bewiesen seine Testergebnisse, dass er es bei anderen wenigstens nicht gewesen war. »Jetzt ist mir schon viel wohler.«

Er quittierte meinen Dank mit einem lässigen Nicken. »Das habe ich mir gedacht. Darum wollte ich dich ja auch unbedingt finden. Es tut mir leid, dass du zwei Tage darauf warten musstest. Ich hätte es dir eher gezeigt, wenn das möglich gewesen wäre.«

Ich spürte jetzt, wie das mir mittlerweile vertraute Gefühl der Verärgerung über JCs außergewöhnliches Talent zum Gedankenlesen in mir aufstieg, und musste mir auf die Zunge beißen, um keine giftige Bemerkung zu machen. Es faszinierte mich irgendwie, wenn es mich auch noch so aufbrachte. Wie kam es, dass er mich so gut kannte? Und warum wollte er unbedingt, dass ich das wusste?

Was auch immer seine Beweggründe waren, er hatte keine Mühen gescheut, um mir die Information zur Verfügung zu stellen, auf die ich sonst einen Monat hätte warten müssen. »Das weiß ich zu schätzen«, sagte ich und gab ihm seine Untersuchungsergebnisse zurück. »Um ehrlich zu sein, es ist mir wohl ganz recht geschehen, zwei Tage lang Blut und Wasser zu schwitzen.« Das würde mir jedenfalls eine Lehre sein, mich noch einmal auf Sex ohne Kondom einzulassen.

Obwohl das jetzt, da ich wusste, dass JC gesund war, bei ihm kein Problem sein würde. *Nein, nein, nein. Das darfst du nicht einmal denken.*

JC rieb sich nachdenklich das Kinn, während ich mir vorzustellen versuchte, wie seine Bartstoppeln mich an der Hand kitzeln würden. Oder am Schenkel.

»So etwas machst du sonst nie, oder?«, fragte er.

Schon wieder diese unfehlbare Beobachtungsgabe. »Das weißt du doch.«

»Gut.«

Ich war nicht sicher, ob er damit meinte, es wäre gut, dass ich nicht herumhurte, oder gut, dass ich nicht ohne Kondom herumhurte, und das wollte ich ihn gerade fragen, als er meine Frage bereits beantwortete. »Ich meine, es ist gut, dass du dich normalerweise nicht in so riskante Situationen bringst.«

»Natürlich nicht«, sagte ich, wobei das Kopfschütteln, mit dem ich meine Antwort begleitete, nicht zur Bekräftigung meiner Aussage diente, sondern meiner anhaltenden

Verwunderung über seine Fähigkeit Ausdruck gab, mich zu durchschauen.

Er sah mir in die Augen und diesmal hielt er meinen Blick einige lange Sekunden fest. Das hatte ich zu vermeiden versucht, denn ich wusste, dass ich mich in seinen Augen verlieren würde, wenn ich schließlich nachgab. Ich entdeckte darin wieder diese Spuren von Verhärtung und Kummer, die ich schon beim ersten Mal gesehen hatte, gemischt mit einem Anflug von Zustimmung, als wäre ihm bewusst, dass ich es sehen konnte, oder als erwartete er es sogar von mir. Und aufrichtige Faszination spiegelte sich auch darin.

Letzteres machte mich ganz benommen. Er betrachtete mich mit Interesse. Nicht meinen Körper, wenn er auch meine Kurven keineswegs ignorierte, sondern *mich*. Es verlieh mir Selbstbewusstsein. Mein Lächeln wurde entspannter. Und das Herz war mir nicht mehr ganz so schwer.

Als ich gerade dachte, dass ich ihn entweder noch einmal küssen musste oder in Flammen aufgehen würde, runzelte JC die Stirn und sagte: »Sieh mal, ich frage das ja nicht gern, aber was ist mit ... Verhütung? Nimmst du ... Oder die Pille danach ...«

Er wirkte nervös und ich musste ein Kichern unterdrücken. Es war kaum vorstellbar, dass etwas JC aus der Fassung bringen könnte, obwohl ich es gerade mit eigenen Augen sah. »Es ist alles in Ordnung. Ich habe eine Spirale.«

Er ließ es sich kaum anmerken, wie erleichtert er war. »Gut.«

»Deshalb bekomme ich auch nicht mehr meine Periode.« Ich errötete unwillkürlich. »Aber ich weiß gar nicht, warum ich dir das eigentlich erzähle.«

»Es ist gut, dass ich das auch weiß.« Er lachte leise vor sich hin, und zwar offenbar ebenso über sich selbst wie über mich. »Mir war gar nicht bewusst, wie sehr ich mir darüber Sorgen gemacht habe. Nicht über deine Periode, sondern die Verhütung. Ich bin sonst in dieser Beziehung immer sehr vorsichtig.« Er lehnte sich näher zu mir – wie kam es, dass er plötzlich direkt vor mir stand? – und fügte vertraulich hinzu: »Ich habe mich zwar noch nie von Perioden abschrecken lassen, aber es ist viel bequemer, wenn man sich darum keine Gedanken zu machen braucht.«

Ich bekam eine Gänsehaut an den Armen, während ich versuchte, nicht zu viel in seine Andeutung hineinzulesen, und mir gleichzeitig wünschte, dass ich es könnte. »Also, wie gesagt, es ist alles in Ordnung. In beiden Bereichen.«

»Wunderbar.«

Ich zerrte verlegen an meinem Rocksaum und wusste plötzlich nicht, was ich sagen sollte, denn ich wollte nicht mit etwas Unnötigem oder Peinlichem herausplatzen. »Oh. Ich bin auch gesund. Ich bin zwar seit einem Jahr nicht mehr auf Geschlechtskrankheiten oder HIV untersucht worden, aber ich habe in einem Monat einen Termin und kann dir die Ergebnisse zeigen, wenn du willst.«

»Nein. Ist schon gut. Ich bin sicher, dass du nichts hast.«

Es kam mir merkwürdig vor, dass er eine unerwünschte Schwangerschaft so viel mehr fürchtete als eine eventuell tödliche Geschlechtskrankheit. Hatte er wirklich mehr Angst vor Kindern als vor Krankheiten? Typisch Mann.

Dann kam mir ein schrecklicher Verdacht. »Soll das etwa heißen, du hältst es nicht für möglich, dass ich im letzten Jahr mit jemandem geschlafen habe? Willst du deswegen keine Testergebnisse von mir sehen?«

»Nein! Nein. Natürlich nicht.« Er war mir jetzt noch näher und streckte die Hand aus, um mich an der Wange zu streicheln. »Ich will damit sagen, dass ich dir vertraue.« Ich genoss die Berührung seiner Hand an meiner Haut. Das Einzige, das mich daran hinderte, mich anzuschmiegen und um mehr zu bitten, war die Wirkung seiner Worte. Sie berührten mich ebenso stark. »Vielen Dank.«

»Gern geschehen.« Einer seiner Mundwinkel hob sich zu einem hinterhältigen Lächeln. »Und außerdem ist es unwahrscheinlich, dass du im letzten Jahr mit jemandem geschlafen hast.«

Ich wollte gerade etwas erwidern – etwas ziemlich Unfreundliches –, aber er verhinderte es, indem er mir einen Finger auf die Lippen legte. »Hey, hey, doch nur, weil du es dir aus irgendeinem Grund versagst.«

Ich sah ihn immer noch böse an, beruhigte mich aber ein wenig.

»Sieh mal, Gwen, du könntest jeden Mann haben. Daran besteht kein Zweifel. Du willst nur keinen. Das soll keine Kritik sein. Du besitzt sehr viel Selbstdisziplin.« Er strich mir eine Haarsträhne aus dem Gesicht und brachte damit meinen ganzen Körper zum Vibrieren. »Und das ist bewundernswert. Viele Leute – die meisten sogar – würden dafür alles tun. Nur mit Selbstkontrolle kann man abnehmen und Geld sparen. Darauf kannst du stolz sein, ganz gleich, was die Leute sagen. Und das schließt mich selbst ein.«

Diese Worte hatte ich hören wollen – sie bestätigten mir, dass ich so bleiben konnte, wie ich war, dass ich mich nicht zu ändern brauchte, wie es Normas Ansicht nach scheinbar nötig war. Ich fühlte mich geschmeichelt, war dankbar und gerührt.

Aber ich spürte in seinem Ton noch etwas anderes. Herablassung vielleicht. Arroganz. Vielleicht spürte ich auch nur, dass JCs Kompliment eigentlich gar nicht so schmeichelhaft war. Denn selbst wenn es zutraf, dass Selbstdisziplin bemerkenswert war und andere Leute alles tun würden, um sie zu besitzen, hatte ich Angst, dass sie mich umbringen würde, wenn ich keinen Weg fand, sie gelegentlich abzuschütteln.

Ich befand mich also im Zwiespalt. Wieder einmal. Hin- und hergerissen zwischen der Person, die sich in der Küche einem Fremden hingegeben hatte, und einer, die ihre Gewürze alphabetisch ordnete. Hin- und hergerissen zwischen dem Wunsch, dass JC öfter solche Dinge zu mir sagen sollte, und dem Wunsch, dass er alles zurücknahm.

Zwischen dem Wunsch, ihm zu sagen, dass er für immer verschwinden sollte, und dem, ihn für immer zu behalten.

Voller Verwirrung und Frustration tat ich genau das, was ich Ben so oft vorwarf – ich wählte den Fluchtweg. Ich stieß JC von mir und falls diese physische Geste nicht ausreichen sollte, distanzierte ich mich auch mit Worten von ihm. »Übrigens tut es mir leid, dass ich neulich deine Pläne durcheinandergebracht habe.«

Falls mein Rückzug ihn enttäuscht haben sollte, zeigte er es nicht. »Meine Pläne?«

»Mit Alyssa.« Ich konnte ihren Namen kaum aussprechen, ohne dass er mir beinahe in der Kehle stecken blieb. »Du hast gesagt, dass du auf sie gewartet hast.« Oh Gott, ich klang wie eine eifersüchtige Freundin, dabei hatte ich genau das Gegenteil beabsichtigt – ich wollte wie jemand wirken, der loslässt, anstatt sich festzuklammern.

»Alyssa? Du hast gedacht, ich wäre mit Alyssa zusammen?« Er lachte leise. »Ich hatte nichts mit ihr geplant. Sie wollte die Telefonnummer von einem der Männer, die letzte Woche da waren, und ich war nur vorbeigekommen, um sie ihr zu geben.«

»Oh, ich hatte es bloß vorausgesetzt.« Mein Ton war kalt. Ich war zwar erleichterter, als ich es wahrhaben wollte, dass er nichts mit Alyssa hatte, aber ich schätzte es nicht sehr, ausgelacht zu werden.

Ehe ich reagieren konnte, ergriff JC mich mit einer Hand an der Taille und schwang mich mit dem Rücken gegen die Spinde. Er beugte sich ganz nahe zu mir hinunter, seine Lippen nur Zentimeter von meinen entfernt, und blockierte mich mit dem Körper. »Setze nichts voraus, Gwen. Es steht dir nicht.«

»Du bist ein ganz schöner Esel, weißt du.« Verdammt, ich wollte ihn küssen. Und ihn dann ohrfeigen. Und ihn dann möglicherweise wieder küssen.

»Ja, das bin ich wirklich.« Sein Atem kitzelte meine Lippen und ich selbst hielt die Luft an und wartete. Wartete darauf, dass er mit seinem Mund den meinen erobern würde. Stattdessen redete er weiter. »Ich möchte bloß nicht, Gwen, dass du meinst, du müsstest auf irgendjemanden eifersüchtig sein. Sie will ich auf keinen Fall.«

Ich wusste nicht, was ich sagen sollte. Oder tun. Aber als die Sekunden vorübergingen, wurde mir klar, dass er die Initiative mir überließ. Er wollte, dass *ich* ihn küsste.

Das wollte ich ja auch – schrecklich gern sogar.

Aber ich konnte es einfach nicht. Als ich ihn in der Küche zum Sex genötigt hatte, war ich vor Kummer und Sorge halb wahnsinnig gewesen. Ich hatte eine Entschuldigung für mein irrationales Verhalten gehabt. Jetzt hatte ich

das nicht. Wenn ich ihn jetzt küsste, wenn ich jetzt irgend-
einen Annäherungsversuch machte, war das eine bewusste
Entscheidung. Und obwohl ich den Gedanken verlockend
fand, mehr mit ihm zu haben, wusste ich nicht, ob ich eine
solche Entscheidung wirklich treffen konnte.

Er spürte es sofort. Er senkte zuerst den Blick und ich
glaubte, eine Spur von Enttäuschung in seinem Ausdruck
gesehen zu haben, aber vielleicht schmeichelte ich mir auch
nur. Dann nahm er einen Schritt zurück und befreite mich
aus seinem Männergefängnis. »Also, das war alles. Ich sollte
dich jetzt wieder an die Arbeit gehen lassen. Wenn es jemals
etwas geben sollte, was du brauchst ...«

Dies würde sein letztes Angebot sein. Ich wusste nicht,
wie ich so sicher sein konnte, aber es schien mir kristallklar.
Mir tat das Herz weh und ich wünschte, ich hätte die Kraft,
ein anderer Mensch zu sein. Jemand, der nicht immer alles
überanalysierte.

Ich wünschte mir, ich müsste nicht nur zusehen, wie er
davonging.

Er war schon fast verschwunden, als es geschah. Ich rief
ihm nach: »JC!«

Ich wartete, bis er sich mir wieder voll zugewandt hatte,
ehe ich fortfuhr, hauptsächlich deswegen, weil ich keinen
blassen Schimmer hatte, was ich sagen sollte. Als ich zum
Reden ansetzte, kamen die Worte wie von selbst. »Dein
Angebot – war es dir ernst damit?«

Er runzelte fragend die Stirn.

»Du hast doch gesagt, dass du mir helfen könntest. Dabei,
weniger angespannt zu sein.« Die Worte sprudelten nur so
aus mir heraus, teils, weil ich plötzlich adrenalingeladen war,
und teils, weil ich Angst hatte, ich würde mich daran

hindern, wenn ich es langsamer tat. »Hast du das ernst gemeint?«

JC lächelte auf eine Weise, die halb provozierend und ganz heiß war. »Gwen, falls du mich fragst, ob ich willens bin, noch einmal deinen Korken knallen zu lassen, ist die Antwort ja. Sogar sehr gern. Und beim Entspannen helfe ich dir auch gern.«

»Du willst mir durch Ficken helfen, mich zu entspannen?« *Norma wäre so stolz auf mich.*

»Und durch andere Dinge.« Er lächelte wie ein Mann, dem es endlich gelungen war, seine lang-gejagte Beute zu fangen, und vor Angst und freudiger Erregung bekam ich Herzklopfen. »Ob ich mein Angebot ernst gemeint habe? Ja. Das habe ich. Das tue ich immer noch. Ist das etwas, was du gern ausführlicher besprechen möchtest?«

»Ich glaube schon.« Ich wollte zuversichtlicher klingen, denn das *war* ich ja, und korrigierte mich: »Ja, ich möchte es gern ausführlicher besprechen.«

»Dann lade ich dich morgen zum Mittagessen ein.« Er klang fest entschlossen. Als ich noch schwankte, war er unverbindlicher aufgetreten, aber sobald ich mein Interesse bekundet hatte, übernahm er sofort die Kontrolle.

Zu meiner Überraschung gefiel mir das. Es war seltsam tröstlich, sich keine Gedanken um etwas machen zu müssen, obwohl es sich andererseits auch ungewohnt anfühlte. Aber ich hatte es ja so gewollt. Also überließ ich es ihm, für uns Pläne zu schmieden.

Mit einer Ausnahme. »Ich esse nie zu Mittag.« Wenn JC an meinem Leben teilnehmen wollte, musste er sich nach meinem Zeitplan richten.

»Natürlich nicht, daran habe ich nicht gedacht. Aber das

macht nichts. Das können wir berücksichtigen.« Aus seiner Äußerung ging hervor, dass er sich nicht nur auf die Verabredung bezog, die wir gerade planten. »Dann gehen wir eben frühstücken. Ich hole dich hier um sechs Uhr ab.«

Damit ließ er mich allein und in völligem Gegensatz zu dem Morgen, an dem ich von Bens Selbstmordversuch erfahren und mich betäubt und erstarrt gefühlt hatte, befand ich mich jetzt in einem extrem emotionalen Zustand. Ich wusste nicht, ob ich schreien oder kreischen, lachen oder weinen sollte. Ich fühlte mich wie ein Dampfkessel, der gleich explodieren würde.

Auf Gedeih und Verderb, es war geschehen – ich hatte innerhalb von kaum einer Woche zwei impulsive Dinge getan.

Und irgendwie hatte ich das Gefühl, dass das nur der Anfang war.

SECHS

KAPITEL SECHS

ICH HATTE KEINE AHNUNG, was JC damit meinte, als er sagte »Ich hole dich ab«, und befürchtete schon fast, er würde in einem Wagen kommen und mit mir zu irgendeinem Luxusrestaurant fahren. Aber das hatte ich mir nicht von unserem Treffen versprochen. Ich war auf eine Unterhaltung aus, kein Rendezvous. Und ich wollte auch nicht, dass irgendjemand im Klub mich mit ihm sah und Gerüchte in Umlauf brachte.

Aber ich hatte keinen Grund zur Sorge. Als ich aus der Hintertür kam, stand JC ein paar Meter entfernt lässig an die Seite des Nachbargebäudes gelehnt und machte gar nicht den Eindruck, als würde er auf mich warten. Er trug jetzt Jeans und eine maßgeschneiderte graue Wolljacke, die ihm so perfekt passte, dass mir fast der Herzschlag aussetzte. Er nickte mir unauffällig zu, als ich mich von dem anderen diensthabenden Manager verabschiedete, der dann in der entgegengesetzten Richtung« auf die U-Bahnstation zu verschwand.

Dann ging ich zu JC hinüber.

Wir gingen schweigend nebeneinander her, als er mich zu dem zwei Blocks weiter gelegenen Café Angelique führte. Es war kalt und noch ziemlich dunkel, aber unser schneller Schritt und meine hyperaktiven Hormone bewirkten, dass mir die niedrigen Temperaturen kaum etwas ausmachten. Als wir unser Ziel erreicht hatten, glühten mir die Wangen und ich hatte Herzklopfen, und ich war froh, dass ich das auf unseren Spaziergang zurückführen konnte.

Im Café bestellten wir uns Frühstück – Quiche und Kaffee – und suchten uns einen Tisch im Hintergrund. Ich wartete, bis wir unsere Jacken und Handschuhe abgelegt hatten, stellte fest, dass JCs blauer Pullover seine Augen zur Geltung brachte, und kam dann direkt zur Sache. »Also ... zu deinem Angebot.«

Er schüttelte lächelnd den Kopf. »Du kannst es nicht einmal fünf Minuten genießen, nur gemütlich hier zu sitzen, ohne gleich loszulegen, oder? Kein Wunder, dass du mich brauchst.«

Eigentlich waren es eher zehn Minuten gewesen, sogar zwölf, wenn man den Fußweg mitzählte. Ich schürzte die Lippen und überlegte, ob ich ihn korrigieren sollte oder nicht. Dann war da noch die provozierende *Du-brauchst-mich*-Bemerkung. Gegen Letztere beschloss ich mich zu wehren und benutzte dazu eine Variation der Ausdrucksweise, die er vor Kurzem auf mich gemünzt hatte. »Sei nicht so ein einge-bildeter Gockel. Das steht dir nicht.«

»Der Punkt geht an dich«, entgegnete er grinsend. »Aber ich glaube nicht, dass dich das sehr stört. Dass ich ein *Gockel* bin, meine ich.« Er betonte das Wort Gockel, was total pubertär klang, aber auch wiederum ganz süß.

Ich verbiss mir ein Lächeln. »Irgendwie habe ich nicht den Eindruck, dass du den Ausdruck in demselben Sinn benutzt wie ich.«

»Du bist so ziemlich hundertprozentig verkrampft, nicht wahr?« Es war erstaunlich, wie es ihm gelang, so etwas zu sagen, ohne wie ein ausgemachter Mistkerl zu klingen. Er war direkt, sicher. Er war unverschämt. Aber es war offensichtlich, dass er durch Neugierde und nicht durch Grausamkeit motiviert war.

Anstatt also zurück zu schnauzen – und damit meinem ersten Impuls zu folgen –, versuchte ich es mit Humor. »Neunundneunzigprozentig. Sonst wäre ich gar nicht hier.«

»Na, Gott sei Dank.«

Die Aufrichtigkeit seiner Antwort und die intensive Hitze, die aus seinen Augen strahlte, ließen mich erzittern. Obwohl mir keineswegs kalt war, erschauerte ich.

Seine Augen blitzten, als er meine Reaktion bemerkte. Während meiner ganzen Schicht hatte ich mich gefragt, wie unser Treffen wohl verlaufen würde – freundlich, banal, sinnlich oder verführerisch. In diesem Augenblick wurde mir klar, dass mein Zusammensein mit JC, ganz gleich, was auch geschehen mochte, ganz gleich, was sich zwischen uns ereignete, immer elektrisierend sein würde.

Soweit es mich betraf waren wir hier, um eine Wiederholung dessen zu besprechen, was wir an jenem Morgen in der Küche getan hatten. Nun wusste ich, dass diese Wiederholung höchstwahrscheinlich stattfinden würde, ehe *dieser* Morgen vorüber war.

Diese Erleuchtung war aufregend. Und merkwürdigerweise wirkte sie entspannend auf mich.

JC senkte zuerst den Blick und nahm einen Bissen von seiner Quiche. Ich folgte seinem Beispiel. Während des Essens beobachtete er mich unverhohlen. Solche Unverfrorenheit besaß ich nicht, meine Blicke waren eher verstohlen. Ich entdeckte, dass seine Augen nicht nur blau waren. Sie hatten graue Flecke und ich stellte mir vor, dass ihre Farbe sich dem anpasste, was er gerade trug. Sicher sahen sie weniger blau aus, wenn er die graue Jacke wieder anzog.

Am meisten beschäftigte mich sein Körper. Ich hatte ihn immer nur angezogen gesehen, aber was er bisher getragen hatte war maßgeschneidert und eng anliegend gewesen. Er war offensichtlich fit – ich wusste bloß nicht, wie fit. Er hatte mich mit Leichtigkeit getragen, als er mich in der Küche auf den Tisch gehoben hatte. Ich hatte den Verdacht, dass sich unter seinen Kleidern eindrucksvolle Muskeln verbargen. Der bloße Gedanke daran ließ mir eine Röte in die Wangen steigen, die er, wie ich hoffte, auf den Kaffee zurückführte, den ich gerade trank.

Erst als wir unser Frühstück beinahe ganz beendet hatten, tupfte er sich schließlich den Mund mit der Serviette ab und sagte: »Okay, kommen wir zu meinem Angebot, dich aufzulockern. Bist du bereit? Es ist ganz einfach.« Er breitete die Arme aus, als wäre es vollkommen selbstverständlich. »Verbringe etwas Zeit mit mir.«

»Und?« Ich hatte eigentlich ein wesentlich sinnlicheres Angebot erwartet.

»Und das ist alles.«

Ich wischte mir ebenfalls den Mund ab, nahm noch einen Schluck Kaffee und überlegte, was mich an seinem

Angebot störte. Dann hatte ich es. »Das klingt ein wenig nach einer Beziehung.«

»Nein.« Er dehnte das »*ei*« und schüttelte den Kopf. Ich konnte nicht leugnen, dass es mir Genugtuung verschaffte, ihn auch einmal aus der Ruhe zu bringen, anstatt andersherum, wie es für gewöhnlich geschah. »Auf keinen Fall eine Beziehung. Ganz im Gegenteil, ohne jegliche Verpflichtungen.«

»Weil du ein Beziehungsmuffel bist. Wie klischeehaft.« Nicht dass es mir etwas ausmachte. Ich hatte mich sogar darauf verlassen. Doch irgendwie fiel mir dieser lockere Unterhaltungsstil in JCs Gesellschaft schon viel leichter als sonst. Vielleicht hatte er ja nicht so unrecht damit, dass all meine Probleme sich lösen würden, wenn ich ihm nur etwas Zeit widmete.

»Nein, nicht weil ich ein Beziehungsmuffel bin, obwohl das nicht ganz falsch ist. Aber es geht darum, dich aufzulockern, und Verpflichtungen bewirken genau das Gegenteil.«

Darüber ließ sich nicht streiten. »Okay. Ich bin also bloß ab und zu mit dir zusammen. Keine Beziehung. Keine Verpflichtung. Damit bin ich einverstanden.«

»Gut. Sieh mal an. Du wirkst schon lockerer.« Er ignorierte den bösen Blick, den ich ihm zuwarf. »Nun, wir haben beide einen merkwürdigen Lebensrhythmus, wir müssen also eine Zeit finden, zu der wir uns regelmäßig verabreden. Zu einer Nicht-Verabredung.«

»Ist eine regelmäßige Verabredung denn nicht doch eine Verpflichtung?« Ich war zwar diejenige gewesen, die dies angeregt hatte ... was immer es auch zwischen uns werden sollte, und jetzt war ich es, die dauernd Einwände machte. Dessen war ich mir bewusst. Aber ich tat es nicht, weil ich nach einer Entschuldigung suchte, dieses »was auch immer« abzublasen. Aber ich war mit solch unverbindlichen Abmachungen schon einmal ins Wasser gefallen. Diesmal wollte ich mir über die Bedingungen völlig im Klaren sein.

»Ich habe ja gleich gewusst, dass das kommen würde. Und ja.« Er hielt den Zeigefinger hoch. »Es ist eine Verpflichtung. Aber es ist unsere einzige Verpflichtung dabei. Und wir können beide jederzeit absagen.«

Ich fuhr mit den Händen an meiner Kaffeetasse entlang, um mich zu beschäftigen und meine Nerven zu beruhigen. »Ich höre.«

»Also, ich wohne eigentlich nicht in New York. Ich wohne in Los Angeles.«

Ich starrte ihn an. »Oh, das wusste ich nicht.« Ich gab mir Mühe, nicht enttäuscht zu klingen. Er hatte die Viper jeden Dienstag reserviert, aber das hieß nicht unbedingt, dass er auch jede Woche tatsächlich da sein musste. Wie oft *war* er also überhaupt in New York?

Als könnte er Gedanken lesen, sagte er: »Ich bin jede Woche hier. Geschäftlich. Montags nehme ich einen Nachtflug nach New York und donnerstags nehme ich einen Nachtflug nach Hause.«

Dem Himmel sei Dank. Obwohl ich natürlich neugierig war zu erfahren, was für ein Beruf von ihm verlangte, dauernd hin- und herzufliegen, brachte mich etwas anderes an seiner Aussage durcheinander. »Aber heute ist Freitag.«

»Ich bin gestern Abend nicht zurückgeflogen.«

Ich war verdutzt. »Warum denn nicht?«

»Deinetwegen.«

Ich spürte, wie ich blass wurde. Ich konnte nicht leugnen, dass sein Geständnis mir zu Kopf stieg, aber ein anderer

Teil von mir, der vernünftige Teil, riet mir, dieses Adrenalin zur Flucht zu benutzen. Ich wollte etwas Zwangloses. Ich wollte ungebunden bleiben. Ich wollte auf keinen Fall, dass jemand meinetwegen seine Gewohnheiten änderte. JC lehnte sich über den Tisch, legte seine Hand auf meine und brachte damit meinen ganzen Körper zum Kribbeln. *Alarmstufe Rot*, warnte mich die rationale Gehirnhälfte. *Nimm deine wiederentdeckte Libido, lauf so schnell wie möglich weg von hier zum Pleasure Chest und kauf dir einen neuen Dildo.*

Nicht zum ersten Mal im Leben hatte ich das Gefühl, dass etwas mit mir entschieden nicht in Ordnung war. Ganz abgesehen davon, dass ich total gehemmt war. Denn welche normale Frau wünschte sich eine rein körperliche sexuelle Beziehung ohne irgendwelche Gefühle?

Doch das war genau, was ich wollte. Ich war gefühlsarm. Damit hatte ich mich schon lange abgefunden. Ich konnte nur meinen Bruder und meine Schwester lieben, sonst nichts. *Niemanden* sonst. Alle anderen, für die ich je etwas empfunden hatte, hatten mich entweder verprügelt, mich im Stich gelassen oder waren gestorben. Ich wusste zwar, dass meine vergangenen Erfahrungen keinen Einfluss auf meine Zukunft hatten. Der nächste Mensch, dem etwas an mir lag, würde mich vielleicht nicht enttäuschen – das wusste ich natürlich; ich war ja nicht dumm. Doch dieses Risiko würde ich nie mehr eingehen.

Und wenn in einer Zweierbeziehung nur eine Partei emotional beteiligt war und die andere nicht, war das eine Katastrophe. Das hatte ich bereits hinter mir. Und es würde mir nicht noch einmal passieren.

JC drückte mir sanft die Hand. »Gwen, hör auf durchzudrehen. Mir geht es nur um Sex, nicht um Liebe.«

Ich betrachtete ihn kritisch und versuchte, das Brennen nicht zu beachten, das von seiner Hand ausging, die immer noch auf meiner lag. »Du hast also deinen Flug verpasst, um mit mir zu schlafen?« Es war schwer zu glauben, dass er in L.A. nicht mit Leichtigkeit jemanden für denselben Zweck gefunden hätte.

Es sei denn, er wäre besonders auf mich erpicht.

»So ziemlich.«

Es war tatsächlich meinetwegen. Nun, also wirklich. Ich konnte mir ein Lächeln nicht verkneifen. Es war allerdings übertrieben, meinetwegen zu bleiben, aber es war nicht das Verrückteste, was ein Mann je für Sex getan hatte, soweit mir bekannt war. Und solange es nicht mit Gefühlen verbunden war, konnte ich damit leben. »Also gut. Fahre fort.«

JC schien ein wenig erstaunt, dass ich so leicht zu überzeugen war. Er nahm die Hand von meiner, um sie zum Gestikulieren zu benutzen, während er sprach. »Wenn dies also funktionieren soll, müssen wir uns vorher über ein paar Dinge einigen.«

»Also gut.« Ich zog meine Hand vom Tisch und legte sie in meinen Schoß. Wenn ich das nicht getan hätte, befürchtete ich, er würde merken, wie verzweifelt ich mir wünschte, dass er mich wieder berühren würde. Und diesmal nicht nur an der Hand.

Er schien völlig zu übersehen, was mit meiner Libido vor sich ging, was eigentlich absurd war, denn das war ja gerade unser Gesprächsthema. »Also in erster Linie dreht es sich darum, Zeit miteinander zu verbringen.«

»Zeit und Sex.« Es juckte mich zwischen den Schenkeln. Ich wollte endlich von den Worten zu den Taten übergehen.

»Nun, ja.«

Bei dieser kurzen Bestätigung spürte ich tief im Unterleib ein Beben.

Dann erging er sich wieder in Einzelheiten. »Es handelt sich nicht um eine Beziehung. Wir werden nicht Freund und Freundin sein. Keine emotionale Bindung eingehen. Bist du damit einverstanden?«

»Ja. Damit bin ich vollkommen einverstanden. Ich bin an Bindungen nicht interessiert.« Von einem Kerl wie JC hatte ich nichts anderes erwartet, aber da seine vorhergehenden Bemerkungen zweideutig geklungen hatten, war ich erleichtert, als er es klarstellte.

»Bist du sicher? Ich möchte wirklich nicht, dass du dich in mich verliebst. Das wäre äußerst unschön.«

Wieder diese Arroganz. Seit wann ist Überheblichkeit so sexy? »Verlass dich drauf, JC. Du könntest mich nie dazu bringen, mich in dich zu verlieben.« Es gab sehr wenige Gefühlsregungen, die ich mir erlaubte. Romantische befanden sich auf keinen Fall in meinem Repertoire.

»Gut. Das wollte ich bloß von vornherein klarstellen. Jetzt werde ich etwas vorschlagen, das dir vielleicht extrem vorkommt, aber hab ein wenig Geduld. Es wird einfacher sein, kein Verhältnis einzugehen, wenn wir so wenig wie möglich voneinander wissen. Nur die Vornamen. Telefonnummern tauschen ist okay, nehme ich an, aber keine Adressen oder Facebook-Freundschaft. Bist du damit einverstanden?«

Ich zögerte und ließ es mir durch den Kopf gehen. Es war extrem und ich konnte mir nur einen Grund dafür denken, darauf zu bestehen. »Ach du lieber Himmel. Du bist doch nicht etwa verheiratet?« Das machte es zwar unwahrscheinlicher, dass er auf eine Bindung aus war, aber auf Ehebruch ließ ich mich nicht ein.

Obwohl ich das vielleicht schon getan hatte, da ich ja bereits mit ihm geschlafen hatte. *Oh, verdammt.*

Aber JC protestierte heftig. »Nein, nein, nein, nein. Ich bin nicht verheiratet, Gwen. Nicht. Verheiratet. Ich schwöre bei allem, was dir heilig ist, dass ich keine Frau, Verlobte oder Freundin habe. Nichts. Ich bin vollkommen ungebunden. Ich bitte dich, kannst du dir bei mir irgendetwas anderes vorstellen?«

Ich konnte es mir beinahe vorstellen – ich konnte ihn als fürsorglichen Beschützer und liebevollen Partner sehen. Während unserer kurzen Bekanntschaft hatte er alle diese Eigenschaften bewiesen und es gehörte nicht viel Fantasie dazu, ihn in dieser Rolle mit jemandem zu sehen, den er liebte.

Aber er hatte auch ganz andere Seiten. Wenn ich es recht bedachte – obwohl er nett sein konnte, nein, er war nicht der Typ, der sich binden würde. Unter keinen Umständen. Niemals. »Warum dann die Geheimnistuerei?«

»Nicht geheimnistuerisch. Anonym.« Er senkte den Blick und schien unsicher, ob ich hören wollte, was er als Nächstes zu sagen hatte. »Unbeteiligt.« Er sah mich wieder an. »Ist das für dich nicht akzeptabel?«

Das hätte es wohl nicht sein sollen. Wenn er nicht verheiratet war, musste er etwas anderes zu verbergen haben, wenn ich mir auch beim besten Willen nicht vorstellen konnte, was das sein könnte.

Auf der anderen Seite, wollte ich nicht dasselbe? Ich wollte ja auch nicht, dass er etwas über mein Leben erfuhr – über meinen Vater, über Ben. Vielleicht hatte er ja auch

seine Familiengeheimnisse. Wollte ich wirklich darauf bestehen, sie zu erfahren, wenn er dann von mir dasselbe
verlangen konnte?

»Doch, das halte ich für akzeptabel«, sagte ich ernsthaft.
»Es ist sogar eine großartige Idee, finde ich.«

»Das ist es, nicht wahr?« Er lehnte sich näher zu mir und
senkte die Stimme beinahe zu einem Flüstern. »Außerdem
ist es auch ziemlich heiß. Nur voneinander zu wissen, worauf
es ankommt. Was wir auf natürliche Weise herausfinden.
Durch unsere eigenen Entdeckungen.«

Seine Worte waren voller sexueller Anspielungen, aber
wie immer, wenn er solche Dinge sagte, kamen sie mir nicht
schlüpfrig vor. Ich empfand sie als sinnlich.

Außerdem hatte er recht – die Anonymität und das
Rätselhafte daran erhöhten noch den Reiz. Ich wurde ganz
ungeduldig, das Ganze endlich abzuschließen. »Gibt es noch
etwas, das wir regeln müssen?«

»Ja. Die Details. Bist du damit fertig?« Er wies auf meine
halb gegessene Quiche hin.

Da mir auf alles andere als Hautkontakt der Appetit
vergangen war, sagte ich Ja. Er trug unsere Teller zum
Geschirrständer und kehrte zurück, um sich wieder hinzu-
setzen und fortzufahren. »Ich habe es mir folgendermaßen
gedacht. Um wie viel Uhr stehst du mittwochs auf? Nachmittags? Abends?«

Ich war beeindruckt, dass er meinen ungewöhnlichen
Lebensstil nicht vergessen hatte. »Ungefähr um sechs.
Manchmal auch um sieben.«

Er nickte zustimmend. »Perfekt. Bis um diese Zeit arbeite
ich gewöhnlich. Sagen wir mal, wir treffen uns mittwochs um
sieben in meinem Hotel. Dann können wir unsere gemein-

samen Nächte planen. Damit haben wir eine regelmäßige Verabredung.«

»Erwarte nicht von mir, dass ich schlafe. Nachts schlafe ich nie.« Sobald ich das gesagt hatte, kam ich mir dumm vor. Das wusste er schon.

»Wir werden nicht schlafen«, sagte er und senkte die Lider. »Ich schlafe ohnehin selten. Das ist also kein Problem.«

Plötzlich fiel mir das Atmen schwerer und mir wurde heiß im Nacken. Ich wollte dies. Sogar unbedingt. Aber ich war nicht daran gewöhnt, mir irgendwelches Vergnügen zu gestatten, und noch weniger daran, anderen Leuten zu vertrauen. Diese Vereinbarung mit JC, einem Mann, den ich gar nicht kannte, führte mich weit aus meiner Komfortzone heraus.

Aber wie Norma schon angedeutet hatte – und alle, die sonst mit mir zu tun hatten, ebenfalls –, war meine Komfortzone ein eng gewobener Kokon. Sicher hatte auch jede Raupe etwas Angst, ehe sie aus ihrem Kokon schlüpfte.

Außerdem konnten wir ja jederzeit absagen. Das war Teil der Vereinbarung. »Gut, dann also jeden Mittwoch.«

»Jeden Mittwoch.« Er kniff die Augen zusammen. »Macht dich das nervös?«

Ich schüttelte den Kopf, sagte aber: »Ich bin mir nicht sicher.«

»Nun. Das ist wohl ein gutes Zeichen.« Er rieb sich die Hände, als wollte er sie sich wärmen oder als wäre er auch etwas beklommen. »Ehrlich gesagt bin ich mir auch nicht ganz sicher. Nicht, was dich betrifft. Nicht wegen dieser Sache.«

»Weswegen denn dann?«

»Allem anderen.«

Seine vage Antwort erregte meine Neugier, aber ich konnte an seinem Gesichtsausdruck ablesen, dass er nicht mehr verraten würde. Und vielleicht war es ganz gut so. Ich wollte ja schließlich auch nicht über meine Gründe reden. Es war besser so. Geheimnisse hatten auch ihre Vorteile.

Aber es gab etwas, das ich vielleicht doch sagen sollte. Über mich. »Ähm, JC, nur wegen neulich ... in der Küche. Das sollte ich dir erklären.«

»Nein, das solltest du auf keinen Fall. Keine Einzelheiten über unser Leben, hast du das vergessen?«

Ich hatte nicht vorgehabt, ihm etwas über Ben oder irgendetwas Genaueres zu erzählen, er sollte bloß wissen, dass mein Verhalten für mich uncharakteristisch gewesen war. Ich wollte nicht, dass er unrealistische Erwartungen an mich stellte. »Du musst aber wissen, dass ich normalerweise nicht so bin. Ich hatte –«

»Keine Sorge.« Er unterbrach mich. »Ich weiß. Was immer dich dazu bewogen hat, dich neulich so zu verhalten, geht mich nichts an, und das soll auch so bleiben. Ich bin froh, dass ich gerade da war. Es hat mir noch nie so zum Vorteil gereicht, zur rechten Zeit am rechten Ort zu sein.«

Komisch, ich hatte gedacht, er wäre zur falschen Zeit am falschen Ort gewesen. Aber ich lächelte und ich konnte schon gar nicht mehr zählen, wie oft er mich dazu gebracht hatte. Lächeln war auch ganz untypisch für mich. Vielleicht war das alles JCs Einfluss zu verdanken.

Ich trank meinen Kaffee aus. »Fertig«, sagte ich und hoffte, er würde den Wink verstehen, dass ich gehen wollte.

Falls JC ihn verstanden hatte, ignorierte er ihn jedenfalls. »Mit wie vielen Männern hast du geschlafen?«

Ich war verblüfft. Die Frage an sich war erstaunlich genug, aber sie kam auch völlig unerwartet. »Ich dachte, du wolltest nichts über mich wissen.«

»Das stimmt. Aber das ist relevant.«

Ach wirklich. Relevant. Oder er wollte sich bloß ausrechnen, wie leicht es sein würde, mich im Bett zu beeindrucken.

Gewöhnlich war mir die Anzahl meiner Sexpartner nicht peinlich. JC jedoch hatte unendlich viel mehr Erfahrung. Das wusste ich auch, ohne ihn zu fragen, aber da er mich gerade in Verlegenheit gebracht hatte, revanchierte ich mich. »Mit wie vielen Frauen hast du geschlafen?«

Er schüttelte abwertend den Kopf. »Das ist *nicht* relevant.«

Ich kicherte. »Das ist die Art von Antwort, die man gibt, wenn einem die Wahrheit peinlich ist.«

»Sie ist mir nicht peinlich.« Er dachte kurz nach. »Willst du es wissen? Ich bin bereit, es dir zu sagen, aber ich weiß nicht, ob es dir gefallen wird.«

Ich dachte darüber nach. Wie viele Frauen müssten es sein, um mich zu schockieren? Ich konnte mir keine genaue Zahl denken, aber welche Zahl es auch sein mochte, sie würde entweder dazu führen, dass ich mich unzulänglich oder überwältigt fühlte. »Du hast recht. Ich will es gar nicht wissen.«

Er tat nichts, um seine Genugtuung zu verbergen. »Aber ich will trotzdem wissen, mit wie vielen Kerlen du geschlafen hast.«

Ich ließ ihn einige Sekunden schweigend warten, ehe ich ihm gab, was er wollte. »Drei.«

Nun war JC an der Reihe, nervös zu werden. »Oh Mist.

Bist du sicher, dass du das wirklich tun kannst, ohne Gefühle zu entwickeln?«

Diesmal konnte ich ihm seine Überheblichkeit nicht durchgehen lassen. »Leidest du unter einer Art von narzisstischer Störung? Ich werde keine Gefühle für dich entwickeln. Falls du es wissen willst, nur einer dieser drei Männer war mein Freund. Von den anderen beiden schlief ich mit einem, als ich mich als Studentin betrunken hatte; mit dem anderen nur zum Spaß.«

Seine Augen leuchteten, als hätte ich mir die Bluse ausgezogen. »Du hast einen Kerl nur zum Spaß gefickt? Wir sind weiter fortgeschritten, als ich angenommen hatte.«

»Das habe ich. Beurteile mich nicht vorschnell.« Eigentlich hatte ich ihn nur gefickt, weil diese Aktivität mir erlaubte, mich zu verstecken. Mir vorübergehend eine Zuflucht geboten hatte von dem Prozess und der ungeheuren emotionalen Anstrengung, deren es bedurfte, nach Dads Festnahme weiterzuleben. Jedenfalls zuerst. Dann wurde es zur Gewohnheit.

»Darf ich fragen – wann war das letzte Mal?«

»Dass ich gebumst wurde? Vor drei Tagen. In der Küche meines Klubs.« Ich wusste natürlich, was er meinte. Ich zögerte die Antwort nur hinaus.

Er ließ sich nicht einmal zu einem Lächeln hinreißen. »Ich meine davor.«

»Vor zwei Jahren. Vielleicht auch drei. Oder fünf.« Es war wahrscheinlich eher sieben Jahre her. Den letzten Freund mit gewissen Vorzügen hatte ich gehabt, bevor Ben an die Westküste gezogen war.

»Aha.« Wie zuvor konnte ich den Zweifel in seiner

Stimme hören. »Warum hast du mit ihm Schluss gemacht? Mit dem letzten.«

Der letzte – Marcus – war ganz nett gewesen. Er hatte an der Pace Universität studiert. Romantische Gefühle hatten wir nie füreinander gehegt. Im Gegenteil, als wir uns kennenlernten, hatte er für ein anderes Mädchen in unserem Einführungskurs in Buchführung geschwärmt. Ich war bloß jemand, den er ficken konnte, während er darauf wartete, dass sie Notiz von ihm nahm, und mir gefiel der Weltfluchtsex, der dabei für mich abfiel.

Dann war alles anders geworden. »Mir wurde klar, dass es einfacher war, es mir selbst zu machen«, sagte ich zu JC. »Es kostete viel weniger Mühe und viel weniger emotionale Beteiligung.«

»Dann hast du also doch Gefühle entwickelt.«

»Nicht ich.«

Er brauchte einen Moment, um das zu verarbeiten. »Er hat sich in *dich* verliebt. Und du hast Schluss gemacht.« JCs Züge entspannten sich. »Wow. Brutal, Gwen. Echt brutal.« Trotzdem machte er einen erfreuten Eindruck. »Hattet ihr das vorher besprochen? Hattest du ihm gesagt, dass du an mehr nicht interessiert warst?«

»Wir hatten das nicht ausdrücklich klargestellt, aber er wusste Bescheid.« Lange bevor er seine Gefühle für Chelle – war das ihr Name? – auf mich übertrug, hatte ich ihm gesagt, dass Sex für mich nur ein Zeitvertreib war.

JC schüttelte den Kopf. »Er hat dich von Anfang an gemocht. Wahrscheinlich hatte er gehofft, dass er dich mit seinen sexuellen Qualitäten umstimmen könnte.«

Ich hätte ihm gern widersprochen, wenn ich nicht denselben Verdacht gehabt hätte. Vielleicht hatte er Chelle von vornherein nur als Vorwand benutzt, um mein Interesse auf sich zu lenken. Aber dass JC die Sache gleich durchschaut hatte, erstaunte mich doch. »Wenn er das tat, hat es jedenfalls bei mir nicht funktioniert. Das sage ich nur, falls du dir etwas Ähnliches einfallen lassen willst.«

»Ähm, nein. Darum brauchst du dir keine Sorgen zu machen.« Er verflocht die Finger ineinander und verschränkte die Hände hinterm Kopf. »Also drei Vorgänger. Und es stört dich nicht, kein Kondom zu benutzen.«

Das war zwar nicht als Frage formuliert, aber ich unterbrach ihn trotzdem, um es richtigzustellen. »Oh doch. Das stört mich allerdings. Wir werden Kondome benutzen.« Ich hatte zwar kurzfristig mit dem Gedanken gespielt, sie wegzulassen, als er mir seine Untersuchungsergebnisse gezeigt hatte, aber inzwischen hatte ich eingesehen, wie dumm das wäre.

JC machte ein böses Gesicht. »Wir haben es doch bereits ungeschützt gemacht. Wir können jetzt nicht zu Kondomen zurückkehren. Das wäre ein Rückschritt.«

»Das war nur ein Mal, und es war ein Fehler. Mit jemandem, der herumschläft, kann ich ungeschützten Sex nicht riskieren.« Ich sammelte unsere leeren Kaffeebecher ein und trug sie zum Mülleimer.

»Du denkst doch nicht etwa, ich würde herumhuren, solange ich mit dir zusammen bin?« JC, der mir auf dem Fuße folgte, erregte mit dieser Äußerung die Entrüstung einer Dame, die an einem Tisch in der Nähe saß.

Ich warf die Becher in den Mülleimer und drehte mich zu ihm um. »Ist das nicht dein Modus Operandi?«

»Nein, das ist es nicht.« Er war verärgert. »Wenn wir das machen, mache ich das nur mit dir und sonst niemandem.«

Er sagte das mit solchem Nachdruck, dass an seiner Aufrichtigkeit kein Zweifel bestand.

Ich bekam Herzklopfen. Monogamer Sex war mir am liebsten. Selbst wenn mir an romantischen Gefühlen nichts lag, war ich doch eine Frau. Ich wurde leicht verunsichert, wenn ich mich mit anderen verglich. Manchmal konnte ich auch eifersüchtig werden. Warum *ich* es wollte, war klar, aber die Frage war, warum wollte *er* es? Ich war misstrauisch. »Das ist schon die zweite Verpflichtung in einer unverbindlichen Vereinbarung.«

»Du musst dich unbedingt stur stellen, nicht wahr?«

»Das ist mein Modus Operandi, weißt du das nicht?« Wenigstens sah er nicht mehr ganz so düster aus, als ich ihn neckte.

Als sich hinter uns jemand räusperte, merkte ich, dass wir immer noch den Zugang zum Mülleimer versperrten. »Entschuldigung«, sagte ich zu dem Mann, der darauf wartete, dass wir Platz machten. Ich packte JCs Hemdsärmel und zerrte ihn zu unserem Tisch zurück, wo unsere Jacken noch auf uns warteten.

»Okay, du hast recht«, sagte JC, sobald wir uns gesetzt hatten. »Es ist Verpflichtung Nummer zwei. Aber ich denke, wir sind uns einig, dass es eine wichtige ist.«

»Wir könnten einfach Kondome benutzen.« Aber ich klang nicht mehr ganz so streitsüchtig. Trotz Gesundheitszeugnis und Spirale zog ich gewöhnlich doppelten Schutz vor. Aber wir hatten es ja bereits ohne getan. Und wenn ich wirklich lernen sollte, mich total zu entspannen, war das vielleicht ein guter Ansatzpunkt, um meine Regeln zu entschärfen.

Es gab nur noch eine Sache, die mich daran hinderte

nachzugeben – konnte ich mich wirklich darauf verlassen, dass JC treu sein würde?

JC klang auch nicht mehr ganz so kompromisslos. »Das könnten wir natürlich. Mir wäre es ohne lieber. Aber so oder so ändert das nichts an der Tatsache, dass ich nur mit dir zusammen sein werde.«

Es war seltsam, wie ich ihm im Grunde meines Herzens glaubte. Er berührte mich dort, wusste genau, wie er mein Vertrauen gewinnen konnte.

Aber mein Verstand hegte immer noch Zweifel. »Du wärst bereit, nur ein Mal in der Woche Sex zu haben? Ganz gleich, wie lange dies andauern wird?«

»Ja. Das würde ich. Ganz gleich, wie lange dies andauern wird.« JC klopfte mit der Hand auf den Tisch. »Doch eines muss ich korrigieren. Ich würde zwar nur an einem Tag in der Woche Sex haben, aber ich kann dir garantieren, dass es nicht nur ein Mal ist.«

In meinem Unterleib ballte sich die Begierde doppelt so heftig. Jetzt war mir nicht mehr wichtig, ob mein Verstand es billigte oder nicht – mein Herz war überzeugt genug, um ihn zu überstimmen. Und selbst wenn ich es jetzt nicht aussprach, wusste ich doch, dass er unbedeckt sein würde, wenn er das nächste Mal in mich eindrang. Weil ich es so wollte. Nicht bloß, weil das der entspannten Lebensweise entsprach, sondern weil ich ihn auf diese Weise begehrte. So nahe bei mir.

Diese Erkenntnis brachte mich zum Erzittern. Sie machte mir Angst. Begeisterte mich. »Du machst mich ganz schwach, wenn du so etwas sagst. Das weißt du doch, oder nicht?«

»Nein, das weiß ich nicht.« Er senkte die Stimme. »Nun sag mir wie.«

»Wie was?«

»Wie ich dich schwach mache.« Seine Worte klangen, als würden sie ihm auf der Zunge zergehen.

Ich war wie gelähmt von der Hitze seines durchdringenden Blickes, der mich gefangen zu halten schien. »Es ... es erregt mich.«

»Aber wieso genau?« Als ich nicht antwortete, schlang er den Fuß um mein Stuhlbein und zog mich näher zum Tisch. Dann lehnte er sich nach vorne, als wollte er mir ein Geheimnis verraten. »Bringt es dein Herz zum Rasen? Hast du das Gefühl, dass du kaum atmen kannst? Wirst du meinetwegen feucht?«

Sein Atem streifte mein Ohr. Aber mindestens so sehr wie alles andere waren es seine Worte, die mich tief in meinem Innersten zum Vibrieren brachten. Ich wollte es ihm mit einem *Ja, all das* bestätigen. Aber ich brachte kein Wort heraus.

Er wandte den Kopf und schnupperte am oberen Ende meines Ohrläppchens. »Sieh mal, Gwen, das ist ein echtes Problem. Wie kann ich dir geben, was du haben willst, wenn du mir nicht sagen kannst, was es ist?« Sein Mund streifte meine Haut und ich schnappte nach Luft in der Erwartung, dass er mich lecken, an mir saugen oder mich beißen würde. Aber er tat gar nichts. Stattdessen lehnte er sich zurück, während ich voll frustriertem Verlangen sitzen blieb. »Daran werden wir noch arbeiten«, sagte er.

»Diesmal kannst du mir nicht erzählen, dass du nicht weißt, wie du auf mich wirkst.«

»Nein, diesmal nicht.« Er lächelte genießerisch, als

würde er eine Mahlzeit begutachten. »Aber es ist mein Ernst – du musst sagen, was du willst. Ich könnte dich direkt hier an diesem Tisch zum Kommen bringen, wenn du mich darum bitten würdest.«

»Also, das ist nicht auf meiner Wunschliste.« Obwohl, nun, da er es einmal erwähnt hatte … würde ich jemals so etwas tun können? Einem Mann an einem öffentlichen Ort erlauben, mich bis zum Orgasmus zu berühren und zu streicheln? Der Gedanke war beängstigend.

Und ausgesprochen erregend.

Wer zum Teufel war dieser Kerl? Und wie zum Teufel hatte er sich in mein Leben eingeschmuggelt? »Jetzt mal ganz ehrlich, JC. Warum solltest du deinen ungebundenen Lebensstil aufgeben, wenn du statt einer einzigen Frau jede andere ficken kannst, wann immer du willst?«

»Schon wieder dieses Vorurteil, was meinen Lebensstil betrifft.«

»Habe ich denn unrecht?« Der Blick, den er mir zuwarf, bestätigte mir, dass das nicht der Fall war. Aber er bekräftigte auch seinen Entschluss, das zu ändern. Für mich.

Ich musste es einfach wissen. »Und warum ausgerechnet *ich*?«

»Vielleicht hast du eine magische Muschi.«

»Ich bitte dich. Wie abgedroschen.« Damit ließ ich ihn nicht davonkommen.

Er zuckte die Achseln. »Herumhuren kann langweilig werden. Es ist anstrengend. Ich bin müde.«

»Davon glaube ich dir kein Wort.«

»So ein Pech.« Er stand auf und zog seine Jacke von der Rückenlehne seines Stuhls.

Ich wurde von Panik ergriffen. War ich zu weit gegangen? War dies das Ende unserer Vereinbarung oder wollte er nur anzeigen, dass es Zeit für uns war zu gehen? Und selbst wenn Letzteres zutraf, konnte ich nachgeben, ohne die Antwort auf meine Frage bekommen zu haben?

Nein. Das konnte ich nicht. Ich konnte damit leben, nichts anderes über ihn zu erfahren, aber das nicht. Das musste ich wissen.

Er zog seine Jacke an und blickte auf mich hinunter. Mit einem Seufzer setzte er sich wieder hin. Er fuhr sich mit der Hand durchs Haar. »Ich weiß nicht warum, Gwen. Aber ich will dies mit dir machen. Vielleicht weil Herausforderungen mich reizen. Vielleicht weil ich es nicht ertragen kann, jemanden, der so vielversprechend ist wie du, so verkümmern zu sehen.«

Ich war nicht mehr sicher, ob ich seine Antwort wirklich hören wollte. »Deine Komplimente sind wirklich ausbaufähig.«

Er sah mir in die Augen. »Vielleicht weil ich weiß, dass du nicht leicht zu haben bist, und es mir schmeichelt, der Mann zu sein, der dich kriegt.«

Ich schmolz dahin. Ich war eine Eiskönigin, doch nach einem einzigen Satz spürte ich, wie eine Eisschicht sich in Tropfen auflöste. Und nur eine Sekunde lang stellte ich mir vor, wie es wohl wäre, sich in einen Mann wie »bloß JC« zu verlieben. Und dass ich sehr wohl die Richtige dafür sein könnte.

Dann unterbrach ich diesen Gedankengang. Denn wenn die Gefahr bestand, dass ich mich verliebte, wollte ich das nicht. Aber ich wollte es. Ich wollte, dass er mich *kriegen würde*. Ich musste nur klare Grenzen ziehen. »Mich rumkriegt, meinst du wohl.«

»Ja.« Er grinste. »Im Bett. Und auf Arbeitsflächen. Und überall in der Stadt, wenn ich ein Wörtchen mitzureden habe.« Er wartete, bis ich lächelte, um dann fortzufahren. »Es macht Spaß, mit dir zusammen zu sein, Gwen. Und das scheinst du gar nicht zu wissen. Ich freue mich darauf, derjenige zu sein, der es dir zeigt. Und selbstverständlich freue ich mich auf deine magische Muschi.«

Jetzt musste ich lachen. Der eigentliche Witz dabei war ja, dass er bereits der einzige Mann war, der mich verstand. Noch nie hatte jemand so viele Schichten meiner Rüstung durchdrungen und mich so leicht zum Lächeln und so schnell zum Lachen gebracht.

Und was machte es schon, wenn ich Angst davor hatte. Es bedeutete nichts anderes, als dass Sex mit JC Spaß machen würde. Und Spaß war genau das Richtige für mich.

Als er also fragte: »Apropos magische Muschi, möchtest du jetzt gehen?«, brauchte ich mir meine Antwort nicht lange zu überlegen. »Ja. Ja, das möchte ich.«

SIEBEN

KAPITEL SIEBEN

DIESES MAL, als wir das Café verließen, nahm JC meine Hand in seine. Mir war wegen dieser Geste schwindeliger, als ich es wahrhaben wollte, und das gefiel mir gar nicht. Noch weniger gefiel es mir, dass wir beide Handschuhe trugen. Ich wollte seine Haut an meiner spüren.

Wir brauchten nicht weit zu gehen, ehe wir ein Taxi fanden. JC wies den Fahrer an, uns zum Hotel Vier Jahreszeiten zu bringen. Dann plauderte er noch ein paar Minuten mit ihm über den Verkehr und die Stadtpolizei, ehe er sich zurücklehnte, mir den rechten und sich selbst den linken Handschuh auszog und seine Finger um meine schlang.

Die Fahrt dauerte etwa eine halbe Stunde – was mitten in der Stoßzeit gar nicht lang war. Wir schwiegen. Alles, was zu sagen war, hatten wir beim Frühstück gesagt. Jedenfalls mit Worten. Jetzt unterhielten wir uns durch die Berührung unserer Hände, das Streicheln seines Daumens über meine Haut und den Druck unserer verflochtenen Finger. Es waren richtige Liebkosungen, bei denen der Druck mit dem Öffnen und Schließen unserer Hände abwechselnd zu- und wieder abnahm. Seine Berührung bereitete mich auf das vor, was er mit dem Rest meines Körpers vorhatte. Ich konnte daran genau ablesen, wie er mich berühren, wie er mich massieren und wie er mich vögeln würde.

Es war das erotischste Vorspiel, das ich je erlebt hatte. Als wir schließlich beim Hotel ankamen, war ich erregt und gut auf das vorbereitet, was als Nächstes passieren würde.

Ich stieg zuerst aus, während JC noch zahlte. Für das Frühstück hatte er auch schon bezahlt. Als er sich auf dem Gehsteig zu mir gesellte, sagte ich: »Ich weiß, dass du Geld hast.« Schließlich wohnte er im Vier Jahreszeiten. »Aber für einige Dinge kann ich trotzdem bezahlen.« Ich wollte ihn nicht beleidigen – wenn er der Typ Mann war, der unbedingt für die Rechnungen zuständig sein wollte, dann war da nichts zu machen. Solche Männer kannte ich schon.

Wenn nicht, mussten wir entscheiden, wie wir die Ausgaben aufteilen würden.

Er warf mir einen bösen Blick zu, ergriff mich am Ellbogen und steuerte mich durch die Eingangstür. »Ich bin sicher, dass du das kannst. Das stört mich allerdings. Aber wenn es dir wichtig ist, einen Beitrag zu leisten, werde ich versuchen, einen Kompromiss zu finden. Ich möchte dir nicht das Gefühl geben, dass du für irgendwelche Dienstleistungen bezahlt wirst.«

Ich dachte eine Weile darüber nach, während wir zusammen zum Empfang gingen. Vor uns war ein Paar dran, das sich anmeldete, ich hatte also Zeit, mir meine Antwort zu überlegen. »Es stört mich nicht. Und ich komme mir nicht wie eine Prostituierte vor, wenn du das meinst.« Solche

Angebote waren mir schon gemacht worden. Dort, wo ich herkam, war das ein Initiationsritus. Ich wusste, dass ein Unterschied bestand, ob man solche Dinge gegen Bezahlung tat oder ob man bloß die Vorzüge eines reichen Liebhabers genoss.

JC lachte leise. »Gut. Denn du bist ganz bestimmt keine Nutte. Wenn du eine wärst, hätte ich auf der Fahrt hierher zumindest einen Handjob bekommen.« Das Paar vor uns ging davon, aber ehe JC mich vorwärts stupste, flüsterte er mir ins Ohr: »Übrigens war der Handjob, den ich *tatsächlich* bekommen habe, noch viel besser, wenn du mich fragst.«

Das Vorspiel hatte ihm also genauso gut gefallen wie mir. *Fantastisch.*

Der Hotelangestellte wandte sich uns zu und brachte mich aus den Wolken auf den Boden der Tatsachen zurück. »Und was kann ich für Sie tun, Mr. —«

»Ah, ah, ah.« JC unterbrach ihn schnell. »Was soll das mit Mr.? Sie wissen doch, dass wir das nicht machen, Joseph.«

Der Angestellte lächelte auf eine Weise, die weit über den Kundenservice hinausging. »Entschuldigung, ich hatte vergessen, dass Sie mich gebeten haben, Sie JC zu nennen. Was kann ich heute Morgen für Sie tun?«

Ich fragte mich, ob es irgendjemanden gab, der gegen JCs Charme immun war. Schloss er mit jedem Freundschaft, der ihm begegnete? Ich war da ganz anders. Während ich mir immer Mühe geben musste, freundlich zu sein, sah es bei JC ganz leicht aus. Es kam mir wie eine attraktive Lebensweise vor.

JC lehnte sich seitlich gegen den Schalter, sodass er mir zugewandt war. »Also, Joe, ich möchte Ihnen meine gute

Freundin Gwen vorstellen. Sie muss meinem Zimmer als Gast hinzugefügt werden und braucht einen Schlüssel.«

»Sehr wohl. Haben Sie einen Lichtbildausweis bei sich?«

Ich übergab ihm meinen Ausweis. Nachdem er einige Details in den Computer eingegeben hatte, gab er ihn mir zusammen mit einer Schlüsselkarte zurück. »Einen schönen Tag noch«, sagte Joe und JC nahm mich wieder bei der Hand, um mich durch den Empfangssaal zu führen.

Meine Erregung, die sich gelegt hatte, während wir die Formalitäten erledigten, steigerte sich wieder, als ich meine Handfläche an seiner spürte. »Das wäre beinahe schiefgegangen«, sagte ich, als wir auf den Aufzug warteten. »Ich hätte beinahe deinen Nachnamen erfahren.«

»Allerdings. Joe hätte uns beinahe den ganzen Spaß verdorben. Ich hätte ihn feuern lassen müssen. Und das wäre ein Jammer gewesen. Er weiß, wo es die besten Havannas gibt.«

»Wenigstens kann er mich jetzt identifizieren, wenn ich verschwinde. Falls du ein Massenmörder bist oder so.«

»Warum meinst du denn, dass ich dich jetzt angemeldet habe und nicht erst nachher? Ich wollte nicht, dass du dir Sorgen machst.«

Ich hatte keine Angst gehabt, dass er mir etwas antun würde, obwohl das vielleicht naiv war. Ich hatte nur Spaß gemacht. JC hingegen versuchte, jegliche Befürchtungen, die ich eventuell haben könnte, zu zerstreuen. Wieder einmal. Für jemanden, der selbst so locker war, hatte er ein erstaunliches Talent, sich in andere hineinzuversetzen. Es war lustig, wie ernst er seine Aufgabe nahm, mir beim Entspannen zu helfen. Dabei brauchte ich dazu eigentlich nur den Sex.

Außerdem war es irgendwie süß.

Der Aufzug kam an und wir stiegen ein. JC drückte auf den Knopf zum neunundvierzigsten Stock und mir kamen andere Zweifel in den Sinn.

Wir lehnten uns ans Geländer und sahen zu, wie die Stockwerkzahlen immer höher kletterten. *Sechs, sieben, acht.*

Nachdem wir am zehnten Stock vorbeigefahren waren, konnte ich mich nicht länger zurückhalten. »Er hält mich für ein hoch bezahltes Callgirl. Du weißt schon, der Hotelangestellte am Empfang.« Ich hielt mich eigentlich nicht für eine Nutte, aber damit, dass andere Leute mich für eine halten könnten, wurde ich nicht so leicht fertig.

JC schüttelte den Kopf, sah mich aber nicht an. »Er hält dich für meine Freundin.«

»Nie im Leben.« Abgesehen von der Tatsache, dass jeder, der JC auch nur entfernt kannte, wusste, dass er keine Freundin hatte, würde sie auf keinen Fall so wie ich aussehen, wenn er eine hätte.

»Das denkt er wirklich. Ich weiß, dass er es tut.«

Ich sah ihn an, um herauszufinden, ob er sich über mich lustig machte. Aber es schien ihm vollkommen ernst damit zu sein. »Wie kannst du dir da so sicher sein?«

»Weil er mich immer kommen und gehen sieht. Und ich habe ihn noch nie einer meiner Begleiterinnen vorgestellt.«

Der Aufzug kam zum Halten, was mir passend erschien, da mir bei seiner Erklärung eine halbe Sekunde lang das Herz stehen blieb. Die Türen öffneten sich und ich fühlte mich ganz taub, als ich ihm hinaus folgte und versuchte, mich zu fassen. Meine *Begleiterinnen,* hatte er gesagt. Wie viele waren es gewesen? Welche Nummer war ich in seinem riesigen Universum von Sternchen? Ich fühlte mich nicht wohl bei dem Gedanken, etwas Besonderes zu sein, aber ich wusste auch nicht, ob mir wohl dabei wäre, so völlig anonym zu sein. Mir kamen wieder Zweifel bezüglich JC und seines Entschlusses, sich nur auf mich zu beschränken. War er überhaupt dazu fähig? Konnte ich ihm das wirklich zutrauen?

Doch obwohl ich mich fragte, ob ich nicht nur ein Tropfen in einem riesigen Eimer war, hatte er auch zugegeben, dass ich die Einzige war, der er je einen Zimmerschlüssel gegeben hatte, und das war für mich das Schlimmste. Das gab mir *wirklich* das Gefühl, etwas Besonderes zu sein. Dass er mich nicht nur für eine Nacht begehrte. Es erzeugte in mir ein Glücksgefühl, das ich mir nicht gönnen wollte.

Vielleicht sollte ich mir noch einmal überlegen, ob es richtig war, mit diesem Mann in sein Hotelzimmer zu gehen, und zwar aus ganz anderen Beweggründen als der Furcht vor seiner Untreue.

Vielleicht könnte ich mir einreden, dass die Zweifel und die Genugtuung über das Kompliment sich gegenseitig aufhoben. Das könnte doch funktionieren, oder?

Als wir an seiner Zimmertür ankamen, waren meine Handflächen feucht und meine Beklommenheit begann, mein Verlangen zu ersticken. Er sah mich besorgt an. »Ist alles in Ordnung?«

Ich biss mir auf die Unterlippe und nickte nur, denn ich hatte Angst, mir würde etwas herausrutschen, was ich nicht sagen wollte. Etwa: *Alles in bester Ordnung.* Oder noch schlimmer: *Ich muss jetzt gehen.*

»Am besten prüfen wir mal, ob dein Schlüssel funktioniert.« Er zwinkerte mir zu und mir war schon etwas besser. Ein bisschen.

Ich zog die Karte, die Joe mir gegeben hatte, aus der

Tasche und gab sie JC. Er steckte sie in den Schlitz und das Licht wurde grün. »Wir dürfen rein«, sagte er.

Er drehte den Türknauf und begann, die Tür aufzustoßen, aber ehe er sehr weit gekommen war, legte ich ihm die Hand auf den Arm. »JC, hast du das schon einmal getan?«

»Was getan?«

Ich war selbst nicht ganz sicher, was ich mit meiner Frage meinte oder was ich aus seiner Antwort zu entnehmen hoffte. Ich wusste, dass er mit anderen Frauen geschlafen hatte. Ich wusste, dass wenigstens eine davon sich dank seiner Gesellschaft besser fühlte – sie hatte es an jenem Abend gesagt, als ich ihn kennenlernte. Aber die jetzige Situation – unsere Vereinbarung, die Ausschließlichkeit –, war das etwas Neues? Und wie konnte ich ihn genau das fragen?

Das musste ich herausfinden, denn es machte mich ganz nervös. Und ich wusste es irgendwie ganz sicher, dass alles gut würde, wenn JC mir die richtige Antwort gab.

Also versuchte ich, es so klar wie möglich in Worte zu fassen. »Eine verbindliche sexuelle Beziehung einzugehen, die eigentlich gar nicht verbindlich ist, so könnte man es nennen, schätze ich.«

Sein Gesichtsausdruck wurde ernst, aber er sah mir immer noch in die Augen. »Nein, Gwen, das habe ich noch nie getan.«

Ich hatte es nicht gewusst, ehe er es mir gestanden hatte, aber das war die Antwort, die ich hören wollte. Eine Flut von Verlangen und Zuversicht und Trost überkam mich, als er mich wieder bei der Hand nahm. Es kam so plötzlich, wie es hell wird, wenn man das Licht einschaltet, und da wusste ich, dass dies – was immer auch zwischen uns geschehen würde – nicht belanglos sein konnte.

Und das würde gut so sein.

Ich lächelte unwillkürlich. »Dann sind wir also beide jungfräulich.«

Er lachte und stieß die Tür ganz auf. »Hoffentlich nicht mehr lange.«

Im Zimmer nahm JC mir die Jacke ab und hängte sie zusammen mit seiner in einen Garderobenschrank neben der Tür. Dann befestigte er das *Bitte nicht stören* Schild außen am Türgriff. Ich nutzte die Gelegenheit, mich im Zimmer umzusehen. Es gab ein Sofa und zwei Sessel und einen ovalen Schreibtisch am raumhohen Fenster mit Blick auf den Central Park.

»Wo ist das Bett?« Ich errötete, sobald mir das herausgerutscht war, denn sicher hatte ich zu eifrig geklungen.

Zum Glück schenkte JC dem keine große Beachtung. Er wies den Flur entlang. »Schlafzimmer, Bad, Terrasse – alles dort entlang.« Aber anstatt mich in diese Richtung zu ziehen, führte er mich stattdessen zum Sofa. »Es macht dir doch nichts aus, wenn wir hierbleiben, oder?«, fragte er und ließ sich mir gegenüber auf einem Sessel nieder.

»Aber nein.« Was sollte ich schon sagen? *Nein, ich will jetzt sofort mit dem Ficken anfangen* und *ich will aber nur im Bett ficken* wäre nicht glaubwürdig. Und auch nicht wahr. Aber, oh Gott, ich hoffte, dass er nicht noch eine Stunde mit Reden verschwenden würde. Denn ich war bereit loszulegen.

Ich schlug ein Bein über das andere und wippte mit dem Knie.

JC hatte die Arme bequem auf der Lehne ausgestreckt und betrachtete mich. Er sah aus wie ein König auf seinem Thron. Und was war meine Rolle dabei? »Gwen, entspanne dich doch. Du siehst so nervös aus.«

»Aber deswegen bin ich ja hier, nicht wahr?«

»Aber du bist gerade noch hundertmal nervöser geworden, sobald wir hereingekommen sind. Was kann ich tun, damit du dich wohler fühlst?«

Ich überlegte, was ich sagen sollte. »Soll ich ehrlich sein? Mir wäre wohler, wenn wir einfach zur Sache kämen.« Ich sollte ja sagen, was ich wollte.

Er grinste und ich hatte schon Angst, er würde wegen meiner Ungeduld mit mir schimpfen, wie er es im Café getan hatte.

Er tat es nicht. »Okay, das können wir machen. Sag mal – berührst du dich manchmal selbst?«

»Ob ich masturbiere, meinst du?«

»Ja.«

Ich trug eine langärmelige, seidene Bluse, aber ich fühlte mich plötzlich nackt. »Natürlich.« Nicht besonders oft, aber ich tat es. Und obwohl ich es eigentlich nicht zugeben wollte, sollte er mich auch nicht für total prüde halten. Auch wenn meine Antwort mich vielleicht ein wenig pervers erscheinen ließ. Ich rieb mir verlegen den Hals, der sich aufgrund meines Errötens schon ganz warm anfühlte.

»Hervorragend.« JC schien mit meiner Antwort zufrieden zu sein. »Ich möchte, dass du mir zeigst, wie du das machst.«

Ich erstickte fast an meinem eigenen Speichel. »Dir zeigen? Wie … du meinst … jetzt gleich?«

»Ja. Jetzt gleich. Wo du jetzt bist. Zeig es mir.« Er lehnte sich auf seinem Stuhl zurück und ähnelte jetzt eher einem Schiedsrichter als einem König.

Ein Schiedsrichter, der mir beim Masturbieren zusehen wollte.

»Ähm, ich weiß nicht, ob mir das recht ist.« Dabei wollte ich gleichzeitig, dass es mir recht wäre. Die Idee war heiß. Er brauchte dazu bloß jemanden, der weniger gehemmt war als ich.

»Keine Sorge, du brauchst es nicht zu tun. Aber ich habe das Gefühl, dass du es möchtest. Ich weiß es sogar. Du bist ganz rot geworden und deine Atemfrequenz hat sich erhöht, sobald ich es vorgeschlagen hatte. Es mag wohl teilweise aus Angst sein, aber Angst und Erregung können sehr nahe zusammenliegen. Wenn es also etwas ist, was du gern tun möchtest, dann ist dies die perfekte Gelegenheit dazu. Denn bei mir bist du sicher. Ich werde dich nicht verurteilen.«

Er lehnte sich nach vorn und stützte die Ellbogen auf die Knie. »Und falls es dir die Sache leichter machen sollte, ich *möchte* es sehen.«

Ein Schauer durchrieselte mich. »Warum?«

»Weil du vollkommen entspannt sein musst, um zu kommen, wenn jemand dich dabei beobachtet. Und es hat auch egoistische Gründe, da ich bereits weiß, wie schön du aussiehst, wenn du kommst, und ich es gern noch einmal sehen will.«

Ich konnte nicht genau sagen, was mich schließlich dazu bewog, und ich stimmte nicht ausdrücklich zu, aber da saß ich nun eine Minute später, hatte den Reißverschluss meiner Hose heruntergezogen und die Hand in meinen Slip gesteckt. Ich rieb an meiner Klitoris und obwohl ich ein Kribbeln spürte, schienen meine Bemühungen mich nicht viel weiter zu bringen. »So funktioniert es nicht.«

»Nein, das stimmt.«

Ich warf JC einen bösen Blick zu. »Fick dich.«

»Noch nicht.« Er ignorierte meinen zweiten ungehaltenen Blick. »Machst du das immer so?«

»Nein. Gewöhnlich benutze ich einen Vibrator.« *Und ich habe keine Zuschauer.* Außerdem hatte ich bei den letzten Gelegenheiten an JC gedacht. Allerdings hatte er in meinen Fantasien nicht mir gegenübergesessen, ohne mich zu berühren.

Dies war zu seltsam. Zu unbeteiligt.

War dies, was er mit einer unverbindlichen Beziehung meinte? Denn wenn es so war, würde ich mir die Sache doch noch einmal überlegen.

Vielleicht reagierte ich ja über. Ich war noch nicht bereit aufzugeben.

JC runzelte die Stirn. »Machst du das also nie mit der Hand?«

»Schon lange nicht mehr.« Nicht, seitdem ich die magischen Eigenschaften von *Lelo Sexspielzeugen* entdeckt hatte. *Von wegen magische Muschi.*

»Schade.« Er schüttelte den Kopf. »Okay. Also gut. Zieh die Hose aus. Dann ist es leichter.«

Ich dachte nicht, dass es einen Unterschied machen würde, aber ich tat, wie er gesagt hatte, begann mit dem Reißverschluss an meinen hohen Stiefeln und zog mir die Socken aus, ehe ich aufstand, um mir die Hose herunterzuziehen. Als ich mich wieder gesetzt hatte, lehnte ich mich an das Kissen hinter mir und ließ die Hand in meinen Slip gleiten. Ich fühlte mich immer noch unbehaglich. Umso mehr, als ich jetzt nackte Beine hatte. Und ich war meilenweit von einem Orgasmus entfernt. Ich legte mir den Handrücken über die Augen und konzentrierte mich. Vielmehr versuchte ich, mir auszurechnen, wie lange ich so weitermachen müsste, ehe ich glaubhaft einen Orgasmus vortäuschen konnte.

Und ehrlich gesagt wollte ich das gar nicht weitermachen. Also, einerseits schon und andererseits nicht. Ich wollte sexy und hemmungslos wirken. Aber ich wollte nicht, dass es schwierig sein sollte. Wie die Frau in einem Pornofilm wollte ich nach einer einzigen Berührung meiner Klitoris schon kommen. Ich wollte es so schnell wie möglich hinter mich bringen und dann zum nächsten Teil des Films übergehen, in dem JC seinen Schwanz hervorzog und wir stattdessen damit spielten.

»Gwen, du gibst dir keine Mühe.«

Ich seufzte frustriert. »Dann mach du es doch.«

Ehe ich mir dessen gewahr wurde, stand er über mich gebeugt, die Arme links und rechts von mir auf die Rücklehne des Sofas gestützt. »Also gut. Das werde ich.«

Er nahm meinen Mund mit seinem gefangen. Als er mich das letzte Mal geküsst hatte, war ich zu sehr von meinem eigenen Kummer überwältigt gewesen, um dem Kuss selbst allzu viel Aufmerksamkeit zu schenken. Seine Lippen waren weicher, als ich sie in Erinnerung hatte, aber seine Berührung war fest. Seine Zunge bewegte sich selbstbewusst an meiner und er leckte mich mit aggressiven Strichen, die meinen Unterleib dazu brachten, Saltos zu schlagen, und mir wurde der Slip feucht. Ich drehte und wand mich unter ihm in dem Bestreben, alles zu nehmen, was er zu geben hatte. Ich vergaß völlig, was ich gerade getan und wie restlos ich versagt hatte. Ich vergaß sogar mich selbst.

JC legte mir eine Hand um den Nacken und schlang die andere um meine Taille. Mit irgendeiner ausgefeilten Bewegung, die ich nicht vollkommen verstand, setzte er sich aufs

Sofa und zog mich rittlings auf seinen Schoß. Und all das, ohne unseren Kuss zu unterbrechen. Ich mochte diese Stellung. Ich konnte mich an seinen Schultern festhalten und mich an der Beule in seiner Hose reiben, während er an meiner Frisur arbeitete, bis mir das Haar lose ums Gesicht fiel. Dann, mit einer Hand in meinem Haar vergraben, streichelte er mit der anderen meine Klitoris durch den dünnen Stoff meines Slips.

So saßen wir eine ganze Weile da. Er bat mich nicht, mir die Bluse auszuziehen. Er zog nur am Saum, bis sich unsere Lippen gerade lange genug trennten, sodass er sie mir über den Kopf ziehen und beiseitewerfen konnte. Während er dann meine Haut über dem Büstenhalter küsste, öffnete er den Hakenverschluss an meinem Rücken – sehr geschickt, wie mir auffiel – und entfernte dieses Kleidungsstück ebenfalls.

Er legte mir die Handfläche auf die Brust und stieß mich sanft von sich, damit er mich besser betrachten konnte. Ich sah seinen Augen an, wie sehr er meinen Anblick genoss. Wie seine Pupillen sich vor Lust weiteten.

»Gwen, du hast fantastische Brüste. Einfach wundervoll. Und du versteckst sie unter deinen formlosen Kleidern. Tust du das nur aus Bescheidenheit oder ist dir deine Schönheit unangenehm?«

»Ähm ...« Ich wusste nicht, ob ich darauf antworten sollte. Wenn es so war, wusste ich jedenfalls nicht, was ich sagen sollte.

Ohne sich darum zu kümmern, dass ich nicht geantwortet hatte, bedeckte er jede meiner Brüste mit der Hand und drückte zu, so fest, dass ich es wirklich spüren konnte. Er knetete meine Haut mit den Fingern, dann zog er an meinen Brustwarzen, bis ich vor Lust leise aufschrie.

»Nimm deine Brüste in die Hände, Gwen.« Er nahm seine eigenen Hände weg, damit ich meine an ihre Stelle legen konnte. »Ja, so ist es gut.« Dann bedeckte er meine Hände mit den seinen und zusammen massierten und rieben wir meine empfindliche Haut. »Mein Gott, ist das heiß. Eines Tages werde ich dir den Schwanz zwischen die Brüste stoßen, während du dich berührst. Würde dir das gefallen?«

»Hm«, stöhnte ich. Es war der einzige Laut, den ich herausbrachte, denn ich war viel zu erregt von der Art und Weise, wie er mit mir sprach und mich berührte – wie *wir* mich berührten. Mir war, als könnte ich allein dadurch bereits kommen.

»Das reicht mir nicht, Gwen. Du musst es mir sagen. Mit Worten.«

»Das würde mir gefallen«, keuchte ich.

»Was würde dir gefallen? Sprich es aus.«

Ich hatte Verbalerotik schon öfter gehört, aber das war nicht mit dem zu vergleichen, was JC zu mir sagte. Jedenfalls hatte noch niemand je von mir eine Erwiderung erwartet.

Dazu kam, dass ich nie genau wusste, wie viel ich dazu beitragen wollte. »Ich möchte, dass du meine Titten fickst.«

JC belohnte mich mit einem leidenschaftlichen Kuss. »Das werde ich auch«, sagte er, als er sich von mir löste. »Heute nicht, aber bald, das verspreche ich.«

Himmel, der bloße Gedanke daran brachte mich fast zum Explodieren. Er war so schmutzig. So ursprünglich. So ... unmoralisch. Es war genau, was ich wollte.

Da war noch etwas, das ich wollte. Und zwar sofort. »Du

auch«, sagte ich um Atem ringend. »Zieh auch dein Hemd aus.«

JC schien erfreut zu sein, ob es über meine Bitte war oder die Tatsache, dass ich sie laut geäußert hatte, wusste ich nicht. »Du möchtest, dass meine Haut die deine berührt?« Ich nickte heftiger als nötig, denn ich wollte unbedingt sehen, wie er einen Teil seiner selbst enthüllte, da er ja so viel anderes verborgen hielt.

»Dann lass mich mal machen.« Er zog den Pullover aus. Dann das weiße T-Shirt, das er darunter trug. Er hielt still, damit ich ihn betrachten konnte.

Während ich mir die Brüste liebkoste, ließ ich den Blick über seinen Oberkörper schweifen. Er war schlank und wohlgeformt, nicht übertrieben muskulös, aber mit einem flachen Bauch. Die Hose saß ihm tief auf den Hüften. Ich konnte mich nicht entscheiden, was ich mir zuerst ansehen sollte – die Linien, die in Form eines Vs unter seinem Taillenband verschwanden, oder die Tätowierungen, die seine Haut schmückten. Eine auf seinem Bizeps, ein Kompass knapp über der Ellbogengrube. Auf dem anderen Unterarm waren in einem Raster geschriebene Worte. Eine dritte, in chinesischen Buchstaben, zog sich seitlich an seinem Brustkorb hinunter.

Ehe ich die Gelegenheit hatte, ihn genau zu betrachten, drehte er mich so um, dass ich auf dem Sofa zu liegen kam. Dann legte er sich auf mich. »Ich liebe die Art und Weise, wie du mich ansiehst, Gwen. Und ich hoffe, dass ich dir später einmal mehr Zeit geben kann, mich ganz zu erkunden. Aber heute werde ich mich egoistisch verhalten. Heute erkunde ich dich.«

Er stützte sich rechts und links von mir auf die Hände,

damit er seinen Brustkorb an meinem Oberkörper reiben und hin und her über meine Brustwarzen gleiten konnte, die durch seine allzu leichte Berührung zu brennen und zu schmerzen begannen. Ich drückte meine Brüste aneinander, um mehr Hautkontakt zu erzielen.

»Das fühlt sich so gut an, Gwen. So heiß. Nun hör nicht auf, dich weiter so zu streicheln, okay? Ich muss an dir saugen.« Er richtete sich wieder auf die Knie auf, senkte den Kopf auf meine Brüste hinunter und nahm eine aufgerichtete Brustwarze in den Mund.

Ich seufzte unwillkürlich auf, als er beinahe brutal an meinem zarten Fleisch saugte und zerrte. Er widmete seine ganze Aufmerksamkeit dieser einen Brust, die er mit der Hand umfasste, während er ihr mit Lippen, Zunge und Zähnen huldigte. Unwillkürlich imitierten meine Finger seine Leidenschaft an meiner anderen Brustwarze – indem ich sie zusammendrückte und daran zog, bis ich den Schmerz beinahe nicht mehr ertragen konnte.

Mir war gar nicht bewusst, wie ich dabei stöhnte, bis er mich darauf aufmerksam machte.

»Ich liebe diese leisen Laute, die du von dir gibst, Gwen.« Er leckte von der Brust, mit der er sich beschäftigt hatte, eine Spur durch das Tal dazwischen zu ihrer Zwillingsschwester. »Aber ich möchte sie lauter hören. Kannst du das für mich tun?«

Während er meiner zweiten Brust seine volle Aufmerksamkeit widmete, versuchte ich, lauter zu stöhnen. Das fiel mir nicht leicht. Erstens kamen meine Laute unwillkürlich und zweitens war es mir peinlich, dass er mich darauf angesprochen hatte.

Zum Glück hatte JC Geduld mit mir. Er erregte mich

wieder, indem er mich mit den Händen knetete und mit dem Mund verschlang, bis ich laut keuchte.

Als er schließlich von meiner Brust abließ, kehrten seine Lippen zu meinem Mund zurück, um mich tief und drängend zu küssen. Er streckte die Beine aus und ließ sich zwischen meinen Schenkeln nieder, sodass ich die steife Erhebung seiner Erektion durch seine Hose hindurch an meinem Geschlecht spüren konnte.

»Ach, zum Teufel, ich bin jetzt so hart. Stahlhart.« Er stieß die Hüften gegen mich. »Fühlst du das?«

»Ja, ja, ich fühle dich.« Meine Stimme klang schwach und leise und ich bäumte mich ihm entgegen, um ihn genau wissen zu lassen, wie gut ich ihn spüren konnte und wie sehr ich mir wünschte, ihn noch stärker zu fühlen, falls er das meiner kurzen Antwort nicht entnehmen konnte.

»Und jetzt möchte ich, dass du deine Hand wieder in den Slip steckst. Reibe dich, wie du es vorhin getan hast.« Sein Ton ließ mir nicht die Wahl, Nein zu sagen oder Zweifel zu hegen. Es war weder eine Forderung noch eine Bitte. Er hatte ganz einfach das Kommando und ich wollte tun, was er sagte.

Ich ließ die Hand dorthin gleiten, wo er sie haben wollte. Sofort bedeckte er sie mit der seinen und wir massierten gemeinsam meine Klitoris, umkreisten sie mit wachsendem Druck, bis mein ganzes Nervensystem in Flammen zu stehen schien.

»Ja, das fühlt sich gut an, nicht wahr? Kannst du zum Ausdruck bringen, wie sehr du es genießt? Diesmal brauchst du es nicht in Worte zu fassen. Ich möchte dich nur stöhnen hören.«

Und ganz unwillkürlich entfuhr meinem Mund ein

Geräusch und dann ein weiteres. Meine Laute klangen wie eine Mischung aus Stöhnen, Seufzen und Keuchen. Bei jedem einzelnen kam es mir vor, als würde mir eine Last von der Seele genommen Es war wie Weinen – reinigend und befreiend.

»Ja, so ist es gut«, ermutigte mich JC. »Mach so weiter. Und lass deine Gefühle heraus.«

JC zog die Hand zurück, aber ich fuhr fort, meine Klitoris so zu streicheln, wie er es mir aufgetragen hatte, während er sich auf die Knie erhob und das Taillenband meines Slips ergriff. Als er mir mit einer Geste andeutete, die Hüften anzuheben, gehorchte ich, und er zog ihn mir an den Beinen entlang herunter und warf ihn hinter sich.

Jetzt war ich nackt. Ihm völlig enthüllt. Ich hatte instinktiv das Bedürfnis, mich zusammenzurollen – meine intimsten Körperteile vor ihm zu verbergen. Aber ich kämpfte dagegen an und fuhr fort, mit der einen Hand meine Brust und mit der anderen meine Klitoris zu streicheln, die Knie weit auseinandergespreizt, um ihm den Blick nicht zu verstellen.

Er schöpfte anerkennend Atem, als er mich so entblößt sah. Vor unserer Begegnung an jenem Morgen hatte ich meinen Intimbereich vernachlässigt. Es gab keinen Grund, dort etwas zu kürzen und zu trimmen. Dann – danach – beschloss ich, Ordnung hineinzubringen. Ich redete mir ein, dass es einfach mal wieder an der Zeit war, aber wenn ich ehrlich sein sollte, tat ich es, um auf einen Moment wie diesen vorbereitet zu sein, falls er sich ergeben sollte.

Ich hatte nicht alles wegrasiert. Aber das meiste schon.

JC stieß meine Hand zur Seite, um besser sehen zu können. »Das gefällt mir, Gwen.« Er fuhr mit einem Finger über ein winziges Haarbüschel, das ich stehen gelassen hatte, worauf mir eine Schockwelle die Wirbelsäule hinunterfuhr, obwohl er sich nur um die Stelle herumbewegte, die sich so nach seiner Berührung sehnte. »Ich muss schon sagen, vorhin hat es mir zwar gefallen, aber das ist sogar noch schöner. So kann ich dich besser anschauen. Ich kann deine Klitoris jetzt sehen, und sie ist so geschwollen und so rosa. Ich kann es kaum erwarten, daran zu saugen, bis du kommst.«

Bitte, flehte ich in Gedanken. Ich hatte wieder die Stimme verloren und war durch seinen Blick zu gelähmt, um meine Bitte laut äußern zu können. Ich konnte beinahe seine Lippen auf meiner Haut spüren, nur durch die Art und Weise, wie er mich ansah. Konnte mir vorstellen, wie er sich über mich beugen würde. Und zwar so lebhaft, dass ich mich vor Lust bereits wand.

Trotz seines Versprechens machte er keine Anstalten, mich mit dem Mund zu berühren. Stattdessen schüttelte er den Kopf. »Aber nicht jetzt. Und nicht, weil du mich nicht darum bitten wirst, sondern weil ich etwas anderes im Sinn habe.« Er ergriff eines meiner Beine und hob es so hoch, dass mein Knöchel auf der Rückenlehne des Sofas zu liegen kam. Dann spreizte er das andere weiter ab, bis mein Fuß den Boden berührte und ich weit offen vor ihm lag. »Und außerdem, weil du mich nicht darum bitten wirst. Wenn du willst, dass ich dich dort lecke, musst du lernen, es mir zu sagen.«

Er kniete sich wieder hin und ließ die Augen über jeden Teil von mir schweifen. »Mein Gott, bist du schön. Hör nicht auf, dich zu berühren, Gwen.«

Er fuhr mit einem Finger an meinem Schlitz entlang und umkreiste den Rand meines Afters. Nachdem er es zum zweiten Mal getan hatte, drang er in meine Muschi ein. Ich war feucht. So feucht, dass es mir peinlich war. Er nahm etwas von meiner Feuchtigkeit auf, um mir zu helfen, um meine Klitoris zu wirbeln, ehe er wieder eintauchte, diesmal mit zwei Fingern. Auf diese Weise fickte er mich und bog die Finger so, dass er mich jedes Mal an genau der richtigen Stelle traf.

Ich fühlte, wie mein Orgasmus sich langsam näherte. Wie die aufgehende Sonne die Erde zum Glühen bringt, ehe sie sie mit ihren vollen Strahlen trifft. Ich glühte auf die gleiche Weise. Aber irgendwie kam ich an die Strahlen nicht heran.

JC reizte mich weiter. Während er das tat, öffnete er mit der anderen Hand seine Hose und befreite seinen Schwanz. Er war dick und hart wie Stahl. Ein Sehnsuchtstropfen glitzerte an seiner Spitze. Ich sah ihm zu, wie er seine Finger aus mir herauszog und seinen Schaft mit meinen Säften einrieb. Dann fuhr er fort, mich zu erforschen, während er gleichzeitig begann, seinen Schwanz mit langen Streichen zu pumpen. Es war so heiß, so intensiv, so unglaublich erotisch. Ihm dabei zuzusehen, wie er sich befriedigte und mich gleichzeitig selbst zu befriedigen. Zu wissen, dass es mein Anblick war, der ihn erregte. Zu wissen, dass ich nicht so nahe am Rande eines Orgasmus stehen würde, wenn es nicht um seinetwillen wäre.

Aber ich konnte immer noch nicht kommen. Konnte dem Höhepunkt nicht nachgeben. Ganz gleich, wie heiß die Umstände auch waren, er schien unerreichbar zu sein. Als JC nun begann, sich fester zu pumpen, bekam ich Angst, dass er vor mir kommen würde. Doch wie immer erriet er meine Gedanken. Er sah mir gerade in die Augen. »Du kannst dir nicht vorstellen, wie schwer es mir fällt, mich zu beherrschen. Doch ich werde es trotzdem tun. Damit du es nicht zu tun brauchst. Ich werde die Kontrolle behalten, damit du dich loslassen kannst. Lass dich gehen, Gwen. Lass es mich hören. Lass mich dabei zusehen. Lass alles für mich los.«

Dann geschah es plötzlich. So leicht, als hätte es sich mir gar nicht versagt, schoss es mir durch alle Glieder, bis ich vor Weißglut zitterte. Jede Zelle und jede Faser meines Körpers glühte und leuchtete, jedes meiner Moleküle erbebte im hellen Licht meines Orgasmus.

Es wurde mir nur undeutlich bewusst, dass JC gleichzeitig kam. Er ächzte und zuckte und seine Knie schlugen gegen meine Schenkel, als sein Ejakulat mir auf den Unterleib spritzte und zu der Stelle hinunterlief, wo mein zitternder Finger noch an meiner Klitoris lag. Ich spürte, wie er sich seitlich an das Sofa sinken ließ, und fragte mich, ob er ebenso ausgepumpt war wie ich, ehe mein Höhepunkt mich das Bewusstsein verlieren ließ.

Ich hielt die Augen geschlossen, während ich mich langsam erholte, unfähig, den Mann noch länger anzusehen, der mich in solch einen Zustand der Erschöpfung versetzt hatte. Er war wundervoll – war es mein Orgasmus, der mich so denken ließ? – und die Sterne, die hinter meinen geschlossenen Lidern explodierten, erschienen mir ganz natürlich, nachdem ich jemanden angestarrt hatte, der so hell leuchtete. Jemanden, der solche Einsicht besaß, dass er direkt durch mich hindurch blicken konnte, direkt in mein Innerstes. Der erkannte, was ich brauchte, was ich so verzweifelt empfinden wollte.

Er kannte nicht einmal meinen vollen Namen. Und doch kannte er *mich*. Jedenfalls einen Teil von mir. Einen Teil, den kennenzulernen sich seit Langem niemand die Mühe gemacht hatte.

Als ich mich beruhigt hatte, lag ich schwach und willenlos da, ein Lächeln auf den geschwollenen Lippen. Es war ihm gelungen. Er hatte mich entspannt. Er hatte die Verspanntheit von mir genommen und den quälenden Knoten in meinem Inneren gelockert.

JC hatte mich in der Tat völlig entkrampft und es störte mich nicht einmal, dass er in mir auch andere Gefühle geweckt hatte. Gefühle, mit denen ich gar nicht gerechnet hatte. Er gab mir das Gefühl, schön zu sein. Das Gefühl, begehrt zu sein. Das Gefühl, etwas anderes als langweilig zu sein.

Kurzum, er weckte Gefühle in mir.

KAPITEL ACHT

DREI TAGE danach dachte ich immer noch an meinen Morgen mit JC. Die Erinnerung haftete an mir wie ein teures Parfum, das seinen Duft verliert, bis ein Lufthauch es wieder zum Leben erweckt. Ich vergaß, dass es geschehen war. Dann gab etwas den Anstoß. Ein Bild oder ein Satz kam mir in den Sinn und plötzlich hatte ich lebhafte Flashbacks. *Die Berührung seiner Haut an meiner. Die Anstrengung, die ihm ins Gesicht geschrieben stand, als er um meinetwillen die Kontrolle bewahrte. Die kühnen Worte, die er benutzt hat.* Bei jeder dieser Erinnerungen wurde mir wieder heiß und schwindelig. Obwohl meine Beschäftigung im Klub mich ablenkte, zählte ich unwillkürlich die Minuten bis Mittwoch, wenn ich ihn wiedersehen würde.

Als ich jedoch am Montagmorgen gegen sechs nach Hause kam, dachte ich nicht an JC, sondern an Norma. Sie war in der vergangenen Nacht während meiner Schicht von L.A. zurückgekehrt und ich wollte sie unbedingt sehen, ehe sie ins Büro ging. Nicht nur, weil ich ganz genau wissen wollte, wie es Ben ging, sondern weil ich froh war, sie wiederzuhaben.

Vielleicht würde ich ihr von JC erzählen. Ich hatte mich noch nicht entschieden. »Morgen, Kev«, nickte ich dem Portier zu und er ließ mich in die Empfangshalle unseres Wohngebäudes ein. Er war mein Lieblingsportier, schon etwas älter, wahrscheinlich nahe am Pensionsalter, und obwohl ich am liebsten geselligen Kontakt vermied, hatte er immer eine Begrüßung für mich, die mich aus meinem Schneckenhaus lockte.

Er tippte sich an die Mütze, als ich vorbeiging. »Schon die zweite der hübschen Anders-Damen in weniger als einer halben Stunde. Das muss mein Glückstag sein.«

Ich blieb verwirrt stehen und wandte mich zu ihm um. »Norma war hier unten?« Ich versuchte, mich daran zu erinnern, ob wir Milch und Kaffee hatten. Denn sonst konnte ich mir keinen anderen Grund dafür vorstellen, dass sie schon so früh unterwegs war.

»Sie ist um etwa halb sechs mit einem Taxi angekommen.«

»Aha.« Wenn sie Lebensmittel einkaufen gehen wollte, wäre sie zum Laden an der Ecke gegangen. Ich würde sie fragen müssen.

Ich winkte ihm zum Abschied zu. Dann eilte ich die Treppe zu unserer Wohnung hinauf, da ich keine Lust hatte, auf den Aufzug zu warten. Norma war nicht im Wohnzimmer, als ich hereinkam. Aus der Küche drang der Duft nach frisch aufgebrühtem Kaffee, aber von ihr gab es keine Spur, ich ging also weiter zu ihrem Schlafzimmer.

Es war ebenfalls leer, als ich hereinkam, aber ich hörte im

Badezimmer die Dusche. Ich konnte es kaum erwarten, sie wiederzusehen, ich setzte mich also auf ihr Bett und surfte auf meinem Handy im Internet, bis sie fertig war.

»Guten Morgen«, sagte ich, als sie zehn Minuten später in ihrem seidenen Morgenmantel erschien, den ich ihr zu ihrem letzten Geburtstag geschenkt hatte.

Sie zuckte zusammen. »Mein Gott, Gwen.«

Lachend sprang ich auf, um sie zu umarmen. »Entschuldige bitte, ich wollte dich nicht erschrecken.«

»Ich weiß nicht, worüber ich erstaunter sein soll – dich so unerwartet zu sehen oder die Tatsache, dass du mich aus eigenem Antrieb umarmt hast.«

Auf diesen Kommentar hin versuchte ich, mich zu befreien, aber es gelang ihr, mich noch zwei Sekunden länger festzuhalten. »Was soll ich dazu sagen? Ich habe dich vermisst.« Das hatte ich wirklich. Wie sehr, wurde mir erst bewusst, als ich sie erblickte.

»Vielleicht sollte ich öfter mal wegfahren.«

Nein, das wollte ich nicht. Ich hatte es lieber, wenn sie da war. Aber die Umarmung war mir schon überschwänglich genug gewesen, also sagte ich das nicht. Stattdessen ließ ich mich wieder auf ihrem Bett nieder und sah ihr zu, wie sie sich zur Arbeit fertig machte.

Als ich es mir im Schneidersitz bequem machte, fiel mir etwas auf. »Dein Bett ist ja gemacht.« Das sah Norma gar nicht ähnlich. Sie überließ es gewöhnlich der Haushälterin. Hatte sie etwa nicht zu Hause geschlafen?

»Oh.« Sie hielt kurz inne, ehe sie mit mir zugewandtem Rücken in ihre Wäscheschublade griff, um sich einen Slip herauszuholen. Dann wandte sie sich mit einer wegwerfenden Geste zu mir um. »Weißt du, ich war gestern

Abend so müde, dass ich auf der Tagesdecke eingeschlafen bin.«

»Wow. Dann kannst du dich gar nicht bewegt haben. Sie sieht noch ganz frisch aus.«

»Ich habe sie heute Morgen glatt gezogen.« Ohne mich anzusehen, stieg sie in ihren Slip und zog ihn hoch. Dann ließ sie den Morgenmantel fallen, um sich den BH anzuziehen.

Ich hätte noch mehr zu ihrem Bett zu sagen gehabt, aber ihre Unterwäsche lenkte mich davon ab. Während ich nie daran interessiert gewesen war, Geld für Luxusartikel zu verschwenden, legte ich doch großen Wert auf schöne Dessous. Wenn eine Frau sich in ihrer Unterwäsche wohlfühlt, verleiht ihr das angeblich ein Gefühl der Macht oder so ähnlich. Solche psychologischen Tricks hatte Norma nie nötig gehabt. Sie war auch in ihrer weißen Baumwollunterwäsche stark und selbstbewusst.

Also, wann hatte sie sich Seide zugelegt?

»Du hast dir etwas Neues angeschafft«, bemerkte ich, während sie mit ihrem BH-Verschluss kämpfte. »Sieht ja toll aus.«

Unsere Blicke trafen sich im Spiegel über ihrer Kommode. »Das ist schon ein paar Monate her. Ich habe sie bei Faire Frou Frou bestellt. Ich wollte mal sehen, ob das ganze Theater darum gerechtfertigt ist.«

»Und?«

»Die Sachen sind wirklich schön. Sie gefallen mir.« Sie drehte sich um, als ich skeptisch die Stirn runzelte. »Was hast du denn?«

»Nichts. Ich bin bloß froh, dass du dir endlich auch mal etwas Hübsches angeschafft hast.« Ich wurde langsam argwöhnisch. »Bist du gerade erst vor mir nach Hause gekommen?«

»Heute?« Sie nahm ein paar Sachen aus ihrem Schmuckkästchen.

»Ja. Kev hat gesagt, du wärst gerade erst zurückgekommen, als er seine Schicht angefangen hat. Warst du ausgegangen?«

Norma war noch nie so leicht zu durchschauen gewesen wie ich. Doch jetzt war ihr Ausdruck noch undurchdringlicher als gewöhnlich. Als gäbe sie sich noch größere Mühe, reserviert zu bleiben.

Nach ein paar Sekunden verwandelte sich ihre stoische Ruhe in Gereiztheit. »Mein Gott, Gwen. Ich hatte nach meiner Rückkehr erwartet, dass du mir tausend Fragen über Ben stellen würdest, nicht über mich.«

»Entschuldige bitte. Ich versuche ja nur, mich mit dir zu unterhalten.« Ich stand auf, um ihr dabei zu helfen, ihre Halskette anzulegen.

Sie hielt ihr Haar aus dem Weg. »Danke.«

Aber so einfach ließ ich sie nicht davonkommen. »Außerdem war ich neugierig.«

Sie ließ ihr Haar herunter und zog den Anhänger gerade. »Ich habe einen Dauerlauf gemacht, okay?«

Im Winter pflegte Norma ihr Konditionstraining im hauseigenen Fitnessstudio zu absolvieren. Aber darauf wollte ich jetzt nicht hinweisen. »Und dann bist du müde geworden und hast ein Taxi nach Hause genommen?«

»Ich schätze, meine Reise nach L.A. war erschöpfender, als ich gedacht habe.« Sie verheimlichte mir etwas, und das ärgerte mich.

Aber ich wusste, dass wir uns am Ende noch streiten

würden, wenn ich noch weiter nachfragte, und das wollte ich nicht, da sie ja schließlich gerade erst nach Hause gekommen war. »Das kann ich mir vorstellen. Hast du irgendwelche Neuigkeiten? Über Ben?«

Ich hatte jeden Tag mit ihr gesprochen, zweifelte also daran, dass irgendetwas übrig war, was sie mir noch nicht erzählt hatte, aber es gelang ihr, mir ein paar Einzelheiten über meinen Bruder zu berichten, die ich noch nicht kannte. Die Einrichtung, in der sie ihn untergebracht hatte, war nicht in San Francisco, sondern in Marin County. Er war freiwillig dort und konnte sie jederzeit verlassen. Allerdings würden seine Ärzte bezüglich seiner Aufenthaltsdauer Empfehlungen geben. Ben hatte sich bis zum Schluss geweigert, Norma zu sehen, aber er hatte eingewilligt, dass sie über seine Fortschritte auf dem Laufenden gehalten wurde.

Sie setzte sich auf das Bett neben mir, um sich die Strümpfe anzuziehen. Es waren Schenkelstrümpfe, die an einem Strumpfgürtel befestigt wurden. Ich wollte gerade noch eine Bemerkung über ihre plötzliche Vorliebe für Luxusdessous machen, als sie sagte: »Ich habe Bens Partner kennengelernt.«

Das brachte mich aus der Fassung. »Ich wusste gar nicht, dass er einen hat.« Das Einzige, worüber Ben offen zu sprechen pflegte, waren seine sexuellen Beziehungen. Er erzählte mir immer, mit wem er gerade schlief, gewöhnlich war es jemand, den er auf Grindr gefunden hatte. Während ich Sex vollkommen entsagt hatte, hatte Ben genau das Gegenteil getan, obwohl unser Motiv dasselbe war – wir waren beide an persönlichen Beziehungen nicht interessiert.

»Ich auch nicht. Sie sind noch nicht lange zusammen und ich nehme an, Ben hat versucht, ihn loszuwerden, ehe er die Tabletten nahm. Dieser Kerl – Eric – ist aber trotzdem geblieben. Er sagt, er lässt sich nicht so schnell abschrecken. Ich glaube, er ist ein anständiger Mensch. Es hat mich beruhigt, Ben mit jemandem zurückzulassen, der ihn liebt.« Norma hatte den ersten Strumpf am Strumpfhalter befestigt und machte sich an den zweiten.

Ich streckte die Beine nach hinten aus und stützte das Kinn in die Hände. »Hm.«

»Was soll das heißen?«

»Ich weiß nicht. Ich bin nur nicht sicher, ob Ben sich je wirklich binden wird.« Ebenso wie ich mich nie binden würde. Diese Idee war aus uns herausgeprügelt worden. *Liebe gibt es nur im Märchen*, hatte unser Vater uns eingetrichtert. *Meint ihr etwa, ihr würdet aufwachsen und die Liebe fürs Leben finden? Das ist eine verdammte Lüge.*

Sicher, ich hatte gelernt, dass mein Dad nicht zu allem die Antwort wusste, am wenigsten dazu, wie man ein glückliches Leben führte, aber sein Verhältnis zu uns hatte uns gelehrt, was Liebe ist. Wir hatten ihn geliebt. Er hatte uns geschlagen. Er hatte recht – Liebe gab es nur im Märchen. Und zwar in einem, an das Ben den Glauben verloren hatte. »Ich hoffe, dieser Eric wird nicht schrecklich enttäuscht werden.«

Norma stand auf und warf mir einen bösen Blick zu. »Im Augenblick ist Ben nicht in der Lage, irgendjemanden zu enttäuschen, Gwen. Und ich glaube, du hast unrecht. Ben ist durchaus bereit, eine Bindung einzugehen, und der Gedanke daran macht ihm Angst. Und meiner Meinung nach hat das zu seinem Selbstmordversuch geführt.«

Ich war anderer Meinung. Außerdem wirkte es surreal

auf mich, wie meine Schwester mit mir schimpfte und dabei wie ein Pin-up-Girl aussah.

Und hier waren wir schon wieder kurz davor, uns zu streiten. »Vielleicht.«

Aber da ich noch nie eine versöhnliche Natur gewesen war, fügte ich hinzu: »Aber hauptsächlich war der Grund dafür Dads bevorstehende Entlassung.«

»Das auch«, stimmte sie mir zu. Großes Lob an Norma, die Edlere von uns beiden.

Sie verschwand in ihrem riesigen integrierten Wandschrank. Während sie fort war, hätte ich mich am liebsten dafür getreten, so streitsüchtig zu sein. Schon unter normalen Umständen wäre das nicht sehr nett gewesen, aber gerade jetzt schon gar nicht. Norma hatte versucht, ein seelisches Problem zu lösen, sie war spät abends an einem Sonntag zurückgekehrt und im Morgengrauen wieder aufgestanden, um zur Arbeit zu gehen. Ich musste ihr etwas mehr Mitgefühl zeigen.

Außerdem gab es da ja etwas, was ich ihr erzählen wollte. Es war zwar angesichts unserer bisherigen Gesprächsthemen an diesem Morgen nicht unbedingt angebracht, aber ich hatte plötzlich den Drang, es loszuwerden. Ich ging zur Schranktür hinüber und lehnte mich an den Rahmen. »Ich habe deinen Rat befolgt.«

»Worüber denn?« Norma stopfte gerade ihre ärmellose schwarze Seidenbluse in den grauen Kostümrock.

»Ich bin lockerer geworden. Zumindest versuche ich es.« Allerdings sah ich wohl nicht besonders locker aus, als ich mir dabei nervös auf die Lippe biss.

Sie runzelte die Stirn, während sie sich den Kopf

zerbrach, was ich damit meinen könnte. Dann weiteten sich ihre Augen, als es ihr klar wurde. »Du hattest Sex?«

»Du brauchst gar nicht so erstaunt zu klingen.«

»Ich *bin* aber erstaunt. Du warst schon seit Jahren nicht mehr an Sex interessiert.« Sie hatte recht, aber sie brauchte es mir nicht unter die Nase zu reiben.

Ich verdrehte die Augen, aber ich konnte ein Lächeln nicht unterdrücken. »Ich schätze, alle haben schon gedacht, dass ich insgeheim eine Nonne bin.«

»Wohl kaum eine Nonne. Dazu fluchst du zu viel.« Sie nahm ihre Kostümjacke vom Kleiderbügel und kam zu mir heraus. »Komm mit in die Küche, damit ich mir Kaffee eingießen kann. Du musst mir alles über ihn erzählen.«

»Er ist bloß irgend so ein Kerl. Und es ist nur ein Mal passiert. Eigentlich zweimal.« Ich folgte Norma und kam mir ganz wie die kleine Schwester vor, die über ihren neuesten Schwarm ihr Herz ausschüttet. Ich wollte zwar nicht, dass sie bezüglich JC einen falschen Eindruck bekäme, aber ich *musste* ihr einfach von ihm berichten. Und das wollte ich auch. Falscher Eindruck hin oder her.

»Wie heißt er denn?« Norma legte ihre Jacke auf der Anrichte ab, nahm sich eine Tasse zum Mitnehmen aus dem Schrank und goss sich die Hälfte des Kaffees aus der Kanne ein, ehe sie fragte: »Möchtest du auch welchen?«

»Nein danke. Ich lege mich gleich schlafen. Und sein Name ist JC.« Als ich das sagte, wurde mir klar, dass sie wahrscheinlich gleich fragen würde, wofür JC die Abkürzung war. Oder wie er mit Nachnamen hieß. Verdammt. Das hatte ich nicht bedacht. »Aber das ist alles. Mehr erzähle ich dir nicht von ihm.«

»Nicht sicher, ob es etwas Ernstes ist?« Sie lehnte sich

rücklings gegen die Spüle und nahm einen Schluck aus ihrer Tasse.

»Das ist es nicht.« Ich war ehrlich überrascht, dass sie das bei mir für möglich hielt. Sie wusste doch, dass ich etwas gegen feste Bindungen hatte. Ich hatte es immer für selbstverständlich gehalten, dass sie das wusste, aber vorhin hatte sie etwas Ähnliches in Bezug auf Ben angedeutet, und nun dies.

Offenbar musste ich sie an meinen diesbezüglichen Standpunkt erinnern. »Er ist nicht mein Freund. Es handelt sich um eine ... Vereinbarung.«

»Das musst du mir erklären.« Trotz ihres skeptischen Gesichtsausdrucks schien sie wirklich neugierig zu sein.

»Wir treffen uns jeden Mittwochabend, um *Zeit miteinander zu verbringen*.« Ich errötete bei dem Gedanken daran, wie wir das letzte Mal Zeit miteinander verbracht hatten.

Norma stellte mit leuchtenden Augen ihre Tasse nieder. »Ich schätze, das ist das Codewort für ›die ganze Nacht mit wildem Sex verbringen‹?«

Sie wirkte in diesem Moment wie ein Teenager. Enthusiastisch und begierig auf Einzelheiten, nicht wie meine fünfunddreißigjährige Ziehmutter.

Irgendwie war mir das noch peinlicher. »So ähnlich«, sagte ich, um das Ganze etwas herunterzuspielen. »Das bedeutet aber, dass du *Law & Order* ohne mich sehen musst.« Das war ohnehin ihre Lieblingsserie. Mir machte es gar nichts aus, sie zu verpassen.

»Kein Problem. Ich nehme es für dich auf. Aber über JC will ich doch noch etwas mehr wissen.« Mein Gott, sie war ganz aus dem Häuschen. »Ich habe nichts gegen reinen Sex, aber du meinst also nicht, dass zwischen euch mehr passieren könnte?«

Bei dem bloßen Gedanken daran schauderte mir, als würde mir eine Spinne über die Haut kriechen. Ich schüttelte ihn mit sichtbarem Abscheu ab. »Nein. Oh nein. Daran bin ich nicht interessiert. Das weißt du doch.«

Sie zuckte die Achseln und klang plötzlich ganz ernst. »Es kann zuschlagen, wenn man es am wenigsten erwartet.«

»Nun, wenn es bei mir zuschlägt, schlage ich zurück. Was auch immer es sein mag.« Ich schüttelte mich wieder, und nicht nur, um einen dramatischen Effekt zu erzielen. Der Gedanke war mir *dermaßen* zuwider.

»Was auch immer es sein mag?« Norma klang, als hätte ich sie persönlich beleidigt. »Es ist die Liebe, Gwen. Möchtest du dich denn nicht verlieben?«

»Was ist das überhaupt?« Ich wollte nicht abweisend reagieren, aber trotzdem standhaft bleiben. »Also, im Ernst. Mich *ver*lieben? Ich glaube nicht, dass das möglich ist. Ich liebe dich, Norma. Ich liebe Ben. Ich liebe das von Mom, woran ich mich erinnere. Auf eine seltsame, durch Blutsbande verpflichtende Art und Weise liebe ich sogar Dad. Mehr Liebe brauche ich nicht. Mit mehr könnte ich auch gar nicht umgehen.«

»Gwen ...« Sie sah mich mit einem Ausdruck an, der mir wie Mitleid vorkam. Dann seufzte sie und da *wusste* ich, dass es Mitleid war. »Je mehr du liebst und je mehr du geliebt wirst, desto mehr Kraft hast du für alles andere im Leben. Das weißt du doch, oder nicht?«

»Ähm. Ich bin nicht so sicher, dass das Verhältnis zwischen Schmerz und Gewinn in der Liebe eine Empfehlung ist.«

»Oh, mein Liebling. Mit solchen Ansichten wirst du sehr einsam werden.«

»Niemals. Ich habe doch dich, Schwesterherz.« Ich legte ihr die Arme um die Taille und hielt sie dramatisch so fest. Dies fiel mir leichter als eine richtige Umarmung – wenn es auch als Scherz getarnt war, gab es mir doch den Halt, den ich so dringend brauchte.

Sie strich mir tröstend übers Haar, wie sie es zu tun pflegte, wenn ich krank war. »Du kannst dich nicht darauf verlassen, dass ich immer für dich da sein werde, Gwen. Ich will mehr. Ich brauche mehr vom Leben, als nur zusammenzusitzen und fernzusehen.«

Ich hatte die Wahl – entweder konnte ich aufgrund ihrer Worte beleidigt sein oder ich konnte akzeptieren, dass sie andere Lebensziele hatte als ich, und mir bewusst machen, dass es nichts mit mir zu tun hatte.

Zu einem anderen Zeitpunkt hätte ich vielleicht die Beleidigte gespielt. Aber gerade jetzt war unsere Familie noch zu verletzlich. Also sagte ich das, von dem ich annahm, dass sie es hören wollte. »Ich weiß. Und das wirst du auch bekommen.« Vielleicht nicht mit Hudson Pierce, wie sie es sich wünschte, aber sie würde schon jemanden finden.

Der bloße Gedanke daran machte mir Angst. Teils deswegen, weil ich nicht wollte, dass sich irgendetwas veränderte. Ich wollte nicht ohne sie leben. Aber auch, weil mir nach den vergangenen Tagen die Vorstellung, einen Mann in meinem Leben zu haben, nicht mehr ganz so unsympathisch erschien wie zuvor.

Und auf solche Gedankengänge hatte ich gar kein Recht. Schließlich hatte ich JC versprochen, keine Gefühle für ihn zu entwickeln.

Es ist reiner Sex, rief ich mir in Erinnerung. Sex regt die Hormone an und Hormone verwechselt man leicht mit Gefühlen. Das ist alles. Es war nicht mit den echten Gefühlen zu vergleichen, die ich für meine Geschwister hegte. Die ich Norma gegenüber empfand. Aber ich konnte mich des Eindrucks nicht erwehren, dass zumindest einer von uns auf etwas anderes zutrieb.

AM MITTWOCH SCHLIEF ich tagsüber kaum, denn die Aussicht, JC wiederzusehen, machte mich zu nervös. Bei unserer letzten Begegnung hatte er mich sehr gefordert, doch ich hatte das Gefühl, dass dies nur die Spitze des Eisbergs gewesen war. Während ich immer gedacht hatte, dass es sich nur um Sex drehte, schien es ihm damit ernst zu sein, mir beim Entspannen zu helfen. Und bis jetzt hatte er recht behalten. Ein Orgasmus an sich brachte Entspannung mit sich, aber die Methoden, die er zum Erreichen meines letzten Höhepunkts eingesetzt hatte, hatten eine entspannende Wirkung bei mir erzielt, die noch lange anhielt, nachdem der hormonelle Effekt abgeflaut war.

Aber ich war nicht bloß nervös, sondern auch ungeduldig. Ich musste mich zwingen, mich beim Duschen nicht zu sehr zu beeilen. Zum Glück wurde ich von einigen Routinemaßnahmen weiblicher Pflege aufgehalten. Trotzdem kam ich eine volle Stunde zu früh im Hotel an und war nicht sicher, ob ich mich an die Bar setzen oder direkt in sein Zimmer gehen sollte.

Ich entschied mich für die Bar, aber nachdem ich eine halbe Stunde damit verbracht hatte, Zeit totzuschlagen und ein Glas Merlot zu trinken, um meine Nerven zu beruhigen, beschloss ich, stattdessen hinaufzugehen.

Als ich eintrat, war es in der Suite still und dunkel, ich war also allein. Ich zog den Mantel aus und wandte mich um, um ihn in den Garderobenschrank zu hängen. An der Tür war eine Nachricht für mich.

Gwen,

mach es dir bequem. Mit anderen Worten, zieh dich aus.
JC

Ich musste laut lachen, was einerseits ein Zeichen von Nervosität war, andererseits aber auch eine humorvolle Reaktion. *Zieh dich aus.* Es war eine subtile Aufforderung und so frech von ihm, eine solche Begrüßung zu erwarten. Mir zitterte die Hand am Saum meines Pullovers. Der bloße Gedanke, mich in seinem Hotelzimmer nackt auszuziehen, selbst wenn er nicht einmal da war, verursachte einen neuen Anfall von Lampenfieber. Ich ließ meine Kleider an.

Nicht dass ich mich weigern wollte. Aber ... ich brauchte einen Moment, um mich dafür zu erwärmen.

Da ich ja zu früh gekommen war, nahm ich mir ein paar Minuten Zeit, um mir den Rest der Suite anzusehen. Bei meinem letzten Besuch hatte ich zwar das Badezimmer benutzt, aber sonst nichts. Nach unserer Begegnung auf dem Sofa hatte er weggemusst, um wieder einmal nach L.A. zu fliegen, und das Schlafzimmer musste bis zum nächsten Mal warten.

Nun ging ich hinein, entdeckte aber nichts Bemerkenswertes. Ein übergroßes Bett. Einen Sessel. Ich warf einen Blick in den Schrank und fand ihn vollgestopft mit Kleidern – *seinen* Kleidern. Ein unerwarteter Schwindel überkam mich und ich hatte das merkwürdige Bedürfnis, mein

Gesicht darin zu vergraben, um herauszufinden, ob sie nach ihm rochen. Aber das war mir doch zu unheimlich und ich schloss die Tür schnell wieder.

Ich fragte mich flüchtig, ob wohl jemals die Kleider einer Frau dort gehangen hatten. Würde ich Spuren vergangener Geliebter finden, wenn ich die Schubladen durchsuchte? Wie wäre es mir dann zumute? Es konnte mir doch bestimmt nichts ausmachen, wer mit ihm zusammen gewesen war, ehe die Reihe jetzt an mir war. Doch diese Überlegungen brachten eine andere beklemmende Empfindung mit sich. Es war ein besitzergreifendes Gefühl, an das ich nicht gewöhnt war. Es gefiel mir gar nicht.

Ich war ja sowieso keine Schnüfflerin. Sein Kram war sein Kram. Welche Geheimnisse seine Eigentümer auch über ihn bargen, sollten sie ruhig behalten. Wir verrieten einander ja auch weder unsere Nachnamen noch unser Alter oder unsere persönliche Geschichte. Es waren Informationen und Einzelheiten, die Leute aneinander banden, wenn sie sie miteinander teilten. Und keiner von uns wollte das.

Ich ging also zurück ins Wohnzimmer, ohne mich weiter umzusehen.

Etwa drei Sekunden später kam JC herein. Mein Puls begann sofort zu rasen und mir stockte der Atem. Als wäre ich einer von Pavlovs Hunden. Seine bloße Gegenwart versetzte mich in einen Zustand sexueller Erregung.

Und sie machte mich glücklich. Und dieses Gefühl erlaubte ich mir nur selten. Doch hier bei ihm zog ich das nicht einmal in Erwägung. Ich tat es einfach. Ich war es einfach. Glücklich.

Er hatte bereits die Jacke ausgezogen und hängte sie

gerade in den Garderobenschrank, während er mich kritisch musterte. »Du bist ja noch angezogen.«

»Ich bin grade erst angekommen.« Trotz meiner Abwehrhaltung lächelte ich.

Er warf mir einen Blick zu, als wüsste er, dass ich flunkerte. Es war immer noch nicht sieben Uhr, er hatte also keinen Grund zu der Annahme, dass ich schon eine Weile hier war. Hatte er mich hinaufgehen sehen? War er irgendwo in der Empfangshalle gewesen, um zu sehen, wann ich ankommen würde, und hatte er mir dann gerade genügend Zeit gegeben, um seine Anweisungen zu befolgen?

Bei diesem Gedanken durchfuhr mich unwillkürlich ein freudiger Schock. Es gefiel mir, dass er sich genauso auf mich wie ich mich auf ihn gefreut haben könnte. Obwohl es mir missfiel, so zu empfinden.

Er mochte seine Zweifel haben, aber er widersprach mir nicht. »Dann lasse ich es dir diesmal durchgehen und erlaube dir, dich selbst auszuziehen.«

Ich unterdrückte ein nervöses Kichern. »Anstatt was zu tun?«

»Dir die Kleider vom Leib zu reißen.«

Noch eine Bemerkung, die so dreist und unerwartet kam. War es merkwürdig, dass ich das beinahe lieber gehabt hätte, als mich selbst zu entkleiden?

Ein zufriedenes Grinsen breitete sich auf JCs Zügen aus. »Keine Sorge, mein Plan wird trotzdem funktionieren. Zieh dich aus.«

Ich hatte keine andere Wahl, als der beruhigenden Autorität in seiner Stimme zu gehorchen. Ich beugte mich nieder, um den Reißverschluss an meinen Stiefeln herunterzuziehen, als er mich unterbrach. »Nicht hier. Drüben am Fenster.«

Ich zögerte. Ich war in keiner Weise exhibitionistisch veranlagt und würde mich nie wohl dabei fühlen, vor anderen nackt zu paradieren. Ganz gleich, wie befreiend es vielleicht wirken mochte.

Allerdings vertraute ich JC. So seltsam es war, da ich ihn nicht genug kannte, um ihm zu vertrauen. Seltsam, da ich nie irgendjemandem vertraute. Aber mir war jetzt klar, dass Vertrauen eine wesentliche Voraussetzung für jede Übereinkunft war, die ich mit ihm zu treffen erwartete. Um ihm Kontrolle über mich zu geben, musste ich ihm trauen. Zwischen Vertrauen und Entspannung schien ebenfalls eine Wechselbeziehung zu bestehen. Alle Vorbehalte fahren zu lassen trug sehr dazu bei, die Anspannung in mir zu lösen, derer ich mir nicht einmal bewusst gewesen war.

Ich ging zum Fenster hinüber, um hinauszusehen. Wir befanden uns im neunundvierzigsten Stock, die Sonne ging gerade unter und auf der anderen Straßenseite begann der Park. Die Wahrscheinlichkeit, dass jemand mich sehen würde, war äußerst gering.

»Wir sind hier so gut wie unter uns.« Verdammt, JC konnte immer meine Gedanken lesen. War ich tatsächlich so durchsichtig? »Aber es wirkt nicht so. Man fühlt sich bloßgestellt. Ist es nicht so?«

Ich nickte.

»Selbst wenn jemand zufällig hinaufschaut und glaubt, am Fenster eine Gestalt zu sehen, könnte er nicht erkennen, dass sie nackt ist. Und auf keinen Fall, dass du es bist.«

Da war ich mir nicht so sicher. Aber ich musste ihm vertrauen.

JC zog seine Anzugjacke aus und legte sie auf die Rücklehne des Sofas. »Und jetzt zieh dich aus.«

Es gab nichts mehr zu bedenken. Ich übergab ihm die Zügel. Ich tat, was er verlangte, und zog zuerst die Stiefel aus. Dann, mit zitternden Händen, den Pullover, gefolgt von meiner Jeans.

Als ich bloß noch meine Unterwäsche trug, holte JC tief Luft.

Ich hielt inne, um mich in seiner Bewunderung zu sonnen. Im Stillen dankte ich Norma. Ich besaß zwar keinen Strumpfgürtel, aber Schenkelstrümpfe schon, und sie hatte neulich am Morgen so sexy ausgesehen, dass es mich inspiriert hatte, meine unter der Hose zu tragen. Zunächst hatte ich ernsthafte Zweifel gehegt, denn ich war nicht sicher, ob meine zweckmäßige Vorbereitung zu Missverständnissen führen könnte. Und als ich so gekleidet das Apartment verließ, war ich das noch immer nicht gewesen.

JCs Reaktion darauf bestätigte mich in meiner Wahl, selbst wenn er mich nur wenige Sekunden darin sehen würde. Meine Brust hob und senkte sich deutlich schneller, als meine Erregung – und mein Selbstbewusstsein – wuchs. Es wirkte belebend, jemand anderen so leicht in Erregung versetzen zu können, und es erregte mich im gleichen Maße.

Als Nächstes zog ich mir den BH aus und beobachtete, wie seine Augen leuchteten, als meine Brüste frei waren. Dann entfernte ich den Slip. Als ich zu den Strümpfen kam, hielt ich inne. »Soll ich sie anlassen?«

Sein *Ja* war mehr ein Stöhnen als ein artikuliertes Wort.

Ich war ausgesprochen froh über meine Entscheidung. Ich stand jetzt stolz vor ihm, abgesehen von den Strümpfen nackt, die Stadt hinter mir enthüllt.

JC löste seine Krawatte. Langsam und wesentlich selbstbewusster als ich begann er, sein Hemd aufzuknöpfen. Oh Gott, es war ja so erotisch, ihm beim Ausziehen zuzusehen. Zu beobachten, wie er die Schichten entfernte, die für den Rest der Welt sichtbar waren, und die Teile von sich entblößte, die er nur mir zeigte. Es war auf so vielen Ebenen eine Herausforderung.

Ich presste die Schenkel zusammen, um zu versuchen, dem wachsenden Druck entgegenzuwirken.

Sein Lächeln bewies, dass er sich seiner Wirkung auf mich bewusst war. Er zog sein Hemd aus, legte es auf dem Sofa ab und begann, seine Gürtelschnalle zu öffnen, ohne den Blick von mir zu lösen. »Du bist so erregt«, stellte er ohne die Spur eines Zweifels fest. Es war eine Tatsache. Er *wusste* es einfach. »Berühre dich.«

Ich zögerte, denn ich schwankte, ob ich ihm völlig die Kontrolle überlassen oder ihm sagen sollte, was ich wollte. Er hatte darauf bestanden, dass ich es ihm vorher mitteilte. Und ich wollte schnell lernen, was er mir beibringen wollte, anders als die geschmacklosen Heldinnen in Normas Nackenbeißer-Romanen, die sie heimlich las, wie sie glaubte.

Ich entschloss mich also, offen zu sein. »JC, diesmal möchte ich das nicht.« Ein anderes Mal würde ich es wieder tun. Es war berauschend gewesen und wenn er darauf bestehen sollte, würde ich willig nachgeben. Aber zuerst musste ich ihn wissen lassen, was ich davon hielt.

Seine Augen weiteten sich und mich durchfuhr plötzlich ein lähmendes Angstgefühl, als er nun mit dem Gürtel in der Hand dastand. Nachdem ich jahrelang Schläge damit auf meinem Rücken gespürt hatte, würde ein Mann mit einem Gürtel immer diese Wirkung auf mich haben. Dieser Augenblick war schlimmer, da ich ihm gerade widersprochen hatte. Und ich war nackt, wodurch ich mich noch verletzlicher als sonst fühlte.

Er schien meine Angst zu spüren. »Hey, Gwen. Beruhige dich.« Er ließ den Gürtel fallen und sein Blick folgte meinem, als er zusah, wie er auf dem Boden landete. Er runzelte verwirrt die Brauen und dann trat er den Gürtel von sich, als hätte er eine plötzliche Einsicht.

Ich hatte Angst, dass er Fragen stellen würde, aber er tat es nicht, wofür ich dankbar war.

»Danke, dass du mir sagst, was du willst. Oder nicht willst.« Er schlüpfte aus den Schuhen, während er sprach. Dann beugte er sich nieder, um die Socken auszuziehen. »Du brauchst keine Angst zu haben. Ich werde dir nicht wehtun und dies wird nicht so sein wie letzte Woche. Du wirst immer noch kommen. Aber diesmal werde ich in dir sein, wenn es geschieht.«

Was immer ich gerade noch als Furcht verspürt hatte, verschwand bei diesem sinnlichen Versprechen.

Er zog den Reißverschluss an seiner Hose herunter, streifte sie ab und ließ sie auf dem Boden liegen. »Ich schlage also vor, dass du dich berührst. Du musst dich vorbereiten, weil ich dieses Mal nicht vorhabe, mich zu beherrschen. Wenn ich dich berühre, musst du zum Ficken bereit sein.«

Bei seinen Worten sammelte sich Feuchtigkeit zwischen meinen Beinen. Ich war jetzt schon zum Ficken bereit. Das war ich schon gewesen, als er hereingekommen war und einen besitzergreifenden Blick auf mich geworfen hatte. Als ich also meine Brustwarze zwischen den Fingerspitzen drückte und mir mit der anderen Hand zwischen die Beine fuhr, brauchte ich mich nicht auf ihn vorzubereiten.

Ich zeigte ihm nur, dass ich schon bereit war.

JC stöhnte. Er rieb sich mit der Hand über die Leistengegend und ich sah zu, wie seine Erektion wuchs. »Du bist wirklich atemberaubend, Gwen. Das ist dir gar nicht bewusst, oder?«

Ich schüttelte den Kopf. Ich war nie daran interessiert gewesen, atemberaubend zu sein, bis ich ihn kennenlernte. Jetzt *wollte* ich ihn nicht nur erregen, ich spürte auch, dass er von mir erregt war. Spürte, wie erregend ich wirkte. Spürte, wie schön ich war.

»Das macht einen Teil deines Zaubers aus. Dass du es gar nicht wahrnimmst.« Er streifte seine Boxershorts ab und mir lief beim Anblick seiner eindrucksvollen Erektion das Wasser im Mund zusammen. Ich konnte den Blick nicht davon abwenden. Er war groß und dick und auf eine Weise köstlich, wie ich nie gedacht hätte, dass ein Penis es sein könnte.

Nicht ein Penis – ein Schwanz. Penis war eine Bezeichnung, die mir Abscheu einflößte. Aber mit JCs Schwanz war das gar nicht so. Ganz im Gegenteil. Er erregte mich ungeheuer. Verursachte den Wunsch bei mir, mich ihm zu öffnen und ihn in mir aufzunehmen.

Er zog mich so magnetisch an, dass ich begann, auf ihn zuzugehen.

Dann gab JC mir andere Anweisungen. »Dreh dich um, Gwen. Drück den Körper an die Fensterscheibe und lass die Stadt sehen, wie schön du bist.«

Meine Faszination für seinen Schwanz verblasste, als mein Unbehagen wegen des Fensters zurückkehrte. Wie er vorhin gesagt hatte, würde mich wahrscheinlich niemand sehen, aber ich wurde das *Gefühl* nicht los, dass das möglich wäre. Und da der Moment nun gekommen war, war der

Gedanke daran, beobachtet zu werden, weitaus erregender, als ich je gedacht hätte.

Ich drehte mich um und drückte mich an die Fensterscheibe, deren Glas sich an meiner erhitzten Haut besonders kalt anfühlte. Ich fuhr fort, mich zu berühren, und konzentrierte mich jetzt ganz auf das Spiel mit meiner Klitoris. Ich spreizte die Beine, um ihm einen besseren Blick auf das zu bieten, was ich tat.

War das ungewöhnlich für mich? Ja. War es schmutzig und unanständig und vollkommen berauschend? Ja, ja und wiederum ja. Gerade das genoss ich ungeheuer. Ich genoss das Machtgefühl.

»Sag mal, Gwen«, JCs Stimme klang erstickt und ich stellte mir vor, wie er sich hinter mir streichelte, während er sprach, »trägst du diese Strümpfe für mich?«

Ich nagte nachdenklich an meiner Unterlippe. Ich hatte gedacht, ich hätte sie für *mich* getragen. Sie waren ein Teil der Unterwäsche, die ich ausgewählt hatte, um mein Selbstbewusstsein zu stärken und mich verführerischer zu fühlen, als ich war.

Doch als er nun nachfragte, erkannte ich, dass ich sie mindestens in demselben Maße für ihn trug.

Als ich nicht sofort antwortete, fragte er wieder: »Hast du an mich gedacht, als du dich für heute Abend fertig gemacht hast? Hast du dir beim Anziehen jeden Strumpfes vorgestellt, wie ich ihn später an deinen Schenkeln herab rollen würde? Sie scheinen ziemlich vielseitig zu sein. Es gibt so viel, was ich damit anfangen könnte – ich könnte dich fesseln. Dich binden. Würde dir das gefallen? Sei ehrlich.«

Ich hatte einmal einen Freund, der versucht hatte, mir die Hände zu fesseln. Mit einem Gürtel. Das hatte mir gar nicht gefallen, aber jetzt dachte ich plötzlich, dass es vielleicht an dem Material gelegen hatte, das er benutzte, denn in diesem Moment fiel meine Antwort ganz anders aus. »Ja.«

»Ja, und?«

Sein zufriedener Ton und die Tatsache, dass ich von ihm abgewandt war, erleichterten es mir, weitere Geständnisse zu machen. »Ja, all das.« Ich konnte nur bruchstückartig sprechen wegen der wachsenden Spannung in meinem Unterleib, die ich mit den Berührungen meiner Hand verursachte. »Ja ... das würde mir gefallen. Ja, ich trage sie ... für dich ... damit du mich so wie jetzt ansehen würdest.«

Ich konnte seinen Blick immer noch spüren. Dann schaute ich am Fenster hinauf und merkte, dass ich sein Spiegelbild darin sehen konnte. Sehen konnte, wie er mich betrachtete. Unsere Blicke trafen sich darin. »Ich trage sie, weil ich wollte, dass du mich sexy findest.«

Er gab mir keine Vorwarnung, aber ich sah ihn kommen. Und ganz wie er es mir versprochen hatte, sobald seine Hände mich berührten – mit der einen packte er mich an der Hüfte, die andere schlang er um mich, um meine Brust zu ergreifen –, drang er auch sofort in mich ein.

Er stieß mit solcher Kraft zu, dass ich aufschrie. Und ich schrie wieder auf, als er sich langsam wieder zurückzog, wobei er mich jeden Zentimeter seiner Länge bis zur Spitze hin spüren ließ.

»Verdammt, so ein sexy Ding wie dich habe ich seit Jahren nicht gesehen, Gwen«, raunte er mir ins Ohr. »Mit oder ohne Strümpfe. Aber, fuck ...« Er stieß wieder zu, aber hielt dann still. »Du weißt ja nicht, was für eine Wirkung es auf mich hat zu hören, dass du beim Anziehen an mich gedacht hast. Es macht mich so hart. Spürst du, wie hart es mich macht?«

Sein Schwanz zuckte in mir und ich konnte schwören, dass er dicker wurde und sich in mir ausdehnte, obwohl er sich nicht bewegte.

»Ich spüre es«, keuchte ich. »Du bist so hart.«

»Das bin ich«, stimmte er zu. »So hart.«

Dann begann er wieder, sich zu bewegen, rhythmisch, aber langsam. Er lehnte die Stirn an meinen Hinterkopf und ich wusste, dass er unsere Vereinigung betrachtete. Zusah, wie sein Schwanz in meine geschwollene Muschi hinein- und wieder herausglitt.

Zu wissen, was er beobachtete, verstärkte meine Erregung noch mehr. Damit und mit dem Bewusstsein, vom gesamten Central Park aus sichtbar zu sein, würde ich es nicht mehr lange aushalten. Ich stützte mich mit der einen Hand gegen die Fensterscheibe und griff mit der anderen durch meine Beine hindurch nach seinen Hoden, während er sich in mich hineinstieß.

»Das ist schön, Gwen. Das mag ich.«

Ich fuhr mit meinem Spiel fort, wobei ich zwischen meiner Klitoris und seinen Hoden abwechselte. Dann begann er, sich schneller zu bewegen, und packte mich dabei mit beiden Händen an den Hüften. Ich brauchte nun beide Hände, um mich abzustützen. Unsere Körper klatschten zusammen, als er auf mich einstieß.

»Sag mir, was du empfindest, Gwen.« Als ich keine Worte fand, half er mir. »Fühlst du dich gut?«

»Ja.«

»Macht mein Schwanz dich glücklich?«

»Mm ... ja.«

Er musste doch wissen, wie viel Lust er mir bereitete; ich umschloss ihn fest und mein Körper war nahe daran, vor Lust zu explodieren. Doch er wollte es gern hören – das hatte ich während unserer kurzen Bekanntschaft bereits gelernt –, aber als er mich diesmal danach fragte, erkannte ich, dass sich hinter seinen Worten noch etwas anderes verbarg. Er hörte es nicht nur gern; er musste es hören. Als bräuchte er trotz all seiner Autorität und Selbstsicherheit eine Bestätigung. Als sehnte er sich nach einer intimen Verbindung, die über bloße Berührung hinausging und sich mehr auf die Gedanken- und Gefühlswelt bezog. Als wollte er nicht nur fragen: *Macht mein Schwanz dich glücklich*, sondern: *Mache ich dich glücklich?*

Das tat er. Er machte mich glücklich und selbst als mein Orgasmus sich zusammenballte und in mir wuchs, hatte ich den Verdacht, dass das Glück, das er mir schenkte, über das Körperliche hinausging. Als also mein Orgasmus durch mich hindurch tobte, mir die Glieder versteifte und den Atem nahm, antwortete ich ihm. Antwortete ihm auf die wahre Frage, die einzige, die er nicht stellen konnte. »Ja ... ja ... Oh Gott, ja.«

Er stieß sich fester in mich hinein, tiefer, und hob mich auf die Zehenspitzen, als er seinen eigenen Höhepunkt suchte. Das Laternenlicht im nunmehr vollkommen dunklen Park verschwamm vor meinen Augen, als mir seine Anstrengungen einen weiteren Orgasmus bescherten. JCs folgte meinem, als er sich stöhnend in mich ergoss. Er ließ sich über meinem Rücken niedersinken und doch schienen seine Hände, die um meine Taille geschlungen waren, das Einzige zu sein, was mich am Zusammenbrechen hinderte. Ich war vor Lust völlig erschöpft. Ich hatte all meine Kraft verloren und alles, was übrig blieb, war seine Kraft.

Ich war immer noch geblendet und außer Atem, als er mich nach einigen Minuten zu sich umdrehte. Er betrachtete mich aufmerksam und strich mir das Haar aus dem Gesicht. Dann küsste er mich. Zärtlich. Genießerisch.

Und doch war ein Hauch von Zögern in seiner Vertrautheit. Ein deutliches Anzeichen von Zurückhaltung. Seine Zunge verbarg Geheimnisse, die über die seines Namens und Alters weit hinausgingen.

Zum ersten Mal kam es mir in den Sinn, dass ich nicht die Einzige von uns beiden war, die sich in den Sex flüchtete. Wovor allerdings JCs davonlief, wusste ich nicht.

NEUN

KAPITEL NEUN

UND SCHLIESSLICH ENTDECKTEN wir auch das Bett.

Nachdem wir das getan hatten, blieben wir die ganze Nacht dort. Als ich am folgenden Mittwoch eintraf, war er bereits da und wartete auf mich, und in beinahe wortlosem Einverständnis gingen wir direkt ins Schlafzimmer. An keinem Ort wäre ich lieber gewesen. Ich hatte noch nie Sex gehabt, wie ich ihn mit JC kennenlernte – ursprünglich, heiß und ungehemmt. Er drängte mich, geräuschvoll zu sein, meiner Lust Ausdruck zu geben, meine Stimme zu befreien. Er hörte nicht auf, mich zu befragen, hörte nicht auf, in seinen Untertiteln um Bestätigung zu bitten.

Ich gab ihm, was er haben wollte. Ich antwortete ihm, ich schrie auf. Ein- oder zweimal brachte er mich zum Kreischen. Nach lediglich ein paar Nächten kannte ich ihn auf eine Weise, wie ich noch keinen anderen Menschen kennengelernt hatte. Kannte seinen Körper, wusste, was ihn erregte und was das Gegenteil erreichte. Wusste, wann er wollte, dass ich ihn um etwas bitte. Wusste, wann ich nachgeben sollte.

Und ich hatte immer noch nicht die leiseste Ahnung, was die Initialen JC bedeuteten.

Im Großen und Ganzen lief unsere Vereinbarung wirklich gut. Bei einer Sache hatte ich mich allerdings getäuscht – ich schlief nämlich doch ein. Nicht in der ersten Nacht, die wir miteinander verbrachten, aber in der nächsten. Es war Februar und ich hatte mit einer Erkältung zu kämpfen. Hinzu kam, dass ich mir immer noch Sorgen um Ben machte, der immer noch nicht mit uns reden wollte, obwohl es ihm den uns zugesendeten Berichten zufolge besser ging.

Dies waren meine Entschuldigungen dafür einzunicken, aber in Wirklichkeit hatte JC mich total erschöpft. Er hatte mich gefickt, bis wir Hunger bekamen und uns etwas zu essen aufs Zimmer bestellen mussten. Nach dem Essen hatte er mich gefickt, bis ich in süßes Vergessen versank.

Als ich aufwachte, war mein Körper auf köstliche Weise wund und das Bett neben mir leer gewesen.

Ich schwankte, ob ich wirklich aufstehen und nach ihm sehen sollte, oder ob die Wärme der Bettdecke zu köstlich war, um sie zu verlassen. Seine Stimme drang aus dem Wohnzimmer zu mir herüber und ich horchte auf. Um mit mir zu reden, sprach er zu leise, er musste also mit jemandem telefonieren. Ich sah auf den Wecker – es war kurz vor drei. Bestellte er noch etwas zu essen?

Dann fiel mir auf, dass in seinem Ton eine Schärfe mitschwang, die ich bei meinem sorglosen Liebhaber noch nie gehört hatte. Teils von Neugierde und teils von Sorge getrieben beschloss ich, der Sache nachzugehen. Immer noch nackt schlich ich mich aus dem Schlafzimmer, denn ich wollte ihn nicht stören, und blieb vor dem Eingang zum Wohnzimmer stehen. Er hatte seine Boxershorts angezogen und ging erregt im Zimmer auf und ab, das Ohr gegen den Hörer gedrückt. Ich vernahm die Stimme der Person am anderen Ende der Leitung nur leise – es war ein Mann, und er redete fast die ganze Zeit. Ab und zu warf JC ein »Aha« ein. Doch selbst diese kurzen Silben bezeugten seinen Ärger.

Nach ein paar Sekunden blieb er plötzlich stehen und sagte: »Ja, ich bin stinksauer.« Es klang wie die Antwort auf eine Frage. *Bist du wütend?*, oder so etwas Ähnliches. »Und nein, es ist nicht, weil du mich um drei Uhr morgens anrufst, verdammt noch mal, obwohl das die Sache nicht besser macht.«

Ich wusste, dass ich nicht lauschen sollte. Trotz meines Schulbewusstseins konnte ich mich nicht rühren. Ich war wie erstarrt – fasziniert von diesem flüchtigen Blick in JCs andere Welt. Die Welt, die seine reale Welt war und nichts mit mir zu tun hatte.

Der andere sagte etwas, worauf JC antwortete: »Kein Mensch verschwindet spurlos. Und ich bezahle dir ein Vermögen, um ein Auge auf ihn zu haben.«

Ein kalter Schauer durchlief mich. Während ich mein Interesse an JCs Angelegenheiten gewöhnlich in Schranken halten konnte, war ich jetzt auf einmal sehr neugierig. Wen bezahlte er? Was war so wichtig, dass jemand JC mitten in der Nacht stören musste? Wen ließ JC überwachen und warum?

Vielleicht sollten diese Fragen mir Angst eingejagt haben vor dem Mann, mit dem ich einmal in der Woche das Bett teilte, aber merkwürdigerweise war das nicht der Fall. Worin auch immer JC verwickelt sein mochte, mit mir hatte das nichts zu tun. Aber jetzt hatte ich eine vage Ahnung, warum er seinem Leben entrinnen wollte. Warum er mit mir zusammen war.

Aber dass er aufgewühlt war, war mir vollkommen klar. Und ich hatte den überwältigenden Wunsch, ihn zu trösten.

»Hör zu«, sagte er nun ins Telefon, und seine Stimme klang gefährlich leise und beherrscht, »ich will keine Ausflüchte mehr hören. Ob es genug Belastendes gegen ihn gibt oder nicht, ist egal, wenn der Kerl verschollen ist. Entweder du spürst dieses Arschloch auf oder ich suche mir jemanden, der es kann.«

Er machte sich nicht einmal die Mühe, auf die Auflegtaste zu drücken, aber das Gespräch war beendet. Einen Augenblick lang dachte ich, er würde sein Handy auf den Boden werfen. Stattdessen fuhr er mit dem Arm über den Schreibtisch und fegte die Keramiklampe und eine Kristallvase mit Blumen zu Boden, wo beide in tausend Stücke zerbrachen.

Ich fuhr erschrocken zusammen.

Und da bemerkte er mich.

Er sah mich an, die Hände an den Hüften zu Fäusten geballt, während sein Brustkorb sich heftig hob und senkte, als er versuchte, seinen Zorn unter Kontrolle zu bringen. Zum Glück richtete sich kein Teil davon auf mich.

Die Lampe auf dem Boden flackerte an und aus. Und wieder an. Dann endgültig aus. Ich nahm einen Schritt in den dunklen Raum, der jetzt nur durch das Licht erleuchtet wurde, das durchs Fenster kam. »Willst du darüber sprechen?«

Er schüttelte den Kopf.

»Soll ich gehen?« Ich wollte nicht gehen. Ich wollte ihn

in den sicheren Hafen *unseres* Bettes zurückbringen und ihn all seine Sorgen vergessen lassen. Genau wie er es so oft für mich getan hatte.

Aber so war es ja gar nicht geplant gewesen. Wir sollten uns nicht gegenseitig trösten – bloß ablenken. Und wenn er im Moment keine Ablenkung brauchte, würde ich das respektieren.

Die Lampe auf dem Boden flackerte plötzlich wieder und ging erneut an. JC sagte nichts, er starrte mich nur weiter an und im Lichtstrahl wirkte sein Blick wild.

Auf einmal sah er ebenso traurig wie wütend aus. Ebenso gequält wie frustriert. Wiederum hatte ich das Bedürfnis, ihn zu trösten. Es kam aus den Tiefen meiner Brust, viel höher als die Körperteile lagen, aus denen meine Gefühle für JC gewöhnlich stammten.

Das brachte mich mehr aus der Fassung als alles andere, was ich in den letzten Minuten gehört hatte. Und da JC weiterhin schwieg, fasste ich meinen eigenen Entschluss. »Ich gehe jetzt. Gib mir nur eine Minute, um –«

»Ich habe eine bessere Idee«, unterbrach er mich. Er stieg über die Lampe und fand seine Jeans, die er zu Beginn des Abends auf dem Boden liegen gelassen hatte. »Zieh deinen BH und deinen Slip wieder an. Und nimm dir einen der hoteleigenen Morgenmäntel aus dem Badezimmer.«

»Okay. Warum?«

»Wir machen einen kleinen Ausflug.«

Als ich so angekleidet zurückkehrte, hatte JC sich mittlerweile seine Jeans angezogen, aber ein Hemd trug er immer noch nicht. Die Aufmachung stand ihm gut – die Boxershorts waren gerade noch zu sehen, dazu die tiefen Furchen an seinen Hüften, die darunter verschwanden, die feinen

Härchen, die seinen perfekt geformten Unterleib schmückten. Er trug keine Schuhe, also brauchte ich wohl auch keine.

Ohne ein weiteres Wort zu verlieren, öffnete er die Zimmertür und ging mir voran hinaus. Wir verbrachten oft Zeit miteinander, ohne uns zu unterhalten, aber das Schweigen zwischen uns war nie so gespannt und geladen wie jetzt. Ich war nicht sicher, ob er mich wirklich bei sich haben wollte. Ich war nicht einmal sicher, dass ich überhaupt bei ihm *war*. Ich ging direkt neben ihm her. Ich passte mich seinen Schritten an. Aber er sah mich kein einziges Mal an. Wir hätten ebenso gut Fremde sein können, die zufällig zusammen denselben Flur entlanggingen.

In mancher Hinsicht traf das ja auch genau auf uns zu – wir waren uns fremd.

Ich hätte nach Hause gehen sollen. Und überhaupt, was sollte ich eigentlich mit diesem Mann? Ich wollte nicht in die Probleme hineingezogen werden, die er zweifellos hatte, aber mir gefiel es auch nicht, absichtlich davon ferngehalten zu werden.

In der Regel gab er mir das Gefühl, erwünscht zu sein. Im Moment war eher das Gegenteil der Fall. Aber eines fühlte ich doch – und aus diesem Grund folgte ich ihm trotz der nervösen Spannung, die von ihm ausstrahlte –, ich fühlte, dass ich gebraucht wurde. Er brauchte mich. Vielleicht nur heute Abend, vielleicht nur in dieser Stunde. Aber dessen war ich mir völlig sicher.

Wir fuhren in einem Aufzug abwärts, stiegen aber auf der Etage aus, wo sich die Konferenzräume befanden. Der Flur war menschenleer, aber es kam mir trotzdem seltsam vor, halb angezogen im Hotel herumzulaufen. Ich wickelte den Morgenmantel fester um mich und las die Schilder auf den Türen, an denen wir vorbeikamen – *Empfangsraum A&B, Sutton-Raum, Sitzungssaal.* Wir gingen durch zwei weitere Türen und bogen dann links ab zum Vorzimmer eines Veranstaltungsraumes. Bei der Madison-Suite blieb er stehen.

JC versuchte, die Tür zu öffnen. Sie war abgeschlossen. Dann zog er seine Schlüsselkarte aus der Gesäßtasche und steckte sie in den Türschlitz.

Ich erstarrte am ganzen Körper. »Was machst du denn da?«

»Ich wende einen Trick an. Diese Tür hat ein defektes Schloss, wenn man also –« Ich hörte ein Klicken und diesmal gab die Klinke nach. »Na also. Komm mit.« Er öffnete die Tür und trat zur Seite, um mich vorbeizulassen.

Zögernd trat ich ein. JC drückte auf einen der Schalter an der Wand und eine Lichtreihe beleuchtete gerade genug von dem Raum, sodass ich mich darin umsehen konnte. Es war kein großer Raum, der abgesehen von einem kleinen Flügel an der hinteren Wand kaum etwas enthielt.

Ich hörte, wie hinter mir die Tür ins Schloss fiel, und begriff, dass JC uns hier eingeschlossen hatte. Ich bekam Herzklopfen und mir wurden die Handflächen feucht. »Sind wir etwa gerade in einen der Konferenzräume des Vier Jahreszeiten eingebrochen?«

Er ging achselzuckend an mir vorbei auf das Klavier zu. »So würde ich es nicht nennen. Wir haben nichts zerbrochen, was nicht bereits defekt war.«

Mein Pulsschlag wurde schneller. »JC!«

»Was denn?«

»Wir haben kein Recht, hier zu sein!« Wenn es möglich

war, gleichzeitig zu schreien und zu flüstern, tat ich das gerade.

JC antwortete mir jedoch in normaler Lautstärke. »Reg dich nicht auf. Ist schon gut.«

Reg dich nicht auf. Als wäre ich ein Spielverderber. Aber dies? Dies ging weit über einen einfachen Schabernack hinaus.

JC war nun bei dem Flügel angekommen. Er zog die Klavierbank hervor, um sich daraufzusetzen, dann blickte er mich an. Zum ersten Mal, seit ich ihn bei seinem mysteriösen Telefongespräch überrascht hatte, sah er mich wirklich *an*. So, wie er es gewöhnlich tat. Voller Lust, voller Verlangen. Kameradschaftlich. Intim. »Komm schon«, redete er mir gut zu, »du kannst mir ruhig vertrauen.«

Immer dieses *Vertrauen.* Mit diesem Wort kriegte er mich immer rum.

Ich ging zu ihm hinüber, ohne weiter zu fragen. Beim Flügel angekommen lehnte ich mich an seine geschwungene Form und versuchte, meine Nerven zu beruhigen, indem ich die Situation rationalisierte. Nichts würde passieren. Niemand würde uns hier entdecken. Und wenn es doch jemand täte, was würde das schon ausmachen? JC war ein geschätzter Gast. Er würde mit einer Rüge davonkommen. Das war alles.

So gelang es mir, mich zu beruhigen. Bis JC den Deckel öffnete und ein paar hohe Noten spielte. »Oh Gott, was machst du denn da? Jemand wird dich hören.«

Mir gefiel es gar nicht, dass ich mich wie eine komplette Spielverderberin anhörte. Es hätte mich nicht gewundert, wenn JC darüber ziemlich verärgert gewesen wäre.

Er sah mir in die Augen und ich war schon gefasst

darauf, dass er mit mir schimpfen würde. Stattdessen lächelte er mich« nur ermutigend an. »Gwen. Beruhige dich. Ich habe das schon öfter gemacht. Es ist in Ordnung. Die Wände hier sind ziemlich dick. Sie sind schalldicht isoliert. Und wenn es doch jemand gehört hat, habe ich jedenfalls noch nie Beschwerden bekommen. Die meisten Leute mögen leise Klaviermusik im Hintergrund.«

Er klang so zuversichtlich, so selbstsicher. »Du hast die Erlaubnis, dich hier aufzuhalten, nicht wahr?«, fragte ich. »Du willst mich bloß auf die Probe stellen.«

»Nein. Die habe ich nicht. Ich habe bloß Lust, Klavier zu spielen. Setz dich also und sei still, damit ich das tun kann.«

Es war nicht der autoritäre Ton in seinen Worten, der mich überzeugte. Es war die verborgene Bitte, die darin lag. Das Bedürfnis, das ich darin hörte. Es war wie das unausgesprochene Bedürfnis, das mich dazu bewog, bei ihm zu bleiben. Was immer ihn an diesem Telefongespräch aufgebracht hatte, er musste auf genau diese Weise damit fertigwerden. Dies war seine Bewältigungsstrategie.

Und aus irgendeinem Grund musste er sie mit mir erleben.

Ich gab also nach. »Okay.«

Ich setzte mich auf den Boden und schlang die Arme um meine angezogenen Knie, während JC begann, Tonleitern zu spielen. Es waren nur ganz einfache Tonleitern, aber er spielte sie rhythmisch und fließend, und ich hatte den Verdacht, dass er eine gute Technik hatte, ohne zu wissen, was das eigentlich war.

»Ich habe gar nicht gewusst, dass du Klavier spielen kannst.« Ich wusste gar nichts über ihn. Warum mich ausgerechnet diese mir unbekannte Tatsache erstaunte, war mir ein Rätsel.

JC zuckte die Achseln und spielte dabei präzise weiter. Eine Tonleiter nach der anderen. »Reiche Eltern, die ihr Kind mit irgendetwas beschäftigen wollten, damit sie sich nicht kümmern mussten.«

Seine Erwiderung war ganz unerwartet gekommen. Er hatte mir noch nie irgendetwas über sich erzählt. Wie ein Kind, dass sich im Sturm weigert, die Schnur seines geliebten Drachens loszulassen, klammerte ich mich an diese kostbare Einzelheit.

Ich wollte mehr darüber erfahren. Zögernd fragte ich ihn: »Sie haben dir Klavierstunden gegeben, damit sie dich ignorieren konnten?«

»*Pst*«, sagte er. Aber er nickte.

Ich hätte wohl mehr gefragt, aber seine Tonleitern entwickelten sich in etwas Vertrautes. In eine Melodie, die ich genau kannte. Das Stück war eindringlich und bewegend und beschwor so viel von meiner Vergangenheit herauf, dass es schwierig war, es in der Gegenwart einzuordnen. Ich schloss die Augen und gab mich den dunklen Tönen hin. Ließ die Erinnerungen auf mich einströmen.

Sie. Jung. Glücklich. Ich sah sie noch vor mir, wie sie das Geschirr spülte, während der billige Kassettenrekorder eine Auswahl ihrer Lieblingsmusik spielte. Er war ihr stolzester Besitz. Das Einzige, was ihr gehörte.

Ich hatte diese Musik schon lange nicht mehr gehört, aber nach ihrem Tod hatte es eine Zeit gegeben, in der ich sie dauernd hörte. Bis das Band zerschlissen war und lange Pausen unterbrachen, was ihre Lieblingsstellen gewesen waren.

Dieses Stück erregte bittersüße Empfindungen in mir. Es wirkte gleichermaßen schmerzvoll und heilend auf mich. Und als JC es jetzt spielte, erkannte ich, dass er dabei dasselbe fühlte. Es war die Art und Weise, wie er sich über die Tasten beugte, wie die Harmonien natürlich an- und abschwollen. Er *fühlte* die Musik. Und zwar mit ungeheurer Intensität.

Als er das Stück zu Ende gespielt hatte, hatte ich ganz vergessen, wo wir waren. Ihm schien es ebenfalls leichter ums Herz zu sein. Seine Schultern wirkten entspannt und seine Nervosität war beinahe verflogen. Er nahm die Hände von den Tasten und legte sie sich in den Schoß.

Einige Sekunden vergingen, ohne dass er mich ansah, und dafür war ich ihm dankbar. Er hatte brillant gespielt. Er war offensichtlich ein sehr begabter Musiker. Und ich brauchte etwas Zeit, um mich auf diese Aspekte seines Vortrags zu konzentrieren anstatt auf seine Wirkung auf mich.

Als er schließlich einen Blick in meine Richtung wagte, hatte ich mich gefasst. »Das war einfach wundervoll, JC. Wirklich.«

Er nickte bloß und mir wurde klar, dass Lob ihm peinlich war. Wie seltsam. Er hatte so viel Lob verdient.

Aber wenn ihm das unangenehm war, musste ich es eben auf andere Weise zum Ausdruck bringen.

Ich schluckte den Kloß in meiner Kehle herunter. »Philip Glass.« Um genau zu sein, *Metamorphosis II*. Ich hatte den Titel der Musikstücke nicht gekannt, als sie sie damals abgespielt hatte, aber ich hatte sie herausgefunden, als ich Jahre danach Norma eine CD davon zu Weihnachten geschenkt hatte.

Er wandte mir den Kopf zu und sah mich erstaunt und erfreut an. »Sehr gut. Das wissen nicht viele.«

Die Klavierstücke von Philip Glass waren allerdings die *einzigen*, die ich kannte. »Meine Mutter liebte seine Musik. Sie war ganz besessen davon.«

»War?«

Fragen bezüglich meiner Mutter beantworte ich eigentlich nie. Aber er hatte mir einen Teil seiner Vergangenheit enthüllt, als er seine Eltern erwähnte. Es erschien mir nur fair, mich mit einem Teil meiner eigenen zu revanchieren. »Sie starb, als ich sieben Jahre alt war.«

»Woran ist sie gestorben?«

»Komplikationen in Verbindung mit einer Lungenentzündung.« Der Hauptgrund dieser Komplikationen war gewesen, dass mein Vater ihr bei einem seiner Wutanfälle die Lunge eingetreten hatte, aber das erzählte ich ihm nicht. In ihrer Krankenakte war das damals auch nicht erwähnt worden. Niemand ging der Sache nach. Niemand stellte Fragen. Das war in dem Stadtteil, wo ich damals wohnte, nicht üblich. Die ärmsten Krankenhäuser hatten nicht viel Zeit für Patienten, die für ihre Dienste nicht bezahlen konnten.

JC fragte nicht weiter. Ich war erstaunt, dass er überhaupt nachgefragt hatte. Das Merkwürdige war, dass ich nun, da ich einmal angefangen hatte, darüber zu reden, gern fortgefahren hätte. Ich sprach nie über die Vergangenheit. Doch wenn er mich jetzt danach gefragt hätte, hätte ich ihm alles erzählt.

Aber er tat es nicht. Also sagte ich auch nichts. Ich setzte mich neben ihn auf die Bank. »Spiel mir etwas anderes vor.«

Er legte die Hände auf die Tasten, spielte aber noch nichts. »Mehr von Philip Glass?«

Da wir nicht über sie sprechen würden, wollte ich auch nicht mehr an sie denken. »Nein. Nur das nicht.«

Ich kannte das Stück, das er spielte, aber den Namen des Komponisten konnte ich nicht nennen. Es hatte dieselbe melancholische, getragene Stimmung wie das Stück von Glass. Es war nicht so einfach – seine Finger tanzten geschickt über die Tasten, seine Arme streckten sich an mir vorbei, um die hohen Noten zu erreichen.

Er spielte wunderschön. Exquisit. Unglaublich. Ich verlor mich in der Musik. Verlor mich in diesem Satz. Es kam mir in den Sinn, dass er mir während seines Spiels ohne Worte mehr von sich erzählte, als er es im Laufe unserer ganzen Bekanntschaft getan hatte.

Als er mit dem Stück fertig war, klappte er den Flügel zu und stand auf.

Ich erhob mich ebenfalls. »Die Show ist vorbei, schätze ich.«

»Ja. Die Show ist vorbei.« Er entfernte sich einen Schritt von der Klavierbank und wandte mir den Rücken zu, während er die Hände ausschüttelte, und ich fragte mich, was er vor mir verbarg. Was ich in seinen Zügen nicht sehen sollte.

Es stand mir nicht zu, neugierig zu sein. Aber vielleicht wollte er gern, dass ich ihm Fragen stellte, genau wie ich mir gewünscht hatte, dass er es täte. Ich war gerade im Begriff, einen Versuch zu wagen, obwohl ich nicht ganz sicher war, was ich sagen sollte, als ich vom hinteren Ende des Raumes ein Geräusch hörte. Genauer gesagt von der anderen Seite der Rückwand.

JC legte den Kopf auf die Seite. »Es ist der Putztrupp«, sagte er. »Sie saugen donnerstags für das Wochenende.«

»Dann gehen wir jetzt besser.«

Ich setzte mich in Richtung Tür in Bewegung, aber als ich mich umwandte, um zu sehen, ob JC mir folgte, hatte er sich nicht von der Stelle gerührt. »Komm schon. Lass uns verschwinden, ehe wir erwischt werden.«

Er nahm einen Schritt in meine Richtung, immer noch mit zur Seite geneigtem Kopf. »Ich denke nicht.«

»Wie bitte? Du machst wohl Spaß. Wir müssen gehen.« Ich lachte, aber es war ein nervöses Lachen. Er wollte mich bloß ärgern, dessen war ich mir sicher. Und das hatte ich gar nicht gern.

Er erwiderte mein Kichern mit einem düsteren Blick. »Ich glaube, Gwen, dass dies eine perfekte Gelegenheit ist, etwas anderes auszuprobieren. Dich auf die Probe zu stellen, wie du vorhin gesagt hast.«

»JC, ich meine es ernst.« Aber der Schauer, der mich durchlief, war mindestens so sehr durch Erregung bedingt wie durch Angst.

»Ich auch. Komm her.«

Ich ging zu ihm, denn, zum Teufel, das tat ich immer, wenn ich gerufen wurde. Als ich nahe genug bei ihm war, griff er nach mir, schlang die Arme um meinen Morgenmantel und zog mich an sich. Als sein Mund über meinem schwebte, flüsterte er: »Wie leise kannst du dabei sein?«

Das fragte er, nachdem er mir gerade beigebracht hatte, laut zu sein? »Nicht besonders leise«, flüsterte ich zurück. »Außerdem, wenn ich deinen Vorschlag richtig verstehe, bin ich nicht daran interessiert.«

»Ich habe noch gar nichts vorgeschlagen. Und ich glaube,

dass du dich irrst. Du wirst sogar sehr daran interessiert sein.«
Er leckte an meiner Unterlippe und reizte mich mit der
Zunge. Dann zog er sich plötzlich zurück und hob mich hoch.
Er trug mich zum Flügel und setzte mich auf dem geschlos-
senen Deckel ab. »Lehn dich zurück«, sagte er und stieß mich
sanft rückwärts, bis ich flach auf dem Flügel lag. Das Instru-
ment fühlte sich hart und kalt an, selbst durch meinen
Morgenmantel hindurch. Es bildete einen starken Kontrast
zu meinem Nervenflattern und der Hitze, die in meinen
Adern pulsierte. Ich wusste genau, wo das hinführte. Ich
wusste, dass ich bald nackt sein und liebkost werden würde.
Und ich wusste, dass wir dabei erwischt werden könnten.

Und doch tat ich nichts, um ihn daran zu hindern.

Ich protestierte nicht, als er mir den Slip herunterzog und
ihn auf die Bank hinter sich fallen ließ. Ich erlaubte ihm,
mich nach vorne zu ziehen, bis mein Hintern sich direkt an
der Kante des Instruments befand. Als er mir die Beine
anwinkelte, um meine Füße rechts und links von mir als
Stütze zu benutzen, wehrte ich mich nicht. Ich war weit
offen für ihn, meine Muschi entblößt. Und ich tat nichts, um
mich zu bedecken.

JC saß auf der Bank. Ich spürte seinen sengenden Blick
auf meinem Geschlecht. »Die perfekte Höhe«, flüsterte er
heiser.

Im Nachbarraum stellte jemand den Staubsauger an und
erinnerte mich daran, dass wir nicht allein waren. Ich richtete mich erschrocken auf und stützte mich auf die Ellbogen.

»Nein, Gwen. Bleib liegen.« Seine Stimme klang wie
heiße Schokolade. Sie schmolz über meinen Bedenken und
bedeckte sie mit süßer Wollust, die es mir beinahe unmöglich

machte, mich an meine ursprünglichen Sorgen überhaupt noch zu erinnern. *Beinahe.*

Ich legte mich nicht wieder hin, aber ich versuchte auch nicht mehr aufzustehen.

»Sie machen dich nervös.« JC nickte in Richtung des Putztrupps. Dann ließ er einen Finger über meine Schamlippen gleiten. »Aber ich kümmere mich schon um sie. Und um dich kümmere ich mich ebenfalls.«

»Und worum soll ich mich kümmern?«

»Du versuchst, nicht laut zu schreien.« Er beugte sich nach vorn und fuhr mit der Zunge über meine Klitoris.

Ich biss mir auf die Lippe, um nicht aufzuschreien.

Trotz der vielen Nächte, die wir miteinander verbracht hatten, hatte JC das noch kein einziges Mal gemacht. Er hatte es an jenem ersten Tag im Hotelzimmer erwähnt, hatte mir versprochen, es eines Tages zu tun, aber danach schien er das Interesse daran verloren zu haben. Mit Blowjobs war es dasselbe. Als ich einmal versucht hatte, seinen Schwanz in den Mund zu nehmen, hatte er mich sanft zu einer anderen Stelle geleitet. Ich hatte den Hinweis verstanden. Aus irgendeinem Grund war oraler Sex nicht erwünscht. Ich hatte angenommen, er fände ihn zu intim. Oder vielleicht mochte er ihn einfach nicht.

Heute Abend hatte er sich anders besonnen. Heute Abend schien er sein Versprechen einlösen zu wollen.

Er wirbelte mit der Zunge um meine Klitoris und massierte sie mit leichten Strichen, gefolgt von einem langen, feuchten Lecken. Er wiederholte dieses Muster, wobei er seine Zunge in die entgegengesetzte Richtung bewegte – aber ich war mir nicht sicher. Ich ging zu sehr darin auf, wie viel

Lust er mir bereitete, um das wirklich unterscheiden zu können.

Aber ich war nicht nur von der körperlichen Empfindung überwältigt, sondern auch von seinem Anblick dabei. Ich war wie gebannt. Ihn so zu sehen, mit dem Kopf zwischen meinen Beinen, während er mir unverwandt in die Augen blickte und dabei meine intimsten Körperteile mit der Zunge liebkoste, war so sexy wie nichts, was ich in meinem Leben je erfahren hatte.

Diesmal ließ er die Zunge tiefer gleiten und spielte damit an meiner Vagina. »Siehst du mir gern dabei zu?« Er fuhr mit den Zähnen über mein empfindliches Fleisch.

»Ja«, antwortete ich beim Einatmen.

»Hast du gewusst, dass ich mir das aufgespart habe?«

Ich schüttelte den Kopf. Ich brachte kein Wort hervor.

»Das habe ich schon so lange tun wollen.« Er war so nahe an meinem Geschlecht, dass ich spüren konnte, wie sein Atem über mein feuchtes Fleisch streifte. »An dir saugen und lecken. Dich schmecken. Weißt du, warum ich es nicht getan habe?«

»Warum nicht?« Ich wollte wissen, ob ich mit meiner Annahme recht hatte. Aber ich wollte auch, dass er zu reden aufhörte und mit seiner vorherigen Tätigkeit fortfuhr.

»Weil du mich nie darum gebeten hast. Ich habe dir doch gesagt, dass du das tun sollst.«

Oh. Das war es also. Das hatte er gesagt, nicht wahr? Vielleicht hatte ich es ja auch vermieden, weil es mir zu intim war.

»Aber ich kann jetzt nicht länger warten. Also erlasse ich es dir.«

Ich wollte mich gerade bedanken, als ich durch den

nächsten Zungenstreich abgelenkt wurde. Dann teilte er meine Falten mit den Fingern und saugte an meiner Klitoris.

Verdammt, es war der reine Wahnsinn. So verdammt gut. Als hätte jemand direkt in meinem Nervenzentrum ein Feuer entzündet und als stünde ich nun in Flammen.

Ich ließ mich rückwärts auf den Flügel sinken, denn ich konnte mich nicht länger aufrecht halten. Ich keuchte und stöhnte und zappelte. Als ich versuchte, mich an ihn zu stoßen, um mir Erleichterung von dem überwältigenden Lustgefühl zu verschaffen, packte er mich an den Hüften, um mich festzuhalten. Unter seinen Lippen braute ein Sturm. Bei jedem Zungenstreich wurde ich feuchter und meine Oberschenkelmuskeln spannten sich, als mein Orgasmus sich ankündigte.

Mein Fuß glitt vom Flügel ab und JC warf sich mein Bein über die Schulter. Er zog sich zurück, um wieder etwas zu sagen, aber diesmal nahm sein geschickter Daumen die Stelle seines Mundes ein. »Das muss dir schwerfallen, denn du hast mittlerweile gelernt, beim Sex ziemlich laut zu werden.« Er klang ruhig und beherrscht, während ich das genaue Gegenteil davon empfand. »Aber da du dich jetzt besonders anstrengen musst, leise zu sein, wirst du überrascht sein, wie überwältigend es sich anfühlen wird, wenn du kommst.«

Und es war tatsächlich nicht leicht. Ich hatte bereits meine Schwierigkeiten und mein Stöhnen hatte sich in leise, spitze Schreie verwandelt.

»Wenn es dir hilft«, schlug er vor, während er mit einem Finger einen Kreis um meinen Anus beschrieb, »kannst du ja darauf beißen.« Er hielt meinen Slip in die Luft. Gleichzeitig beugte er sich herunter, um an meiner

Klitoris zu saugen und mit mehreren Fingern in mich einzudringen.

Ich riss ihm den Slip aus der Hand und stopfte ihn mir in den Mund, um meinen Aufschrei zu ersticken.

Mir wurde dunkel bewusst, dass der Staubsauger ausgeschaltet wurde. Aber es war nur ein Geräusch im Hintergrund. Irrelevant. Das Einzige, was jetzt zählte, war die wachsende Spannung, die sich in mir zusammenballte. Sie wuchs, als JC mich weiter streichelte und leckte. Sie schwoll immer weiter an, bis ihr nichts anderes mehr übrig blieb, als sich zu entladen.

Ich bäumte mich auf und mein Rücken hob sich vom Klavier ab, als der Orgasmus durch meinen Körper tobte, mich bis auf den Grund erschütterte und jede Zelle in mir in Flammen steckte. Mein Kiefer krampfte sich um den Knebel in meinem Mund, während mein Geschlecht sich um JCs Finger zusammenzog. Alles drehte sich um mich, mir schwindelte. Ich war überwältigt.

Selbst während ich kam, ließ JC nicht nach. Er fuhr fort, mich mit dem Mund und den Fingern zu ficken, und ehe mein erster Orgasmus geendet hatte, spürte ich die Vorboten des zweiten. Es war zu viel. Ich wollte, dass es aufhörte. Ich wollte aufschreien und ihn bitten, ein Ende zu machen.

Und ich wollte, dass er niemals aufhören würde. Wollte bei dem köstlichen Lustgefühl dieses Augenblicks sterben. War sicher, dass ich, wenn er mich nur zum Ende gelangen ließ, neu und wild und stark wiedergeboren würde.

Sterne explodierten vor meinen Augen, als der nächste Orgasmus mich ergriff.

Dann wurde es plötzlich taghell im Raum.

Ich brauchte eine Weile, bis ich verstand, was vor sich

ging, besonders da es in meinem Zustand nicht einfach war, überhaupt einen Gedanken zu fassen. Aber JC machte es klar. »Mist. Wir müssen gehen.«

Desorientiert setzte ich mich auf und nachdem ich ein paarmal geblinzelt hatte, merkte ich, dass die Helligkeit nicht von meinem Orgasmus herrührte, sondern von der Tatsache, dass jemand alle Lichter eingeschaltet hatte. Ich drehte mich zur Tür um, durch die wir hereingekommen waren. Sie stand offen. Eine Frau in der Uniform des Putztrupps des Hotels schob gerade einen Staubsauger herein. Sie entdeckte uns sofort. »Hey, was geht hier vor?«

Ich sah mich nicht nach ihr um. Ich war zu sehr damit beschäftigt, vom Flügel zu springen und mit JC zum nächsten Ausgang zu sprinten. Wir tasteten uns blind durch den Sitzungssaal hinaus zum Gang und rasten zu den Aufzügen.

JC drückte wiederholt auf die Ruftaste, als könnte er damit erreichen, dass die Türen sich schneller öffnen würden, während ich mich vorsichtig umblickte, ob wir verfolgt würden.

Aber die Aufzugtüren öffneten sich und wir schlüpften hinein. In der Kabine sahen wir uns an. Dann brachen wir in Gelächter aus.

»Entschuldigung«, sagte ich, als ich merkte, dass wir nicht allein in der Kabine waren. Im selben Moment fiel mir auf, dass ich meinen Slip zurückgelassen hatte. Ich zog meinen Morgenmantel fester um mich und stieß JC mit dem Ellbogen an.

Er spähte zu dem Pärchen hinüber, das mit uns im Aufzug war. Dann wandte er sich wieder mir zu. Er zog mich eng an sich – so nahe, dass ich die Kante seiner harten Erektion durch seine Jeans spüren konnte – und flüsterte mir ins Ohr: »Du bist so ein braves Mädchen gewesen. Ich verspreche dir, dass ich es auf meinem Zimmer zu Ende bringe. Und in der Tat, da ich dich nun geschmeckt habe, glaube ich nicht, dass ich den Mund von dir lassen kann, ob du nun darum bittest oder nicht.«

Obwohl er leise sprach, war ich sicher, dass die anderen ihn hören konnten.

Aber das machte mir nicht das Geringste aus.

Ich lächelte und lehnte mich an ihn, um ihn am Hals zu liebkosen. Er versteifte sich sofort. Ich zog mich verwirrt zurück. Ich hatte es gerade zugelassen, dass er mich mit seiner Zunge und seinen Lippen zum Kommen brachte, doch er konnte mir nicht erlauben, ihn zu liebkosen? War die Vertrautheit meiner Umarmung zu viel für ihn?

Ich betrachtete ihn aufmerksam, um eine Antwort auf meine Frage zu finden, aber er wandte sich ab und schien plötzlich ungeheuer interessiert an den wechselnden Nummern der Fahrstuhlanzeige. Als die Türen sich auf unserem Stockwerk öffneten, nahm er mich bei der Hand und zog mich hinter sich hinaus, ohne mich anzusehen.

Ich versuchte, über sein Verhalten nicht enttäuscht zu reagieren. So war es zwischen uns ja gar nicht, rief ich mir ins Gedächtnis. Wir waren nicht vertraut miteinander. Wir hatten kein persönliches Verhältnis. Ich wusste, worauf ich mich eingelassen hatte.

Das Problem war nur, dass ich mich änderte. JC änderte mich. Stück für Stück hatte er meinen Schutzwall niedergerissen, um mich zu befreien.

Aber sein Bollwerk war unerschütterlicher denn je.

ZEHN

KAPITEL ZEHN

ERST ÜBER EINEN Monat später schlief ich wieder mit JC ein.

Diesmal war es nicht bloß ein Nickerchen. Ich war ungefähr zwischen zwei und drei Uhr morgens eingeschlafen und als ich wieder aufwachte, schien die Sonne hell von der Terrasse ins Zimmer.

Ich setzte mich mit einem Gefühl der Panik auf, wie es einen befällt, wenn man den Wecker nicht gehört hat. »Oh Mist.«

JC fuhr neben mir auf, mit zerwühltem Haar und schlaftrunkenen Augen. »Was ist denn los?« Er hatte offenbar ebenfalls tief geschlafen, was ich noch merkwürdiger fand als die Tatsache, dass es mir passiert war. Eines hatte ich während unserer gemeinsamen Wochen herausgefunden – dieser Mann hatte nicht gelogen, als er sagte, dass er niemals schlief. Obwohl er einen anderen Tagesrhythmus als ich hatte, zeigte er nie ein Anzeichen von Müdigkeit, wenn wir zusammen waren.

Ich warf einen Blick auf den Wecker auf dem Nachttisch. Neun Uhr sieben. Um diese Zeit trennten wir uns gewöhnlich. Ich zog mich an, ohne mir die Mühe zu machen, vorher zu duschen, und nahm dann ein Taxi zu meiner Wohnung, wo ich erschöpft ins Bett fiel und schlief, bis es Zeit war, für meine Schicht am Donnerstagabend aufzustehen.

Diese Änderung in unserer eingefahrenen Routine war mir unangenehm.

Sie brachte mich aus dem Konzept. Denn trotz all der Dinge, die wir während der vergangenen Wochen miteinander getan hatten, war es immer noch sehr intim, am Morgen zusammen aufzuwachen. Ich roch nicht gut und hatte einen schlechten Geschmack im Mund. Das war mir *zu* intim. Und JC hatte mir eingeschärft, dass Intimität im Vertrag nicht enthalten war. Ich zog mir das Betttuch über den nackten Körper.

»Es tut mir leid«, sagte ich.

JC rieb sich die Augen und reckte sich gähnend. »Was denn?«

Mein Gott, er sah morgens immer noch appetitlich aus. Er hätte sich so, wie er war, anziehen und das Hotel verlassen können, und dabei so gut wie immer ausgesehen.

Das erboste mich. Besonders deshalb, weil ich morgens ohne Kaffee nicht in die Gänge kam.

»Was tut dir denn leid?«, fragte er wieder und verschränkte die Hände hinterm Kopf.

Er roch sogar noch gut. Moschusartig und männlich. Wie unfair.

»Dass ich eingeschlafen bin«, erwiderte ich seufzend. »Verdammt. Ich habe eine ganze Nacht verschwendet.« Ich ließ mich aufs Bett zurückfallen und legte mir den Arm über die Augen. »Und jetzt ist mein ganzer Terminplan durcheinander.« Ich musste an diesem Abend um zehn bei der Arbeit sein und würde morgen früh vor sechs Uhr nicht nach Hause kommen. Das würde eine lange Schicht werden.

Außerdem tat es mir wirklich leid, dass ich unsere Nacht verschwendet hatte. Ich genoss unsere gemeinsame Zeit viel zu sehr, um nicht jede Minute auszukosten. Und ich hatte gerade vierhundertzwanzig davon verschlafen. *Verdammt!*

Ich drehte mich um und vergrub stöhnend über die verpasste Gelegenheit den Kopf im Kissen.

»Wie konnte ich bloß raten, dass du morgens schlecht gelaunt bist?« JC war so gelassen wie immer.

»Das weiß ich nicht. Vielleicht weil ich nie besonders gut gelaunt bin.« Die Gewichtsverhältnisse im Bett änderten sich, als er aufstand. Ich spähte unter dem Kissen hervor, um zuzusehen, wie er ins Bad ging, ohne im Geringsten von seiner Nacktheit befangen zu sein. Er ließ die Tür offen stehen, was mir ebenfalls zu intim war, obwohl ich ihn vom Bett aus gar nicht sehen konnte. Dabei hatte ich seinen Schwanz schon so oft gesehen und berührt.

Als er fertig war, blieb er auf der Türschwelle stehen und sah mich an. »Ich glaube nicht, dass das wahr ist.« Ehe ich etwas Passendes erwidern konnte, fügte er hinzu: »Aber wenn du möchtest, bestelle ich jetzt Kaffee.«

»Oh Gott, ja.«

»Ich habe gar nicht gewusst, dass es so einfach ist, diese Begeisterung bei dir hervorzurufen. Ich muss etwas falsch gemacht haben.«

Ich kicherte. »Du hast nichts falsch gemacht. Das kannst du mir glauben.« Selbst meine schmerzenden Oberschenkelmuskeln bestätigten das.

Er setzte sich neben mich aufs Bett, um den Zimmerservice anzurufen. Ich musste mich zwingen, nicht in Panik zu geraten. Es war doch ... schön, sagte ich mir, dass er so nahe bei mir saß, über triviale Dinge plauderte und ganz gewöhnliche Dinge tat, die nichts mit sexuellem Vor- oder Zwischenspiel zu tun hatten.

Aber es war auch entnervend. Verwirrend. Ich wusste nicht, wie ich darauf reagieren sollte. Mein Körper befand sich zwar in einem Zustand der Erregung, wie es in seiner Nähe immer der Fall war, aber meine Begierde war quasi in den Hintergrund gerückt, weil sie nicht mehr meine einzige Empfindung war. In den Vordergrund war etwas Neues, Seltsames und ein wenig Wundervolles getreten.

JC bestellte zusammen mit dem Kaffee unser Frühstück, dann rückte er nach unten, sodass er zwischen der Bettkante und mir zu liegen kam. Er stützte sich auf den Ellbogen und strich mir das vom Sex verwirrte Haar aus dem Gesicht.

Viel zu intim.

Er war doch sonst immer so reserviert gewesen, warum hatte er also nach all diesen Wochen nichts gegen solch einen gemütlichen Morgen? Wollte er mich auf die Probe stellen? Oder hatten sich seine Gefühle geändert? Oder war es bloß ein Missverständnis meinerseits?

»Also, was hast du mit dem Rest des Tages vor?«, fragte er. »Bleibst du auf?«

Ich konnte nicht über den Rest des Tages nachdenken — ich hatte ja kaum eine Ahnung, was ich in diesem Moment tun sollte. Ich drehte mich auf den Rücken und blickte zur

Decke hinauf, um mir wenigstens ein bisschen Privatsphäre zu verschaffen. »Ja, ich denke schon.«

Ehrlich gesagt musste ich aufstehen, mich anziehen und nach Hause gehen. Genau wie immer. Den nächsten Schritt konnte ich mir dann von dort aus überlegen.

Aber jetzt hatte er ja bereits das Frühstück bestellt ...

»Du kannst doch den Morgen nutzen und vielleicht noch ein wenig schlafen, ehe du zur Arbeit gehst«, schlug JC vor. »Gibt es etwas, das du erledigen musst?«

Kein Kaffee, eine peinliche Situation, ein nackter Mann neben mir – erwartete er wirklich eine vernünftige Antwort von mir?

Okay, ich schaffe das. Ich schloss die Augen und zwickte mich in die Nasenwurzel. Also, mein Tag. Ich würde zuerst mit ihm frühstücken, da er das von mir erwartete. Dann etwas mit dem Morgen anfangen. Später ein bisschen schlafen. Dann arbeiten gehen.

Ich öffnete die Augen wieder. »Das ist eigentlich keine schlechte Idee.«

Ich richtete mich wieder auf, sodass ich ans Kopfteil gelehnt dasaß, und dachte laut nach. »Morgen hat Norma Geburtstag. Ich glaube, es wäre schön, ihr Frühstück zu machen, ehe sie zur Arbeit geht. Ich sollte auf dem Markt frisches Gemüse kaufen und ihr ein Omelett machen.«

»Wer ist Norma?«

»Meine Schwester.« Ich hatte mich immer noch nicht entschieden, was ich ihr schenken sollte. Norma sorgte immer dafür, dass sie alles hatte – es war schwierig, ihr etwas zu schenken, was sie tatsächlich brauchte.

Eine Idee hatte ich schon, aus der aber wahrscheinlich nichts werden würde. Da ich wusste, dass all meine

Botschaften an Ben durch Norma gingen, musste ich andere Wege finden, ihn zu erreichen. Zum Glück hatte sie die Telefonnummer seines Freundes auf der Anrichte liegen gelassen. Ich hatte ihm gesimst, dass ihr Geburtstag bevorstand, und ihn wissen lassen, was für ein tolles Geschenk es für sie sein würde, von Ben zu hören.

Es war ein selbstsüchtiges Geschenk. Eines, das ich ebenso sehr für mich selbst haben wollte wie für meine Schwester.

Aber da ich außer der Empfangsbestätigung meiner SMS nichts von Eric gehört hatte, sah es so aus, als müsste ich mir etwas anderes einfallen lassen. Also fügte ich hinzu: »Und ich muss noch irgendein Geschenk für sie finden.«

Er nickte und seine Augen wurden schmal, als träfe er eine Entscheidung. Schließlich sagte er: »Das klingt langweilig. Ich komme mit.« Dann stand er auf und ging zum Kleiderschrank.

Ich setzte mich so erschrocken auf, als hätte mich helles Sonnenlicht aus dem Schlaf gerissen. »Du kommst mit? Du hast doch gerade gesagt, dass es langweilig ist.«

»Wenn ich dabei bin, wird es das nicht. Also ja, ich komme mit.«

»Das ist aber wirklich nicht nötig.« Dann korrigierte ich mich schnell, weil das vielleicht unhöflich geklungen hatte. »Ich meine, musst du denn nicht arbeiten oder zurück nach L.A. fliegen?« Sofort machte ich mir Sorgen darüber, dass er das ebenfalls falsch auffassen könnte. Erweckte es den Eindruck, dass ich ihn nicht dabeihaben wollte? Denn das war es nicht. Es war bloß so ... außerhalb des Hotelzimmers hatten wir noch nie etwas zusammen unternommen, abgesehen von unserem Abenteuer mit dem Flügel in der Madison-Suite.

Er zog Boxershorts über, ehe er sich wieder mir zuwandte. Worüber ich ganz erleichtert war. Es machte die Situation weniger peinlich. »Ich fliege erst heute Abend«, sagte er. »Und in letzter Zeit hole ich donnerstags eigentlich immer nur Schlaf nach.«

Wenn ich das gewusst hätte, hätten wir das gemeinsam tun können, anstatt dass ich nach Hause fuhr, um allein zu schlafen ...

Tun *können* allerdings. Tun *sollen* aber nicht. In einer unverbindlichen Beziehung war es besser, getrennt zu schlafen. Und es war auch besser, nicht ganze Tage außerhalb des Schlafzimmers miteinander zu verbringen.

Er öffnete nun eine andere Schublade und zog eine Jeans hervor. »Aber da ich die ganze Nacht mit dir geschlafen habe, habe ich jetzt Zeit.«

Hm. Ich nagte an meiner Unterlippe, während ich sein plötzliches Interesse an Zweisamkeit außerhalb des Hotelzimmers verarbeitete. War das wirklich so schlimm? Mit Marcus war ich über unsere sexuelle Beziehung hinaus befreundet gewesen. Wir waren zusammen ins Kino gegangen und hatten andere Sachen gemacht. Und dann hatte er sich in mich verliebt.

JC allerdings ... er war nicht der Typ, der sich verliebte. Er ließ mich kaum weiter an sich heran als in die Umgebung seiner Festung. Darum war es ja auch so merkwürdig, dass er den heutigen Tag mit mir verbringen wollte. Vielleicht brauchte er einfach bloß Gesellschaft. Dachte ich mir zu viel dabei?

»Wäre es dir lieber, wenn ich nicht mitkäme?«

Ich hörte auf, den beliebigen Punkt anzustarren, auf den ich mich in meiner Verwirrung konzentriert hatte, und sah JC an. Das war allerdings die Frage – wollte ich, dass er mich begleitete? Die Antwort war nicht, was ich erwartet hatte.

»Ich hätte dich sehr gern dabei. Sonst wird es langweilig, wie du gesagt hast.«

»Wunderbar.« Sein Lächeln allein war bereits meine Entscheidung wert. Ich spürte dabei Schmetterlinge im Bauch und weiter oben ein wärmendes Gefühl in der Brust.

Ich erwiderte sein Lächeln und diesmal war es ausnahmsweise nicht nur ein verführerisches Lächeln. Obwohl das auch dabei war.

»Warum duschst du nicht noch schnell? Ich wette, das Frühstück ist hier, sobald du fertig bist. Ich dusche dann danach.«

»O...kay.« Ich hatte eigentlich gehofft, dass wir zusammen duschen würden. Das hatten wir bisher noch nicht getan, aber es machte ganz bestimmt mehr Spaß.

JC erwartete mich neben dem Bett mit dem Morgenmantel. Ich stand auf und schlüpfte hinein. Als ich mich umdrehte, zog er mich an sich.

»Ich hätte ja gern vorgeschlagen, dass wir auf die Bestellung warten und dann zusammen duschen«, flüsterte er mir ins Ohr, »aber du weißt genauso gut wie ich, dass wir dann nie hier wegkommen würden.« Er biss mich ins Ohrläppchen. »Also geh schon dort hinein, ehe ich dir sage, dass du dir gar nicht erst die Mühe zu machen brauchst.«

Dies sah dem JC, den ich kannte, schon ähnlicher. Verführerisch. Dreist. Abgesehen davon, dass er normalerweise nicht den Drang hätte, das Zimmer zu verlassen. Es wäre ihm sonst auch gleich, ob ich es bis zur Dusche schaffte oder nicht – er hätte sich bereits auf mich gestürzt, ehe ich auch nur zwei Schritte in Richtung Badezimmertür gemacht hätte.

Was war also jetzt los?

Ich benutzte die Zeit allein unter der Dusche, um mich zu sammeln. Ich hatte nur ein paar Alternativen – ich konnte ihn geradeheraus fragen, was das sollte, und wahrscheinlich eine Abfuhr bekommen. Ich konnte ihm sagen, dass ich meinen Entschluss geändert hätte und doch lieber nach Hause ginge. Oder ich konnte den Dingen ihren Lauf lassen und keine weiteren Fragen stellen.

Schließlich entschied ich mich für Letzteres. JC hatte mir ja beigebracht, gelassen zu bleiben. Vielleicht war das bloß eine seiner Lektionen. Wenn er sich nicht um unsere Regeln scherte, fiel mir kein triftiger Grund ein, warum ich mich daran stören sollte.

FÜR MEINE BESORGUNGEN mussten wir ans andere Ende der Stadt zum Meatpacking District. In Anbetracht von Normas neuer Begeisterung für Reizwäsche hatte ich beschlossen, ihr einen Geschenkgutschein für La Perla zu besorgen, einem meiner Lieblingsgeschäfte, wenn mich die Verschwendungslust packte. Das war ein Einkauf, den ich schnell tätigen konnte, aber selbst unser kurzer Aufenthalt im Geschäft bot JC genügend Zeit, um auf seine Kosten zu kommen.

»Wie wär's denn damit?«, fragte er und hielt dabei eine hauchdünne rote BH- und Slip-Kombination hoch.

»Ich glaube nicht, dass die Farbe dir steht.«

Die Verkäuferin kicherte über meine Antwort.

»Aber du siehst in Rot bezaubernd aus. Fast so bezaubernd wie ohne.«

Apropos rot, ich errötete jetzt über seine ungenierte Ausdrucksweise. »JC, es sind noch andere Leute hier.«

»Da hast du recht. Ich kann sie um ihre Meinung fragen.« Er nahm das Set mit zu der Verkäuferin, die mich bediente. »Finden Sie nicht, dass dies genau das Richtige für Gwen hier wäre?«

»Das ist ein Verkaufsschlager, Sir. Viele Kundinnen kaufen dazu noch einen Strumpfgürtel.« Sie klimperte mit den Wimpern, was vermutlich weniger mit dem Verkauf zu tun hatte als mit seinem unwiderstehlichen Charme.

Ich musste zugeben, dass es meinem Ego schmeichelte, dass er mit mir zusammen war. Nicht *zusammen* zusammen, sondern nur für diesen Tag.

»Das ist eine gute Idee. Ich nehme beides.« Als ich Anstalten machte zu protestieren, sagte er: »Wo ich herkomme, ist es Sitte, der Schwester des Geburtstagskindes auch ein Geschenk zu machen.«

Ich war nicht sicher, ob ich mich mit ihm streiten sollte oder nicht. Es war ein teures Geschenk, aber ich wusste ja, dass er der Typ war, der gern für Dinge bezahlt. Und ich wollte das Set für ihn tragen. Ich wurde schon bei dem Gedanken daran feucht, wie er mir den Strumpfgürtel ausziehen würde.

Ich spielte also mit. »Und wo genau ist das?«

»*Pst*. Das darf ich nicht verraten. Erinnerst du dich?«

»Na schön. Es ist dein Geld.« Ich verstaute den Geschenkgutschein für Norma in meiner Handtasche und bewegte mich auf den Ausgang zu, damit ich nicht zufällig seinen Nachnamen auf der Kreditkarte sehen würde.

»Aber du wirst es doch tragen?«, rief er mir hinterher.

Ich warf ihm einen Blick über die Schulter zu und legte den Finger auf die Lippen. »*Pst.* Das darf ich nicht verraten.« Ich lächelte auf dem restlichen Weg nach draußen, stolz auf meine schlagfertige Antwort beim Flirten. Es sah mir gar nicht ähnlich, so verspielt zu sein. Es war ein schönes Gefühl. Es wirkte befreiend. Und es kam mir nicht einmal mehr ganz so unnatürlich vor.

»Wo gehen wir jetzt hin?«, fragte er, als er mit den Einkaufstüten zu mir nach draußen kam.

»Der nächste Gemüsemarkt, der donnerstags geöffnet hat, ist in Port Authority.« Ich hatte es nachgesehen, während er noch im Laden war.

JC warf einen Blick auf seine Armbanduhr, ehe er an den Straßenrand trat, um ein Taxi zu rufen. »Und ist das dann alles für heute?«

»Warum? Musst du noch irgendwo hin?« Danach hatten wir zwar alles erledigt, aber ich hatte irgendwie gehofft, dass wir den Nachmittag ebenfalls miteinander verbringen würden. Plötzlich befürchtete ich, dass er doch nichts mehr mit mir unternehmen wollte. Hatte er es sich also anders überlegt?

Gleichzeitig merkte ich, dass ich durch meine Erwartungen und Wünsche ganz durcheinander war. Zuerst hatte ich seine Idee für zu persönlich gehalten. Dann hatte ich ihr zugestimmt. Jetzt hatte ich Spaß daran und ein Teil von mir wollte, dass es nie enden würde. Genau aus diesem Grund hatte ich ja auch zunächst Vorbehalte gehabt. Es war zu schwierig, außerhalb des Schlafzimmers unverbindlich zu bleiben.

»Der einzige Ort, an dem ich sein muss, ist im Hotelzimmer.« Er hielt die Tüte von La Perla in die Höhe. »Und nicht, weil ich müde bin.«

Ich schluckte und war dankbar, dass gerade ein Taxi hielt, sodass ich nichts zu antworten brauchte.

Der Fahrer war gesprächig und JC unterhielt ihn auf dem ganzen Weg zum Markt. Ich bewunderte ihn dafür, wie leicht ihm das fiel. Wie schnell er sich mit einem völlig Fremden anfreunden konnte. Und doch war er für mich auch nicht weniger ein Fremder als für den Taxifahrer, trotz der Dinge, die ich auf physischer Ebene über ihn wusste. Er mochte wohl den Eindruck erwecken, ein offenes Buch zu sein, aber er verbarg in Wirklichkeit viel mehr, als ich es tat.

Wir waren beide noch nie auf dem Gemüsemarkt von Port Authority gewesen und mussten nach dem Weg fragen. Er war kleiner als der, zu dem ich gewöhnlich mit Norma ging, aber alle Gemüsesorten, die ich brauchte, waren erhältlich. Und JC hatte wieder seinen Spaß.

»Was ist die beste Größe, Gwen?«, fragte er mich, als ich gerade die Avocados in Augenschein nahm.

Ich drehte mich um und sah, dass er eine lange, dünne Gurke vor sich hinhielt. In Schritthöhe.

»Diese Größe?«

Ich scheuchte ihn weg. »Hör auf.«

»Ist die besser?«

Ich konnte nicht widerstehen – ich sah mich zu ihm um. Diesmal hielt er eine kurze, dicke. Ich musste lachen. »Auf keinen Fall.«

»Wie ist es mit dieser?« Diese Gurke hatte mehr eine ...

vertraute ... Größe. JC klemmte sich die Einkaufstüte von La Perla unter den Arm, damit er beide Hände freihatte. Dann strich er an der Gurke auf und nieder. »Sie ist lang und dick. Das magst du doch, Gwen, nicht wahr?«

Meine Wangen waren nun feuerrot geworden. Ich blickte mich um, ob irgendjemand uns beobachtete, und schimpfte mit ihm. »JC. Lass das. Du machst mich ganz –«

»Verlegen?«, beendete er fragend meinen Satz.

»Nein.« Ich senkte die Stimme. »Ich wollte sagen: *heiß*.« Es war sicher albern und ehrlich gesagt nicht besonders sexy von ihm. Aber es war so ... typisch. Und er war komisch. Und er war ausgelassen. Diese Stimmung färbte auf mich ab. Und das reizte meine Begierde, nicht nur, was ihn betraf, sondern auf das Leben im Allgemeinen.

Und auch auf ihn.

Aber nicht auf Gurken. Das stellte ich sofort klar. »Das bedeutet aber nicht, dass ich dir erlaube, Gemüse mit ins Schlafzimmer zu bringen.«

»Vielleicht sparen wir uns das also für unseren nächsten Ausflug in die Madison-Suite auf. Da das Schlafzimmer nicht infrage kommt.« Er zwinkerte mir zu, als er die Gurke in meinen Einkaufskorb warf.

Ich verdrehte die Augen, verbarg aber mein Lächeln nicht. »Ach, hol mir doch bitte etwas gelben Kürbis. Den isst Norma für ihr Leben gern.«

JC suchte zwei davon aus und brachte sie mir. »Ist deine Schwester älter oder jünger als du?«

»Fünf Jahre älter. Aber wir stehen uns trotzdem sehr nahe. Wenn sie sich auch manchmal mehr wie eine Mutter als wie eine Schwester verhält.« Ich hatte ihm mehr verraten, als ich sollte, und mehr als das, wonach er gefragt hatte, aber ich fühlte mich auf unserem gemeinsamen Ausflug so wohl, dass diese Unterhaltung mir ganz natürlich erschien. Wenigstens hatte ich ihm nur etwas über meine Schwester erzählt und nicht über mich selbst.

»Und sie wird wie alt?«

Ich bekam Herzklopfen, als mir klar wurde, dass er aus meiner Antwort auf mein eigenes Alter schließen konnte. Ich betrachtete angelegentlich eine Tomate, während ich das erwog. Ich würde es ihm sagen, wenn er es wissen wollte. Aber bisher hatten wir uns strikt daran gehalten, persönliche Dinge aus dem Spiel zu lassen. Er hatte darauf bestanden und ich hatte ... nun, ich hatte gedacht, es würde uns dabei helfen, ein unverbindliches Verhältnis zu wahren.

Nun war ich nicht mehr sicher, ob es einen Unterschied machte. Wenn wir einmal damit anfingen, Dinge über unser persönliches Leben auszutauschen, konnten wir das später nicht mehr zurücknehmen. Es wäre dann heraus. Und es würde kein Zurück für uns geben.

Ich ließ die Tomate los und drehte mich zu ihm um. »Soll ich das wirklich beantworten? Ich weiß, wie du über die Vertraulichkeitsregel denkst.«

Er wedelte mit den Händen in der Luft herum, als wollte er ausradieren, was er gesagt hatte. »Du hast recht. Sag es mir nicht.«

Ich konzentrierte mich wieder auf die Tomaten und zwang mich, meine Enttäuschung zu ignorieren.

»Allerdings ...«

Ich blickte wieder auf. »Allerdings was?«

»Allerdings bin ich ziemlich neugierig. In Bezug auf dich.«

Darüber hätte ich fast gelacht, da ich ja schon seit

Langem mit ihm über mich reden wollte. Aber das wusste er ja nicht, ich tat also ganz gleichgültig. »Ich habe ja gewusst, dass es schließlich passieren musste.« Wieder einmal war ich stolz auf meine Schlagfertigkeit. Ich mochte dieses neue Ich. Daran könnte ich mich gewöhnen.

Er lachte. »Du bist aber kess heute, nicht wahr?«

»Aber mal im Ernst, wie könnte sich jemand nicht für all dies interessieren?« Ich wies mit einer eleganten Geste auf mich.

»Ehrlich gesagt frage ich mich das jedes Mal, wenn ich dich sehe.« Während ich Spaß gemacht hatte, war JCs Ausdruck ernst.

Es verursachte ein merkwürdiges Gefühl bei mir. Warm und albern. Und verwirrt. Ich war nicht sicher, was er eigentlich damit meinte. Wollte er damit sagen, er könnte nicht verstehen, warum sich andere Leute nicht mehr für mich interessierten? Oder meinte er, er könnte nicht verstehen, warum *er* sich nicht mehr für mich interessierte? Oder wollte er sagen, *dass* er sich für mich interessierte und sich bloß nicht zu fragen traute?

Wie auch immer, es brachte mich aus der Fassung und mir fiel keine witzige Erwiderung mehr ein. »Sie ist fünf Jahre älter. Ich bin im Januar dreißig geworden.« Und vorsichtig, aber nicht zu zaghaft, fragte ich ihn: »Und du?«

»Ich werde im Juli fünfunddreißig.«

»Oh. Das ist aber alt«, reizte ich ihn.

»Hey, die meisten Leute sagen, dass ich jünger aussehe.«

»Das tust du auch. Wie ein Baby.« Ich hatte gedacht, er wäre jünger als ich, obwohl ich mich auch nicht darüber wunderte, dass ich mich geirrt hatte. »Wie kannst du mit solch einem Babygesicht überhaupt irgendwelche Geschäfte abschließen?« Da ich jetzt bei der Neckerei den Bogen raushatte, konnte ich nicht mehr aufhören.

»Ha, ha.« Er blickte hinauf in den Überwachungsspiegel und rieb sich mit der Hand über die Bartstoppeln. »Mein Gesicht ist sogar ein Vorteil. Nicht unbedingt beim ersten Kontakt, aber wenn die Leute sehen, dass ich kompetent bin, scheinen sie die Dinge zu genießen, die ihnen mein Gesicht verschaffen kann.«

»Wie Frauen, die sich freiwillig ausziehen und in aller Öffentlichkeit einen Lapdance aufführen?«

Er zuckte nur die Achseln.

Aber ich konnte nur noch den einen Gedanken fassen, *er ist fünfunddreißig. Ich weiß etwas über ihn, und er ist fünfunddreißig.*

Und ich wollte mehr erfahren.

»Was machst du denn eigentlich genau?«, fragte ich und ging hinüber zu den Kartoffeln. Und falls er es mir nicht sagen wollte, fügte ich hinzu: »Es ist bloß fair, dass ich das weiß, schließlich weißt du ja auch, was ich beruflich mache.« Komischerweise hatte ich daran noch gar nicht gedacht.

JC antwortete, ohne zu zögern. »Ich bin Investor. Die Leute bieten mir ihre Ideen an und ich investiere in sie.« Er hob fragend eine Augenbraue, während er ein Bund Möhren hochhielt.

Ich schüttelte den Kopf und nickte in Richtung Paprikaschoten. »Was für Ideen denn?«

»Nun, wie zum Beispiel die, an der ich gerade arbeite. Ich habe einen Jungen gefunden – er ist gerade erst volljährig, aber wahnsinnig talentiert –, der ein neues Konzept für die sozialen Netzwerke erfunden hat, das wir jetzt entwickeln. Es ist wie eine Art Kreuzung zwischen LinkedIn und

Facebook, aber ausschließlich für Unternehmen und Organisationen gedacht, die es benutzen, um übergreifende Werbemöglichkeiten auszutauschen.« Er legte eine grüne Paprikaschote in den Korb. »Es ist nicht sehr interessant.«

»Ich finde es sehr interessant.« Oh Gott, hoffentlich klang das nicht übertrieben.

»Glaub mir. Das ist es nicht. Jedenfalls leitet der Junge die Entwicklung. Er hat ein Team zur Unterstützung. Ich zahle die Gehälter. Und schließlich, wenn die Seite dann Geld macht, bekomme ich einen großen Anteil des Gewinns.«

»Du kommst also jede Woche hierher, um zu sehen, wie die Arbeit läuft?« Jetzt begann ich zu verstehen, warum er dauernd unterwegs war.

»Unter anderem. Ja.« Er zeigte mit einem Bund Sellerie auf mich. »Aber zurück zu dir. Wie bist du in einem Nachtklub gelandet?«

»Ich habe sowohl meinen Bachelor als auch meinen Masterabschluss im Restaurantmanagement gemacht. Als ich gerade fertig war, gab es beim Eighty-Eighth ein Stellenangebot. Ich habe es angenommen.« Sich so mit ihm zu unterhalten war wundervoll. Fast so wundervoll wie Sex. Sein ehrliches Interesse an mir war offensichtlich und ich hörte auf, mir Sorgen zu machen, ob ich übereifrig klänge, um stattdessen unseren Informationsaustausch zu genießen.

»Einen Bachelor und einen Master? Sieh mal an, Miss Neunmalklug. Und bevor du fragst, ich habe noch nicht einmal einen Bachelorabschluss. Ich habe mein Studium abgebrochen, nachdem ich mit meiner ersten Investition ein paar Millionen gemacht hatte. Ich war damals zwanzig.« Er war süß, wenn er angab. Als meinte er, er müsste mich beeindrucken. Als ob ich nicht bereits von allem an ihm beeindruckt wäre. »Hast du je daran gedacht, woanders als im Klub zu arbeiten? Oder bist du damit zufrieden?«

»Ich bin damit zufrieden. Warum, würdest du mir helfen, meinen eigenen Nachtklub zu finanzieren, wenn ich dich darum bitten würde?« Ich hatte es aufgegeben, auch nur so zu tun, als wäre ich an dem Gemüse interessiert.

JC steckte die Hände in die Jeanstaschen und zuckte die Achseln. »Wenn du ein neuartiges Konzept hättest, sicher.«

»Neuartiges liegt mir nicht so. Ich bleibe lieber, wo ich bin. Der Klub ist der beste in der ganzen Stadt. Ich habe keinen Grund zu kündigen.« Und in der Hoffnung, er würde mir sein Verhältnis zu meinem Arbeitgeber näher erklären, fügte ich hinzu: »Und Matt ist ein guter Chef.«

JC wandte sich den Zwiebeln zu, obwohl wir schon alles hatten, was wir brauchten. »Du würdest also nur in einem Klub arbeiten wollen?«

Er hatte meine Bemerkung über Matt vollkommen ignoriert. Nun, einen Versuch war es wert gewesen. »Ich denke schon. Ich kenne mich damit aus. Und ich bin schon immer eine Nachteule gewesen.« Ich stellte mich so nahe neben ihn, dass meine Schulter die seine streifte.

Obwohl wir uns durch unsere Mäntel berührten, erhitzte der Kontakt zwischen unseren Körpern mir das Blut.

»Ich weiß nicht.« Er stieß mich leicht mit dem Arm an. »Ich würde dich eher als einen Panther als eine Eule bezeichnen. Ich habe dich nachts wie eine Wildkatze kreischen gehört.« Er wandte sich mir zu und legte sich den Zeigefinger ans Kinn. »Wenn ich es recht bedenke, bin ich sicher, dass ich dich sogar schnurren gehört habe.«

Ich sah ihm in die Augen. »Nur wenn ich mit dir zusammen bin.«

»Damit kann ich leben.« In seinen Augen war kein Anzeichen von Lust zu entdecken, wie ich es erwartet hätte, und das gab seiner Feststellung eine persönlichere Note, als er es wohl beabsichtigt hatte.

Selbst wenn ich damit zu viel verriet, meinte ich jedes Wort, als ich erwiderte: »Damit kann ich auch leben.«

Wir sagten nichts mehr, bis ich für meine Einkäufe bezahlt hatte. Während die Marktfrau das Gemüse in Papiertüten einpackte, bemerkte JC: »Weißt du, es ist schön, dich in einer anderen Umgebung zu sehen. Du bist viel entspannter als früher.«

»Dein Wahnsinnsplan funktioniert«, antwortete ich. Er hatte natürlich recht. Ich war viel weniger angespannt, aber das war mehr seiner Gesellschaft zu verdanken als dem Sex mit ihm. »Und das hast du ja gewusst. Du hast mich schon oft enthemmt gesehen.«

Er nahm der Marktfrau das eingepackte Gemüse ab und stopfte es in die Tüte von La Perla. »Das ist allerdings wahr. Ich habe bloß nicht gewusst, ob du das auch außerhalb des Schlafzimmers sein könntest.«

Erstaunlicherweise empfand ich es nicht als demütigend, dass die Marktfrau seine Bemerkung gehört hatte. Ich bedankte mich bei ihr und machte der nächsten Person Platz, die an der Kasse anstand. Wir hatten jetzt unser Gemüse und konnten gehen, aber ich war zu sehr von meinem nächsten Gedanken in Anspruch genommen. »Aber ist denn das Bett nicht der einzige Ort, wo es wichtig ist?«

»Wohl kaum«, erwiderte JC. »Es ist für dein tägliches Leben wichtig. Das Schlafzimmer ist nur ein Ausgangspunkt.« Er entdeckte etwas hinter mir. »Apfelsinen. Die habe ich ja noch gar nicht gesehen.«

Er ging hinüber, um sich die Früchte näher anzusehen. Ich folgte ihm in einigem Abstand und dachte über seine Antwort nach. Sie löste eine weitere Welle verwirrender Gefühle in mir aus. Hatte er immer schon vorgehabt, unsere Beziehung auf mehr als bloß Sex auszudehnen? Denn wenn das der Fall war, musste ich Einspruch erheben. Zu unverbindlichem Sex war ich fähig. Zu unverbindlichem Zusammenleben nicht. Diese Erfahrung hatte ich schon gemacht. Darum sorgte ich ja auch dafür, dass ich nur mit wenigen Leuten Umgang pflegte – damit ich von niemandem gefühlsmäßig abhängig wurde.

Vielleicht war das ja ein Missverständnis. Vielleicht wollte er damit sagen, dass das, was wir im Bett taten, sich ohne ihn auf mein tägliches Leben auswirken sollte und dass unser heutiger gemeinsamer Tag nur eine Ausnahme war.

Ich wusste, dass ich das klarstellen sollte.

Allerdings ...

Das Wort klang mir im Kopf auf dieselbe Weise, wie sein »Allerdings« geklungen hatte, als er es ausgesprochen hatte. Denn ich wollte es nicht klarstellen. Ich wollte nicht herausfinden, dass heute nur eine Ausnahme war. Ich wollte unserer gemeinsamen Zeit außerhalb des Schlafzimmers dadurch nicht ein Ende setzen.

Ich wollte nicht mehr verhindern, Gefühle zu entwickeln.

Denn wenn ich ehrlich sein sollte, war ich ziemlich sicher, dass ich das längst getan hatte.

Noch ganz schockiert von meiner Erkenntnis blickte ich von den Orangen auf und unsere Blicke kreuzten sich unverhofft. In seinem sah ich etwas aufblitzen. Etwas Ungewohntes, aber Gewinnendes. Etwas, das mich lockte, näher zu kommen, anstatt mich zurückzuziehen. Etwas, das mehr einer offenen Tür glich als der Ziegelwand, die JC mir sonst immer entgegenstellte.

Es war nur ein Aufblitzen.

Dann war es verschwunden.

»Weißt du, wir sollten ausprobieren, wie weit du gekommen bist.« In seiner Stimme schwang etwas von dem unbeschwerten Mutwillen, den er zeigte, wenn wir nackt waren.

Mir prickelte vor Nervosität die Haut und ich bekam Herzklopfen. »Was meinst du damit? Willst du dort drüben hinter dem Werbeplakat bumsen?« Ich hoffte, seine Antwort wäre: *Nein, lass uns lieber ins Hotel zurückkehren.*

»Eigentlich ...« Er trat zur Seite und besah sich besagtes Plakat, als zöge er es in Betracht. Dann schüttelte er den Kopf und wandte sich wieder mir zu. »Also, das ist eine gute Idee. Aber das hatte ich nicht im Sinn. Obwohl mir deine Denkweise gefällt.«

»So denke ich ja gar nicht. Das war ein Scherz.«

»Aha, siehst du? Wir sind nicht so weit fortgeschritten, wie ich gedacht hatte. Wenn du wirklich entspannter wärst, hättest du es ernst gemeint.«

»Ich ...« Ich beendete den Satz nicht. Mir wurde klar, dass es sinnlos war, mich mit JC darüber zu streiten. Es war doch sicher ein Unterschied, ob man gehemmt war oder nur einen vernünftigen Sinn für Schicklichkeit besaß, ganz abgesehen davon, dass es illegal war. Es war doch sicher möglich, gelassen und locker zu sein, ohne gleich unsittlich zu werden.

Doch da er das ohnehin nicht gemeint hatte, ließ ich es

ruhen. »Wie auch immer. Schön. Was wolltest du vorschlagen?«

»Wie wär's mit ein bisschen Unfug?« Er warf eine Apfelsine in die Luft und fing sie wieder auf.

»Ich kann mir beim besten Willen nicht vorstellen, was du damit sagen willst.« Denn ich hatte noch mehr gegen eine Apfelsine im Bett als gegen eine Gurke. Es sei denn, er wollte sie drücken und daran lecken …

Okay, vielleicht waren Apfelsinen gar nicht so schlecht.

Aber er hatte offensichtlich etwas anderes im Sinn. Sein Gesichtsausdruck wurde schelmisch und er blickte sich ziemlich auffällig um.

»Hast du schon einmal etwas geklaut?«

»Oh nein.« Ich meine, das hatte ich zwar, aber nein. Das stand heute nicht auf meinem Tagesplan. Und sonst auch nicht.

»Komm schon. Es wird Spaß machen.« Er betrachtete wieder die Leute um uns herum.

»Hast du das denn schon einmal getan?« Ich würde es ihm nicht beibringen. Das kam *nicht* infrage. Auf keinen Fall.

»Nein. Das ist das erste Mal.« Diesmal drehte er sich beinahe ganz um sich selbst, um zu sehen, ob irgendjemand ihn beobachtete.

»Nicht so …« Ich bedeckte mir mit einer Hand die Augen und spähte durch die Fingerritzen, während JC begann, sich eine Apfelsine in die Tasche zu stopfen. »Oh Gott. Du machst dich ja lächerlich. So geht das nicht.« Ich nahm ihm die Apfelsine aus der Tasche und legte sie wieder in die Kiste.

»Wie geht es dann?«

»Erstens kannst du dich nicht so auffällig umblicken.

Damit machst du die Leute darauf aufmerksam, dass du etwas vorhast, was sie nicht sehen sollen. Du musst ganz unschuldig tun. Sieh die Person neben dir direkt an und lächle, während du die Apfelsine in deine Tüte fallen lässt. In die Tüte, die du bereits hast. Nicht in deine Hosentasche, wo sie für alle sichtbar hervorsteht.«

»Das ist ja brillant. Woher weißt du das?«

Es missfiel mir sehr, wie ich sein Lob genoss. »Es ist nicht brillant. Es ist bloß logisch. Und ich weiß es, weil ich es getan habe.«

»Du hast Obst gestohlen?«

»Nun. Ja.« Auf Gemüsemärkten war es mit am leichtesten, sich etwas zu essen zu beschaffen. Aber wir hatten auch woanders gestohlen. Von Lebensmittelgeschäften. Einmal sogar von einem Restaurant.

Ich machte mich daran, die Apfelsinen gerade zu legen — echt? —, während ich es ihm erklärte. »Wir waren arm und manchmal hatte mein Vater vergessen, uns etwas zu essen zu geben. Wir wurden ganz geschickt dabei. Aber nur zum Spaß haben wir das nie gemacht.«

»Dann hast du jetzt die Chance. Du kannst mir beibringen, wie —«

Er griff nach einer anderen Apfelsine, aber ich versperrte ihm den Weg. »Kommt nicht infrage.« Ganz gleich, wie ungehemmt ich geworden war, ich weigerte mich, wieder zu stehlen.

Doch als er versuchte, über mich hinweg zu reichen, um sich eine andere zu greifen, fiel die ganze Kiste, die am Ende des Tisches gestanden hatte, auf den Boden. Überall wurden Apfelsinen verstreut und rollten unter die Tische und auf den Gehsteig.

»Oh. Verdammt«, sagte JC. »Was machen wir denn jetzt?«

»Weglaufen!« Ich weiß nicht, warum ich das sagte. Natürlich wäre es das Beste – und das Verantwortlichste – gewesen, dazubleiben und beim Einsammeln zu helfen. Zu erklären, dass das Ganze ein Unfall war.

Aber das Unerwartete des Vorfalls zusammen mit dem ordnungswidrigen Mutwillen, der mich jedes Mal ergriff, wenn ich mit JC zusammen war, ganz zu schweigen von der Tatsache, dass ich früher ja tatsächlich gestohlen hatte, machten mich schuldbewusst. Und darauf regierte ich, indem ich die Flucht ergriff.

JC war mir direkt auf den Fersen und die Tüte von La Perla mit der spärlichen Unterwäsche und dem Gemüse für Normas Frühstück schlug ihm gegen die Beine, während wir durch die weitläufigen Hallen von Port Authority rannten. Niemand verfolgte uns. Uns wurde nicht einmal etwas nachgerufen, aber wir liefen weiter, bis wir durch den Ausgang der Markthalle und um die Ecke geflüchtet waren.

Die kühle Luft des Märztages war wohl alles, was ich brauchte, um mich wieder zur Vernunft zu bringen. Ich blieb stehen und lehnte mich an eine Zementsäule, um Atem zu schöpfen. JC legte eine Hand an die Säule, um sich abzustützen.

Er sah mich an und wir brachen in Gelächter aus.

Wir lachten, wie ich noch nie gelacht hatte, und ich wusste, dass der Grund dafür viel tiefliegender war als die umgestoßene Kiste auf dem Gemüsemarkt. Es war ein ganzes Leben ohne Lachen. Eine Befreiung von all dem Elend meiner Kindheit und den Auswirkungen auf mein Leben als Erwachsene. Ich hatte meine Kindheit immer als eine

Tragödie betrachtet, aber jetzt in diesem Moment kam sie mir komischer vor als jede Sitcom, die ich je im Fernsehen gesehen hatte. Es war eine große Erleichterung. Und es wirkte ungeheuer belebend.

JC neben mir lachte genauso ungehemmt und ausgiebig wie ich, und wenn ich es nicht längst geahnt hätte, wusste ich jetzt, dass sich in seinem Inneren ebenso viel Schmerzliches angesammelt hatte wie bei mir, was sich genauso entladen musste wie mein Leid. Ich fragte mich, was es wohl gewesen sein konnte, während ich mir die Lachtränen aus den Augen wischte. Ich fragte mich, warum es ihm so leichtgefallen war, es in mir zu erkennen, und warum ich so viel länger gebraucht hatte, um über ihn das Gleiche herauszufinden. Wie er wissen konnte, dass ein Tag zusammen genau das war, was wir beide brauchten. Wie er darauf kam, unsere Unverbindlichkeitsregeln zu ignorieren und uns stattdessen kennenzulernen.

Ich warf einen Blick auf ihn, wie er sich vor Lachen bog und dabei die Tüte von La Perla fallen gelassen hatte, und hatte plötzlich eine Erleuchtung. Es mochte zwar sein, was er brauchte, aber es war nicht, was JC wollte. Genau wie ich hatte er Intimität abgelehnt. Er hatte nicht geplant, sich mit mir in die Welt hinaus zu begeben und meine Toleranzgrenze auf die Probe zu stellen. Er hatte nicht geplant, mir persönliche Fragen zu stellen. Er hatte nicht geplant, mich mit einer Empfindung anzusehen, die über Begierde so weit hinausging. Und als er es trotzdem getan hatte, geriet er in Panik. Apfelsinen zu stehlen war der Versuch gewesen, auf seine Art sein seelisches Gleichge-wicht wiederzufinden. Es brachte ihm wieder zu Bewusst-sein, dass die Welt sich verpissen konnte. Er hatte es gar nicht um meinetwillen getan. Er hatte es für sich selbst getan.

Und es hatte nicht gewirkt. Denn hinter der Belustigung in seinen Augen stand immer noch dasselbe Gefühl, das er zu verbergen versucht hatte. Nun sogar noch stärker. Noch reiner.

Als wir also eine Minute später zu lachen aufhörten und irgendwie wieder Luft bekamen, war es keine völlige Überraschung, dass er sich auf mich und ich mich auf ihn zubewegte. Unsere Lippen fanden sich und verschmolzen miteinander.

Er legte mir die Hand an den Nacken und zog mich näher an sich, um mich dort festzuhalten. Als hätte er Angst, ich könnte mich ihm entziehen. Er küsste zuerst sanft meine Unterlippe, dann meine Oberlippe. Dann glitt seine Zunge hinein und reizte mich. Kostete mich. Mit süßer Hingabe öffnete ich mich ihm. Und was noch süßer war, er öffnete sich mir.

Wir küssten uns so tastend, als wäre dies unser erster Kuss. Anfangs noch zaghaft, dann mit außerordentlicher Konzentration. Denn obwohl wir uns schon oft geküsst hatten, war es immer nur Vorspiel zum Sex gewesen. Und obwohl in seiner Umarmung genügend Leidenschaft lag, um dorthin zu führen, war das nicht der Grund dafür.

Wir verweilten in diesem Kuss. Wir verströmten uns. Wir schwelgten darin. Ich schlang ihm die Arme um den Hals, um ihn näher an mich zu ziehen, dann klammerte ich mich fester an ihn, da mir die Knie versagten. Ich sank gegen ihn. Ich schmolz dahin. Und er schmolz an *mir* dahin. Er füllte meine Lücken, ergoss sich in meine Leere. Er machte mich heil. Er machte mich frei.

ELF

KAPITEL ELF

DIESMAL PLAUDERTE JC unterwegs zum Hotel nicht mit dem Taxifahrer. Er gab ihm nur die Adresse an, dann wandte er sich mir zu und sah mich mit brennenden Augen an, aus denen heißes Verlangen und Zuneigung leuchteten. Und ich, die sich bei einer Taxifahrt durch die Stadt sonst immer anschnallte und betete, setzte sich ihm rittlings auf den Schoß. Unsere Lippen vereinten sich wieder. Er vergrub eine Hand in meinem Haar und ich umfasste mit beiden Händen sein Gesicht, während ich mit der Zunge liebevoll um seine strich. Der Einsatz war jetzt erhöht worden. Bei diesem Kuss ging es nicht mehr bloß um Sex. Jetzt war er Vorspiel geworden. Das süßeste, zärtlichste Vorspiel, das ich je erlebt hatte. Selbst mit dem Taxifahrer, der hinter mir obszöne Flüche über den Verkehr ausstieß.

JC ließ seine Hand zuerst schweifen und glitt damit unter meiner Bluse hinauf, um meinen BH nach oben zu schieben und meine Brust zu streicheln. Mit dem Daumen glitt er über meine Brustwarze, bis ich an seinem Mund stöhnte. Er bewegte die Hüfte nach vorne und ich drückte das Becken fest an ihn, um mich an seiner Erektion zu reiben. Als ich durch meine Jeans nicht genügend Druck erzeugen konnte, ließ ich all meine Hemmungen fahren und reichte mit der Hand nach unten, um ihn durch seine Hose zu streicheln. Ich spürte, wie hart er war und in meiner Hand noch härter wurde – und ich wollte mehr. Dann bäumte JC sich meiner Hand entgegen, und das war alle Ermutigung, die ich brauchte.

Ich ließ mich von seinem Schoß auf den Boden gleiten, wo ich in der Enge des Raumes gerade genügend Platz hatte, und zog den Reißverschluss an seiner Jeans herunter. Ich war angenehm überrascht, als ich sah, wie sein Schwanz sofort aufrecht und stolz aufgerichtet war.

Er beugte sich zu mir hinunter und flüsterte mir ins Ohr: »Was machst du denn da, Gwen?« Er dämpfte die Stimme nicht um seiner selbst willen. Ihm machte es gar nichts aus, in einem Taxi entblößt zu werden. Aber er wusste, dass ich es war, der eine solche Situation peinlich sein würde.

Doch merkwürdigerweise war es mir gar nicht peinlich. Ich fand es aufregend und ungehörig, und wow, das Ungehörige daran war viel wundervoller, als ich gedacht hatte.

Zur Antwort fuhr ich mit der Hand fest an seiner ganzen Länge hinunter.

»Gwen«, sagte er leise und ehrfürchtig. »Du brauchst nicht –« Er unterbrach sich mit einem erstickten Atemzug, als ich an der Spitze seines Schwanzes saugte. »Himmel. Das ist ... Du solltest aufhören. Ah, nicht aufhören.«

Ich hatte gar nicht vor aufzuhören. Ich glaubte nicht, dass ich das könnte. Ich leckte an der geschwollenen Ader entlang, dann öffnete ich den Mund, um ihn ganz aufzunehmen. Er wand sich. Er stöhnte. Zur Abwechslung war er einmal von mir überrumpelt, nicht andersherum, wie es sonst immer war.

Dieses Verhalten war für mich gar nicht typisch. Das war mir ebenso klar, wie es mir bewusst war, dass es mich nicht kümmerte. In diesem Augenblick zählte nur, JC so nahe wie möglich zu sein – ihn auf irgendeine Weise *in* mir zu spüren. Und da es in einem fahrenden Wagen nicht die leichteste Aufgabe war, meine Jeans auszuziehen und ihn zu reiten, schien mir ein Blowjob die beste Alternative zu sein. Zudem genoss ich die Wirkung, die ich auf ihn hatte. Ich schwelgte in seinem Stöhnen und der Spannung seiner Schenkel neben mir. Und noch mehr lechzte ich nach dem Gefühlsaustausch, als er mir die Hände auf den Kopf legte und mich damit leitete. Die Art und Weise, wie er mich ansah, als ich zu ihm hinauf spähte, während ich mit der Faust die Wurzel seiner Erektion umklammerte und seinen Schwanz in meinen Mund hinein- und wieder hinausgleiten ließ, drückte so viel mehr als bloße Lust aus. Wenn ich die Zunge abflachte und an seiner Länge saugte, war mein Bedürfnis, ihm Lust zu bereiten, nicht nur von fleischlicher Begierde, sondern echter Zuneigung motiviert. Wenn ich ihn so tief in mich aufnahm, dass er meine Kehle berührte, tat ich es, weil ich den Verdacht hatte, dass er mich ebenso lieb gewonnen hatte.

Er stand kurz vorm Orgasmus, als das Taxi am Straßenrand anhielt. Ich war so darin vertieft, JC zum Kommen zu bringen, dass ich gar nicht gemerkt hatte, dass wir nicht mehr fuhren. Aber er stieß mich auf einmal von sich, verbarg seine Erektion in der Hose und mühte sich ab, Geld aus seiner Brieftasche zu nehmen. Ich stieg aus und wartete auf dem

Gehsteig auf ihn, ohne mich um den Gesichtsausdruck des Fahrers zu kümmern. Er mochte verärgert, angewidert oder erregt sein – aber das blieb ihm überlassen. Mir war das ganz gleichgültig.

Der Weg durch die Empfangshalle war der längste meines Lebens, gefolgt von einer schier endlosen Fahrt mit dem Aufzug. Die sexuelle Spannung zwischen uns war so intensiv, so deutlich spürbar. Wäre nicht die Familie mit Kleinkindern gewesen, die mit uns den Fahrstuhl teilte, hätten wir sicher weiter geschmust. Wir versuchten, es dadurch wettzumachen, dass wir uns an den Händen hielten. Wir drückten und streichelten uns gegenseitig mit den Fingern, genau wie wir es getan hatten, als wir das erste Mal zusammen das Hotel betraten.

Die Familie stieg auf derselben Etage aus wie wir, aber selbst als sie in den gegenüberliegenden Korridor abbog, blieben JC und ich nur durch unsere Hände verbunden. Mit jedem Schritt auf unsere Zimmertür zu erhöhte sich die Spannung, und als wir schließlich angekommen waren, dachte ich, ich würde explodieren.

Und dann tat ich es.

Als JC die Tüte von La Perla fallen ließ und wir zusammenkamen, war es wie die Entladung eines Großfeuerwerks. Meine Lippen entzündeten sich und flammten an seinen, während er mich aus dem Mantel befreite. Das Blut dröhnte mir in den Ohren und brannte mir in den Adern. Dann zog er mir die Bluse über den Kopf und als er mit den Fingern meine Haut streifte, sprühten Funken durch mein Nervensystem. Dann zog er mir den BH aus, worauf meine Brustwarzen sich unter seinem Blick versteiften und wie perfekte rosa Knospen aus meiner glatten Haut sprossen.

Wir bewegten uns weiter, während wir uns entkleideten. Als wir die Schlafzimmertür erreichten, war ich bis auf meinen Slip nackt. JC wurde auf der Schwelle Hose und Boxershorts los, um mich dann hochzuheben und zur Bettkante zu tragen. Er setzte mich dort nieder, zärtlich, aber nicht allzu sanft. Jeder seiner Küsse – und jede seiner Liebkosungen – war bedächtig und liebevoll, aber dennoch rau und fordernd, wie ich es von ihm erwartete. Wie ich es mochte. Wie ich es liebte.

Wie ich ihn liebte.

Ich zuckte zusammen, als dieser Gedanke durch den Nebel der Leidenschaft drang und mit einem Schlag im Licht meines Bewusstseins landete. Ich liebte ihn. Verdammt, ich liebte ihn so sehr.

JC hob den Kopf von der Stelle an meinem Hals, an der er gerade gesaugt hatte. »Ist alles in Ordnung?«

Mein Magen verknotete sich, mein Herz schlug wie rasend und meine Haut fühlte sich an, als stünde sie in Flammen. »Ja. Ich glaube, das ist es vielleicht endlich.«

Er nahm meine Antwort lächelnd zur Kenntnis und zog mir den Slip aus. Er spreizte mir die Knie auseinander und ließ sich auf dem Boden nieder. Dann vergrub er den Kopf zwischen meinen Schenkeln und fuhr mit der Zunge an meinen Schamlippen entlang und um meine Klitoris herum. Mit den Händen massierte er mir die Waden, während er seine Bemühungen fortsetzte, mich bis an den Rand des Orgasmus reizte und immer weiter, bis die Welt um mich herum sich zu neigen und zu drehen begann.

Als ich kurz davor war zu kommen, stand er auf und legte mich schnell wieder aufs Bett. Er betrachtete mich aufmerksam, während er sich streichelte. Ich konnte den Lusttropfen bereits auf seinem Schwanz glitzern sehen und wollte ihn auf mir haben. In mir. Ich wollte, dass er mich markieren und nehmen würde.

Denn ich gehörte jetzt ihm. Jetzt schon. Ganz und gar. Er brauchte mich nur noch in Besitz zu nehmen.

Als er sich über mich beugte und sich in meinen feuchten Kanal stieß, stellte ich mir vor, dass er genau das tat. Ich stellte mir vor, dass es alles war, was ich mir wünschte. Ob es wirklich so war, konnte ich nicht wissen. Als es also geschah, tat ich so, als ob ich es wissen *könnte*. Als ob ich genau wüsste, was jeder Stoß bedeutete, mit dem er sich in mich hinein rammte.

Es war wundervoll. Es war Poesie. Die Art und Weise, wie er sich bewegte und wie er mich berührte. Wie er sich um mich kümmerte. Wie er mich küsste – oh Gott, er hörte nicht auf, mich zu küssen.

Er befragte mich nicht, wie er es gewöhnlich tat. Drängte mich nicht, ihm zu sagen, wie ich mich fühlte oder welche Empfindungen er in mir erregte. Ich ließ es ihn ohnehin wissen – ohne Worte –, mit meinem Mund, mit meinem Körper, mit den Augen und durch die leisen Lustgeräusche, die mir aus der Kehle drangen. *Ja, es ist wundervoll, dich in mir zu spüren. Du passt so perfekt in mich hinein. Du lässt mich so hart kommen.*

Und das tat ich. Intensiv und ausgiebig, und ich krampfte mich um seinen Schwanz, als wollte ich ihn melken. Diesmal war er es, der mir sagte: »Oh Gott, du fühlst dich so gut an, Gwen. Drück mich noch einmal so. So ist es gut.« Seine Bewegung wurde unregelmäßig, als ich zudrückte, aber er ergriff mich an den Hüften und fand einen neuen Rhythmus. »Noch einmal, Gwen. Lass uns das nächste Mal gleichzeitig kommen.« Ich zog die Knie an und schlang ihm die Knöchel um die Taille, damit er tiefer eindringen konnte. Aus diesem Winkel traf mich sein Schwanz überall an genau den richtigen Stellen und sein Becken übte genau den richtigen Druck auf mich aus. Aber das war nicht das Einzige, das mich auf meinen nächsten Hohepunkt zu drängte. Es war auch sein Blick, der fest auf meinen gerichtet war. Wie mein Körper sich ihm in diesem Moment öffnete, so öffnete sich mir JCs Seele. Sein Blick verriet mir all seine Geheimnisse. Dinge, die ich nicht wissen sollte. Er verriet mir, dass ich nicht war, was er geplant hatte. Dass ich alles war, was er brauchte. Er sagte mir, dass dies nicht bloß Sex, sondern Liebe war.

Ich bin sicher, dass ich all seine Geständnisse erwiderte. Ich bin sicher, dass ich sogar noch mehr sagte. Und als ich wiederum kam, war es mit ihm, wobei mein Orgasmus mit seinem zusammenstieß und sich so vollkommen damit vermischte, dass ich nicht mehr sagen konnte, welche Lustschreie seine und welche meine waren. Ich konnte nicht mehr unterscheiden, ob das wild schlagende Herz in meiner Brust mein eigenes war oder das seine, das an meinem schlug. Wusste nicht, ob ich es war, die an seiner Haut schluchzte, oder er an meiner.

Aber wir waren zusammen geflogen, das wusste ich genau. Er hatte mich zuerst befreit. Und welche Fesseln ihn auch gebunden hatten, heute waren auch sie von ihm abgefallen, und wir waren zusammen in die Lüfte gestiegen, wild und frei, zwei Vögel, die zu lange in Gefangenschaft gewesen waren.

ER HIELT mich noch lange in den Armen, nachdem wir uns wieder beruhigt hatten, strich mir federleicht mit den Fingern über den Rücken und küsste mich ab und zu auf die Stirn. Unsere Beine waren ineinander verschlungen und unsere Brustkörbe hoben und senkten sich gleichzeitig. Wir pflegten nach dem Sex nie zu schmusen und wenn wir uns auch zuvor nie unbehaglich gefühlt hatten, waren wir jetzt so entspannt wie nie zuvor. Ein Teil von mir war versucht, die Situation zu analysieren, mich zu fragen, welche Bedeutung dieser Tag für unsere Zukunft hatte, und herauszufinden, ob ich mit dieser Entwicklung einverstanden war oder nicht. Ob er damit einverstanden war.

Aber darauf ließ ich mich nicht ein. Vielleicht hatten JCs Versuche, mir beizubringen, den Dingen ihren Lauf zu lassen, tatsächlich gefruchtet. Oder vielleicht wollte ich einfach nicht über die realen Chancen unserer Beziehung nachdenken. Jedenfalls ging ich einfach nur in seiner Berührung, seinem Duft und seiner Umarmung auf. Ich genoss einfach nur die Tatsache, dass ich meinen Geliebten erkunden durfte, was er mir nie zuvor erlaubt hatte.

»Was bedeutet das?«, fragte ich nach einer Weile und strich mit der Hand über die Tätowierung auf seinem Oberkörper. »Es ist Chinesisch, nicht wahr?«

»Japanisch. ›Das jetzige Zeitalter ist nur ein kurzer Moment im größeren Rahmen der Existenz.‹«

»Ähm ... was?«

Er lachte leise und ich genoss es, wie sich dabei meine Brustwarzen an ihm rieben. »Es bedeutet: *Nutze den Tag.* Es ist eine buddhistische Weisheit.«

Ich legte die Hand auf seine Brust und stützte das Kinn darauf, um ihn anzusehen. »Bist du Buddhist?« Ich hatte das

Gefühl, ich hätte es längst gemerkt, wenn er das wäre. War da nicht so etwas wie tantrischer Sex? Vielleicht war es ja das, was wir taten. Ich wusste nichts über die Religion des Fernen Ostens.

Aber er schüttelte den Kopf. »Nein. Mir gefiel bloß diese Geisteshaltung.«

Nutze den Tag war der Wahlspruch meiner Beziehung mit JC. »Es passt zu dir. Das steht fest.« Ich konnte aus dieser Stellung heraus das Bild auf seinem Bizeps nicht sehen, aber danach fragte ich als Nächstes. »Und der Kompass? Warum hast du dir den tätowieren lassen?«

Er hob den Arm und besah sich den schwarzen Kompass, als hätte er vergessen, wie er aussah. »Findest du ihn nicht gut?«

»Ich finde ihn sogar ziemlich heiß.« Mir war nie bewusst gewesen, dass ich tätowierte Männer mochte, bis ich JC beim Ausziehen zugesehen hatte, aber jetzt war mir völlig klar, dass die Tattoos mir besonders gefielen.

Oder vielleicht war es bloß JC, der mir besonders gefiel.

Er legte den Arm wieder um mich und grinste. »Mit *heiß* kann ich leben.«

Ich hegte keinerlei Zweifel daran, dass sich schon viele Frauen für die Stelle und das Wesen dieses Emblems interessiert hatten. Aber ich bezweifelte, dass er es sich aus diesem Beweggrund hatte machen lassen. Dafür hatte er Tätowierungen nicht nötig.

Ich berührte ihn spielerisch an der Brust. »Aber bedeutet er denn etwas? Warum hast du ihn dir machen lassen?«

Er stöhnte, als wollte er es mir nicht sagen. Nachdem er sich mit der Hand übers Gesicht gefahren war, antwortete er: »Ganz ehrlich? Ich weiß es nicht. Ich war betrunken.«

»Du hast dich betrunken tätowieren lassen?«

»Darum trinke ich ja nicht mehr. Sonst mache ich die verrücktesten Sachen und erinnere mich an nichts. Als ich einmal betrunken war, hatte ich Appetit auf Tacos. Als ich aufwachte, befand ich mich in einem Weinkeller in Mexico.«

Seine Augen glitzerten beim Erzählen und ich wette, dass meine genauso hell strahlten. »Du bist mit einer Kompasstätowierung aufgewacht?«

»Den Kompass habe ich bei einer anderen Gelegenheit bekommen, als ich ebenfalls betrunken war.« Es schien ihm immer noch peinlich zu sein. »Ich hatte noch nie an einen Kompass gedacht, ehe ich plötzlich einen auf meinem Arm entdeckte.«

»Wenigstens war es keine Blume oder das Wort MOM. JC ist noch in betrunkenem Zustand geschmackvoll.«

»Mir schaudert bei dem Gedanken, was ich mir hätte tätowieren lassen können. Wie gesagt, kein Alkohol mehr für mich.«

»Du trinkst gar keinen Alkohol?« Ich stellte so viele Fragen. Wahrscheinlich zu viele, aber es war so befreiend, sie endlich aussprechen zu können. Und seine Antworten ... ich nahm sie so gierig auf, als wären sie das einzige Wasser auf einer verlassenen Insel.

»Hin und wieder mal ein Glas Wein, aber nichts Stärkeres, wenn ich nicht mehrere Stunden meines Lebens verpassen und als lebendes Vorbild für den nächsten Hangover-Film enden will.«

»Hey, das sind gute Filme.« Ich fuhr mit dem Finger über die Buchstabenreihe auf seinem Unterarm. Vier Zeilen, die ein Datum buchstabierten – den siebzehnten Dezember. War er zusammengezuckt, als ich es berührte?

Oder hatte ich mir das nur eingebildet? Dies war die Tätowierung, für die ich mich am meisten interessierte. Es war die, von der ich sicher war, dass sie mir am meisten über den Mann verraten würde, in den ich mich so unerwartet verliebt hatte. »Hast du die auch bekommen, als du zu viel getrunken hattest?«

»Nein. Diese nicht.« Er streifte eine Narbe auf meinem Rücken. »Wie ist denn das passiert?«

»Was denn?« Ich blickte mir über die Schulter, aber ich wusste bereits, was er damit meinte. Ich hatte schon eine ganze Weile nicht mehr daran gedacht, und da sie sich unter meinem Schulterblatt befand, sah ich sie auch nicht ständig und wurde nicht an ihre Existenz erinnert.

»Dieser Punkt.« Er richtete sich auf, um die Stelle genauer zu betrachten. »Ist es eine Narbe?«

»Ja.« Aber ich wollte mehr über seine Tätowierung erfahren. »Was ist so wichtig am siebzehnten Dezember?« Er hatte erwähnt, dass er im Juli Geburtstag hatte, das war es also nicht. Was für ein Datum würde sich ein Mann auf die Haut gravieren lassen? Einen Geburtstag. Einen Jahrestag. Das Datum des Tages, an dem er sich verliebt hatte. Wie ich mir so leicht das Datum des heutigen Tages tätowieren lassen könnte. In meinem Herzen würde es für immer eingraviert bleiben.

Ich konnte mich des Gedankens nicht erwehren, dass es mit einer Frau zu tun hatte.

Aber das lag vielleicht nur daran, dass ich eine Frau und meine Fantasie begrenzt war. Oder ich suchte nach einem Grund, eifersüchtig zu sein.

JC ignorierte meine Frage vollkommen, was mich in der Überzeugung bestätigte, dass es mit einer Frau zu tun hatte, und wiederholte stattdessen seine eigene Frage. »Wie hast du diese Narbe bekommen?«

Ich fragte mich, ob wir ein Pokerspiel spielten. Wer musste zuerst mit der Geschichte herausrücken, die man nicht erzählen wollte? Allerdings hatte er mir bereits zwei peinliche Dinge anvertraut. Jetzt war wohl ich an der Reihe. Quid pro quo, oder so ähnlich. Ich biss mir auf die Lippe, dann sagte ich: »Ich habe eine Dummheit gemacht.«

»Was denn für eine Dummheit?«

»Meinen Dad zornig gemacht.« Ich hatte einen Bikini getragen, um mich im Garten zu sonnen. Ich hatte genau gewusst, dass er etwas dagegen haben würde, aber ich hatte es trotzdem getan und gehofft, dass er mich dabei nicht erwischen würde. Aber er hatte mich erwischt. Ich war damals zwölf und er hatte mir vorgeworfen, ich wäre wie eine Prostituierte angezogen. Er hatte eine lose Zaunlatte genommen, ohne zu merken, dass ein Nagel darin steckte. Vielleicht war es ihm auch egal gewesen. Als er mich damit auf den Rücken schlug, drang der Nagel in meine bloße Haut ein und riss eine tiefe Wunde. Sie hätte eigentlich genäht werden müssen und daher kam auch die hässliche Narbe. Ich hatte noch Glück gehabt, keinen Wundstarrkrampf zu bekommen, denn er brachte mich nicht zum Arzt, um mich untersuchen zu lassen.

Ich erzählte niemandem davon. Ich mochte die mitleidigen Blicke nicht, mit denen die Leute mich ansahen, wenn sie hörten, dass mein Vater seine Kinder schlug. Noch schlimmer war, wenn sie gar nicht mehr ertragen konnten, mir ins Gesicht zu sehen. Es war erstaunlich, wie viele Leute der Tragödie anderer hilflos gegenüberstehen. Als wäre es eine ansteckende Krankheit oder so.

Ich war nicht sicher, ob ich wollte, dass JC davon erfuhr. Aber er hatte danach gefragt und ich fand es wichtiger, ihm gegenüber ehrlich zu sein, als die hässlichen Dinge in meinem Leben vor ihm zu verbergen. Ich wollte ihm zeigen, dass er auch mir gegenüber ehrlich sein konnte.

»Das hat dein Dad getan?«

Ich hob den Kopf, um ihn anzusehen. »Ja.« Ich machte mich auf eine ausführlichere Erklärung gefasst.

Aber JC überraschte mich. Er legte mir zwei Finger unters Kinn, neigte den Kopf in meine Richtung und küsste mich. Es war ein Kuss, der mehr besagte, als Worte ausdrücken konnten. Er sagte: *Es tut mir leid, dass dir das zugestoßen ist*, aber nicht auf herablassende Weise. Er sagte: *Lass mich dich trösten*, und genau das tat er bereits.

Es war die beste Mischung aus Mitleid und Verständnis, die mir aufgrund meiner früheren Misshandlungen je zuteilgeworden war.

Ich war so dankbar und gerührt, dass ich es ihm direkt beweisen wollte. Ich ließ die Zunge tief in seinen Mund gleiten und legte mich auf ihn. Seine sanften Liebkosungen wurden rauer und dringlicher, als er an meinen Lippen saugte und sanft hineinbiss. Sein Schwanz versteifte sich unter meinem Bauch, und, ohne den Kuss zu unterbrechen, zog ich die Knie hoch, um rittlings auf ihm zu sitzen. Da ich immer noch feucht war, ließ ich ihn mit Leichtigkeit in mich hineingleiten.

Ich löste mich von seinen Lippen und setzte mich auf, um ihn zu reiten, die Handflächen flach auf seinen Brustkorb gestützt. An diese Stellung war ich nicht gewöhnt und ich brauchte einige Minuten, um irgendeine Art von Rhythmus zu finden. JC hatte recht mit seiner Annahme gehabt, dass ich im Bett lieber passiv war. Aber vielleicht brauchte er manchmal mehr Initiative von mir. Und selbst wenn er das nicht brauchte, wollte ich ihm beweisen, dass ich vielseitig sein konnte. Für ihn. Dass ich auch geben konnte, anstatt immer nur zu nehmen.

Es war etwas ganz anderes, die Führung zu übernehmen. Ich musste mehrmals die Position ändern, ehe ich meinen bevorzugten Winkel fand, während JC ihn gewöhnlich sofort zu finden pflegte. Da ich nun oben war, konnte er mich an Stellen berühren, die er normalerweise nicht erreichen konnte. Sobald sein Daumen auf meiner Klitoris landete, spürte ich, wie sich in meinem Inneren langsam und warm Druck bildete. Er breitete sich über mir und durch meinen ganzen Körper aus und steigerte sich immer mehr, bis mir war, als könnte ich fliegen.

Plötzlich setzte er sich auf und vergrub das Gesicht zwischen meinen Brüsten. »Oh, Gwen ...«

Ich bewegte mich langsamer, als er begann, mich um eine meiner Brustwarzen herum zu küssen. Dann sah er mir in die Augen und sagte: »Manchmal weiß ich nicht, ob du zur günstigsten oder zur ungünstigsten Zeit zu mir gekommen bist.«

Er schob meine Knie höher hinauf und zwang mich, mein Gewicht weiter nach hinten zu verlagern, mit größerem Druck auf seinen Schwanz. Er ergriff mich an den Hüften, übernahm die Führung und stieß genau am richtigen Punkt an meine Klitoris, während er mich an sich auf und ab bewegte. »In diesem Moment bin ich froh, dass du überhaupt gekommen bist.«

Diese Worte waren alles, was ich brauchte, um mich zum Höhepunkt zu bringen. Er überraschte und überwältigte mich, als hätte es keine Vorzeichen dafür gegeben, obwohl sie da gewesen waren. Genau wie es mich überrumpelt hatte, mich in JC zu verlieben. Alle Vorzeichen waren deutlich sichtbar gewesen, aber ich hatte mich geweigert, sie zur Kenntnis zu nehmen.

Und was konnte ich jetzt noch daran ändern? Gar nichts, außer mich von dieser Welle auf dieselbe Weise tragen zu lassen, wie ich mich jetzt dem Gipfel meines Orgasmus überließ. Er zerschmetterte mich. Er machte mich zum Wrack und ließ mich untergehen. Doch zum Schluss, als ich mich an JCs Schultern festklammerte und spürte, wie er meinen Widerstand zunichtemachte, fühlte ich mich wieder geheilt. Ich war beruhigt und wieder zusammengesetzt. Ich war wie neu erschaffen. Ich war wieder ganz.

DANACH SCHLIEFEN WIR EIN.

Ineinander verschlungen verdösten wir den ganzen Nachmittag.

Als ich aufwachte, war es dämmrig im Zimmer und JC war nicht mehr neben mir im Bett. Ich setzte mich erschrocken auf, fühlte mich aber schon besser, als ich ihn im Sessel entdeckte, wo er vollkommen angezogen saß und mich betrachtete. Er saß dort mit ausgestreckten Beinen und gekreuzten Knöcheln, wie er es getan hatte, als ich ihn zum ersten Mal getroffen hatte. Doch sein Rücken war gerade und seine Schultern angespannt.

Ehe wir irgendetwas sagten, wusste ich schon, dass etwas sich geändert hatte.

»Wie spät ist es?«, fragte ich und hoffte, dass mein verschlafener Zustand mir etwas vorgaukelte.

Sein Lächeln war aufrichtig, aber schwach. »Beinahe acht«, erwiderte er. »Ich wollte dich gerade wecken.«

»Ja. Ich muss nach Hause und mich zur Arbeit fertig machen.« Ich würde es gerade noch rechtzeitig schaffen, wenn ich keine Schwierigkeiten hätte, ein Taxi zu finden. *Konzentriere dich darauf*, sagte ich mir. Ich hatte schließlich Pflichten. Ich hatte keine Zeit zu analysieren, was hier los war.

»Ich habe dir schon ein Taxi gerufen.« Wie er immer meine Gedanken lesen konnte, war mir ein Rätsel.

Es kam mir in den Sinn, dass er entweder das Taxi gerufen hatte, ohne mich vorher aufzuwecken, weil er mich so lange wie möglich hatte schlafen lassen wollen oder weil er so wenig Zeit wie möglich mit mir verbringen wollte. Ich hoffte, dass Ersteres der Fall war. Aber die unbehagliche Distanz zwischen uns ließ mich befürchten, dass es sich um Letzteres handelte.

»All deine Sachen sind hier.« Er deutete auf das Fußende des Bettes, wo er meine Kleider hingelegt hatte. Sollte es eine Art Hinweis oder böses Omen sein, dass er all meine Sachen eingesammelt hatte? »Zieh dich erst einmal in Ruhe an.« Er stand auf, verließ das Zimmer und schloss hinter sich die Tür.

Ich zog mich schnell an, denn ich wusste, dass ich Zeit zum Nachdenken haben würde, wenn ich es langsamer tat, und ich hatte Angst, ich würde dann emotional reagieren und voreilige Schlüsse ziehen. Nur weil er sich jetzt distanziert verhielt, bedeutete das nicht, dass ich mir eingebildet hatte, was zuvor geschehen war. Und es hieß auch nicht, dass er es bereute. Vielleicht wusste er einfach nur, dass ich gehen musste. Er wusste, dass er mich ablenken würde, wenn er mich nicht allein ließe.

Dennoch schien es eine so krasse Geste zu sein, die Tür zu schließen. Sogar ein wenig flegelhaft. Um mich von ihm zu trennen. Um sich zu verschließen. Sich abzukapseln. Es tat weh und meine Augen verschleierten sich mit Tränen.

Sag autsch.

Ich blinzelte sie fort.

Als ich aus dem Schlafzimmer kam, stand JC im Wohnzimmer an die Rückseite des Sofas gelehnt. Scheinbar wartete er auf mich. Wartete wohl darauf, dass ich gehen würde. Ich entdeckte seinen Koffer an der Tür. »Fliegst du heute Abend noch nach L.A.?«

Er nickte kurz. »Mein Wagen wird bald hier sein. Ich muss gleich nach dir weg.«

»Dann können wir ja zusammen im Aufzug nach unten fahren.«

»Ich nehme den nächsten.«

Seine Koffer waren also gepackt und sein Wagen war unterwegs, und dennoch wollte er nicht mit mir im Aufzug hinunter zur Empfangshalle fahren. Hatte ich etwas so Schlimmes getan, dass er nicht einmal ein paar Minuten mehr mit mir verbringen konnte? Wenn er etwas ohne mich tun musste, brauchte er mir das nur zu sagen. Aber diese offenkundige Kälte war brutal.

Wenigstens begleitete er mich zur Tür. Ich zögerte, die Finger um den Türknauf gekrampft, und sah ihm suchend ins Gesicht. Wie gern hätte ich darin den Mann gesehen, mit dem ich den Tag verbracht hatte. Als ich ihm fest in die Augen blickte, glaubte ich, dass ich ihn vielleicht doch sah.

Vielleicht.

Er seufzte. Und als er es tat, wirkte er nachgiebiger. Und da war ich sicher, dass ich einen flüchtigen Moment lang den

Mann wiederfand, den ich den ganzen Nachmittag geliebt hatte. Er steckte die Hände in die Taschen und lehnte sich an den Schrank. »Wir haben heute eine Menge Regeln gebrochen, Gwen.«

Es fiel mir ein, dass er sich vielleicht nicht sicher war, ob ich mit der veränderten Situation einverstanden war. »Regeln sind dazu da, um gebrochen zu werden.« Ich zwinkerte ihm zu und versuchte, die unbeschwerte Rolle zu übernehmen, die gewöhnlich er spielte.

Er lächelte schwach. »Einige ja.«

Mir wurde das Herz schwer und es gelang mir nicht, meine Enttäuschung zu verbergen.

Schnell legte er mir die Hände ums Gesicht. »Nicht doch, Gwen. Wir reden nächstes Mal darüber, okay?«

Ich schmiegte mich an ihn und all meine Zweifel verflogen, als er mit den Lippen über meine strich. Wir küssten uns sonst nie zum Abschied. Das war ein gutes Zeichen. Alles war in Ordnung.

Er war wohl bloß überwältigt. Genau wie ich es war. Wir hatten jetzt keine Zeit zu überlegen, wie unsere Beziehung sich entwickeln würde. Was hatte ich denn erwartet? Dass er mir zu Füßen fallen und mir innerhalb der fünfzehn Minuten, die uns noch blieben, seine Liebe gestehen würde, ehe ich gehen musste? Ich würde das jedenfalls bestimmt nicht tun.

Also.

Wie er gesagt hatte, wir würden nächstes Mal darüber reden. Im Moment versuchte er noch, das Konzept von uns als ein Paar zu verarbeiten. Herauszufinden, ob in unseren so sorgfältig auf Ungebundenheit aufgebauten Welten überhaupt Raum für Liebe war. Ob wir uns zum richtigen oder zum falschen Zeitpunkt kennengelernt hatten.

Schließlich ging es mir ja genauso.

Zum richtigen oder zum falschen Zeitpunkt. Für mich würde es immer der falsche sein. Aber war das überhaupt wichtig? Irgendwie schien das sogar sehr wichtig zu sein. Für JC jedenfalls. Dass es nicht zum richtigen Zeitpunkt geschehen war. Nicht zum idealen Zeitpunkt.

So optimistisch ich mich also gab, als ich allein das Hotelzimmer verließ, fragte ich mich doch unwillkürlich, ob dies das letzte Mal gewesen sein könnte.

ZWÖLF

KAPITEL ZWÖLF

VERLIEBT zu sein hat eine interessante Wirkung – es erhellt eine sonst so trübe Welt und lässt alles in einem angenehmen Rosaton erscheinen. Das war sicher der Grund dafür, dass ich bezüglich JC und mir ein viel optimistischeres Gefühl hatte, als ich am nächsten Tag aufwachte. Denn ich war bis über beide Ohren verliebt. Dessen war ich mir so sicher, wie ich es gewesen war, dass dies nicht war, was ich gewollt hatte. Und ob es nun willkommen war oder nicht, ob es irgendetwas zwischen uns änderte oder nicht, ob er dasselbe für mich empfand oder nicht, ich war mir ziemlich sicher, dass dies ein dauerhaftes Gefühl war.

Zum Glück war im Klub viel Betrieb gewesen. Diesem Umstand war es zu verdanken, dass ich während meiner Schicht gefühlsmäßig und geistig voll in Anspruch genommen war. Als ich am Morgen nach Hause gekommen war, hatte ich für Norma das Geburtstagsfrühstück zubereitet, was trotz meines leicht abgelenkten Zustandes ein voller

Erfolg geworden war. Wir hatten verabredet, uns um sieben in ihrem Büro zu treffen, damit ich sie zum Essen einladen und ihr den Geschenkgutschein von La Perla überreichen konnte, ehe ich um zehn Uhr wieder bei der Arbeit sein musste. Dann war sie aufgebrochen. Als ich das Frühstücksgeschirr abgeräumt und gespült hatte, war ich vollkommen erschöpft. Ich fiel ins Bett und schlief trotz meiner JC-Besessenheit sofort ein.

Da ich ja viel eher als sonst eingeschlafen war, wachte ich auch viel früher wieder auf. Nachdem ich acht Stunden fest geschlafen hatte, war ich kurz nach vier Uhr nachmittags hellwach und eigentlich ganz gut gelaunt. Sogar sehr gut gelaunt, selbst bevor ich Kaffee getrunken hatte. Ich kam mir wie Aschenputtel nach dem Ball vor – voller Hoffnung, anstatt Trübsal zu blasen, was sie angesichts ihrer unmöglichen Situation so leicht hätte tun können.

So war das doch in der Geschichte von Aschenputtel, oder nicht? Ich hatte den Bezug zu Märchen völlig verloren.

Die SMS von Eric, die ich auf meinem Handy entdeckte, machte den Tag sogar noch besser: *Ben kann dich um drei Uhr unserer Zeit anrufen, um Norma zum Geburtstag zu gratulieren. Geht das?*

Drei Uhr nach seiner Zeit war sechs Uhr bei uns. Gott sei Dank war mein Tagesplan aus dem Rhythmus geraten, sonst hätte ich das Ganze noch verschlafen. Ich antwortete mit Ja und kam mir jetzt nicht bloß wie Aschenputtel, sondern auch noch wie eine gute Fee vor. Ich würde jemandem einen Wunsch erfüllen. Ich hätte beinahe vor Freude laut gesungen, als ich mich fertig machte, meine Schwester mit dem Geschenk zu überraschen, von dem ich wusste, dass sie es sich am meisten wünschte.

Ich war schon fast aus dem Haus, als mir einfiel, dass Norma vielleicht noch Besprechungen hatte. Ich hatte nur etwas früher da sein und sie mit Bens Anruf überraschen wollen, aber manchmal war sie bis zur letzten Minute beschäftigt – sogar freitags. Ich sah auf die Uhr. Es war fünf. Vielleicht konnte ich ihren Assistenten noch erwischen, ehe er Feierabend machte.

Ich quietschte praktisch vor Aufregung, als er ans Telefon kam. »Boyd! Sie sind noch da. Hier spricht Gwen.«

»Guten Abend, Gwen. Ich habe schon eine Weile nicht mehr mit Ihnen gesprochen. Schön, von Ihnen zu hören.«

Boyd war jünger als ich – fünfundzwanzig, wenn ich mich recht erinnerte. Ich war ein wenig verblüfft gewesen, als Norma ihn vor über einem Jahr eingestellt hatte. Sicher, sein Lebenslauf war angemessen gewesen, aber er kam gerade frisch von der Universität und war noch jung. Sehr jung.

Und Boyd sah gut aus.

Nicht auf die auffallende, selbstbewusste Weise wie JC. Er war auch kein versonnener und stilvoller Typ wie Hudson Pierce, ihr Chef.

Nein, Boyd war auf ganz andere Weise gut aussehend. Er war der jungenhafte Strebertyp. Er hatte ziemlich langes Haar und trug eine dunkel umrandete Brille, die seine großen, schokoladenbraunen Augen kaum verbarg. Er war nett. Richtig süß. Ein rundherum anständiger Kerl. Ganz ehrlich, wenn ich nichts gegen Beziehungen hätte, wäre ich versucht gewesen, nach seiner Telefonnummer zu fragen. Obwohl das vielleicht nicht angebracht gewesen wäre, da meine Schwester schließlich seine Vorgesetzte war.

Außerdem fand ich ihn gar nicht besonders anziehend.

Er mochte zwar der Typ sein, zu dem ich mich hingezogen fühlen *sollte*, es in Wirklichkeit aber niemals war.

Dazu kam, dass ich den Verdacht hatte, er könnte schwul sein. Kein Mann hatte solch makellos manikürte Fingernägel, wenn er nicht reich oder homosexuell war.

Und ich war sowieso prinzipiell nicht für Beziehungen. Und damit hatte es sich.

Aber jetzt, da ich vor Liebesgefühlen überfloss, war der Gedanke an eine Beziehung gar nicht mehr so schrecklich. Ganz im Gegenteil, mit jemandem auszugehen erschien mir jetzt eine ganz wundervolle Idee zu sein – solange ich mit JC ausgehen konnte. Seit wir unsere Vereinbarung getroffen hatten, wünschte ich mir zum ersten Mal, dass wir uns nicht nur ein Mal in der Woche treffen könnten. Ich wünschte, er wäre nicht so weit weg. Wünschte mir, er könnte zu Normas Geburtstagsessen mitkommen. Wünschte mir, er könnte bei allem, was ich tat, dabei sein.

Boyds fragender Ton brachte mich zu unserer gegenwärtigen Unterhaltung zurück, die mir gänzlich entfallen war. »Wie bitte?«, fragte ich und zwang mich, mich wieder zu konzentrieren.

»Norma führt gerade ein Gespräch auf der anderen Leitung. Soll ich ihr eine Nachricht hinterlassen?«

»Nein, das ist nicht nötig. Ich wollte mit Ihnen sprechen. Wir sind um sieben zum Essen verabredet. Hat sie direkt davor noch irgendwelche Termine?« Ich wartete mit angehaltenem Atem auf seine Antwort.

»Nein. Sie hat für heute alles erledigt. Soll ich etwas vereinbaren?«

Ich wollte nicht, dass Norma etwas von der Überraschung ahnte, darum antwortete ich: »Nein. Ich möchte bloß verhindern, dass sie sich beeilen muss, um rechtzeitig zu unserer Reservierung zu kommen.«

»Ich verstehe.« Nachdem ich mich bei ihm bedankt hatte, fügte er hinzu: »Es war nett, mal wieder von Ihnen zu hören, Gwen. Ich hoffe, es wird bis zum nächsten Mal nicht wieder so viel Zeit vergehen.«

Hm. Flirtete Boyd etwa mit mir? Oder versuchte er bloß, sich als Assistent entgegenkommend zu zeigen? Er war Normas rechte Hand geworden, er hielt es also sicher für einen Teil seiner Pflichten, nett zu ihrer Schwester zu sein.

Ja, das musste es wohl sein.

Ich kam später als erwartet bei Pierce Industries an. Der Verkehr war ein Albtraum gewesen und ich verfluchte meine Naivität, die mich zu der Annahme verleitet hatte, ich könnte mit einem Taxi zu dieser Tageszeit innerhalb einer vernünftigen Zeit dort hingelangen. Auf der anderen Seite konnte man mit der U-Bahn von unserer Wohnung aus nicht direkt zu Normas Büro fahren, ich war also so oder so zum Scheitern verurteilt. Ich sah gerade auf die Uhr, als ich auf Normas Etage aus dem Aufzug stieg – es war Viertel vor sechs –, als ich plötzlich Hudson Pierce erblickte und ihn beinahe über den Haufen rannte. Wir waren einander nie vorgestellt worden, aber ich wusste sofort, wen ich vor mir hatte. Er war ganz sicher gut aussehend und ich konnte gut verstehen, wieso meine Schwester sich in ihn verliebt hatte.

Doch seine Augen – sie wirkten so leer. Als würde ihnen etwas fehlen. Als würde *ihm* etwas fehlen. Etwas Wesentliches. Und diese Tatsache ließ ihn trotz seines höflichen Lächelns auf unheimliche Weise kalt erscheinen, als ich mich entschuldigte und auf den Weg zum Büro meiner Schwester machte. Diese Leere, die ich in Hudsons Augen gesehen hatte, kam mir merkwürdig bekannt vor. Nicht dass ich je in meinen Augen gesehen hatte, dass etwas fehlte, aber ich spürte es in meinem Inneren. Als hätte ich ein gähnendes Loch in der Brust, das auf etwas wartete. War das auch, was JC sah, wenn er mich anblickte? Dasselbe leere Starren, das ich bei Hudson bemerkt hatte? Und wie konnte ich erwarten, dass er je irgendeine Art von Beziehung zu mir finden konnte, wenn das so war?

Allerdings gelang es ihm trotzdem. Da war ich mir sicher. Daran bestand kein Zweifel. Ich hatte die Elektrizität zwischen uns gespürt, lebendig und wild. Und wenn wir diese Verbindung hatten, fühlte ich dieses Loch nicht mehr. Ich fühlte mich nicht leer. Mir war nicht zumute, als könnte niemand mich je lieben. Ich fühlte mich ... geliebt.

Der Gedanke ließ mich innehalten. Es war ja schön und gut zuzugeben, dass ich verliebt war, aber es ging zu weit, wenn ich mir einbildete, JC würde mein Gefühl erwidern. Wenn ich nicht sofort damit aufhörte, würde ich am Ende nur verletzt werden.

Ich schüttelte den Gedanken ab und ging weiter den Flur entlang.

Boyds Schreibtisch war verlassen, als ich dort ankam. Es war Feierabend und der ganze Gebäudekomplex glich einer Geisterstadt, mir fiel also nichts Ungewöhnliches daran auf. Aber Normas Tür war ebenfalls geschlossen, und das fand ich doch ein wenig merkwürdig. Einen Moment lang befürchtete ich, dass sie doch noch arbeiten musste, aber dann hörte ich aus dem Inneren die Klänge von Musik. Orchestermusik. Sie hatte von uns Kindern die meiste Zeit mit Mom verbracht und ihren Musikgeschmack übernommen. Dieses Stück war besonders laut und dynamisch.

Carmina Burana vielleicht. Außer der Musik von Philip Glass kannte ich mich mit klassischer Musik kaum aus. Was auch immer es war, sie hörte mein Klopfen nicht.

Ich drückte die Klinke herunter. Die Tür war nicht abgeschlossen. »Hey, ich –«

Es verschlug mir die Sprache, als ich sie erblickte. Sie stand über ihren Schreibtisch gebeugt und trug nichts weiter als einen Strumpfgürtel, Schenkelstrümpfe und Schuhe mit hohen Absätzen, ihr Hintern entblößt. Und rot. Mit roten Handabdrücken übersaht.

Boyd stand nur mit seiner Hose bekleidet hinter ihr und versohlte ihr den Hintern. Und nicht gerade sanft, sondern ungehemmt mit klatschenden Schlägen. Sie hörten sich an, als müssten sie wehtun, aber nach ihrem lustvollen Stöhnen zu urteilen, das auf jeden Schlag seiner Hand folgte, und der Art, wie Norma die Schenkel aneinanderrieb, musste ich annehmen, dass sie es genoss.

Boyd ebenfalls. Daran bestand kein Zweifel. Und die augenscheinliche Beule an seiner Hose bezeugte zwei Tatsachen – Boyd war gut bestückt und er war auf keinen Fall schwul.

»Oh Gott«, keuchte ich und bereute es auf der Stelle. Denn bis dahin hatten sie mich nicht bemerkt. Ich hätte mich hinausschleichen können und sie hätten nie erfahren, dass ich da gewesen war.

Jetzt wussten sie es.

Beide wandten ihre Gesichter mir zu. »Gwen!«, rief Norma aus und ihr Gesicht lief so rot an wie ihr Hinterteil.

Ich konnte nicht fort blicken. Das lag zum Teil daran, dass ich dies erst einmal verarbeiten musste. Es war das erste Mal, dass ich meine Schwester bei irgendeiner sexuellen

Aktivität überrascht hatte, was an sich schon schockierend war, und dann auch noch erkennen zu müssen, dass sie ungewöhnliche sexuelle Vorlieben hatte!

Ich brauchte einen Moment, um mich zu sammeln.

Sie waren offenbar so verblüfft wie ich, denn keiner von beiden rührte sich. Schließlich kam ich zur Vernunft. »Ähm, es tut mir leid. Es tut mir ja so leid.« Ich schloss die Augen, als könnte mir das jetzt helfen. Als könnte ich ungesehen machen, was ich gesehen hatte.

»Ich werde bloß ... nehmt euch Zeit. Ich bin dann draußen. Im Warteraum. Keine Eile.«

Ich schlurfte mit bedecktem Gesicht so schnell wie möglich aus dem Zimmer und als ich hinter mir die Tür geschlossen hatte, musste ich mich gegen die Wand lehnen.

Was. Zum. Teufel.

Jetzt wurde mir alles klar. Warum Norma sich Dessous kaufte. Warum sie neuerdings so spät nach Hause kam. Warum sie nicht mehr pausenlos über Hudson Pierce redete. Warum sie plötzlich so viel für Liebe und Beziehungen übrighatte.

Warum sie mir so glücklich vorkam, wie sie es seit Langem nicht gewesen war.

Aber es stellten sich mindestens ebenso viele Fragen. Zum Beispiel, wie lange ging das schon so? Warum hatte sie mir nichts davon erzählt? War es bloß Sex? Oder, wie ich stark vermutete, ging es um mehr?

Das würde ich alles erst erfahren, wenn ich mit ihr redete – und ich plante bereits ein strenges Verhör –, aber bis dahin kamen mir nur die Worte *Gütiger Himmel* in den Sinn.

Ich stolperte benommen zu einem Sessel im Warteraum und sagte es bloß immer vor mich hin. *Gütiger*

Himmel. Gütiger Himmel. Gütiger Himmel. Gütiger Himmel.

Mein Handy klingelte und riss mich aus meiner Benommenheit. Plötzlich fiel mir wieder ein, warum ich eigentlich ins Büro gekommen war, und ich richtete mich auf, um auf die Sprechtaste zu drücken. »Ben?«

»Hey, große Schwester.«

»Du wirst nicht glauben, was mir gerade passiert ist.« Die Worte kamen unwillkürlich aus mir herausgesprudelt, aber ich wollte sie nicht zurücknehmen. Denn Ben war der einzige Mensch, der verstehen konnte, wie schockierend diese Erfahrung für mich war. Er war der einzige Mensch, mit dem ich sie unbedingt teilen wollte. »Ich habe gerade Norma beim Bumsen mit ihrem Assistenten erwischt.«

»Gütiger Himmel.« Er keuchte genauso entsetzt, wie ich geklungen hatte.

Wie die Schwester, so der Bruder, dachte ich. »Genau das habe ich auch gesagt.«

»Wo hat sie denn ihren Assistenten gebumst? In ihrem Schlafzimmer? Auf dem Sofa? Auf dem Küchentisch?«

Oh, verdammt, ich hatte eines der wichtigsten Details ausgelassen. »Nein, in ihrem Büro! Auf. Ihrem. Schreibtisch.« Ich betonte jedes Wort und konnte es selbst kaum fassen. »Und er ist noch jung, Ben. Er ist in deinem Alter!«

»Oh Gott. Ist er süß?«

»Das ist er allerdings. Ich glaube, er würde dir gefallen.« Wir unterhielten uns ganz ungezwungen. Ich hatte befürchtet, dass wir etwas gehemmt reagieren würden. Und das wäre auch sicher so gewesen, wenn wir kein so saftiges Thema zum Klatschen gehabt hätten. »Ben, es war ein wenig pervers!«

»Erzähl mal. Jedes Detail.«

Ich zögerte ein paar Sekunden, nicht sicher, ob es grausamer war, ihm das über Norma zu berichten oder es ihm vorzuenthalten. »Willst du es wirklich hören? Schließlich reden wir von deiner Schwester, vergiss das nicht.«

»Und ich werde es für immer gegen sie verwenden können. Erzähl. Es. Mir.«

Ich genoss es so sehr, seine Stimme zu hören. Er klang so enthusiastisch. Das genaue Gegenteil von der düsteren Stimmung, die ich mir bei ihm während der letzten Monate vorgestellt hatte. Er hörte sich hoffnungsvoll und lebhaft an, und das veranlasste mich, weiter über den Eindruck zu sprechen, den ich verdrängen wollte. Eigentlich war es eine ziemlich heiße Szene gewesen – das Spanking, die Schenkelstrümpfe, die Dominanz. Ja. Total heiß. Das heißt, ehe mir zu Bewusstsein kam, was ich da sah. Beziehungsweise, wen ich dabei beobachtete.

»Mein Gott, das ist ja wahnsinnig komisch. Und er hat sie geschlagen? Mit der Hand oder mit einem Gürtel? Ich will mir das genau vorstellen können.«

»Mit der Hand, du Perverser.« Aber ich musste lachen. So war das immer mit Ben gewesen – er konnte mich zum Lachen bringen. Darum konnte ich ja auch nicht verstehen, warum er innerlich so litt. Er wirkte fröhlich und sorglos. Wie konnte er gleichzeitig unter solchen Schmerzen leiden?

»Hat er sie geschlagen, als wollte er sie bestrafen?«

»Ja, aber sie hat es genossen. Das kannst du mir glauben.« Ich konnte immer noch ihr lustvolles Stöhnen hören. Es hatte so spontan und ursprünglich geklungen. Ich musste zugeben, dass ich ein wenig neidisch war.

»Vielleicht war das ihr Geburtstagsspanking. Fünfunddreißig Schläge. Und einen als Zugabe. Obwohl ich wette, dass ihn das selbst zu einer Zugabe befähigte.«

Ich lachte wieder, obwohl ich diesmal dabei stöhnen musste. Ich unterbrach mich schnell, als ich hörte, wie sich die Tür zum Büro quietschend öffnete. »Warte mal, Ben. Ich glaube, sie kommen gerade raus.«

Ich ließ den Hörer sinken, legte ihn aber wieder ans Ohr, als ich Ben weiterreden hörte. »Bitte, bitte, bitte stell auf Lautsprecher«, bettelte er. »Ich möchte jedes Wort hören.«

Ich drückte auf die Lautsprechertaste und legte mir das Handy in den Schoß, während Norma auf mich zukam. Boyd blieb in der Tür stehen und sah zu Boden, aber meine Schwester hielt den Kopf hoch. Ich vermutete, dass ihre Wangen noch von ihrer jüngsten Aktivität so gerötet waren.

»Also.« Wenigstens war sie genauso sprachlos, wie ich es gewesen war.

»Also. Wird Boyd uns beim Essen Gesellschaft leisten?« Es war mir etwas peinlich, mich nicht direkt an ihn zu wenden, da er ja nicht gerade weit weg war, aber ich konnte ihn noch nicht ansehen, geschweige denn mit ihm reden.

Sie warf einen Blick auf ihn, ehe sie antwortete: »Das hatte er eigentlich nicht vor.«

Ich war nicht sicher, ob ich darüber enttäuscht sein sollte oder nicht. Einerseits sollte das zwar mein privates Geburtstagsessen mit meiner Schwester sein, andererseits war ja jede unserer gemeinsamen Mahlzeiten privat, und ich wollte mehr über ihre geheime Beziehung erfahren. »Ich finde, er hat sich nach all dem wenigstens ein kostenloses Essen verdient.«

»Gwen! Sei nicht so ein Biest«, erklang Bens Stimme von meinem Schoß.

Norma erkannte sie sofort. »Was war das?«

Ich hielt ihr strahlend mein Handy entgegen. »Herzlichen Glückwunsch zum Geburtstag.«

Norma nahm es mir aus der Hand und hob es sich ans Ohr, obwohl es noch auf Lautsprecher eingestellt war. »Ben?«

Ich hörte ihn sagen: »Herzlichen Glückwunsch, Schwesterherz«, ehe sie die Taste fand, um den Lautsprecher abzustellen. Danach hörte ich seinen Teil der Unterhaltung nicht mehr, aber das war auch gar nicht nötig. Normas Gesicht drückte alles aus. Sie strahlte vor Freude, ihre Wangen glühten und ich war sicher, dass das nicht nur auf ihre Sexkapade zurückzuführen war.

Boyd versuchte, sich hinter uns leise aus dem Büro davonzumachen, aber er blieb stehen, als er die Tränen bemerkte, die Norma übers Gesicht strömten.

»Es ist Ben«, sagte sie und bedeckte dabei das Mundstück.

Sein Lächeln wirkte aufrichtig. Sie brauchte ihm nicht zu erklären, wer Ben war, und da wusste ich ganz sicher, dass ihre Beziehung mit Boyd über bloßen Sex hinausging.

Ich wandte mich ihm zu und zwang mich, ihn anzusehen. »Boyd, kommen Sie doch mit zum Essen.«

Er lächelte wieder und ich bemerkte ein Grübchen, das ich bisher noch nie gesehen hatte. »Ich glaube, Norma würde im Moment lieber allein mit Ihnen sein.«

Ich interpretierte das so, dass sie vorhatte, umfangreiche Erklärungen abzugeben. Das war mir durchaus recht. Aber ich wollte doch gern den Mann kennenlernen, der meiner Schwester etwas bedeutete. »Dann eben ein andermal?«

Er zögerte und warf einen verstohlenen Blick auf Norma,

die lachte und so fröhlich war, wie ich sie noch nie gesehen hatte. »Sicher«, erwiderte er. »Wenn sie das möchte.« Sie sahen sich an, ehe er ging, und die Funken, die zwischen ihnen sprühten, warfen mich beinahe um. Wäre ich nicht bereits davon überzeugt gewesen, dann war ich es nun – Boyd war genau das, was sie wollte.

———

DER EMPFANGSCHEF WAR NOCH NICHT VÖLLIG außer Hörweite, als es aus mir herausplatzte: »Also los. Spuck es aus.«

Es war erstaunlich, dass ich es so lange ausgehalten hatte. Nachdem Normas Gespräch mit Ben zu Ende gewesen war, hatte ich noch einmal mit ihm gesprochen, und zum Abschluss hatten wir uns alle drei noch einmal über den Lautsprecher unterhalten. Als wir dann aufhängten, hatte ich gedacht, wir müssten zunächst einmal über unseren Bruder reden. Das hatten wir unterwegs getan, als wir die zwei Häuserblocks weiter zum Restaurant gingen, noch einmal alles wiederholten, was wir gesagt hatten und was er gesagt hatte, und uns gegenseitig bestätigten, wie positiv er geklungen hatte. So viel besser. So viel stärker.

»Er wird nächste Woche entlassen«, hatte Norma gesagt. »Und er zieht mit Eric zusammen. Es ist wirklich das Beste für ihn gewesen, einen Freund zu haben. Ich glaube, jetzt ist alles wieder in Ordnung.«

Es schien ein wenig banal, zu sagen, dass wir alle bloß einen Partner brauchten, um uns von der Vergangenheit zu heilen. Aber es möchte auch etwas dran sein. Vielleicht machte Liebe wirklich alles besser. Oder sah ich das durch meine rosa Brille? Wenn es daran lag, schien Norma eine zu tragen, die mindestens ebenso stark getönt war wie meine eigene.

Nun legte sie sich die Serviette auf den Schoß und breitete sie sorgfältig aus. »Was meinst du damit?« Doch sie lächelte mir dabei schelmisch zu.

»Spiel nicht Katz und Maus mit mir. Ich will alles hören, Norma. Das ist mein voller Ernst. Ab. So. Lut. Al. Les. Und jetzt schieß los.«

»Hm.« Ihre Augen bewegten sich hin und her, als könnte sie ihre Geschichte förmlich in der Luft sehen und von einem Kapitel zum anderen blättern. Von einer unterstrichenen Textstelle zur nächsten. »Ich weiß nicht, wo ich beginnen soll.«

»Wie wär's mit dem Anfang? Dies war nicht das erste Mal, oder?« Es war ausgeschlossen, dass dies das erste Mal war. Niemand ging bei seinem ersten Mal so weit. Das konnte gar nicht der Anfang sein.

»Nicht unser erstes Mal.« Sie unterbrach sich, während die Kellnerin uns Wassergläser hinstellte und unsere Getränkebestellung aufnahm. Als wir wieder allein waren, sagte sie: »Allerdings das erste Mal im Büro. Normalerweise halten wir uns daran, dort nichts zu machen.«

Ich war nicht sicher, ob ich ihr Glauben schenkte oder nicht. Norma war äußerst korrekt, aber nach dem, was ich gerade gesehen hatte, hegte ich meine Zweifel. »Komm schon, ist das nicht gerade das Heiße daran? Ungezogener Assistent wird von der Chefin bestraft?«

Sie errötete. »So ist das gar nicht.«

»Das habe ich mir bereits gedacht.« Schließlich war es Boyd, der ihr das Spanking verabreicht hatte. Und während ich das vor dem heutigen Tag nie erraten hätte, war ich jetzt sicher, dass er es immer war, der sie bestrafte, und dass es nie anders herum war.

»Ja. Wie dem auch sei.« Sie legte nervös ihr Besteck gerade, während sie fortfuhr. »Wie gesagt. Normalerweise nicht im Büro. Aber es war ja mein Geburtstag und ich wollte ›ungezogener Assistent‹ spielen, wie du es nennst. Nur dass ich die Rolle der Assistentin spielte.«

»Das will ich gar nicht wissen. Ich meine, irgendwie doch, aber eigentlich auch nicht.« Ich nahm einen Schluck von meinem Wasser, während ich entschied, welche Dinge ich ganz sicher wissen wollte. Es waren vier. »Wie lange seid ihr schon zusammen?«

»Ungefähr neun Monate.«

Ihre Antwort überraschte mich. Bis ich richtig darüber nachzudenken begann. Sie erklärte Dinge wie die Nächte, in denen ihr Bett scheinbar unberührt gewesen war, und ihre Geistesabwesenheit in letzter Zeit. Ich hatte gedacht, es wäre wegen Dad. Ich war merkwürdigerweise erleichtert darüber, dass es nichts mit ihm zu tun hatte. Es kam mir wie eine Rechtfertigung vor. Wenn Norma das Leben genießen konnte, ohne sich Sorgen zu machen, konnte ich es auch.

Aber das hatte ich bereits getan, oder nicht? Selbst ohne ihre Erlaubnis. Hatte ich nicht mit JC das Leben genossen, ohne mir Sorgen zu machen?

Also. Wie die Schwester, so die Schwester.

Ich ging zur zweiten Frage über. »Macht ihr das immer so? Mit Rollenspiel und so weiter?«

»Es ist ...« Sie presste die Lippen zusammen und suchte nach einer Antwort. »Es sind viele verschiedene Dinge. Er ist immer der Dominante. Aber manchmal ist es Rollenspiel, manchmal sind es Fesselspiele oder auch nur wirklich heißer Sex.« Sie hob die Hand, um mich zum Schweigen zu bringen. »Und ehe du fragst, nein. So etwas habe ich noch nie getan, ehe ich ihn kennenlernte. Er hat mich in diese Methoden eingeführt, und jetzt glaube ich nicht, dass ich das je rückgängig machen wollte.«

Das hatte ich sie eigentlich nicht fragen wollen, aber da sie es nun erwähnte, war ich froh, dass ich es wusste. Sonst hätte ich mir die ganze Liste ihrer verflossenen Freunde in Erinnerung gerufen und sie mir als Dominante vorgestellt, und bei manchen davon war das einfach keine gute Idee. Es fiel mir schwer genug, mir meine hartgesottene Schwester als Hörige vorzustellen.

Und doch, als ich sie jetzt darüber sprechen hörte, wusste ich, dass es ihr damit ernst war. Meine nächste Frage war eigentlich unnötig, aber ich stellte sie trotzdem, denn ich wollte es aus ihrem Mund hören. »Ist es bloß Sex?«

»Keineswegs.« Sie hielt wieder inne, während die Kellnerin den Wein servierte und unsere Bestellung aufnahm. Zum Glück aßen wir oft genug in diesem italienischen Bistro, um zu wissen, was wir essen wollten, ohne die Speisekarte zu konsultieren, denn wir hatten keinen Blick darauf geworfen.

Nachdem die Kellnerin gegangen war, nahm Norma einen Schluck von ihrem Chardonnay und runzelte nachdenklich die Stirn. »Am Anfang vielleicht schon. Aber selbst dann eigentlich nicht. Jedenfalls nicht für Boyd. Er hat mich nie bloß als Sexobjekt behandelt. Davon hat er mich schnell überzeugt.«

Ich hatte bereits geahnt, dass ihre Beziehung nicht nur flüchtig war, aber in diesem Moment wurde mir erst klar, wie viel ernst zu nehmender sie sein musste. »Du liebst ihn.« Sie sah mich unter züchtig gesenkten Wimpern hervor an und nickte.

»Er liebt dich auch. Ich habe es ihm angesehen.«

Sie nickte wieder.

Dann war es also keine unerwiderte Liebe. Sie hatten darüber gesprochen. Sie hatten es klargestellt. Wahrscheinlich Pläne und Versprechungen gemacht.

Was mich zu meiner letzten Frage brachte. »Warum hast du mir nichts davon erzählt?«

»Das hätte ich tun sollen. Es tut mir leid.« Sie schüttelte den Kopf, als tadelte sie sich selbst innerlich. »Mitgliedern des Managements ist es verboten, ein Verhältnis mit Angestellten anzufangen. Dafür kann man entlassen werden. Ich weiß, dass du uns nicht verraten hättest, aber der beste Weg, die Vertraulichkeit zu bewahren, lag in völliger Geheimhaltung. Niemand hat davon gewusst. Einschließlich dir. Es tut mir wirklich leid.«

»Ach, hör doch auf damit.« Ich winkte ab und machte mir Vorwürfe, dass sie wegen etwas solche Schuldgefühle hegte, was ihr offenbar so viel Freude bereitete. »Ich verstehe dich ja.« Ich hätte es mir an ihrer Stelle auch nicht erzählt. Besonders damals nicht. Ich hätte ihr bloß Vorhaltungen gemacht. Ich hätte ihr gesagt, dass es das Risiko nicht wert sei.

Nun sagte ich stattdessen: »Hudson würde dich nie entlassen.«

Das war für sie ebenfalls undenkbar. »Nein, das würde er nicht. Aber er würde mich dazu veranlassen, Boyd zu entlassen. Oder ihn zumindest zu versetzen. Das kann ich im Moment nicht. Er gibt mir Halt. Ich brauche ihn.«

»Ich bin froh, dass du ihn hast.« Ich stieß einen Seufzer

aus, der tiefgründiger wurde, als ich beabsichtigt hatte. Ich meinte, was ich gesagt hatte. Ich *war* froh, dass sie Boyd hatte. Mir war auch bewusst, dass das nur so war, weil ich für JC dieselben Gefühle hegte. Sonst wäre ich auf Boyd eifersüchtig gewesen. Ich hätte sie für mich allein haben wollen.

Aber ich konnte nicht leugnen, dass ich auf etwas anderes neidisch war – dass Normas Beziehung zu Boyd auf offenem gegenseitigen Einverständnis beruhte, wenn es auch sonst niemand wusste. War so etwas zwischen JC und mir überhaupt möglich? Dass wir beide wussten, was wir füreinander empfanden, es einander gestanden und nicht daran zweifelten?

Das würde ich nie herausfinden, es sei denn, ich würde es JC mit Worten sagen, und darüber sollte ich sicher beim Geburtstagsessen meiner großen Schwester nicht nachdenken.

Norma trat mich unterm Tisch gegen den Schuh, um mich aus dem Grübeln zu reißen. »Hey. Warum machst du dich nicht über mich lustig? Habe ich an meinem Geburtstag Schonzeit?« Ihre Augen weiteten sich, als wäre sie gerade zu einer Einsicht gelangt. »Oh. Du bist ja auch verliebt.«

»Wie ... Was ... Wie kommst du denn ...« Ich brachte keinen einzigen Satz zustande. »Verdammt noch mal.« Ich hätte es wohl schätzen sollen, dass es jemanden gab, der mich so gut kannte wie Norma. Selbst wenn JC bei mir Gedanken zu lesen schien, war es nur ein Ratespiel. Es gab noch so viel, was wir übereinander erfahren mussten.

Und ich schätzte es ja auch an Norma. Aber es war auch frustrierend. Sie hatte ihr Geheimnis so lange für sich behalten, während ich meines nicht einmal einen Tag lang hüten konnte.

Da nun die Katze einmal aus dem Sack war, konnte ich es ebenso gut zugeben. »Ja. Ich bin verliebt. Ist das lächerlich?«

»In den Kerl, mit dem du ›Zeit verbringst‹? JC?«

»Ja«, stöhnte ich. »Ja. Ich glaube, das bin ich wirklich.«

»Warum klingst du denn so negativ? Er hat wahre Wunder an dir gewirkt. Ich habe dich noch nie so glücklich gesehen, wie du es in den letzten Monaten gewesen bist.«

Ich war hocherfreut, dass sie es gemerkt hatte. Aber ich hatte auch Angst. Denn wenn sie es gesehen hatte, hatte JC es vielleicht ebenfalls?

»Ich weiß nicht recht, Schwesterherz.« Ich richtete den Blick auf ein paar Tische am anderen Ende des Raumes, während ich darauf wartete, dass meine noch nicht ganz formulierten Gedanken sich zu Worten formten. »Ich glaube, ich habe Angst, dass ich die Einzige bin, die mehr will. Denn ich bin nicht sicher, was ihm das bedeutet. Er hat nicht gesagt, dass er zusätzlich zu unserer Vereinbarung irgendetwas anderes will.«

»Hast du ihn denn gefragt?« Sie sagte das, als wäre es die vernünftigste Idee der Welt.

Wahrscheinlich war es das ja auch. Aber unsere Beziehung war es nicht. Das war uns beiden klar gewesen. Deshalb waren wir ja auch am Anfang so misstrauisch gewesen.

Wenn wir also beide klug genug gewesen waren zu wissen, dass wir keine Kontrolle darüber hatten, was auf emotionaler Ebene geschah, warum hatten wir uns dann trotzdem darauf eingelassen? Ging es bloß um Lust? Oder hatten wir beide die ganze Vereinbarung nur als Vorwand benutzt?

Die ganze Sache war mir selbst nicht klar genug, um sie Norma zu erklären. »Wir sind auf dem richtigen Weg«, sagte ich, was zumindest teilweise stimmte. *Ich* war es jedenfalls.

»Etwas hat sich zwischen uns gestern geändert. Und ich bin sicher, dass er das genauso empfunden hat.« Ich dachte an die Art und Weise, wie er mich angesehen hatte, als wir uns liebten, an das Verlangen in seiner Stimme, als er sagte, er wäre froh, dass ich da war. »Vielleicht wird er es sogar eingestehen.«

Allerdings war da am Ende wieder diese Fremdheit gewesen. »Ich weiß es nicht. Vielleicht mache ich mir ja auch etwas vor. Es gibt Dinge, die er verschweigt.«

»Das tun wir alle.«

»Das Verrückte daran ist, dass ich mit meinen Geheimnissen besser umgehe als er mit seinen.« Das hatte ich mir noch gar nicht bewusst gemacht, bis ich es jetzt laut aussprach, aber diese Erkenntnis musste die Lösung sein. Ganz bestimmte Umstände in meinem Leben hatten mich geformt und meinen Charakter definiert. Sie hatten bewirkt, dass ich keine Verbindung zu anderen Menschen suchte und das Leben nicht bejahte. Sie waren der Grund dafür, dass ich eine unverbindliche Beziehung gesucht hatte.

Aber warum tat JC dasselbe? Sicher, vielleicht wollte er es sich bloß leicht machen. Konnte man nicht davon ausgehen, dass er in seinem Leben Erfahrungen gesammelt hatte, die dazu führten, dass er ebenfalls vor Gefühlen zurückscheute? Ich hatte mich ihm bereits geöffnet. Er jedoch ... hatte das mir gegenüber nicht getan. War seine Vergangenheit noch traumatischer als meine?

Der bloße Gedanke daran brach mir das Herz. Ich sah plötzlich alles mit einer Klarheit, die mir zuvor gefehlt hatte.

Mit zitternder Lippe sah ich Norma an. »Ich weiß nicht, ob er das überhaupt kann.«

Sie reichte über den Tisch und drückte mir tröstend die Hand. »Ach, Liebes, das wirst du nie erfahren, wenn du ihm nicht die Gelegenheit dazu gibst.«

Ich wollte nur zu gern glauben, dass es so einfach war. Als die Kellnerin die Mahlzeit servierte, versuchte ich, so zu tun, als wäre es das. Ich gab mich der Hoffnung hin, dass ich stark genug wäre, ihm zu helfen. Redete mir ein, dass ich die richtigen charakterlichen Voraussetzungen hätte, um ihm genau die Unterstützung zu bieten, die er brauchte.

Wir verbrachten einige Minuten damit, schweigend zu essen, während ich meinen Gedanken nachhing. Norma war die Erste, die unsere Unterhaltung wieder aufnahm. »Tu mir einen Gefallen – unterschätze ihn nicht. Ich mag ihn zwar nicht kennen, aber wenn es ihm gelungen ist, zu dir durchzudringen, ist er der Mühe wert.«

Das war genau, was ich zu gern hören wollte. Es gab mir Hoffnung. Wenn Norma sich eine echte Beziehung zwischen JC und mir vorstellen konnte, war es vielleicht möglich.

Aber gerade das machte mir Angst. Darum ignorierte ich ihren Vorschlag und tat so, als wäre ich beleidigt. »Das hört sich ja an, als wäre ich ganz unnahbar.«

»Bist du das denn nicht?«

»Das weiß ich nicht. Kann schon sein.« *Natürlich bin ich das.* Oder ich war es zumindest. »Ich glaube, ich bin dabei, mich zu ändern. Vielleicht auch nicht. Oder doch ein wenig?« Wenn das wirklich so war, sollte ich dazu fähig sein, JC zu sagen, was ich für ihn empfand.

»Du bist wirklich anders. Das merke ich doch. Jeder kann es sehen.«

»Danke.« Diesmal nahm ich ihre Worte wirklich auf. Ich sonnte mich darin. Ich feierte ihre Wahrheit. Es war wundervoll, dass diese Errungenschaft anerkannt wurde. Noch wundervoller war, dass sie sich überhaupt ereignet hatte. Ob ich jetzt JC meine Gefühle mitteilte oder abwartete, was zwischen uns geschehen würde, jedenfalls hatte ich mich als Persönlichkeit entwickelt. Und das zählte wirklich, oder?

»Ich glaube, wir sind alle dabei, uns zu ändern«, sagte sie ein wenig scherzhaft. »Du und ich und Ben. Wir lernen alle drei, was Liebe ist. Wir lassen es zu, dass unsere Wunden heilen. Und weißt du was? Ich finde, es ist höchste Zeit.«

Es kam mir wie Ironie des Schicksals vor, dass wir, solange unser Vater im Gefängnis war, ebenfalls gefangen waren. Dabei waren wir es doch, die durch seine Inhaftierung von ihm befreit werden sollten. Dennoch waren wir alle drei mit ihm in Gefangenschaft geraten.

Und nun nach zehn Jahren wieder frei zu sein ...

Ja. Es war verdammt noch mal höchste Zeit.

DREIZEHN

KAPITEL DREIZEHN

UNSER TREFFEN für die nächste Woche sagte JC ab.

Ich hatte ihm immer noch nicht meine Telefonnummer gegeben – merkwürdigerweise hatte er mich auch nicht darum gebeten –, ich musste es also durch einen Anruf von Alyssa erfahren.

Es war kurz vor sieben am Mittwochmorgen und es überraschte mich, ihren Namen auf meiner Anruferkennung zu sehen. Ich hätte beinahe nicht abgehoben, wenn ich nicht zu neugierig gewesen wäre. »Hey, JC war gestern Abend hier«, sagte sie, ohne sich die Mühe zu machen, mich zu begrüßen.

»Ähm ... und?« Natürlich war er da gewesen. Es war der Abend, an dem er die Viper gebucht hatte. Aber warum sie mir das mitteilte, war mir ein Rätsel. JC und ich hatten unsere Vereinbarung – unsere ganze Beziehung – vollkommen vertraulich gehalten.

»Er wollte, dass ich dir eine Botschaft von ihm gebe. Er

sagte, er braucht heute Abend keine Buchung. Er meinte, du wüsstest schon, was er damit meint.«

»Oh.« Es war verschlüsselt, aber klar ausgedrückt. Mit einem schmerzlich dumpfen Aufschlag sank mir das Herz bis auf den Grund meines Brustkorbes. Aber da es nun geschehen war, konnte ich gar nicht fassen, dass ich es nicht für möglich gehalten hatte. Wenn ich den leisesten Zweifel daran gehegt hatte, dass wir bei unserem letzten Zusammensein wirklich etwas füreinander empfunden hatten, war er jetzt verflogen. Wir *hatten* etwas füreinander empfunden. Er hatte *etwas* empfunden, wenn auch nicht in gleichem Maße wie ich. Das musste er einfach. Sonst wäre er jetzt nicht davongelaufen.

Oder vielleicht zog ich nur vorschnelle Schlüsse. Vielleicht hatte er einen guten Grund.

»Hat er gesagt warum?« Nachdem ich das ausgesprochen hatte, fiel mir auf, wie merkwürdig meine Frage klang, da er ja seine Absage so formuliert hatte, als bezöge sie sich auf einen Raum im Klub. Deshalb konnte ich auch keine Antwort erwarten. »Ich meine, hat er gesagt, dass er umbuchen will?«

»Nein.« Sie inhalierte tief – ich nahm an, dass sie eine Zigarette rauchte. Oder einen Joint. Ich kannte sie nicht besonders gut.

JC kannte ich eigentlich auch nicht. Und während ich ihn nie danach gefragt oder mir über seine Abende in der Viper Gedanken gemacht hatte, wollte ich plötzlich unbedingt wissen, was er da machte. Es missfiel mir außerordentlich, dass Alyssa ihn in dieser Umgebung zu sehen bekam und ich nicht. Es missfiel mir noch viel mehr, dass er ihr ausgerechnet *diese* Nachricht einfach so anvertraute.

Mir missfiel, dass ich diese Nachricht überhaupt von ihm bekam.

Ich wusste, dass ich mich damit vielleicht zur Närrin machen würde, aber ich fragte trotzdem: »Ist gestern Abend irgendetwas ... Ungewöhnliches vorgefallen? Mit JC, meine ich.«

»Nein. Alles beim Alten.«

Und das bedeutet? »Er erschien also nicht ... *anders* als sonst?« Ich schlug mir mit der Faust an die Stirn, als ich merkte, wie dumm ich mich anhörte, aber ich konnte es nicht ändern.

»Ich weiß nicht, worauf du hinauswillst. JC war JC. Genau wie immer. Hast du einen Narren an ihm gefressen, Gwen? Er ist ja ziemlich heiß, aber ich muss dich warnen – für eine Frau wie dich ist er nichts.«

»Was soll das heißen – eine Frau wie mich?« Ich versuchte, nicht allzu beleidigt zu klingen. Aber diese ganze Unterhaltung kam mir merkwürdig vor. Alyssa war sonst nie so formlos, wenn sie mit mir sprach. So geradeheraus. So unverblümt.

Und ich war gewöhnlich nicht so schlecht in Form. Nicht so leicht ins Bockshorn zu jagen. Nicht so verzweifelt und bedürftig.

»Ich meine, du bist der Typ, der Treue erwartet. Der Typ, der auf eine Beziehung mit monogamer Bindung aus ist.« Sie inhalierte noch einmal. Als sie wieder etwas sagte, klang sie, als täte sie es mit angehaltenem Atem. »Irre ich mich?«

Ehe ich JC kennenlernte, war ich der Typ gewesen, der gegen jegliche Beziehungen war. Und er war es gewesen, der auf Monogamie bestanden hatte. Der bloße Gedanke daran, dass er mit anderen Frauen schlief, störte mich sehr, und nicht nur, weil wir keine Kondome benutzten.

Ich wusste nicht, wie ich auf ihre Frage reagieren sollte.

Als ich nichts dazu sagte, bemerkte sie: »Aber wenn es dir nichts ausmacht, der Hit des Monats zu sein, nur zu.«

Ich wusste, dass ich das nicht fragen sollte. Es war das Schlimmste, was ich erfahren konnte. »Bist *du* jemals sein Hit des Monats gewesen?«

Sie lachte. »Das ist sehr komisch«, sagte sie, als hätte ich absichtlich einen Witz gemacht. Das hatte ich aber nicht. Ich wollte es wirklich wissen. Jetzt sogar umso mehr. Fand sie meine Frage so komisch, weil sie niemals mit JC schlafen würde oder weil sie es bereits getan hatte und alle es wussten, nur ich offensichtlich nicht?

Ich wollte mehr herausfinden, aber ich wusste nicht, wie ich es anfangen sollte, ohne wie eine Idiotin zu wirken. So fühlte ich mich auch so schon. Schließlich hatte er mich bereits heute Abend abblitzen lassen. Durch eine Nachricht aus zweiter Hand. »Wie auch immer«, sagte sie. »Ich lege mich jetzt schlafen. Ich wollte bloß Bescheid sagen.«

»Danke.« Aber ich war nicht im Geringsten dankbar.

In der darauffolgenden Woche bekam ich JCs Absage am Montag. Seit dem Anruf von Alyssa war ich melancholisch und reizbar gewesen, doch als ich die Nachricht an meinem Spind fand, als ich zu meiner Schicht eintraf, versank ich in einen seelischen Zustand, der Verzweiflung ziemlich nahe kam. Ich brauchte sie nicht einmal zu lesen, denn ich wusste bereits, was darin stand.

Ich las sie trotzdem. *Muss absagen. Bin verhindert.*

Er hatte nicht einmal unterschrieben, was mich erboste. Hätte er nicht wenigstens seine Initialen daruntersetzen können? War mein gebrochenes Herz ihm nur vierundzwanzig Buchstaben wert?

Eigentlich kümmerte mich weder seine Unterschrift noch die verdammten vierundzwanzig Buchstaben. Ich wollte *ihn*. Und zwar persönlich. Ich wollte ihn sehen und ihn berühren und ihn küssen und ihm sagen, dass ich ihn liebe. Selbst wenn er mir nur sagen würde, dass er am Mittwoch keine Zeit hatte, wollte ich es aus seinem Mund hören.

Ich spürte tief im Inneren, dass wir uns nicht sehen würden. Ich war mir ebenso sicher, dass er genug von mir hatte. Genug von uns. Wie viele Briefchen würde ich noch bekommen, ehe er mir gar keine mehr hinterließ? Wie viele Anrufe von Alyssa? Wie viele Absagen, ehe er davon ausging, dass ich den Hinweis verstanden hatte?

Aber Norma hatte gesagt, ich sollte ihm eine Chance geben. Und während ich noch nicht ganz sicher war, ob ich ihrem Rat folgen sollte, war es im Moment das Beste, was ich tun konnte. Was blieb mir anderes übrig? Ich wollte toben. Ich wollte trauern. Aber indem er mich im Ungewissen hielt, ließ er solches Verhalten vorschnell und unbegründet erscheinen.

Jetzt blieb mir nur noch die Hoffnung.

Nun ja, und ich konnte am nächsten Abend in den Klub gehen.

Das tat ich eigentlich nie, wenn ich nicht arbeitete, aber dieses Mal inszenierte ich es, indem ich mein Handy im Büro liegen ließ, damit mein Erscheinen an einem Dienstag niemandem merkwürdig vorkam. Natürlich hatte ich JC immer noch nicht gesehen, nachdem ich es wiederhatte. Ich zögerte eine Weile, als ich an der Bar im ersten Stock stand und zur VIP-Suite hinaufblickte. Hinaufzugehen kam nicht infrage. Ich hatte Matt nirgendwo gesehen, es war also möglich, dass er sich dort oben aufhielt. Wenn ich ihn in der Gesellschaft von Gästen antraf, die gegen die Regeln verstießen, würde er wissen, dass mir seine Machenschaften bekannt waren.

Doch selbst wenn er nicht dort war, würde JC es vielleicht sein. Und er würde wissen, warum ich gekommen war. Er würde wissen, dass es um seinetwillen war.

Ich ging trotzdem hinauf. Nahm immer zwei Treppenstufen auf einmal und platzte herein, als gehörte ich dazu. Ich sah eine Gruppe von Männern mit ihren Drinks an einem Tisch sitzen und Karten spielen. Es waren weniger als beim letzten Mal. Bloß ein paar Frauen. Alle waren bekleidet. Matt war nicht da. JC auch nicht.

»Er ist heute Abend nicht hier«, erklang Alyssas Stimme hinter mir.

Ich drehte mich um und erblickte sie mit einem Tablett Vorspeisen. »Wer denn?« Als würde sie darauf hereinfallen. Wir wussten beide, warum ich hier war.

Ihrem ironischen Lächeln entnahm ich, dass sie nicht mitspielen würde. »Er bucht die Suite jede Woche, aber manchmal schickt er seine Leute, ohne selbst mitzukommen. Aber bravo für die Initiative. Du solltest aber vielleicht etwas tragen, das ein bisschen ...«, sie betrachtete sich meine Jeans und mein T-Shirt, »... offenherziger ist, wenn du es das nächste Mal versuchst.«

Ich verdrehte die Augen und stürmte davon. Es war albern, so wütend zu werden, da sie ja keine Ahnung hatte, was zwischen JC und mir vor sich ging. Aber in einem Punkt hatte sie recht – ich war falsch angezogen, wenn ich ihn

verführen wollte. Das hätte ich mir ein wenig besser überlegen können.

Was JCs Abwesenheit betraf, befand ich mich im Zwiespalt. Ich hatte mir gar nicht überlegt, was ich zu ihm sagen
würde, wenn ich vor ihm stand. Das lag hauptsächlich daran,
dass ich bloß sehen wollte, ob er dort wäre, ohne ihn zu
konfrontieren. Als ich herausfand, dass er nicht da war,
fühlte ich mich ... besser? Vielleicht war er ja wirklich ander-
weitig beschäftigt und nicht einmal in der Stadt.

Er könnte allerdings auch den Verdacht gehabt haben,
dass ich aufkreuzen würde, und sich deshalb ferngehalten
haben.

Ich hatte wirklich gar nichts gelernt. Und ich hatte wirklich keinen Grund, böse auf ihn zu sein oder ihm zu miss-
trauen. Ich würde also Normas Rat befolgen und ihm eine
Chance geben.

Jedenfalls solange ich das vertreten konnte.

ES WAR WIEDER Mittwoch und ich hatte gar nichts von
JC gehört. An diesem Tag schlief ich kaum, weil ich dauernd
darüber nachgrübelte, was das zu bedeuten hatte. Ich wollte
davon ausgehen, dass unser Treffen diesmal stattfinden
würde. Aber es konnte auch bedeuten, dass er dachte, sein
Schweigen würde ausreichen, um mich abzuschrecken.

Aber das konnte doch nicht sein. Er *kannte* mich doch.

All mein Grübeln war sinnlos. Ich würde hingehen und
er würde wissen, was ich für ihn empfand, ob ich es ihm nun
sagte oder nicht. Ich würde zu ihm gehen und wenn er
zuließ, dass alles wie beim letzten Mal war, wenn er sich mir

öffnete und mich in den Armen hielt, dann würde ich wissen, dass er meine Gefühle erwiderte.

Ich zog die Dessous von La Perla an. Und den Strumpfgürtel. Und die Schenkelstrümpfe. Ich richtete mir die Haare und schminkte mich. Sinnlichen Lidschatten, Wimperntusche. Hellen Lippenstift. In einem Schrank fand ich einen knielangen Mantel, der für eine warme Aprilnacht leicht genug war. Ich zog ihn direkt über die Dessous an, dazu hochhackige Sandalen, und fuhr mit dem Taxi zum Hotel Vier Jahreszeiten.

Ich kam etwas zu spät dort an; trotzdem verweilte ich einige endlose Minuten vor seiner Zimmertür. Wenn er nun nicht da war? Was wäre, wenn er heute Abend vorhatte, unsere Abmachung offiziell zu beenden?

Was wäre, wenn; was wäre, wenn; was wäre, wenn.

Was wäre, wenn er kalte Füße bekommen hatte, versuchte, sich zurückzuziehen, und merkte, dass er das nicht fertigbrachte? Was wäre, wenn er genauso beklommen wie ich auf der anderen Seite der Tür auf mich wartete? Was wäre, wenn ich hineinginge und er mich in die Arme nehmen und lieben würde? Wäre das nicht wundervoll?

Ich steckte meine Schlüsselkarte in den Schlitz und trat ein.

Er war nicht im Wohnzimmer, aber als ich etwas weiter hereinkam, erschien er auf der Türschwelle zum Schlafzimmer. Er trug eine Anzughose und ein ärmelloses Unterhemd. Eines dieser gerippten Lusttöter. Ich hatte sie schon immer gehasst, nicht nur wegen des Namens, sondern, nun, wohl doch zumeist wegen des Namens. Aber es war nichts Hassenswertes daran, wie JC damit aussah, dessen Arme mit in dieser Haltung angespannten Muskeln an den Seiten ruhten. Er schien erstaunt zu sein, mich zu sehen. Und erleichtert. Und nervös. Und vielleicht auch ein wenig verloren.

Ich konnte jede seiner Empfindungen klar interpretieren, denn sie entsprachen genau den meinigen.

Einige Augenblicke vergingen, während wir uns mit klopfendem Herzen in die Augen sahen und unsere Körper bei der gegenseitigen Betrachtung erstarrten. Sein Blick, den er über meine Haut schweifen ließ, fühlte sich wie eine Berührung an. Als streichelte er mich überall. Als umarmte er mich. Als liebkoste er mich. Als betete er mich an.

Ich registrierte genau den Moment, als er sie entdeckte. Sein Ausdruck war weich und suchend gewesen, aber als sein Blick an meinen Beinen herabglitt und meine Strümpfe bemerkte, wurde er dunkel und lustvoll.

»Zieh den Mantel aus«, sagte er mit heiserer Stimme und kaum verhüllter Begierde.

Ich zog an dem Gürtel um meine Taille, ohne den Blick von ihm abzuwenden. Mir kribbelten die Arme und ich war nicht sicher, ob es mich heiß oder kalt überlief, als ich den Mantel fallen ließ.

JC ging die Luft aus. »Dreh dich um.«

Ich drehte mich langsam im Kreis und ließ ihn mich in den Dessous betrachten, die er für mich gekauft hatte. Ließ ihn sehen, wie perfekt sie meine Figur betonten. Er verschlang mich mit Blicken, und das erregte mich. Es entflammte meine Leidenschaft. Als ich mich einmal um mich selbst gedreht hatte, war ich feucht und bedürftig. Ein Blick auf die Beule in seiner immer enger werdenden Hose machte es nur noch schlimmer. Ich sehnte mich nach seiner Berührung. So sehr, dass es wehtat.

Mit drei Schritten war er bei mir. Doch als er angekommen war, fasste er mich nicht an. Stattdessen ging er um mich herum, wobei er einen perfekten Kreis beschrieb. Als steckte er sein Territorium ab. *Bis hierhin und nicht weiter,* drückten seine selbstbewussten Schritte aus. *Weiter weg von dir werde ich heute Abend nicht sein.*

Funken sprühten an meiner Wirbelsäule entlang, prallten davon ab und drangen bis in mein Innerstes vor.

»Ich glaube«, seine Stimme klang heiser und rau, »dass wir«, jedes Wort war sorgfältig erwogen und vielversprechend, »deinen Horizont erweitern sollten.«

Ein Nervenkitzel durchfuhr mich, der zu gleichen Teilen durch Furcht und Erregung hervorgerufen wurde.

»Folge mir.«

Ich bekam eine Gänsehaut, als ich hinter ihm her ins Schlafzimmer ging. Es war so sexy, wie er mir Befehle gab. Wie ich ihm gehorchte.

Er blieb an der Bettkante stehen und wandte sich zu mir um. »Zieh den BH aus. Und deinen Slip. Alles andere lass an.«

Jedes seiner Worte klang erstickt und roh. Sie landeten auf mir wie kleine Handgranaten, die beim Aufprall explodierten und mir völlig die Fassung raubten.

Ich gehorchte zitternd, fast krank vor Erwartungsfreude. Er hatte mich immer noch nicht berührt. Ich sehnte mich so danach, seine Lippen auf meinen zu spüren. Ich war heiß und erregt.

Aber ich hatte auch Angst. Denn außer der schweigenden Begrüßung, als ich ankam, waren wir nicht auf das letzte Mal eingegangen. Ich wusste immer noch nicht, wie wir zueinanderstanden. Und wenn seine Unnahbarkeit auch verdammt provozierend war, befürchtete ich, dass er sich mit Absicht so gab.

Als ich mich also ausgezogen hatte – und abgesehen von Strumpfgürtel, Strümpfen und Schuhen nackt war –, bewegte ich mich unwillkürlich auf ihn zu, um ihn zu umarmen.

Ehe ich bei ihm ankam, hinderte er mich daran. Mit einem leichten Lächeln sagte er: »Aufs Bett. Auf alle viere.«

Ich zögerte den Bruchteil einer Sekunde. *Es hat nichts zu bedeuten*, sagte ich mir. *Dies ist, was wir heute Abend spielen. Du brauchst nur mitzumachen.*

Und weil dies ein Spiel war, das ich unbedingt spielen wollte, war es nicht schwer, ihm zu gehorchen.

Ich kletterte auf allen vieren aufs Bett. Er war eine verletzliche Stellung. Ich war ihm ausgeliefert, mein Geschlecht zur Schau gestellt, der feuchte Beweis meiner Erregung offensichtlich. Noch verletzlicher fühlte ich mich, weil ich von ihm abgewandt war und nicht sehen konnte, ob er mich betrachtete oder nicht. Ob ihm gefiel, was er sah. Ich musste ihm vertrauen.

»Sehr schön«, sagte er und ich strahlte innerlich. Dann begann er, sich auszuziehen. Ich hörte, wie er den Reißverschluss herunterzog. Ich hörte, wie sein Gürtel sich bog, als er zusammen mit seiner Hose zu Boden fiel.

Würde er mich jetzt berühren? Ich hoffte. Ich betete.

»Krieche zur Bettkante.«

Ich bewegte mich vorwärts und spürte dabei, wie sich die Gewichtsverhältnisse auf dem Bett änderten. Ich erschauerte vor Erwartung. Fragte mich, was geschehen würde. Wartete gespannt.

Mit den Händen ergriff er meine Hüften, während er

gleichzeitig seine Zunge an meinen Schamlippen entlanggleiten ließ.

Ich keuchte auf und er tat es sofort wieder. Diesmal tauchte er seine Zunge in meine Muschi. Er leckte kreisförmig um mein Loch herum und reizte meine Nerven wie die Welle bei einem Baseballspiel. Ich kämpfte gegen den Impuls, die Schenkel zusammenzudrücken. Ließ zu, dass die Lust sich steigerte und mich reizte, während er mich immer weiter aufstachelte.

Während er das tat, knetete er mit den Händen mein Hinterteil. Es war unerwartet und fühlte sich himmlisch an. Er leckte mich überall, aber normalerweise konzentrierte er sich auf meine Klitoris. Diesmal war es ausschließlich auf meine Muschi, und wenn es auch verdammt erregend war, pulsierte das geschwollene Nervenbündel und flehte um Beachtung.

Doch als JC mit seiner Zunge von meiner Muschi abließ, bewegte er sie in die entgegengesetzte Richtung – auf meinen Hintern zu. Er knabberte an meinem Schlitz entlang und vergrub das Gesicht zwischen meinen Pobacken. Als er mit den Zähnen über die empfindliche Haut fuhr, wimmerte ich. Während er mit seiner Zunge um meinen Anus kreiste, klammerte ich mich fest an das Bettlaken und unterdrückte einen Fluch. Denn ... Mist ... was machte er denn da? Und warum fühlte es sich so verdammt wundervoll an?

Er zog sich zurück und anstelle seines Mundes spürte ich jetzt seine Hand.

»Hat dich schon einmal jemand dort berührt, Gwen?«

»Ähm, nein.« Und das würde auch niemand tun. Nun, allerdings tat er das bereits. Das Kreiseln seines Fingers um den Rand folgte dem Pfad, den seine Zunge genommen hatte, und als er nur mit der Fingerspitze eindrang, spürte ich, wie ich immer feuchter wurde.

Plötzlich war sein warmer Finger verschwunden. Ich war enttäuscht. Einen Moment später trat etwas anderes an seine Stelle – etwas Kaltes. Es drehte sich außerhalb meines Anus, um dann tiefer hineinzugleiten.

Ich verkrampfte mich.

»Weißt du noch, als du dich zum ersten Mal für mich berührt hast? Wie seltsam es sich anfühlte? Wie ungewohnt? Und dann hast du dich entspannt. Wie hast du es dann empfunden?«

»Es war fantastisch.« Ich blickte ihn über die Schulter an. Er nickte, ich fuhr also fort. »Es fühlte sich ... *ich* fühlte mich schön. Weil ich das selbst bewirken konnte. Ich konnte selbst bewirken, dass ich mich wunderbar fühlte, und du konntest es sehen. Das war das Beste daran. Wie du es genossen hast, mir zuzusehen.«

»Vergiss das nicht. Dies wird dir auch zuerst ungewohnt vorkommen. Aber wenn du dich entspannst, wird es sich wundervoll anfühlen. Es wird dir Lust verschaffen. Und das werde ich sehr genießen.«

Seine Worte klangen vielversprechend und verführerisch. Allerdings auch alarmierend. Wie konnten sie das auch nicht, wenn gleichzeitig ein unbekanntes Objekt an meine Hintertür gedrückt wurde?

Ich verdrehte den Hals, um zu sehen, was er in der Hand hielt.

JC stieß meinen Kopf nach vorne. »Sieh dich nicht um. Sonst bekommst du Angst, und das will ich nicht.«

»Das zu hören macht mir noch viel mehr Angst.«

»Drücke dich dagegen.« Er ließ das Objekt ein winziges

Stück weiter in meinen Anus gleiten und rollte es um die empfindlichen Seiten herum. »Ich verspreche dir, dass es nicht wehtun wird. Wenn wir es richtig machen – *wenn du mir vertraust* –, bringt es nur Lust. Vertraust du mir?«

Oh Gott, mir zitterten ja jetzt schon die Beine.

Und doch, selbst so nahe am Höhepunkt wie ich war, wusste ich nicht, ob ich das tun konnte. Ich begann mich zu sorgen, dass JC mir nicht die Gelegenheit geben würde, Nein zu sagen. Das steigerte meine Angstgefühle noch.

»Ich weiß nicht«, brachte ich etwas atemlos hervor. »Ich meine, natürlich vertraue ich dir. Aber ich fühle mich verunsichert. Ich weiß nicht, was ich dabei tun soll. Das macht mich ganz nervös.«

»Das kann ich gut verstehen und ich werde dir ja helfen.« Den Stöpsel immer noch teilweise an meinem Anus haltend beugte er sich über mich, sodass sein Mund an meinem Ohr war und seine Erektion sich gegen meine Pobacke drückte. »Ich werde dir sagen, was geschehen wird, Gwen. Ich werde eine Menge Gleitmittel auf den Stöpsel streichen, damit er wirklich glitschig ist. Dann werde ich ihn in dich einführen. Ganz langsam. Dabei möchte ich, dass du dich entspannst. Wenn er in dir ist, wirst du spüren, wie deine Nervenenden reagieren. Es wird ein angenehmes, volles Gefühl sein, und wenn ich dich ficke, wird sich deine Vagina fest um meinen Schwanz schließen und du wirst mich überall spüren. Dann werden all diese gereizten Nervenenden explosiv. Du wirst intensiver kommen, als du es je erlebt hast. Mehrmals. Du wirst dich kaum auf den Knien halten können und ich werde dich an den Hüften festhalten müssen, während ich mich in dich hineinstoße. Du wirst dich wundervoll fühlen. Du wirst dabei so schön aussehen. Und ich werde es sehr genießen.«

Worte. Worte! Dieser Mann konnte mich mit seinen wundervoll schmutzigen Worten verzaubern. Ich war erregter, als ich es je im Leben gewesen war.

Er knabberte an meinem Ohrläppchen. »Bist du damit einverstanden?«

Mein *Ja* klang mehr wie ein Grunzen als eine Silbe. Teilweise, weil ich bereits außer Kontrolle war, bereits auf halbem Weg zum Orgasmus, wenn die Sprache immer weniger verständlich wird.

Aber ein Teil von mir war auch skeptisch. Nicht wegen dem, was er im Begriff war zu tun, oder wie er mich ficken würde, sondern wegen des riesigen Abgrunds, der sich zwischen uns gebildet hatte. Wir berührten uns zwar und waren über die Haut miteinander verbunden, aber gefühlsmäßig hatte er sich abgeschottet. Ich hegte keinen Zweifel daran, dass er sich hinter mir positioniert hatte, damit wir uns nicht in die Augen sehen konnten. Damit er, während er in mich hinein- und wieder herausglitt und meine intimsten Stellen streichelte, dafür sorgen konnte, dass ich *seine* intimsten Stellen nicht erreichen konnte.

Dies würde reiner Sex sein, bedeutete er mir damit. Wie wir vereinbart hatten. Es würde hervorragender Sex sein. Wundervoller, überwältigender Sex. Aber das war alles. Sonst nichts.

Und wenn mir das nicht passte, hatte er mir die Gelegenheit gegeben, Nein zu sagen.

Aber das tat ich nicht. Denn so sehr es mir widerstand – so sehr ich innerlich daran zerbrach –, mein Körper war ganz auf diese Situation eingestellt. Er sang und vibrierte und war feucht und begierig auf alles, was JC mir zu geben hatte. Ich war wie eine Crackhure, die alles dafür tun würde, ihren Fix zu bekommen, selbst die Dinge aufgeben, die ihr am meisten bedeuteten. Die Dinge, die ihr wirklich am Herzen lagen. Ich musste unbedingt meinen Höhepunkt haben.

Und verdammt, als er den geschmierten Stöpsel in meinen Anus einführte, als ich mich dagegen drückte, mich entspannte und öffnete, als Nervenenden, von deren Existenz ich gar nichts gewusst hatte, zum Leben erwachten und sangen – da war es leicht, ein wenig Herzschmerz zu vergessen.

Der Stöpsel fühlte sich breiter an, als er durch meinen festen Muskelring eindrang. Dann schien er sich zu verjüngen und ich fragte mich, ob er schon ganz eingeführt war. Ich spannte versuchsweise die Pobacken an. Es war ein angenehmes Gefühl.

»Verdammt, du siehst so heiß aus, Gwen.« JC massierte den untersten Teil meiner Wirbelsäule. »Es ist nur noch ein Abschnitt übrig. Wie fühlst du dich? Du hältst dich prima.« Er war sanft und geduldig, doch offenbar sehr erregt.

Es steigerte meine eigene Erregung, bis sie den letzten Rest meiner Angst überwand. Was übrig blieb, waren rasendes Verlangen und Begierde. »Mehr«, ächzte ich und bäumte mich ihm entgegen. »Ich will mehr.«

Seine Antwort war eine Mischung aus Lachen und Stöhnen. »Warte mal, Baby.« Er langte durch meine Beine nach vorn, um meine Klitoris zu massieren, und ich konzentrierte mich nur auf mein Lustgefühl, nicht auf das schwammige Gefühl in meiner Brust, als er mich *Baby* nannte.

Mit den Fingern glitt er an meinem Spalt entlang und

versenkte sie in meine Muschi. »Du bist ja ganz durchnässt, Gwen. Magst du dieses Druckgefühl?«

Ich wollte nichts sagen. Ich stand kurz davor zu kommen und das war alles, was ich wollte. Ich versuchte, es ihm zu sagen, brachte aber nur ein beglücktes Schluchzen heraus. Denn genau in diesem Augenblick, während er weiterhin meine Klitoris rieb und sein Spiel damit fortsetzte, drückte er den Stöpsel ganz in mich hinein.

Ich kam.

Mein Orgasmus kam so erschreckend plötzlich, dass mir Schenkel und Arme zitterten. Ich sank auf die Ellbogen, als er mir donnernd durch die Glieder raste.

»Mein Gott, ist das schön. Ich bin so hart, Gwen. Steinhart.« Es war mit seiner Geduld vorbei. Mit seiner Sanftheit ebenso. Ich konnte es an seiner Stimme hören. Und es war mir ganz recht. Meine eigene Ekstase machte mich ganz schwindlig. Und ich war bereit, gefickt zu werden.

JC drückte mir die Knie weiter auseinander, worauf ein Stromschlag direkt in mein Innerstes schoss, da die veränderte Haltung den Stöpsel in meinem Hintern größeren Druck ausüben ließ. Dann ergriff er mich an den Hüften, brachte sich in Position und drang mit einem gnadenlosen Stoß in mich ein.

Ich schrie auf, als ein weiterer Orgasmus mich in Stücke riss. JC gönnte mir keine Schonung. Er zog meinen erschlafften Körper fester an sich und hämmerte in mich hinein. Jeder Stoß erreichte mich überall, streichelte mich überall. Sein Tempo war rigoros und bei jedem Stakkatoschlug sein Becken gegen den Stöpsel und ließ in alle Richtungen Funken sprühen. Ich konnte nicht mehr sagen, wo die Empfindung ihren Ursprung hatte. Meine Vagina, mein

Anus – alles stand in Flammen. Es war unmöglich, sich davon zu erholen. Ich war wie ein Wasserfall, der auf die Felsen darunter herabstürzt und immer wieder aufspritzt.

Bald stieß ich flehentliche Bitten hervor. Bettelte mit einem unverständlichen Gewirr aus Lauten und Silben. Ich wusste nicht einmal, ob ich ihn darum bat, aufzuhören oder weiterzumachen. Nur, nur bitte.

Dann schlang JC, ohne sich aus mir herauszuziehen, einen Arm um meine Taille und zog mich so weit hoch, dass mein Rücken an seinen Brustkorb gedrückt wurde. Mit den Händen griff ich schnell nach oben, um mich an seinem Nacken festzuhalten – ich hatte nicht mehr die Kraft, mich von allein aufrecht zu halten. Er legte eine Hand auf meine Brust und drückte zu, während er die andere zu meiner Klitoris zurückwandern ließ. Es war zu viel.

Es war genau, was ich brauchte.

Die Flammen breiteten sich aus, leckten empor, immer weiter empor, bis sie jede Zelle meines Körpers erfasst hatten.

Dann explodierte ich.

Ich sah nur noch verschwommen, das Blut rauschte mir in den Ohren und mein ganzer Körper wurde steif durch die Wucht der Entladung. Sie zerrüttete mich. Sie richtete mich zugrunde.

In all dies mischte sich JCs Stimme, die mich lobte, mich verfluchte. »Braves Mädchen, Gwen. Verdammt, du bringst mich um. Du fühlst dich ... mein Gott. Ich komme, ich komme.«

Er pulsierte in mir, tiefer und tiefer, und knurrte, während er sich in mir verströmte. Ich konnte mich nicht an das Ende erinnern, merkte gar nicht, wie er den Stöpsel herauszog. Ich konnte nichts mehr spüren. Ich war wie betäubt. Vollkommen erschöpft. Wie die Asche eines Feuers. Ich war verwüstet. Wir brachen zusammen – ich nach vorne auf den Bauch, er aufs Bett neben mir –, schweißbedeckt, außer Atem. Todmüde.

Befriedigt.

JC erholte sich zuerst. »Das war einfach unglaublich. Gütiger Himmel, eine bessere Vereinbarung hätten wir nicht treffen können.«

Dann kam ich auch wieder zu mir. Denn bei diesen Worten fiel es mir wieder ein. Ich erinnerte mich daran, dass all dies nur eine Lüge war. Nur ein augenblicklicher Fix. Ich rief mir ins Gedächtnis, dass all das ohne Bindung, ohne Verpflichtung und ohne Liebe geschah. Dachte wieder an den Abgrund zwischen uns und die Schutzwälle, hinter denen er sich versteckte.

Ich legte mich auf die Seite, drehte JC den Rücken zu und schloss die Augen. Mir rannen Tränen aus den Augenwinkeln und ich wusste nicht, ob sie teilweise auf den fantastischen Orgasmus zurückzuführen waren, den ich gerade erlebt hatte, oder auf den schmerzhaften Stich in meiner Brust. Wie war es möglich, den besten Sex meines Lebens zu haben, während mir das Herz in tausend Stücke brach?

Ich war der Typ von Frau, die mit einem Mann schlafen konnte, der nichts für mich empfand, solange ich auch nichts für ihn empfand. Aber konnte ich das auch, wenn ich Gefühle für einen Mann hatte, die er nicht erwiderte? Konnte ich mit dem zufrieden sein, was er mir geben wollte – die besten Orgasmen der Welt und seltene Gelegenheiten, bei denen sich unsere Blicke treffen und wir etwas empfinden würden?

Oder würde ich auf alles oder nichts bestehen?

Das erschien mir ein hartes Ultimatum zu sein, aber jetzt, da das warme Nachglühen verblasste und ich allein war, ohne Liebkosungen, ohne Küsse, ohne Umarmung, erschien mir alles oder nichts ganz vernünftig. Denn dieser Schmerz, diese schreckliche, quälende Einsamkeit, war weit schlimmer als das Leiden, das er ursprünglich gelindert hatte. Eine Misere ersetzte die andere und ich wusste nicht, ob sich das lohnte.

Ich merkte, wie JC hinter mir aufstand, und ich hörte ihn im Badezimmer. Ein paar Minuten später kehrte er zurück. »Gwen?«

Ich sagte nichts. Ich hatte Angst, dass ich dann mein Schluchzen nicht zurückhalten könnte oder etwas sagen würde, das mir später leidtat. Dies sollte eine unverbindliche Beziehung sein. Es sollte keine Tränen geben. Ich hielt die Augen also geschlossen und täuschte mit tiefen, regelmäßigen Atemzügen vor, fest zu schlafen.

Er seufzte und ich spürte das Gewicht dieses Seufzers, als wäre es eine schwere Decke, mit der er mich zugedeckt hatte. Dann seufzte er wieder. Als könnte er mich aus seinem Inneren vertreiben, wenn er nur oft genug ausatmete. Er ging eine Weile im Zimmer umher. Dann verließ er es und ich konnte endlich weinen.

Ich erlaubte es mir nur kurz – meine Wangen waren nass und mein Make-up verschmiert, aber ich wollte keine geschwollenen Augen haben. Ich hatte als Kind schon gelernt, heimlich zu weinen. Bei Gelegenheiten, wenn *autsch* zu sagen einfach nicht genug war.

Als die Tränen versiegten, wischte ich die Spuren fort und merkte, wie still es im Hotel war. Viel zu still. Ich warf einen Blick ins Badezimmer und fand es leer. Im Wohnzimmer war er auch nicht. Ich hätte es gehört, wenn er die Terrassentür geöffnet hätte, aber ich sah trotzdem nach. Er war spurlos verschwunden. Und eine Nachricht hatte er auch nicht hinterlassen.

Wenn ich mich vorher einsam gefühlt hatte, war mir jetzt noch schlimmer zumute. Dies war böswilliges Verlassen. Der Schmerz, der durchs Weinen gelindert worden war, kehrte mit einer Intensität zurück, die den ursprünglichen milde erscheinen ließ. Vielleicht reagierte ich übertrieben emotional. Vielleicht fehlte es mir an Gefühl. Ich hatte in der Liebe nicht genug Erfahrung, um zu wissen, was in dieser Situation angemessen war.

Aber dass ich nicht länger warten konnte, war mir wenigstens klar. Verdammt, ich hatte jahrelang gewartet. Zehn ganze Jahre. Sogar noch länger. Mein ganzes Leben. Ich sah keinen Sinn darin, einem Gefängnis zu entrinnen, um gleich im nächsten zu landen.

Ich zwang mich dazu, mich zu waschen und anzuziehen. Aber selbst als ich den Mantel über meinen praktisch nackten Körper anzog, hoffte ich noch, dass er mit einer plausiblen Erklärung zurückkehren würde. *Hey, ich habe uns bloß gerade Champagner geholt.* Den hätte er bestellen können. *Ich habe ein bisschen frische Luft gebraucht.* Dazu hatte er die Terrasse.

Ich weiß nicht, was ich mit dir ... anfangen soll ... wenn wir keinen Sex haben.

Ah. Die nicht. Das wäre die Wahrheit. Und wenn das seine Entschuldigung war, hätte ich noch weniger Gründe zu bleiben. An der Tür spielte ich mit dem Gedanken, meine Schlüsselkarte dazulassen. Das würde nicht bedeuten, dass ich nie wiederkommen könnte – mein Name war beim Empfang registriert. Aber es wäre ein Hinweis. Wenn er ihn entdeckte, würde er ahnen, wie ich mich fühlte, als ich das Zimmer verließ.

Schließlich behielt ich sie doch. Er hatte mich über sein Verschwinden rätseln lassen. Jetzt würde ich mit ihm das Gleiche tun.

Ich ging so gleichmütig und selbstbewusst zum Aufzug, wie es mir möglich war. Ich stieg ein und drückte auf die Taste zur Empfangshalle, aber dann folgte ich einer plötzlichen Eingebung und fuhr zuerst bis zu dem Stockwerk, auf dem sich die Konferenzräume befanden.

Ich hörte ihn erst, als ich direkt vor der Madison-Suite stand. Er hatte recht gehabt – die Wände waren schalldicht. Die melancholischen Klänge von Philip Glass' *Opening* drangen nur durch die Türritzen. Ich lehnte den Kopf an die Tür und hörte den fließenden Tönen zu. Nahm sie in mich auf. Ließ mich gleichzeitig von ihnen fesseln und mich befreien.

Es war wundervoll. Gefühlvoll. Nicht so traurig wie die Stücke, die er zuvor für mich gespielt hatte, und das war vielleicht ein Zeichen dafür, dass JC nicht mehr so verzweifelt war. Ich gab mich dieser Illusion hin und wagte nicht zu atmen, um keine einzige Note zu verpassen. Ich machte mir vor, dass diese Melodie es war, die er einfach spielen musste. Weil es Philip Glass war, der mich an ihn erinnerte. Weil die Musik hoffnungsvoll klang und nicht verloren.

Aber das war nur eine Fantasie. Und selbst wenn ich mich jetzt weniger verlassen fühlte, da ich wusste, wo er hingegangen war, fühlte ich mich nicht weniger einsam. Der Mann, der sich dort drinnen dem süßen Zauber des Instruments überließ, war unerreichbar für mich. Selbst wenn ich hineinginge und ihn dabei störte, und wenn er mich auf den Flügel legte und mit seinem Mund und seinem Schwanz in Ekstase versetzte ... selbst dann. Selbst dann wäre er noch unerreichbar.

Und ich wäre immer noch allein.

Ich hörte zu, bis das Stück zu Ende war. Dann drückte ich einen Kuss auf meine Handfläche und legte sie an die geschlossene Tür, wo ich sie für die Dauer eines Gebets liegen ließ, ehe ich den Mantel fester um mich zog und nach Hause ging.

KAPITEL VIERZEHN

ICH BEGANN, mein Leben nach Mittwochen einzuteilen. Jede Folge meines inneren Fernsehens drehte sich um sie. Ich legte im Geist eine Sammlung ihrer Titel an: *Der Mittwoch, an dem ich einschlief. Der Mittwoch, an dem er absagte. Der Mittwoch, an dem er wieder absagte. Der Mittwoch, an dem ich den Stöpsel ausprobierte.* Diese Folge bestand aus zwei Teilen – der zweite hieß: *Der Mittwoch, an dem ich mich davonschlich.*

Diese war jetzt *Der Mittwoch, an dem ich zu Hause blieb.* Es war keine spontane Entscheidung gewesen. Als ich in der Davonschleichfolge das Vier Jahreszeiten verlassen hatte, war mir ziemlich klar gewesen, dass ich nicht zurückkommen würde. Am Montag hatte ich Alyssa eine Nachricht für JC gegeben. Das schien mir dumm und feige, aber er hatte schließlich den Präzedenzfall gesetzt.

Das Schlimmste daran war Alyssas besserwisserischer

Gesichtsausdruck. »Du willst ihn mit einer Nachricht beeindrucken?«

Ich hatte mir daraufhin verschiedene Erwiderungen ausgedacht. *Das wüsstest du wohl gern?* Oder: *Ich brauche ihn gar nicht zu beeindrucken.* Aber das wäre mir gemein vorgekommen, also sagte ich bloß: »Gib sie ihm einfach.«

Dann verbrachte ich die nächsten zwei Tage zusammengerollt auf meinem Bett und versuchte, nicht zu weinen. Am Mittwochabend sah Norma nach mir, als sie von der Arbeit nach Hause kam. »Geht es dir immer noch nicht besser? Hast du heute Abend keine Verabredung?«

Sie war während der letzten Woche so glücklich gewesen und hatte dauernd von Boyd geredet, da sie das nun endlich mit mir tun konnte. Ich hatte ihr das Glück nicht mit meinem dummen Liebeskummer verderben wollen. »Nein, mir geht es nicht gut. Ich habe abgesagt.«

»Oh.« Sie runzelte die Stirn. »Ich hatte vorgehabt, heute die Nacht bei Boyd zu verbringen, weil du ja doch nicht hier sein würdest. Aber ich kann ihm Bescheid sagen, dass ich zu Hause bleiben und mich um dich kümmern muss.«

Ihre Freundlichkeit war Salz in meiner Wunde. Das waren meine freien Tage auch. Ich war zu einer offenen Wunde geworden und alles drückte und scheuerte so, dass es mich erstickte und sich mir der Brustkorb verkrampfte. Vielleicht konnte Norma mir ja helfen – mich mit einem heißen Bad und klassischer Musik ablenken und mir Pfefferminztee kochen, wie sie es früher immer getan hat, wenn sie von der Universität nach Hause kam und mich mit Blutergüssen und Wunden vorfand, nachdem mein Vater wieder einmal einen Wutanfall gehabt hatte.

Bloß diesmal waren es innerliche Schmerzen. Und klassische Musik würde mich bloß an JC erinnern, wie er in einem leeren Raum seine Seele verströmte. Und ich wollte ihr auch nicht den Abend mit jemandem verderben, der sich endlich um sie zu kümmern schien.

»Nein, Schwesterherz, ich komme allein zurecht. Ich werde wohl sowieso die ganze Nacht verschlafen.« Das würde ich natürlich nicht. Ich würde mich von der einen auf die andere Seite wälzen und jede Minute wieder erleben, die ich mit JC verbracht hatte. Dies war genau, was ich zu vermeiden versucht hatte. Ich hatte Freiheit und Spaß gewollt und wollte das Leben wieder als lebenswert empfinden.

Stattdessen fühlte ich mich gefesselt und eingesperrt.

Ich würde über ihn hinwegkommen. Natürlich würde ich das. In dieser Beziehung hielt ich einiges aus. Aber das kam in einer anderen Folge. In dieser würde ich mich in meine Ketten einwickeln wie in eine Decke und mich an die Gitterstäbe meines Gefängnisses klammern wie ein Tier, das noch nicht gemerkt hatte, dass die Käfigtür offen gelassen worden war.

ICH HATTE SCHON FAST ERWARTET, dass JC am Donnerstagabend im Klub erscheinen würde. Besonders nach unserem letzten Zusammensein. Ich war gegangen, ohne mich zu verabschieden. Es war bloß logisch, dass er sich fragte, was eigentlich los war, und in den Klub kommen würde, um endlich alles zu klären.

Als er das nicht tat, schluckte ich den Kloß in meiner Kehle hinunter und nahm es als einen Hinweis auf. Zuvor hatte er um mich gekämpft. Jetzt hatte er von mir genug. Diese Erkenntnis machte es mir leichter, am folgenden Montag Alyssa die Nachricht an ihn zu geben. Und am Montag danach ebenfalls. Irgendwann würde es keiner Nachrichten mehr bedürfen, ich wusste bloß nicht, wann dieser Zeitpunkt gekommen wäre.

Als Alyssa Urlaub nahm und ich niemanden mehr hatte, um meine Nachrichten abzuliefern, dachte ich mir, dass es so weit war. Dies war ohnehin der vierte Mittwoch. Er sollte den Hinweis mittlerweile verstanden haben, aber falls sich JC immer noch fragte, ob es zwischen uns aus war, würde er es wissen, wenn ich diesmal auch nicht erschien. Mit oder ohne ausdrückliche Absage würde er wissen, dass es vorbei war.

Das wurde nun mein Mantra. *Vorbei, vorbei, vorbei.*

Es ist vorbei, als ich am Donnerstagabend zur Arbeit ging.

Es ist vorbei, als ich das Wechselgeld für die Registrierkassen der Barkeeper ausgab.

Es ist vorbei, als ich meine Öffnungspflichten beendet hatte und die Treppe zur Viper hinaufstieg, um alles für den an diesem Abend stattfindenden Junggesellinnenabschied vorzubereiten.

Es ist vorbei, als ich die Tür öffnete und ihn in derselben Weise dort sitzend vorfand, wie ich ihn zum ersten Mal gesehen hatte. Die Beine von sich gestreckt, die Arme entspannt an den Seiten.

Ich erstarrte, nur mein Blut ... mein Blut erhitzte sich. Als hätte ich plötzlich eine Sauna betreten, bloß dass der heiße Dampf in meinem Inneren war. Ich hatte Mühe zu atmen, und wenn es mir gelang, war es nur *sein* Duft, der mir in die Nase drang – halb in der Wirklichkeit, halb in meiner Erinnerung wahrgenommener Duft nach Sandelholzparfum, Schweiß und Sex. Mein Herz klopfte wie wild, mein Magen rebellierte und meine Sinne erwachten – nein, dies war nicht vorbei.

Dies war noch lange nicht vorbei.

Er ist hier.

Durch den lustvollen Nebel spürte ich, wie mich eine Wiedersehensfreude ergriff, die weniger mit seiner Fähigkeit zu tun hatte, mich sexuell zu erregen, als mit der Tatsache, dass in meiner Brust eine Leere war, die nur seine Gegenwart ausfüllen konnte. Und dieser Mittelpunkt in mir erkannte in ihm den einzigen Mann, den ich begehrte. Den einzigen Mann, den ich liebte. Und im Vergleich zur Begierde zwischen meinen Beinen war dieses Bewusstsein viel schwieriger zu ignorieren. Und ach, wie sehr ich mir wünschte, dass dieses Gefühl gleichzeitig verstummte und stärker würde. Wie ich mir wünschte, ich könnte gleichzeitig die leiseste Gefühlsregung übertönen und sie aus vollem Halse hinaus singen.

Ich musste stark bleiben. Ich durfte ihn nicht begehren. Ich durfte mich nicht wieder darauf einlassen.

Ich musste ihm auf den Schoß springen und ihn darum bitten, mich ihn reiten zu lassen.

Nein. Nur das nicht. Nie wieder das.

Zudem, was, wenn er gar nicht hier war, um mich zurückzugewinnen, wie ich es mir heimlich wünschte? Was, wenn er bloß hier war, um unsere Vereinbarung offiziell und endgültig zu beenden? Ich stellte mich auf die damit verbundene Enttäuschung ein und ließ mich bei unserer Begegnung davon leiten.

Ich schätze, das gelang mir nicht so recht, denn in meiner

Stimme schwang Begierde, als ich schließlich die Kraft fand, etwas zu sagen. »Deine unheimliche Fähigkeit, vor der Öffnung dieses Klubs bereits hier aufzutauchen, überrascht mich stets aufs Neue.«

Mit dieser Art von Begrüßung war ich außerordentlich zufrieden. Ich fand, dass sie lässig klang, obwohl jeder Muskel in meinem Körper angespannt war.

Er lächelte und ich könnte schwören, ich wurde sofort feucht.

»Das will ich doch hoffen. Ich überrasche dich gern.« Seine Augen wurden schmal. »Was jedoch deine Überraschungen betrifft ... bin ich nicht so sicher, ob sie mir gefallen.«

Ich schluckte, denn darauf wollte ich eigentlich nicht eingehen. »Meine Überraschungen?«

»Die erste war, dass ich ein leeres Bett vorfand, als ich dich eine Weile allein gelassen hatte. Die zweite hast du mir bereitet, als du mich gestern Abend versetzt hast.«

Genau. Darauf wollte ich auf keinen Fall eingehen.

Was zugegebenermaßen naiv war, denn was erwartete ich eigentlich? Beziehungsweise was sollte er dazu sagen? Dass ihm meine Abfuhr nichts ausmachte? Dass er gar nicht gemerkt hatte, dass ich mich gedrückt hatte? Dass alles in bester Ordnung war?

Nein, ich wollte ja, dass es ihm etwas ausmachte, weil es ein Beweis dafür war, dass ihm etwas an mir lag. Ich musste mich ihm also stellen, ob ich Konfrontationen schätzte oder nicht.

»Also gut.« Ich biss mir auf die Lippe, während ich meine Antwort formulierte. »Das erste Mal sollte gar nicht zählen, da du es warst, der das Bett zuerst verlassen hat. Da musst du schon entschuldigen, dass ich dachte, meine Anwesenheit sei nicht länger erwünscht.« Das klang etwas verbiesterter, als ich beabsichtigt hatte, aber es tat mir nicht leid. Er musste wissen, dass er auch etwas getan hatte, das mich störte.

»Ach ja. Weil ich es so glasklar gemacht habe, wie wenig ich dich begehre.« Seine sarkastische Bemerkung erboste mich.

Aber sie brachte auch mein Herz zum Stolpern. Eigentlich albern. Ich wusste ja, dass er mich begehrte. Natürlich tat ich das. Aber es aus seinem Mund zu hören, wenn er nicht gerade im Begriff war, in mich einzudringen, und ich noch völlig bekleidet war – das war etwas anderes. Als bedeutete es mehr, als er zum Ausdruck brachte. Es brachte mich durcheinander.

Ich fühlte mich aus dem Konzept gebracht und wandte mich von ihm ab. »Du bist verschwunden. Wie sollte ich das sonst verstehen?« Ich konzentrierte mich darauf, die Stühle wie gewünscht um den Tisch zu stellen, anstatt JCs Gesichtsausdruck zu analysieren.

Hinter mir hörte ich ihn frustriert seufzen. »Ich war unten. Du bist eingeschlafen. Ich dachte, du brauchtest Ruhe, also bin ich runtergefahren, um ein bisschen Klavier zu spielen. Das ist noch nie ein Problem gewesen.«

Ich fuhr herum. »Das hast du schon einmal gemacht?«

»Das brauchst du nicht aufzubauschen.« Er zog die Beine an und beugte sich nach vorne, die Ellbogen auf die Schenkel gestützt. »Ein paarmal habe ich das gemacht, ja. Wie gesagt, es ist noch nie ein Problem gewesen.«

»Du hättest keine Nachricht hinterlassen können?«

»Dasselbe könnte ich dir zum Vorwurf machen.«

Da hatte er recht. Wenigstens hatte er vorgehabt zurückzukommen. Ich nicht.

Aber ich war verletzt. Ich war wütend. Ich war selbstgerecht. »Hey, ich werde kein schlechtes Gewissen haben, weil ich in dieser Nacht nach Hause gegangen bin. Du hattest dich bereits abgeschottet, als ich hereinkam.« Meine Worte kamen schwer und bitter heraus. »Eigentlich hast du mich wohl gar nicht allein gelassen, da du sowieso nicht da warst.«

Ich verabscheute jedes Wort, das aus meinem Mund kam. Jedes davon war eine Anklage, und schlimmer noch, sie verrieten mich. Er sollte lieber nicht merken, dass ich für ihn Gefühle hegte. Auf keinen Fall wollte ich angeklagt werden, unsere Vereinbarung gebrochen zu haben, indem ich mich in ihn verliebte. Wenn er das tun sollte, würde ich es wahrscheinlich abstreiten. Und mich wahrscheinlich noch mehr blamieren als zuvor, weil ich so offensichtlich eine ganze Menge für ihn empfand.

Doch ich hatte mich nicht zurückhalten können. Ich äußerte diesen ganzen blöden Mist, den Frauen zu emotionaler Erpressung benutzten und den ich fast so ungern von mir gab, wie ich die Empfindung hasste.

»Ich habe keine Ahnung, wovon du sprichst, Gwen. Ich war da.« Dabei sah er mir allerdings nicht in die Augen, was ich als Bestätigung auffasste. Denn es bestärkte mich in dem Glauben, dass er sich mir mit Absicht verschlossen hatte.

Bedeutete das nicht, dass er wirklich etwas für mich empfand? Warum würde er sonst versuchen, es zu verbergen? Und wenn er es für einen Tag empfinden konnte, warum konnte er es nicht wieder empfinden?

Vielleicht war ich zu stur. Wenn ich ihm Zeit gab, wenn

ich mit ihm Geduld hatte, würde er sich vielleicht an das Gefühl gewöhnen.

Andererseits, was wäre, wenn ich mich immer mehr in ihn verliebte und er meine Gefühle nie erwiderte?

Unsere Blicke fanden sich. Wie immer durchschaute er mich völlig. Sah mein Dilemma. Und nutzte es sofort aus. »Du erinnerst dich doch. Das weiß ich genau. Oder muss ich dich daran erinnern, was in jener Nacht geschehen ist? Soll ich dir sagen, was wir getan haben?« Seine Augen waren jetzt ganz dunkel. »Es war fantastisch, wenn du dich nur erinnerst.«

Ich wollte aber nicht über unseren *fantastischen* Abend sprechen. Ich war bereits ins Schwanken gekommen und aus irgendeinem lächerlichen Grund hatte unser Streit mein Verlangen nur verstärkt. Mein Unterleib war feucht und prickelnd, und es würde mir gar nicht helfen, daran zu denken.

Ich wand mich wieder den Stühlen zu und schob sie mürrisch herum. »Weißt du was? Vergiss, was ich gesagt habe. Ich bin gegangen, weil du verschwunden warst. Danach hast du dich nicht um mich gekümmert, ich habe also angenommen, dass es kein Problem war.«

»Ich dachte, du würdest vielleicht etwas Zeit für dich brauchen. Ich habe dich in dieser Nacht gefordert. Sexuell, meine ich.« Er flirtete immer noch mit mir und versuchte, mich zu manipulieren. Versuchte, meine Gedanken dorthin zu lenken, wo er sie haben wollte – unsere körperliche Anziehung. Darauf, wie gut wir zueinander passten.

Es funktionierte nicht. Und dass er dachte, es hätte mit Sex zu tun gehabt, machte es im Gegenteil noch schlimmer. *Verdammtes Arschloch.* Ich wurde noch ärgerlicher, dabei hätte ich erleichtert sein sollen, dass er mich nicht unerlaubter Gefühlsbeteiligung bezichtigt hatte.

Und wenn mir die ungewöhnliche Methode wirklich widerstanden hätte, wie er laut seiner Worte vermutet hatte, hätte er sich dann nicht umso mehr um mich bemühen müssen?

»Wie auch immer«, sagte ich mehr zu mir selbst als zu ihm. Ich konnte über jene Nacht nicht mehr sprechen. Der bloße Gedanke daran begann, mich zu irritieren wie ein kratziger Wollpullover. Er mochte gut aussehen, aber er juckte, juckte und juckte.

Ich musste ihn loswerden.

Ich wirbelte mit künstlichem Draufgängertum zu ihm herum. »Jedenfalls hätte die zweite Überraschung eigentlich auch keine sein sollen. Nach drei Wochen nahm ich an, du hättest den Wink verstanden.«

Er versteifte sich. »Welchen Wink?«

Es ihm ins Gesicht zu sagen war viel schwieriger. Obwohl ich es den ganzen Tag geübt hatte. *Es ist vorbei.* Ich öffnete den Mund, um es zu sagen. Nichts kam heraus.

JC sprang von seinem Stuhl auf und blieb mit einem harten Gesichtsausdruck direkt vor mir stehen. Härter, als ich es je bei ihm gesehen hatte. »Welchen Wink?«, fragte er wieder.

Ich wich zurück, unfähig, etwas zu sagen oder den Blick abzuwenden. Ein plötzliches Gefühl des Zweifels ließ mich erzittern. Das hatte ich falsch angefangen. In diesem Moment wurde mir klar, dass mein Verhalten mir schäbig vorkam, weil es so war.

Er bemerkte meinen schuldbewussten Gesichtsausdruck. »Willst du unsere Abmachung beenden, Gwen? Dann finde ich, dass ich wenigstens verdient habe, es von dir persönlich zu hören.«

Ich schluckte den Kloß in meiner Kehle herunter. »Es tut mir leid. Du hast recht. Das verdienst du.« Oh Gott, ich kam mir so kleinlaut vor. Und müde. Und verunsichert. »Ich hatte bloß gedacht ...« *Dass ich das niemals fertiggebracht hätte, wenn ich gekommen wäre, um es dir ins Gesicht zu sagen.* Das konnte ich ihm doch nicht sagen. »Ich weiß nicht, was ich gedacht habe. Ich habe es falsch gemacht.«

Er breitete mit einer dramatischen Geste die Arme aus. »Endlich. Jetzt kommen wir der Sache auf den Grund.« Er ließ die Hände sinken. »Also. Warum?«

»Warum was?« Ich hätte mich auf diese Unterhaltung vorbereiten sollen. Es war dumm von mir gewesen anzunehmen, dass sie niemals stattfinden würde, und jetzt hatte ich keine glaubwürdigen Antworten parat.

»Warum willst du Schluss machen? Habe ich dir wehgetan? Hat es dir nicht gefallen? Hast du jemand anderen gefunden?«

»Nein!« Ich musste mir eine Notlüge überlegen, aber keiner seiner Vorschläge wäre fair gewesen. »Daran liegt es nicht.«

»Was ist es dann?« Er atmete erleichtert aus, ehe er das fragte. »Komm schon. Wir sind gut zusammen, Gwen. Du kannst nicht behaupten, dass es zwischen uns nicht funkt.«

»Es gibt eine Reihe von Gründen.« Ich ging wieder zu den Stühlen hinüber, um durch den Tisch zwischen uns etwas Abstand von ihm zu gewinnen.

Er folgte mir. »Zum Beispiel?«

»Zum Beispiel die Arbeit. Ich habe viel zu tun.«

»Du hast mittwochs immer noch frei. Das kannst du

nicht bestreiten. Ich war gestern Abend hier, um nachzusehen.«

Er hatte mich gesucht. Das versetzte mir einen Stich.
Während ich zu Hause gesessen und mir eingeredet hatte,
dass ihm das Ende unserer Beziehung völlig gleichgültig war,
war er in den Klub gekommen, um nach mir zu suchen. War
ihm so viel daran gelegen, mich zu sehen? Verriet er sich
damit nicht auch? War dies der Beweis dafür, dass er ebenfalls Gefühle für mich hegte?

Aber so durfte ich nicht denken. Es würde mich nur in
Versuchung führen und ich war bereits nahe daran, nachzugeben und zu versprechen, dass ich nächste Woche kommen
würde. »Ja, ich habe mittwochs immer noch frei. Aber ich
muss in meiner Freizeit andere Dinge erledigen.«

»Was denn zum Beispiel?«

Er blieb mir auf den Fersen. Ich konnte seine Körperwärme wie eine Wand hinter mir spüren. Wenn ich mich
jetzt zurücklehnte und mich an ihn sinken ließe, würde er
dann die Arme um mich legen? Und würde das die anderen
Dinge wettmachen, die er mir nicht geben konnte?

»Ich weiß nicht ... D-dinge eben«, sagte ich und geriet ins
Stottern. »Familienangelegenheiten. Meine Schwester
braucht mich. Und mein Bruder. Mein Vater wird in ein paar
Wochen aus dem Gefängnis entlassen und das hat riesige
Konsequenzen für –«

JC schnitt mir das Wort ab. »Du bist also ein wenig
gestresst, na und?«

Ich wirbelte zu ihm herum und war nicht sicher, ob seine
Gleichgültigkeit oder seine Arroganz mich mehr erbosten.
»Wenn du mir tatsächlich mal erlauben würdest, dir etwas

über mich zu erzählen, würdest du vielleicht einsehen, warum ich nicht nur ein wenig gestresst bin.«

»Das gehört nicht in unsere Beziehung. Das sind wir nicht füreinander.«

Aus seinem Tonfall hörte ich die Wahrheit heraus. Ich begriff, dass er sich selbst ebenso wie mich davon zu überzeugen versuchte, und wieder einmal sah ich die Möglichkeit einer echten Beziehung zwischen uns, wenn ich nur die Geduld dazu aufbrachte. Wenn ich nur den Mumm hätte, durchzuhalten und auf ihn zu warten, dann könnten wir vielleicht eines Tages *das* füreinander sein.

Aber den besaß ich nicht.

»So ist das nicht mit uns«, sagte ich. »Du hast recht. Wir haben vereinbart, nur Spaß zusammen zu haben. Und jetzt streiten wir uns. Über unsere unverbindliche Beziehung. Um Sex. Damit habe ich mich nicht einverstanden erklärt.«

Mir wurde die Kehle eng und ich musste mich räuspern, ehe ich fortfuhr. »Aber wie dem auch sei, das Wesentliche ist, dass ich im Augenblick keine Zeit dazu habe. Ich habe andere Dinge zu tun.«

Zurück zu den Stühlen. Konzentriere dich auf die Stühle.

JC zögerte und ich dachte, ich wäre schließlich zu ihm durchgedrungen.

Doch dann war er wieder an meiner Seite, unbefangen, doch zäh. »Und genau darum brauchst du die Art von Beziehung, die wir jetzt haben. Du brauchst die Ablenkung.«

Du brauchst, du brauchst, du brauchst. Das schien mir ein seltsames Argument zu sein. *Das solltest du tun, weil du es brauchst.* Wieso kümmerte ihn, was ich brauchte? Was brauchte er?

Ich fuhr zu ihm herum. »Warum bist du überhaupt hier, JC? Solltest du nicht im Flugzeug sitzen?«

»Ich habe den Flug umgebucht.«

»Auf welchen Tag?«

»Morgen Abend.« Er steckte die Hände in die Hosentaschen und obwohl es mir gefiel, wenn er das tat, wusste ich, dass es Mangel an Zuversicht ausdrückte.

Jetzt hatte ich die Oberhand. »Warum?« Dieses Spiel konnte ich auch spielen. Das, bei dem man den anderen unentwegt bedrängte. Es war gar nicht schwer, wenn ich einen Beweggrund hatte. »Warum hast du deinen Flug umgebucht?«

Er zuckte die Achseln. »Ich hatte hier noch etwas zu erledigen.«

»Meinetwegen?«

Er fuhr sich mit der Hand durchs Haar und konnte mich nicht ansehen. Konnte mir nicht antworten.

Jetzt hatte ich ihn, und es versetzte mich in Erregung. Denn das konnte mir nur gelingen, wenn es mir in anderer Hinsicht bereits gelungen war. Ich nötigte ihn wieder, wobei ich neben einen Stuhl trat, sodass uns nichts mehr trennte. »Warum gibst du es nicht zu? Es war meinetwegen, nicht wahr?«

Unversehens packte er mich an den Oberarmen und zog mich grob an sich. »Ja, deinetwegen. Natürlich deinetwegen. Ich brauche ...« Seine Lippen schwebten direkt über meinen – verführerisch, herausfordernd – und ich konnte mich nicht entscheiden, ob er mich küssen oder den Satz zu Ende führen sollte.

Ich spürte seinen Atem auf meinen Lippen, während sein Körper sich entspannte und er sich warm und einladend an mich drückte. »Ich brauche eine Ablenkung. Ich habe Sorgen. Ich möchte nur an dich denken. Ich möchte dich mit den Händen berühren.« Er strich an meinen Armen auf und ab. »Ich möchte dich mit den Lippen berühren.«

Ich war wieder die Süchtige, ganz nahe dran, seiner süßen Verlockung zu erliegen, ganz gleich, ob sich hinter seiner Droge etwas Wirkliches verbarg oder nicht. Meine Augen schlossen sich halb, die Haut brannte mir unter seiner sengenden Berührung, aber ich machte einen letzten, halbherzigen Versuch, mich zu fangen. »Es gibt hundert andere Frauen, mit denen du dich ablenken kannst.«

»Nein, die gibt es nicht. Es gibt nur dich.«

Mir stockte der Atem und ich wäre in die Knie gesunken, wenn er mich nicht immer noch festgehalten hätte. Doch er küsste mich immer noch nicht, obwohl seine Lippen nur Zentimeter von meinen entfernt waren.

Ich hob den Kopf, um ihm in die Augen zu sehen. Er bereute, was er gerade gesagt hatte. Ich konnte es klar an seinem betretenen Gesichtsausdruck erkennen, dass ihm das herausgerutscht war. Oder dass er sich falsch ausgedrückt hatte. Eins von beiden. Ich sah nur, dass er wünschte, er könnte es zurücknehmen.

Ich war am Boden zerstört.

Er kniff die Augen zu und während der Sekunden, die folgten, konnte ich nur denken: *Warum lässt er mich nicht los?* Als er sie wieder öffnete, erwartete ich, dass er es zurücknehmen würde. Ich wartete darauf. Ich betete darum, denn, so viel mir sein Geständnis auch bedeutete, was immer er damit meinte, ich konnte es nicht ertragen. Es machte nichts besser. Es machte alles nur noch schlimmer.

Als er wieder zu sprechen begann, war es mit Bedacht.

Mit Selbstbeherrschung. »Ich will dich nicht drängen«, sagte er. »Du hast recht damit, dass wir uns auf eine Gelegenheitsbeziehung geeinigt haben. Das ist es auch noch, jedenfalls hauptsächlich. Aber du hast es weit gebracht. Du wirkst viel glücklicher. Und ich ... ich bin gern mit dir zusammen. Und es wäre ein Jammer, unsere Abmachung gerade jetzt zu beenden, wenn ich den Eindruck habe, dass du mich am meisten brauchst.«

Jedes zweite Wort von ihm ließ mich schmelzen. Was dazwischen war, ärgerte mich. Und er brauchte nicht zu befürchten, dass er mich nicht mehr überraschen konnte, denn ich hatte nichts von dem erwartet, was er gerade gesagt hatte.

Er ließ die Hände an meinen Armen herabgleiten. »Ich weiß, dass du arbeiten musst. Ich werde dich jetzt in Ruhe lassen.« Er flocht die Finger durch meine. »Aber ich werde heute Abend im Hotel sein. Ich würde mich sehr freuen, wenn du nach deiner Schicht vorbeikommen würdest. Überleg es dir.« Er ließ mich los und nach einem letzten eindringlichen Blick ging er zur Tür.

Ich schaute auf die Stelle, an der er mich berührt hatte, und war beinahe sicher, dass seine Hände auf meiner Haut Brandmale hinterlassen hatten. Sicher, dass irgendeine Art von Narbe sichtbar wäre.

Ich fragte mich, ob ich bei ihm ebenfalls irgendwelche Spuren hinterlassen hatte. »Und was ist mit dir, JC?«, fragte ich, während er davonging. »Brauchst du mich auch?«

Er blieb stehen, drehte sich aber nicht um. »Das gehört nicht in unsere Beziehung, Gwen. Wir haben etwas anderes.« Die kalte Sachlichkeit seiner Feststellung ließ mich frösteln, während er weiterging. Auf der Türschwelle wandte er sich um und sah mich an. »Aber ich bin heute Abend zu dir gekommen, nicht wahr?«

ALS ICH DIE Schlüsselkarte ins Türschloss steckte, hatte ich keine Ahnung mehr, was zwischen uns vor sich ging oder was ich zu erwarten hatte. Ich wusste nur, dass ich keine Wahl hatte. Ich musste einfach dort sein. Selbst wenn er nie mehr etwas Tiefgründigeres zu mir sagen würde als »Es gibt nur dich«, selbst wenn er sich nie mehr um mich bemühen würde als heute Abend, als er in den Klub gekommen war. Ich würde für ihn da sein.

Er döste im Sessel, öffnete aber sofort die Augen, als ich auf ihn zukam. Als könnte er mich selbst im Schlaf erkennen.

Seine Stimme klang noch verschlafen, als er sagte: »Du bist gekommen.«

»Noch nicht.«

Seine Mundwinkel hoben sich langsam zu einem frechen Grinsen, das gleichzeitig vertraut und erregend auf mich wirkte. »Soll das eine Herausforderung sein?«

Ich hatte kaum Zeit zum Nicken, als er mich auch schon gepackt hatte. In Sekundenschnelle entblößte er seinen Schwanz, zog mir den Slip aus und zog mich auf seinen Schoß. Ich war feucht, aber noch angespannt, als er sich in mich hineinstieß. Teils vor Schmerz, teils vor Lust schrie ich auf und schlang begierig nach mehr die Arme um seinen Hals.

Und das gewährte er mir, indem er in einem fieberhaften Tempo auf mich einstieß. Er war hart. Er war gnadenlos. Er bestrafte mich dafür, dass ich mich ferngehalten hatte, und behandelte mich roher als jemals zuvor, als er mich in die Brustwarzen biss und die Finger in meine Hüften grub.

Er sprach mit mir, während er mich fickte. Diesmal jedoch fragte er nicht, wie ich es empfand, er sagte es mir. »Ich bereite dir Lust. Du hast es gern so. Du genießt, wie ich mich in dir anfühle, Gwen. Fühle mich jetzt. Fühle mich.« Er prägte es mir ein. Sorgte dafür, dass ich es nie vergessen würde. Stellte sicher, dass mir dies in Erinnerung blieb, damit ich nie wieder daran dachte, mit ihm Schluss zu machen.

Ich kam. Mehrmals. Als er mich schließlich losließ, war ich heiser und meine Oberschenkel schmerzten. Das Kleid klebte heiß und schwer an meiner verschwitzten Haut. Und obwohl sich mein Unterleib bereits nach mehr sehnte, war ich befriedigt. Selbst als er mich sanft wegschob. Selbst als er vermied, mir in die Augen zu sehen.

Ich wusste es jetzt, und ich akzeptierte es. So würde es zwischen uns bleiben. Wir würden uns treffen. Wir würden ficken. Er würde sich mir verschließen. Und ich würde ihn lieben.

FÜNFZEHN

KAPITEL FÜNFZEHN

»SOLL ich die Rechnung von Dean ablegen?« Das war gewöhnlich Matts Aufgabe, aber ich hatte nichts mehr zu tun. Wenn ich mich nicht mit irgendetwas beschäftigte, würde ich sicher einschlafen. Das war das Schwierigste an den Tagen, an denen die Böden gewachst wurden – sich wach zu halten. Diese vierteljährliche Prozedur konnte nur stattfinden, wenn der Klub geschlossen war. Das Team, das mit dieser Aufgabe betraut war, brauchte etwa vier Stunden dazu, alle Böden zu wachsen, und zwei Manager mussten aus Sicherheitsgründen anwesend sein, weil die Leute Vertragsarbeiter waren. Es war jetzt gerade neun Uhr morgens und sie hatten um sechs Uhr angefangen. Da Matt und ich die letzte Schicht gearbeitet hatten, waren wir beide immer noch da.

»Hm?« Matt schien dem Radio mehr Aufmerksamkeit zu schenken als mir. Er hatte sich schon den ganzen Morgen den Nachrichtensender angehört. Im Augenblick wurde über eine Verhaftung in einem vier Jahre alten Mordfall an einer Frau in der Nachbarschaft berichtet.

Mir schauderte dabei. Ich hasste Nachrichten. Ganz gleich, worum es ging. Einfach alle. Ich hatte selbst genug Schreckliches erlebt. Mit weiteren Geschichten über Mord, Vergewaltigung, Entführung und Verhaftung von Drogen- händlern konnte ich nicht fertigwerden. Es war ja doch immer dasselbe – Leiden, Leiden, Leiden. Ich hatte genug gelitten. Mehr brauchte ich nicht zu hören. Es erinnerte mich bloß an die Misshandlungen in meiner Kindheit und an meinen Vater, der erst vor einer Woche aus dem Gefängnis entlassen worden war. Ich hatte ihn nicht gesehen und ich wollte ihn auch nicht sehen. Ich wollte nicht einmal an ihn denken.

»Matt, warum gehst du nicht nach Hause?« Dann könnte ich mir etwas mit Rhythmus anhören. Etwas nicht Deprimie- rendes. Und von JC träumen, ohne dass jemand im Zimmer war, der wissen wollte, woran ich dachte, während ich geis- tesabwesend vor mich hinstarrte.

Das tat ich in letzter Zeit oft – in der Vorstellung meine Nächte mit JC noch einmal erleben. Mittlerweile waren sechs Wochen vergangen, seit er mich gebeten hatte, unsere Vereinbarung beizubehalten. Seitdem hatte sich unsere Beziehung eingespielt. Er war nie mehr so kalt wie in der Nacht, als ich in einem leeren Bett aufgewacht war, und nie mehr so offen, wie er an dem Tag gewesen war, den wir im wirklichen Leben miteinander verbracht hatten. Ich empfand das als einen akzeptablen Kompromiss. Mir blieb ja auch nichts anderes übrig. Ich war sicher, dass er *etwas* für mich empfand, und das wollte ich nicht aufgeben. Hinzu kam, dass ich mich, ob er nun meine Gefühle erwiderte oder nicht, in jeder Nacht, die wir zusammen verbrachten, mehr in ihn verliebte. Schluss zu machen kam nicht mehr infrage. Ich wollte mit ihm zusammen sein, ganz gleich, welche Bedingungen er stellte.

Ich träumte immer noch von mehr. *Wenn ich Geduld habe*, pflegte ich mir zu sagen, *könnte es vielleicht eines Tages mehr als nur ein Traum sein.*

Eine monotone Stimme, die berichtete, dass »nach dem aktuellen Stand der Dinge Freilassung auf Kaution abgelehnt wird«, war nicht Teil meiner Tagträume von JC. Da Matt mir auf meinen Vorschlag, nach Hause zu gehen, noch eine Antwort schuldete, stand ich von meinem Schreibtisch auf und stellte mich vor seinen.

Ich schnippte mit den Fingern vor seinen verglasten Augen. »Hey, Matt. Ich glaube, du bist eingeschlafen. Warum gehst du nicht nach Hause?«

Er zwinkerte ein paarmal, dann schien er aus seiner Benommenheit zu erwachen. »Es tut mir leid. Ich schätze, ich bin ein bisschen weggetreten.« Er sah auf die Uhr. »Aber ich schaffe das schon. Paco ist sicher bald fertig.«

»Genau. Paco sollte bald fertig sein, es besteht also kein Grund dafür, dass wir beide hier herumhängen.«

Er lächelte. »Du weißt doch, dass ich dich nicht allein hierlassen kann.«

Wir befolgten *immer* die Zwei-Manager-Regel. Eine kleine Ausnahme würde doch sicher kein allzu großes Problem sein.

»Ich bin ja nicht allein. Paco ist ja auch hier. Und du weißt genauso gut wie ich, dass dieser reizende alte Mann mir nichts antun wird. Also komm schon. Geh nach Hause.

Ich gehe sowieso nie vor Mittag zu Bett, ich bin also noch hellwach.« Das würde ich jedenfalls, sobald ich mir etwas von Sia anhören konnte.

Matt schien nicht ganz überzeugt zu sein.

»Ich gehe mit dir hinaus und dann können wir ja genau sehen, wie viel er noch zu tun hat. Komm mit.« Ich nickte ihm zu, mir zu folgen, während ich zur Tür ging. Als er nicht kam, ging ich zurück, packte ihn am Arm und zerrte daran. »Komm schon, du sturer Ochse.«

Er stöhnte. Aber dann stand er lächelnd auf. »Ich bin nicht damit einverstanden. Wir sehen nach Paco und dann treffen wir erst die Entscheidung.«

»Okay. Aber nimm deine Sachen mit, denn wenn er fast fertig ist, gehst du.«

Er murmelte etwas davon, wie ich ihn herumkommandiere und dass ich ihn an jemanden erinnere, den er früher mal kannte, während er seine Schlüssel und seine Aktentasche aus dem Safe nahm, wo er sie aufbewahrte, wenn er arbeitete. Sobald wir das Büro verließen, hörten wir auch schon das Surren der Wachsmaschine und erblickten Paco, der gerade mit dem Hauptgeschoss anfing. Er fing immer oben an und arbeitete sich nach unten.

»Siehst du? Er ist praktisch fertig. Raus mit dir.« Ich begleitete Matt zum Angestellteneingang, um sicherzustellen, dass er tatsächlich ging, und nahm mir eine Flasche Wasser aus dem für die Belegschaft vorgesehenen Kühlschrank. Als ich gerade wieder zurück ins Büro gehen wollte, klopfte es an der Tür.

Es war Vorschrift, auf den Sicherheitskameras nachzusehen, ehe man jemanden hereinließ, aber Matt war ja gerade erst gegangen. Das musste er sein. »Hast du was vergessen?«, fragte ich und zog die Tür auf.

Es war nicht Matt.

»Daddy.« Ich zog mich automatisch einen Schritt zurück, denn jahrelange Erfahrung hatte mich gelehrt, mich in seiner Gegenwart zu ducken. Das war ein Fehler. Ich hätte ihm die Tür vor der Nase zuschlagen sollen. Dazu war es nun zu spät, denn der Mann, der mich so lange terrorisiert hatte, wie ich denken konnte, war bereits über die Türschwelle getreten.

»Gwenyth.« Sein Lächeln war schief und dunkel. »Sieh mal an. Du bist ja groß und hübsch geworden.« Er war dünner, als er gewesen war, als ich ihn das letzte Mal gesehen hatte. Faltiger. Härter. Er hatte noch nie leuchtende Augen gehabt, aber jetzt waren sie so farblos geworden, dass nur noch zwei schwarze Löcher übrig geblieben waren. Sein dunkles Haar war mit Grau durchsetzt. Er hatte Narben. Einige davon waren auf Gesicht und Nacken zu sehen und rührten offenbar von Gefängnisschlägereien her. Eine besonders auffallende zog sich von seinem rechten Auge bis zu seinem Kinn. Ich erschauerte unwillkürlich, denn ich schloss aus der Hässlichkeit der Narbe, wie schmerzhaft die Wunde gewesen sein musste.

Ist ihm recht geschehen.

Er warf die Tür hinter sich zu, aber nicht fest genug, um sie ins Schloss schnappen zu lassen.

Ich nahm noch einen Schritt zurück in die Küche. Ich hatte solches Herzklopfen, dass er es sicher auch hören musste. Ich versuchte, nicht in Panik zu geraten. Noch nicht. Vielleicht wollte er mich nur besuchen. Es wäre dumm von ihm, mir wehzutun, nachdem er gerade erst aus dem Gefängnis entlassen worden war.

Nicht dass mein Vater je besonders klug gewesen wäre ...

Irgendwie gelang es mir, meine Stimme wiederzufinden. »Was hast du hier zu suchen?«

»Begrüßt man so seinen Vater?« Er stemmte eine Faust in die Hüfte und blickte sich im Raum um. »Eine Küche, wie? Ich dachte, dies wäre so eine Art von Musikklub.«

»Es ist ein Nachtklub, in dem man auch essen kann.« Ich war nicht sicher, warum ich ihm das erklärte. Ich zitterte und meine Gedanken waren so unsicher wie mein Körper. »Du solltest gar nicht hier sein. Es ist nur für Angestellte. Du musst gehen.«

Ich blickte mich panisch um. Über seine Schulter zur Tür, die nicht ganz geschlossen war – würde es mir gelingen, an ihm vorbeizukommen, wenn ich rannte? Über meine eigene Schulter zu dem Raum, in dem Paco war – würde er es beim Lärm seines Gerätes überhaupt hören, wenn ich um Hilfe schrie?

All dies ist eine erlernte Reaktion, beruhigte ich mich. *Er hat dich bis jetzt nicht bedroht. Und das wird er auch nicht.*

»Keine Sorge, ich bleibe nicht lange. Ich bin nur gekommen, um dir Bescheid zu sagen.«

Er war kein Mensch, der mich mit einem *keine Sorge* beruhigen konnte. Ich schluckte. »Weswegen denn?«

»Ich bin wieder frei!« Unversehens warf er die Hände mit einer triumphalen Geste in die Luft. Ich zuckte zusammen, worauf sich sein Grinsen nur verstärkte.

Er spielte Katz und Maus. Natürlich war er frei. Schließlich stand er ja vor mir, oder nicht? Mit dieser Feststellung wollte er mich nur verunsichern und durcheinanderbringen. Ihm gelang beides.

Ich glotzte ihn an und wusste nicht, was ich sagen sollte. Wusste nicht, was er hören wollte.

Er kniff ein Auge zu und legte sich einen Finger ans Kinn. »Oh ja, richtig. Das hast du ja gewusst. Du hast meinem Rechtsanwalt mitgeteilt, dass du nichts mit mir zu tun haben wolltest, wenn ich entlassen würde. Als er mir das erzählt hat, konnte ich es einfach nicht glauben. Das musste ich doch aus erster Hand erfahren.«

Mein Magen verknotete sich, als das altvertraute Gefühl zurückkehrte, etwas falsch gemacht zu haben. »Das habe ich nicht gesagt.« Meine Stimme klang leise und unsicher. Ich atmete tief ein und nahm mich zusammen. »Norma hat dem Rechtsanwalt bloß gesagt, dass du nicht bei uns wohnen kannst, weil wir keinen Platz haben. Und das stimmt ja auch. Wir haben nur zwei Schlafzimmer.« Es stimmte nicht. Wir hatten drei Schlafzimmer – Ben hatte im dritten gewohnt, als er noch bei uns gewesen war. Jetzt diente es gleichzeitig als Normas Büro und Abstellraum.

Mein Vater sah mich finster an. »Ich hätte auf dem Sofa schlafen können. Nach zehn Jahren auf einer Gefängnispritsche kann ich so ziemlich überall schlafen.«

Ich biss mir auf die Lippe und suchte nach Entschuldigungen. »Das würde nicht funktionieren. Wir haben verschiedene Arbeitszeiten. Du würdest dort nie schlafen können, wenn wir dauernd kommen und gehen. Musst du nicht sowieso in ein Übergangsheim oder so?«

Er zuckte die Achseln. »Bloß eine Zeit lang. Wenn ich dort entlassen werde, brauche ich eine Bleibe. Du kannst doch sicher in deinem vornehmen Hochhaus ein Plätzchen für mich finden.«

»Die Wohnung gehört Norma, Daddy. Und sie hat gesagt, es geht nicht. Wenn du willst, dass sie es sich noch einmal überlegt, musst du sie fragen.« Ich hatte kein allzu schlechtes Gewissen dabei, die Sache auf Norma abzuwälzen. Er war uns Kindern gegenüber erst gewalttätig geworden, nachdem unsere Mutter gestorben war, und da Norma damals bereits älter gewesen war, hatte sie wenig davon mitgekriegt. Sie stand nicht so sehr unter seiner Fuchtel wie Ben und ich. Im Gegensatz zu mir konnte sie sich in einer Konfrontation mit ihm ohne Weiteres behaupten.

Das Problem war nur, dass Daddy das wusste.

»Ganz schön pfiffig. Ich werde aber nicht mit Norma reden. Sie hatte noch nie etwas für mich übrig. Hast du gewusst, dass das Biest mir nicht einmal eine Weihnachtskarte geschickt hat, während ich im Gefängnis war?«

Seine letzte Bemerkung war allerdings gegen mich gerichtet. In den ersten zwei Jahren hatte ich ihm eine geschickt, als ich immer noch glaubte, einen letzten Rest Liebe für ihn aufzubringen. Aber seitdem war mir klar geworden, dass er mir immer nur Furcht eingeflößt hatte. Es ist merkwürdig, wie leicht man diese beiden Gefühlsregungen miteinander verwechseln kann, wo sie sich doch gar nicht ähneln.

Ich griff auf mein Repertoire an Beschwichtigungstaktiken zurück. *Entschuldige dich.* Das hatte er immer gern gehört. »Es tut mir leid, dass ich mich nicht öfter gemeldet habe. Es schien mir einfacher zu sein – für uns beide –, wenn wir Abstand halten.«

»Einfacher. Glaubst du das wirklich oder redest du

Unsinn, um deinen Arsch zu retten?« Ich wollte erwidern, dass ich versuchte, nett zu ihm zu sein. Dass ich meinen Arsch nicht zu retten brauchte, weil ich mir nichts vorzuwerfen hatte.

Aber ich hatte Angst und ich wollte mich vor ihm schützen. »Ich habe es damals für richtig gehalten, Daddy. Und das tue ich jetzt immer noch. Aber wenigstens bist du wieder frei. Alles ist wieder gut.« Genau wie als Kind wusste ich nicht, was ich sagen sollte oder wie ich es am besten formulierte. Es war wie russisches Roulette mit Worten. Welches würde ihn besänftigen? Welches würde seinen Zorn erregen?

»Ja. Alles ist wieder gut. Abgesehen davon, dass ich jetzt ein Einkommen brauche. Je mehr Geld ich verdiene, desto eher komme ich aus diesem Heim heraus. Weißt du eigentlich, wie schwierig es für einen ehemaligen Häftling ist, einen vernünftigen Job zu finden?«

Ich schüttelte den Kopf, zu verängstigt, um zu antworten, und hoffte, Paco würde bald fertig sein und mich aufsuchen.

»Nun, ich habe einen.«

»Gut! Herzlichen Glückwunsch!« Ich war zu überschwänglich. Mein Lächeln war zu strahlend.

Er erwiderte nichts. Er betrachtete mich nur mit einem eisigen Blick.

Ein Schauer lief mir den Rücken hinunter, als mir plötzlich etwas einfiel. Norma hatte ihre Wohnung erst gekauft, als er bereits im Gefängnis war. Er kannte ihre Adresse, da sie auf allen Akten vermerkt war, die seine nächsten Angehörigen betrafen. Er musste sie nach seiner Entlassung irgendwie ausgeschnüffelt haben. Sonst musste es ein Bluff sein, als er von ihrer *vornehmen* Nachbarschaft sprach.

Aber es stand nichts davon in den Akten, wo ich arbeitete. Norma hatte immer gewissenhaft dafür gesorgt, dass sowohl Ben als auch ich vor ihm geschützt blieben, selbst als er hinter Gittern war. Wir sollten uns sicher fühlen, hatte sie gesagt. Jetzt wurde mir klar, dass sie das im Hinblick auf die Zukunft getan hatte. Um genau diese Situation zu vermeiden.

Er hatte noch nie gut darauf regiert, befragt zu werden, aber ich musste es einfach wissen. »Wie hast du mich überhaupt gefunden? Wer hat dir gesagt, dass ich hier arbeite?«

»Mein Rechtsanwalt. Es ist schon eine Weile her. Er war eines Abends hier und hat dich bei der Arbeit gesehen. Alle Achtung, Gwen. Managerin eines großen Nachtklubs in der Innenstadt. Ziemlich beeindruckend für eine arme Anders aus New Jersey. Ich hatte es dir nicht zugetraut, deiner Schwester schon. Dein schwuler Bruder hat jedenfalls nicht das Zeug dazu, da bin ich mir verdammt sicher.«

Ich biss die Zähne zusammen, als er Ben erwähnte, und zum ersten Mal war ich froh darüber, dass er so weit weggezogen war. Dort, wo er jetzt war, konnte unser Vater ihn auf keinen Fall aufspüren.

»Wie auch immer.« Er kratzte sich am Hemdkragen. »Ich habe es drauf ankommen lassen, als ich heute vorbeigekommen bin. Ich schätze, du arbeitest gewöhnlich nachts, aber ich kann nur tagsüber in der Weltgeschichte herumlaufen. Ich habe Glück gehabt, dich hier anzutreffen.«

»Ja, das war Glück.« Zu einer Tageszeit, zu der ich fast nie im Klub war, zu einer Gelegenheit, bei der ich die einzige Angestellte im Gebäude war, das einzige verdammte Mal, als ich unterlassen hatte, die Kameras zu überprüfen, ehe ich die Tür öffnete. Das konnte man wirklich Glück nennen.

»Sieh mal«, sagte ich und versuchte, selbstsicher zu klingen, »ich muss wieder an die Arbeit. Mein Chef wird bald hier sein. Du musst also jetzt gehen.«

Er ignorierte meinen Bluff vollkommen, entweder glaubte er mir nicht oder es war ihm egal. »Er wird mir auch nicht weiterhelfen. Mein Job. Mit dem Lohn, den sie mir da angeboten haben, wird es sehr lange dauern, bis ich aus diesem Heim herauskomme und mir eine eigene Wohnung leisten kann. Und so lange kann ich da nicht bleiben. Du weißt ja nicht, wie es da ist.«

»Ich kann dich nicht bei uns wohnen lassen, Daddy. Wie gesagt, es hängt von –«

»Norma ab«, beendete er den Satz mit mir. »Dann wollen wir mal sehen. Wenn das nicht klappt, müssen wir uns andere Möglichkeiten überlegen, wie du mir helfen kannst.« Mit halb geschlossenen Augen rieb er sich den Hals, wobei sein langes Haar geschüttelt wurde wie bei einem Hund, der sich kratzt. »Wie wär's, wenn du mir einfach Bargeld gibst?« Ja. Er war ein widerlicher Köter.

»W-wie viel?« Ich geriet ins Stottern, als meine Angst immer mehr wuchs. Er würde mich dazu treiben, Nein zu sagen, und ich hatte noch nie versucht, Nein zu ihm zu sagen.

»Hm.« Er betrachtete sich die Kleider, die ich trug, meine Schuhe. Sie waren nicht von Bergdorf Goodman Qualität, aber da Norma die meisten Rechnungen für mich beglich, konnte ich mir ein paar hübsche Sachen leisten. Ich bekam jetzt ein schlechtes Gewissen, als ich mich an die Umstände erinnerte, unter denen ich aufgewachsen war. Von dem Geld, das ich für meine Schuhe bezahlt hatte, hätten wir einen Monat leben können.

Ich hätte mich also nicht wundern sollen, als er seine Summe nannte. »Fünfundzwanzigtausend sollten reichen.«

»So viel Geld habe ich nicht.« Meine Worte klangen zaghaft und atemlos. Er hasste jede Erwiderung auf eine Forderung, wenn es nicht *Ja, Sir* war.

»Na hör mal. Wo ihr Mädchen doch in so einem hübschen Gebäude wohnt? Ich wette, fünfundzwanzig Riesen decken nicht mal ein halbes Jahr Miete dort ab. Und du kannst nicht einmal eine Sechsmonatsmiete abzweigen, um deinem alten Vater zu helfen, aus dem Höllenloch herauszukommen, das er mit einer Bande dreckiger Drogensüchtiger teilt?«

»Ich bin nicht die mit dem Geld. Das habe ich dir doch gesagt. Es ist Norma. Ich verdiene kaum genug, um die Nebenkosten abzudecken.« Weitere Lügen. Weitere Hinweise auf Norma. Sie würde allerdings mit ihm fertigwerden. Sie würde wissen, was sie sagen musste, um ihn in seine Schranken zu weisen, während ich das einfach ... nicht konnte.

Er machte ein schnalzendes Geräusch in der Kehle, das bedrohlicher klang, als es hätte sein sollen. »Du kannst es mir beschaffen. Ich weiß, dass du es kannst.«

Ich schüttelte heftig den Kopf. »Das kann ich nicht.«

»Bitte Norma darum.« Er kam auf mich zu, während er das sagte. »Sie wird es dir geben. Tu es für deinen lieben, alten Dad. Um die ganze Zeit wettzumachen, in der du keinen Finger für ihn gerührt hast.« Gleichzeitig mit jedem Schritt, den er auf mich zukam, wich ich einen Schritt zurück, bis ich an die stählerne Arbeitsfläche stieß und keinen Fluchtweg mehr hatte.

Ich stützte mich gegen die harte Fläche hinter mir und

versuchte schnell, den nächsten Schritt zu planen. Wenn ich sagte, dass ich ihm das Geld beschaffen würde, würde er dann weggehen? Und was dann? Würde ich ihm das Geld geben müssen? Würde ich untertauchen müssen? Es lag nichts gegen ihn vor. Als wir noch Kinder waren, hatten wir ein paarmal Hausbesuche von Polizisten und Sozialarbeitern bekommen, und mein Vater hatte dafür gesorgt, dass sie nur zu sehen bekamen, was er ihnen zeigen wollte – Essen auf dem Tisch, Spielzeug im Haus. Es gelang ihm immer, seine Verbrechen zu vertuschen. Besonders da die Hälfte davon aus Psychoterror bestand. Blaue Flecke auf der Seele kann man nicht sehen.

Dies war solch eine Situation. Wenn ich ihm das Geld verweigerte, würde er mich schlagen. Daran bestand kein Zweifel. Es wäre schön, daran glauben zu können, dass er sich im Laufe der Jahre geändert hatte – bei mir war das so –, aber im Gefängnis ist noch niemand ein besserer Mensch geworden. Wenn er sich überhaupt geändert hatte, war er höchstens brutaler geworden. Ich fragte mich, ob er auch brutaler zuschlug. Wenn er mich schlug, wenn er mich tätlich angriff, würde die Polizei eingreifen. Es war kaum zu hoffen, dass es ausreichen würde, um ihn wieder hinter Gitter zu bringen, aber war eine Tracht Prügel ein Kontaktverbot wert?

Ganz sicher. Aber ich konnte ihn doch nicht absichtlich provozieren. Es verstieß gegen alle Prinzipien, die mir im Leben eingetrichtert worden waren. Ich gehorchte. Ich tat alles, um *nicht* geschlagen zu werden.

Und doch ...

Etwas wurde in mir ausgelöst. Etwas anderes als Furcht.

Zorn. Denn wie konnte er es wagen? Wie konnte er sich

unterstehen, in meinen Arbeitsplatz und mein Leben einzudringen und Wiedergutmachung für die Jahre zu fordern, die er im Gefängnis verbringen musste, weil er seine Kinder misshandelt hatte? Wie hatte er es wagen können, uns überhaupt zu schlagen? Ich hatte Jahre gebraucht, bis ich das dauernde Angstgefühl in der Magengrube losgeworden war, und sogar noch länger, um irgendeine Art von Selbstvertrauen zu gewinnen. Wie konnte er es wagen, mir das jetzt wieder zu nehmen?

»Also?« Er kam noch einen Schritt auf mich zu. Nun waren wir nur eine Armlänge voneinander entfernt.

Ich nahm alle Seelenstärke zusammen, die ich aufbringen konnte – es war mehr, als ich dachte –, straffte die Schultern und sagte: »Nein.«

»Was hast du gesagt?«

»Ich habe Nein gesagt. Ich werde dir das Geld nicht beschaffen. Nicht weil ich nicht glaube, dass Norma es mir geben würde, sondern weil ich das nicht will. Es steht dir nicht zu. Wir schulden es dir nicht. Ich schulde dir gar nichts.«

Knall. Das war sein Handrücken auf meiner Wange. Ich hörte ihn deutlich, ehe ich das Brennen und den beißenden Schmerz spürte. Ich hatte es beinahe erwartet und doch versetzte es mich in einen Schockzustand, nahm mir den Atem und ließ mich Sternchen sehen, als seine Knöchel an meine Wangenknochen krachten.

Ich rang nach Luft und hob die Hand an mein Gesicht, als könnte ich damit verhindern, dass mir die Haut brannte. Als könnte mich das vor dem nächsten Schlag schützen.

»Du verdammtes Biest. Du warst immer schon so verflucht undankbar.« Er hob wieder die Hand und ich schloss die Augen, um mich gegen den nächsten Schlag zu wappnen.

Er kam nicht.

»Untersteh dich, sie zu schlagen!«

Beim Klang von JCs Stimme riss ich die Augen auf. Er musste durch die nicht eingeklinkte Tür hereingekommen sein. Jetzt stand er hinter meinem Vater, packte ihn an den Oberarmen und zerrte ihn von mir weg. Sie waren etwa gleich groß, aber während JC fit und schlank war, war mein Vater massig und muskulös. Das konnte kein fairer Kampf werden. Mein Vater konnte ihn zermalmen.

»Was zum ...« Dad war ebenso erstaunt wie ich, dass wir einen Besucher hatten. »Nimm die Pfoten von mir«, sagte er und schüttelte JC ab.

JC eilte zu mir herüber. »Gwen, ist alles in Ordnung?«

»Ich glaube schon.« *Nun, da du hier bist, ja.*

Er legte mir den Arm um die Schultern, zog mich aber nicht zu nahe an sich, sondern lehnte mir den Kopf zurück, um sich mein Gesicht anzusehen. Der Art, wie er zurückschreckte, entnahm ich, dass sich bereits ein Bluterguss bildete.

»Mein Gott, hat er das getan?« JCs Augen wurden dunkel und sein Blick wurde hart, noch ehe ich genickt hatte. Er wandte sich wieder meinem Vater zu und holte aus, um ihn zusammenzuschlagen.

Da sah ich das Messer.

»Nein!« Ich packte JC am Arm, um ihn zurückzuhalten. »Er hat ein Messer.«

Er folgte meinem Blick und entdeckte das Messer in der Hand meines Vaters. Es war ein rostiges, altes Taschenmesser. Er musste es irgendwo auf der Straße gekauft haben. In seinem Resozialisierungszentrum war Waffenbesitz sicher verboten. Das war noch ein Detail, das ich der Polizei gegenüber erwähnen würde, wenn ich ihn nachher anzeigte.

JC stellte sich vor mich, um mich vor ihm abzublocken. Um mich zu schützen. »Was willst du von ihr?« Ich klammerte mich an sein Hemd und er reichte hinter sich, um mich fester an sich zu ziehen. Er gab mir genau das Gefühl, von dem ich als Kind immer geträumt hatte – und das mein Vater mir nie gegeben hatte. Warm, vor jeder Gefahr beschützt, bedingungslos geliebt.

Der Mann, dessen DNA ich meine Existenz verdankte, sah an JC vorbei und fixierte mich. »Gwen weiß, was ich will.«

Ich spähte verstohlen auf das Messer hinunter und sah ihm dann wieder ins Gesicht. Ich spürte, wie JC sich unter meinen Händen verspannte, und mir war bewusst, dass er für mich kämpfen würde. Das konnte ich nicht zulassen. Er war kleiner und unbewaffnet. Er konnte auf keinen Fall gewinnen und der Gedanke daran, dass er dabei verletzt werden könnte ... Mir wurde die Kehle ganz eng.

»Ich gebe es dir«, log ich. »Ich besorge dir das Geld. Wenn du jetzt bloß gehst.«

Dad würdigte JC keines Blickes, als ob seine Anwesenheit ihn nicht im Geringsten beunruhigte. »Sieh zu, dass du das machst. Ich komme am Donnerstag wieder. Um dieselbe Zeit.« Er trat ein paar Schritte zurück und fügte hinzu: »Ich weiß, dass ich dir trauen kann, meine kleine Gwen. Enttäusche deinen Vater nicht.«

Er nickte mir noch einmal zu, dann war er gegangen.

JC folgte ihm zur Tür, um sie hinter ihm zu schließen, wobei er darauf achtete, dass sie diesmal richtig eingeschnappt war. Ich lief zum Spülbecken, wo ich zu würgen begann.

JC BRACHTE mir eine Flasche Sprite von der Bar und veranlasste mich, am Tisch zu sitzen und sie dort zu trinken, um meinen Magen zu beruhigen. Er kümmerte sich um Paco, unterschrieb die Papierarbeit, die bestätigte, dass die Böden gewachst waren, und sorgte dafür, dass die Tür richtig abgeschlossen war, nachdem er gegangen war.

Ich sah ihm dabei zu, wie er meine Arbeit erledigte, und fragte mich, ob er es tat, weil er mich für hilflos hielt, oder bloß aus Nettigkeit. Ich war nicht hilflos. Ich hatte schon viele Angriffe überstanden. Aber dies. Diese liebevolle Zuwendung und Sorge – das war doch schön.

Als JC wieder im hinteren Teil des Klubs verschwand, rief ich Norma an.

»Bist du jetzt alleine?«, fragte mich meine Schwester, nachdem ich ihr alles erzählt hatte.

»Nein. JC ist noch bei mir.«

»Perfekt. Wenn du nicht mit zu ihm gehst, sorge dafür, dass er dich nach Hause bringt. Unsere Wohnung ist abgesichert, es kann dir also dort nichts passieren. Ich werde mit ein paar Leuten reden und sehen, was wir jetzt am besten unternehmen. Jedenfalls müssen wir nachher mit der Polizei sprechen. Kommst du im Moment zurecht?«

Ich hatte bisher nicht geweint, aber jetzt war mir danach zumute. »Mm«, sagte ich und hielt ein Schluchzen zurück. »Ich danke dir, Schwesterherz.«

Ich hatte gerade aufgelegt, als JC zurückkam. »Ich habe alle Lichter ausgemacht und das Büro abgeschlossen.«

Ich nickte bloß, weil ich nicht sicher war, ob ich meine Stimme unter Kontrolle hatte.

Er nickte einmal zurück. Dann nahm er vom Regal bei der Spüle ein Geschirrhandtuch und fragte: »Bist du sicher, wir hätten nicht lieber die Polizei einschalten sollen?«

»Ja, ich bin sicher.« Ich hatte plötzlich Flashbacks von Rot- und Blaulicht bei unserem Haus. Zu den seltenen Gelegenheiten, wenn die Geräusche häuslichen Unfriedens die Nachbarn dazu bewogen hatten, die Polizei zu rufen. Jedes Mal waren sie zu unserer Rettung aufgetaucht. Und jedes Mal brachte Dad Entschuldigungen hervor – zwang *uns*, aus Angst vor ihm dasselbe zu tun –, und sie zogen wieder ab und überließen uns unserem Schicksal.

Ich nahm noch einen Schluck Sprite und erklärte: »Ich habe mit der Polizei nur schlechte Erfahrungen gemacht. Ich hätte es lieber, wenn Norma das alles regelt. Es gibt Sicherheitskameras in diesem Raum. Ich werde ihr die Bänder geben, dann kann sie sie zeigen, wem sie will. Sie wird dafür sorgen, dass wir alles richtig machen, damit er wieder hinter Gitter kommt.«

Ich machte mir immer noch Sorgen. Mein Vater war immer schon gewalttätig gewesen, aber ein Idiot war er nicht. Er musste wissen, dass ich ihn anzeigen konnte. Oder dachte er, er hätte mich immer noch so unter seiner Fuchtel, dass ich das nicht wagen würde?

»Das gefällt mir gar nicht«, sagte JC und ließ eine Handvoll Eis vom Kühlfach ins Handtuch fallen.

»Ich weiß. Danke, dass du es auf meine Weise getan hast.« Aus dem Blick, den er mir zuwarf, entnahm ich, dass er wohl nicht vorhatte, in diesem Stil weiterzumachen. Ich hätte mich nicht gewundert, wenn er die Polizei schon gerufen hätte, als er mir mein Getränk holte.

Aber als er dann das Handtuch um das Eis wickelte, damit es nicht herausfallen konnte, seufzte er. »Mich hat das Gesetz auch schon einmal im Stich gelassen. Ich kann deine Einstellung gut verstehen.«

Ich drückte mir mein relativ kaltes Getränk an die Wange und starrte ihn an, dankbarer denn je dafür, dass er da war, und nur ein wenig abgelenkt von der Erkenntnis, dass ich seinen Schwanz in mir hatte, als ich das letzte Mal auf diesem Tisch saß.

Er kam zu mir herüber und nahm mir das Getränk aus der Hand. Er stellte es neben mich auf den Tisch und drückte sanft die Eiskompresse an meinen Wangenknochen. »Das wirkt sicher besser.«

Ich stieß vor Schmerz einen Zischlaut aus. Er zuckte mit mir zusammen. »Es tut mir leid.«

»Ist schon gut«, sagte ich mit zusammengebissenen Zähnen. »Es wird besser, wenn es taub wird.« Ich sprach aus Erfahrung, hütete mich aber davor, mehr über die Angelegenheit zu sagen, dazu war sie viel zu persönlich.

Wir schwiegen ein paar Minuten, während JC mein Gesicht kühlte und ich versuchte, nicht zurückzuzucken. Dann kam es mir plötzlich zu Bewusstsein und ich sagte schnell: »Oh Gott, ich habe mich ja nicht einmal bei dir bedankt! Wenn du nicht gerade im richtigen Moment gekommen wärst, würde ich jetzt wohl noch schlimmer aussehen.«

Er konzentrierte sich auf seine Aufgabe. »Ich wünschte nur, ich wäre eher gekommen. Und du kannst niemals so aussehen, dass die Beschreibung *schlimmer* auf dich zutreffen würde. Du bist atemberaubend. Wie immer.«

Bei diesem Kompliment wurde mir flau im Magen. Es war merkwürdig, wie nur ein paar Worte von ihm bewirken konnten, dass ich ganz schüchtern und verwirrt wurde, trotz all der Situationen, in denen er mich nackt gesehen hatte. Ich sah verlegen auf meine Knie hinunter und hoffte, er würde mein Erröten der kalten Eiskompresse zuschreiben. »Woher hast du eigentlich gewusst, dass ich hier war?«

Seine Mundwinkel bogen sich nach unten. »Das habe ich nicht gewusst. Ich bin wegen Matt gekommen.«

»Oh. Ich habe ihn nach Hause geschickt.« Es war dumm von mir, enttäuscht zu sein. Schließlich war er trotzdem für mich da gewesen. Was machte es schon aus, ob er meinetwegen gekommen war oder nicht.

JC runzelte die Brauen. »Ich kann es gar nicht fassen, dass er dich hier allein gelassen hat.« Seine Worte klangen kurz angebunden und voll unterdrücktem Zorn.

»Das ist nicht Matts Schuld. Ich hätte die Tür nicht öffnen dürfen.« Es war ein dummer Fehler gewesen. Von allen möglichen üblen Konsequenzen war mein Vater nur eine gewesen. *Wie dumm, wie dumm, wie dumm.*

JC ließ das Handtuch von meiner Wange sinken und sah mir streng in die Augen. »Nein, das hättest du nicht.« Nachdem er mit mir geschimpft hatte, legte er die Kompresse wieder an mein nunmehr taubes Gesicht. »Aber du kannst mir glauben, ich werde Matt ebenfalls die Meinung sagen.«

Die Stimmung erschien mir verletzlich und zerbrechlich, und obwohl ich wohl die Einzige war, die sich ebenso fühlte, hatte ich den Eindruck, dass JC es auch war. »Matt und dich verbindet noch viel mehr als nur der Mietvertrag für die Viper, nicht wahr?«

Er hob den Blick kurz, um mich anzusehen, dann senkte er ihn wieder auf meine Wange. »Ja.«

»Aber du willst nicht darüber sprechen.«

»Nein.«

Er war so unnachgiebig wie immer. Bei ihm lief ich immer nur mit dem Kopf gegen die Wand. Er war mein Retter in der Not gewesen und ich hatte mich der Illusion hingegeben, dass das etwas bedeutete. Dass ich jemand war, an dessen Rettung ihm etwas lag. Dass ich es wert war, um mich zu kämpfen.

Aber wie konnte er denken, dass ich ihm irgendetwas wert war, wenn er sich weigerte, mir auch nur die einfachsten Dinge über sich anzuvertrauen?

Es war unmöglich. Ich musste endlich aufwachen und der Realität ins Auge blicken – er würde niemals offen mit mir reden. Es würde mir nie gelingen, sein Vertrauen zu gewinnen. Es würde zwischen uns niemals eine Beziehung geben, die über reinen Sex hinausging.

Ich schlang die Arme um mich und spürte, wie mir wieder die Tränen kamen. Wenigstens konnte ich so tun, als würde ich nicht seinetwegen, sondern wegen meines Vaters weinen, sollte er nachfragen. Obwohl es JC sicher nicht einmal etwas ausmachen würde, wenn ich zugäbe, dass es seinetwegen war.

Ich setzte mich auf. »Ich komme jetzt allein zurecht.« Ich streckte die Hand aus und nahm ihm die Eiskompresse ab, wobei ich den Stromschlag ignorierte, der mir durch den Körper zuckte, als unsere Hände sich berührten. »Es tut mir leid, dass du damit belästigt wurdest. Den Rest schaffe ich jetzt schon.« Norma hatte mir eingeschärft, ich sollte bei ihm bleiben, aber nach allem, was an diesem Morgen passiert war, konnte ich seine abweisende Haltung nicht auch noch ertragen.

Er lachte leise und ließ die Kompresse nicht los. »Ich lasse dich nicht allein.«

»Das kannst du ruhig. Wirklich. Das geht weit über die Grenzen dessen hinaus, was *wir für uns sind.*« Es war gemein und unfair, aber ich konnte mich nicht beherrschen. Ich war auf so viele Weisen verletzt worden. Es an jemandem auszulassen war eine Erleichterung.

JC legte die Eiskompresse nieder und neigte den Kopf zur Seite, um mich anzusehen. »Gwen, bitte nicht.« Diese drei Worte, die er in einem so ernsthaften Ton äußerte, trafen mich tief. Ich kam mir plötzlich kindisch vor. Sie nahmen mir etwas von meinem Draufgängertum.

Etwas davon. Nicht alles. »Was meinst du damit?«

»Werte uns nicht ab.«

Ich gab zurück: »Ich wiederhole nur, was du selbst gesagt hast.«

Er stützte links und rechts neben mir die Hände auf, senkte den Blick und hielt mich gewissermaßen gefangen. »Du hast recht. Das habe ich gesagt. Es war kompletter Blödsinn und jetzt ist es immer noch kompletter Blödsinn.« Er hielt kurz inne. »Du weißt doch, dass ich Gefühle für dich habe.«

Mir blieb die Luft weg.

»Wirklich?« Ich brachte nur ein Flüstern hervor, kaum hörbar bei dem lauten Poch, Poch, Pochen meines Herzens. Vielleicht hatte mein Vater fester zugeschlagen, als ich dachte, und ich bildete mir das Ganze nur ein.

JC grinste mich zärtlich an – gab es das überhaupt? Konnte man zärtlich grinsen? Denn das tat er gerade. »Tu nicht so erstaunt. Ich weiß, dass du weißt, dass ich es tue.«

Ich fand jetzt meinen Atem wieder, aber er ging schnell und flach. Ich zwickte mich in die Hüfte, um mich zu vergewissern, dass ich nicht träumte, aber das funktioniert ja nie. Da mein Gesicht ohne die Eiskompresse nicht betäubt blieb und wieder zu schmerzen begann, nahm ich das als ausreichenden Beweis dafür, dass ich bei Bewusstsein war.

Ich tat ganz gelassen, dabei hatte mich unsere Unterhaltung vollkommen umgehauen. »Ich bin überrascht, dass du es mir gegenüber zugibst.« Und eine halbe Sekunde danach: »Warum tust du das?« *Und warum hast du es bis jetzt nicht fertiggebracht?*

Denn er hatte recht – ich wusste allerdings, dass er Gefühle für mich hatte. Es war das Einzige, das es mir ermöglichte, jede Woche zu ihm zurückzugehen. Er hegte schon seit einiger Zeit Gefühle für mich, genau wie ich für ihn. Warum sagte er es mir jetzt erst, aus heiterem Himmel?

Mein Gott, ich hoffte, es war nicht aus Mitleid.

»Ehrlich gesagt, das weiß ich nicht.« JC nahm die Hand vom Tisch und fuhr sich mit den Fingern durchs Haar, den Blick in die Ferne gerichtet. »Ich habe gestern eine gute Nachricht bekommen, auf die ich lange gewartet habe. Ich hätte darüber sehr glücklich sein sollen. Und doch war der einzige Gedanke, den ich fassen konnte: *Ich wüsste zu gern, was Gwen gerade macht.* Und als ich dann hereinkam und sah, wie dieses Arschloch im Begriff war, dich zu schlagen, wollte ich ihn ehrlich gesagt umbringen. Besonders als ich herausfand, wer er war. Dass er dein Vater ist. Jemand, der dich zuvor misshandelt hat.«

Er streckte einen Finger aus und folgte der Saumlinie meines Rocks auf meinem Knie, und ich bekam sofort eine Gänsehaut. »Ich dachte, ich könnte alles, was mit dir zu tun hat, vom Rest meines Lebens trennen.« Seine Stimme klang jetzt leise. Rau. »Dass ich es in unserem Hotelzimmer einschließen könnte. Aber du bist überall. Du bist mir bei allem, was ich tue, gegenwärtig, Gwen. Das ist aus verschiedenen Gründen problematisch. Aber ich denke, ich muss einen Weg finden, damit zurechtzukommen, denn ich kann nicht mehr so tun, als wäre es nicht wahr.«

Er hob den Kopf und sah mich mit einem verlorenen, flehentlichen Blick an.

Mir blieb fast das Herz stehen. »Himmel. Du bist verheiratet, nicht wahr?«

Er lachte. »Nein. Ich bin nicht verheiratet.« Er sah jetzt wieder wie immer aus und betrachtete meine Wange. Er nahm die Eiskompresse vom Tisch und betupfte eine Weile schweigend meine Wange, ehe er sagte: »Ich war verlobt.«

»Wann?«

Er schüttelte ein Mal den Kopf. »Jetzt nicht mehr. Es war vor dir. Vor ein paar Jahren. Ihr Name war Corinne.«

»*War?* Ist sie ...« Ich wusste nicht, wie ich meinen Satz beenden sollte, ohne taktlos zu klingen.

»Ja«, sagte er zögernd, »sie ist gestorben. Und all die Dinge, die damit verbunden sind und mich daran hindern, zu sein, was ich dir sein möchte, haben damit zu tun.«

»Und darüber willst du auch nicht sprechen.«

Er seufzte. »Das ... das kann ich nicht. Es ist unfair, ich weiß.«

Ich zuckte die Achseln und versuchte, mich damit abzufinden. Immerhin war das ein Fortschritt, oder nicht? Warum fühlte ich mich also immer noch so ausgeschlossen?

»Gwen.« Er sagte das in demselben Ton, in dem er zuvor gesprochen hatte. Das *Bitte nicht*. Ich spürte es jetzt aus seiner Körpersprache und dem bittenden Ton heraus.

Er legte die Eiskompresse wieder auf den Tisch und strich mir sanft eine lose Haarsträhne aus dem Gesicht. Dann fuhr er auf meiner unverletzten Seite sanft mit dem Daumen an meinem Kiefer entlang. Streichelte damit sanft mein Gesicht. »Ich habe mich dagegen gewehrt, dich zu lieben, Gwen. Nicht nur, weil es zum falschen Zeitpunkt kam, sondern weil ich auf keinen Fall wieder so viel verlieren wollte.«

Mein Pulsschlag wurde schneller, der Schmerz, den ich noch einen Moment zuvor empfunden hatte, war bei seinen Worten bereits vergessen. »Aber du tust es trotzdem? Mich lieben?«

Mist, ich klang begierig. Und hoffnungsvoll. Und glücklich.

»Ja.« Er ließ die Hand sinken. »Das ist so ziemlich alles, was ich dir im Augenblick geben kann. Ich kann dir nicht erzählen, was du wissen möchtest. Ich kann dich nicht an meinem Leben teilnehmen lassen. Noch nicht. Aber ich liebe dich. Das kann ich dir sagen. Ist das genug?«

Es war ehrlich und kam von Herzen, und trotz all der Geheimnisse, mit denen er sich umgeben hatte, spürte ich sein Verlangen, eine Verbindung herzustellen. Seinen aufrichtigen Wunsch, mit mir zusammen zu sein. Seine ganze wahre Liebe zu mir.

War das nicht das Wichtigste?

»Ja, das ist genug«, sagte ich, während mir die Hände im

Schoß zitterten. »Jedenfalls vorerst. Ich bin wegen viel weniger bei dir geblieben. Nicht dass wirklich fantastischer Sex zu verachten wäre.«

»Wirklich fantastischer Sex?« Sein Lächeln war jungenhaft und seine Augen lächelten mit. »Nicht bloß fantastischer Sex, sondern *wirklich* fantastischer Sex?«

Ich trat ihn in den Schenkel, dann erwiderte ich mit seinen eigenen Worten: »Tu nicht so erstaunt. Ich weiß, dass du weißt, dass es so ist.«

Er lachte, dann legte er mir die Hand um den Nacken und zog mein Gesicht an seines. Er gab mir einen sanften, zurückhaltenden Kuss. »Ich würde dich gern richtig küssen, aber ich habe Angst, dir wehzutun.«

»Mein Mund ist vollkommen in Ordnung.« Selbst wenn er das nicht wäre, hätte ich die Schmerzen gern ertragen, denn ich musste ihn einfach küssen. Musste spüren, dass seinen Worten auch Taten folgten.

»Gott sei Dank.« Seine Worte wurden undeutlich, als er die Lippen auf meine presste. So sanft er mit meinem Gesicht gewesen war, so rau war jetzt sein Kuss. Er zerquetschte mich. Er zeichnete mich als seinen Besitz, und ich erlaubte es ihm.

Als ich ihm die Arme um den Hals schlang und ihm mit den Händen durchs Haar fuhr, erinnerte ich mich daran, wie wir uns an jenem Tag im März geküsst hatten. Wie frei und leicht ich mich gefühlt hatte. Wie sich dieser wundervolle Kuss in etwas Trauriges und Leeres verwandelt hatte, als er mich abgewiesen hatte. Mir wurde klar, dass ich trotz der Illusion der Freiheit, die er mir gab, nun erneut gefangen war, mit ganzem Herzen an JC gebunden.

Was nur dann ein Nachteil war, wenn er mich wieder so kalt behandeln würde, wie er es schon einmal getan hatte.

Dieser Gedanke hing wie eine dunkle Wolke über mir. Ich versuchte, mich loszumachen.

JC hielt mich fest, eine Hand immer noch um meinen Nacken geschlungen, die andere um meine Taille. »Was hast du denn? Habe ich dir wehgetan?« Er blickte mich suchend an.

Ich versuchte, nicht mehr daran zu denken. »Nichts. Nein. Ich meine ...« Ich beschloss, ehrlich zu ihm zu sein. »Ich habe Angst, dass du mich wieder fortstößt.«

Er senkte den Kopf. »Es tut mir leid, dass ich das getan habe.« Er blickte mir wieder in die Augen und streichelte mir die Wange mit einer so unaussprechlich süßen Geste. Voller Liebe. Voller Anbetung. »Ich war ein Arschloch. Ich habe mich in dich verliebt und das hat mir Angst gemacht. Ich wusste nicht, was ich tun sollte.«

War es dumm von mir zu glauben, diesmal würde alles anders werden? Wenn ich mich noch genau daran erinnerte, wie weh es mir getan hatte, von ihm zurückgewiesen zu werden?

»Ich weiß immer noch nicht, was ich tun soll«, sagte ich. Doch ich wusste, was ich tun würde – alles, was er wollte. Er war mein Beschützer. Ich gehörte ihm.

»Also«, er befühlte geistesabwesend den Kragen meiner Bluse, »liebst du mich?«

»Das weißt du doch.« Ich grinste ein wenig zu breit und keuchte auf, als mein Gesicht wieder zu schmerzen begann.

JC legte mir sofort die Eiskompresse wieder an die Wange und sah besorgt aus. Ich bedeckte seine Hand mit meiner. Und dann, nur weil ich es noch nicht gesagt hatte und es unfair gefunden hätte, wenn er es nicht zu hören bekam, sagte ich: »Ich liebe dich allerdings. Sogar sehr.«

Seine Augen leuchteten auf, doch seine Züge blieben düster, voller Ernst. Beinahe verzweifelt. »Dann komm zu mir. Bleib heute bei mir. Heute Nacht.«

»Aber es ist doch erst Dienstag.«

Nun lächelte er. Er verflocht die Finger seiner freien Hand mit meinen und sagte: »Ich weiß, welcher Tag heute ist. Ich möchte dich jeden Tag bei mir haben.«

Und damit war ich einverstanden.

SECHZEHN
KAPITEL SECHZEHN

ALS WIR IN unserem Hotelzimmer ankamen, gab JC mir zuerst einmal Schmerztabletten und ein Glas Wasser. Dann zogen wir uns bis auf die Unterwäsche aus und gingen sofort ins Bett, wo ich auf der Stelle einschlief. Während ich mich dem süßen Vergessen überließ, hielt er mich in den Armen, küsste immer wieder mein Gesicht und meinen Hals, und beinahe jedes Mal, wenn ich mich bewegte, war er immer noch da. Die Ereignisse des Tages waren für mich erschöpfend gewesen und ich wachte erst wieder auf, als es schon zehn Uhr abends war. Aber ich fühlte mich erfrischt, wie neugeboren und gut versorgt.

Mein Frühstück beziehungsweise Abendessen wartete schon auf mich. »Ich habe versucht, Eier und Speck zu bestellen«, sagte JC und brachte mir ein Tablett mit einem Sandwich und Pommes frites. »Gegrillter Käse mit Speck war das Nächstbeste, was vor dem Nachteulenmenü ab elf Uhr zu haben ist.«

Ich setzte mich ans Kopfende gelehnt auf und nahm das Tablett. »Ich glaube, ich habe noch nie Kaffee zu gegrilltem Käse getrunken.« Ich fügte meinem Kaffee etwas Süßstoff hinzu und nahm einen Schluck aus meiner Tasse.

»Hätte ich dir etwas anderes bestellen sollen?«

»Nein. Das ist perfekt.« Dies war Futter für die Seele. Und ich war halb verhungert. Die Hälfte meines Sandwichs war bereits verschwunden, als JC mit seinem Tablett neben mir ins Bett stieg. Er hatte sich dasselbe bestellt, bloß keinen Kaffee. Als wir es beide bequem hatten, gab er mir aus einem Fläschchen auf dem Nachttisch drei Schmerztabletten. »Wie fühlst du dich?«

»Nicht schlecht. Dies wird helfen.« Ich schluckte die Tabletten. »Mir tut einfach alles fast so weh wie mein Gesicht.« Ich musste mich wirklich verkrampft haben, als mir klar wurde, dass Dad zuschlagen würde. Ich war eben aus der Übung.

JC setzte sich so hin, dass er mir die angespannten Schultern massieren konnte. »Oh Gott, du bist ja ganz verknotet. Ich lasse dir ein Bad ein, sobald du mit dem Essen fertig bist.«

»Nur für mich? Oder kommst du mit in die Wanne?« Ihn in der Rolle des fürsorglichen Partners zu erleben war schön, aber gleichzeitig ungewohnt, und es flößte mir ein leichtes Unbehagen ein. Und mit dem von meinem Vater verunstalteten Gesicht hatte ich den Verdacht, dass sein Verhalten von Mitleid motiviert war. Das hatte ich bei ihm noch nie erlebt und ich hoffte, dass es ihm vergehen würde, wenn wir eine Weile nackt und schlüpfrig zusammen in der Wanne verbracht hatten. »Denn ich hoffe doch, dass wir zusammen baden werden.«

»Das lasse ich mir nicht zweimal sagen.« Er ließ die

Hände an meinem Rücken hinabgleiten und um mich herum, um meine Brustwarzen zu reizen.

Ich lehnte mich stöhnend an ihn, tastete nach ihm und fand ihn schon beinahe hart unter seinen Boxershorts. Ich drückte verspielt zu.

JC setzte meiner Erkundung ein Ende, indem er meine Hand festhielt. »Na, na, na«, rügte er mich. »Jetzt noch nicht.«

Ich tat so, als ob ich schmollte, obwohl es nur halb gespielt war, denn ich fühlte mich wirklich durch seine Ablehnung ein wenig verletzt.

Wie immer merkte JC das sofort und besänftigte mich.

»Aber bald«, sagte er und leckte mich am Ohrläppchen. »Aber ich sollte dich warnen – wenn du mit mir heute Abend Schritt halten willst, brauchst du mehr Energie, als du im Augenblick hast, Gwen.« Sein Atem kitzelte mich an den Hautstellen, die er benetzt hatte. »Sei also ein braves Mädchen und iss dein Abendessen, und dann wartest du, denn ich bestimme, wann wir anfangen.«

Das war nun der Mann, in den ich mich verliebt hatte. »Dann lass mich los, damit ich das tun kann.«

Lachend folgte er meiner Aufforderung. Wir beendeten unsere Mahlzeit schweigend und warfen uns dabei nur neckische Blicke zu. Als wir fertig waren, stellte er unsere Tabletts auf den Teewagen des Zimmerservice und rollte ihn ins andere Zimmer. Als er zurückkam, stellte er sich vors Bett und betrachtete mich eingehend.

Die Bettdecke war während des Essens von mir heruntergeglitten und ich war bis auf meinen Slip nackt. Im Laufe unserer Beziehung hatte JC mir beigebracht, seinen Blick zu genießen. Ich hatte gelernt, ihn zu schätzen. Heute Abend war es schwieriger. Ich hatte mein Gesicht noch nicht im Spiegel gesehen, aber die dauernden Schmerzen gaben mir das Gefühl, weder attraktiv noch verführerisch auszusehen.

Ich zwang mich, mich unter seinem Blick nicht zusammenzukauern. Zwang mich, mich stolz aufzurichten.

Nach einigen Sekunden, die mir wie eine Ewigkeit vorkamen, seufzte er schwer. »Sieh mal, Gwen –«

»Ach verdammt, kommt jetzt der Moment, an dem du einen Rückzieher machst?« Es war jämmerlich, so unsicher zu sein, aber ich war eben leicht zu verunsichern. Ich war argwöhnisch und verletzlich.

»Nein.« Er schien beleidigt, dass ich das auch nur denken konnte. »Ich habe dir doch gesagt, dass das nicht wieder vorkommt. Du musst mir vertrauen.« Er näherte sich mir und legte einen Finger unter mein Kinn. »Vertraust du mir?«

Jemandem zu vertrauen war mir noch nie leichtgefallen. Und was meinen Körper und mein Lustgefühl betraf, vertraute ich JC ja – aber bezüglich meines Herzens? Das wollte ich ja gern. Ich war mir nur nicht sicher.

Er setzte sich neben mich aufs Bett. »Komm her.« Er zog mich in seine Arme. »Mein Leben ist im Moment kompliziert und du kannst es mir glauben, es wäre leichter ohne dich. Aber wie ich bereits sagte, du bist ein Teil davon. Ich stoße dich nicht weg.« Er gab mir einen Kuss auf den Scheitel, während ich mich an seine nackte Brust kuschelte, um ihm zuzuhören. Um mich dazu zu bringen, ihm zu glauben.

»Okay.« Ich klang nicht sehr überzeugt, aber es war ein Anfang.

»Wir werden zusammen daran arbeiten. Ich weiß, dass du keinen Grund hast, mir zu glauben, doch du bist noch hier. Ich werde versuchen, dir Gründe zu geben.« Er strich mit der Hand an meinem Arm entlang. »Wie ich vorhin sagen wollte, es gibt ein paar Dinge, die ich dir erzählen kann – und das möchte ich auch –, aber können wir das nicht auch morgen tun?«

Natürlich konnten wir das. Bloß die Art und Weise, wie er mich hielt ... ich konnte seine Augen nicht sehen, und das machte es mir leichter, direkt zu sein. »Kann ich dir eine Frage stellen, ehe ich dir darauf antworte?«

»Ja. Vielleicht. Wie lautet deine Frage?«

Geheimnisse waren Teil der menschlichen Natur. Ich hatte die meinigen. Es gab nur sehr wenige Menschen, denen ich von meinem Vater erzählt hatte. Ich log, was meine Narben betraf. Ich log, wenn es um mein Familienleben ging. Ich respektierte JCs Geheimnisse, weil ich wusste, wie man sich fühlte, wenn man etwas zu verbergen hatte.

Aber ich fragte mich unwillkürlich doch, was er verbarg und warum er es tat. Wie konnte ich das nicht? Das lag auch in der menschlichen Natur. Obwohl ich also versprochen hatte, nicht neugierig zu sein – und das meinte ich auch so –, musste ich eines wissen: »Wirst du mir jemals alles sagen können?«

Er umarmte mich fester. »Ja. Auf jeden Fall. Und sobald es mir möglich ist, erzähle ich dir alles.«

Ich wusste nicht, ob seine Gründe dafür, mir seine Geheimnisse zu verschweigen, realer oder imaginärer Natur waren, aber mir drängten sich verschiedene Möglichkeiten auf. *Ist er ein FBI-Agent? Ein verdeckter Polizist? Untergetaucht?* Es war eigentlich gleichgültig. Er würde es mir sobald wie möglich sagen. Und das glaubte ich ihm. Schließlich vertraute ich ihm ja.

Ich drehte mich um, damit ich ihn ansehen konnte.

»Nimm dir so viel Zeit, wie du brauchst. Wenn du mich nur liebst –«

»Das tue ich.«

Diesmal legte ich die Hand an seine Wange. »Das ist alles, was ich mir jemals von jemandem gewünscht habe. Geliebt zu werden. Ich habe dir ja gesagt, dass mir das genug ist. Das habe ich auch so gemeint.«

Er starrte mit einem Ausdruck auf mich herab, den man nur als Ehrfurcht bezeichnen konnte. »Hat dir jemals jemand gesagt, wie verdammt und unglaublich wundervoll du bist?«

»Nein«, erwiderte ich ein wenig schwindelig und verlegen. »Das hat niemand je zu mir gesagt.«

»Du bist unglaublich wundervoll. Ich werde mein Bestes tun, es dir öfter zu sagen.« Er stand auf und zog mich mit sich hoch, sodass wir einander gegenüberstanden. »Und morgen erzähle ich dir mehr. Die grundsätzlichen Dinge. Alles, was ich sagen *kann*. Ich möchte dich kennenlernen. Und ich möchte auch, dass du mich kennenlernst. Aber heute Abend will ich dich bloß lieben.«

»Das hört sich gut an.«

Er küsste mich leicht auf die Lippen, aber als ich nach mehr verlangte, bekam ich einen tadelnden Nasenstüber. »Es ist noch nicht Zeit, unartig zu werden. Zuerst wird gebadet.«

Ich machte einen Schmollmund. »Und danach ist es Zeit, unartig zu werden?«

»Wir werden sehen.« Doch er konnte die Beule in seinen Boxershorts nicht verbergen, ganz gleich, wie geduldig er sich gab. Ich fasste seine vage Antwort also als ein entschiedenes *Ja* auf.

JC LIESS ein brühheißes Bad ein, genau wie ich es am liebsten hatte, und fügte etwas von dem hoteleigenen Schaumbad hinzu. Ich stieg zuerst ein und er setzte sich hinter mich. Mir wurde eine fürstliche Behandlung zuteil – er wusch mich am ganzen Körper, dann massierte er mir den Rücken, bis meine Muskeln sich gelockert hatten. Als er damit fertig war, lehnte ich mich zurück an seinen Brustkorb. Er schlang die Arme um mich und wir genossen es, nur im heißen Wasser zu liegen.

Ich war jetzt entspannt und voller Begierde, und der Druck zwischen meinen Beinen wurde mit jeder Minute dringlicher. Aber JC nahm sich Zeit mit mir. Und je mehr Ungeduld ich zeigte, desto länger würde er mich warten lassen, das war mir klar.

Also suchte ich nach etwas anderem, um mich von meiner schmerzlichen Begierde abzulenken. Ich ließ die Finger über die auf seiner Haut tätowierten Worte gleiten. »Ich weiß ja, dass wir damit eigentlich bis morgen warten wollen, aber wie wäre es mit einer Sache?«

»Wie meinst du das?«

»Ich meine, jeder von uns darf dem anderen eine Frage stellen und muss eine beantworten.« Ich spürte, wie sein Körper sich unter mir verspannte, und beschwichtigte ihn sofort. »Wenn du das wirklich nicht willst, ist das in Ordnung. Ich bin bloß neugierig.«

Er strich mir übers Haar. »Hm. Das könnte gehen. Aber du fragst zuerst. Und ich behalte mir vor, nicht zu antworten.«

»Das ist nicht –« Ich hatte gerade »fair« sagen wollen, als

mir klar wurde, dass nichts daran fair war. Das hatte er ja schon zugegeben. »Okay. Also gut.« Über meine Frage brauchte ich nicht lange nachzudenken, denn ich hatte sie schon seit Wochen stellen wollen. »Was hat das Datum bei deiner Tätowierung zu bedeuten?«

»Ist das dein Ernst? Du hast die Gelegenheit, alles zu fragen, was du willst, und suchst dir das aus?« Sein Ton war neckisch, aber er legte mir den Unterarm so um die Taille, dass die Tätowierung versteckt war, als würde ich sie vergessen, wenn ich sie nicht mehr sehen konnte.

Zu seinem Glück wirkte das eher süß als frustrierend. »Es ist so ziemlich die einzige Frage, von der ich annehme, dass du sie beantwortest. Außerdem interessiert es mich wirklich. Kannst du es mir sagen?«

»Habe ich schon erwähnt, dass du unglaublich wundervoll bist?« Er legte die Arme fester um mich, wobei der Druck auf meine Brüste dazu führte, dass von meinem vibrierenden Unterleib ein Stromschlag durch meine Adern zuckte.

Himmel, ich war so voller aufgestauter Erregung, ich brauchte unbedingt einen Orgasmus.

Aber ich wollte wissen, was es mit der Tätowierung auf sich hatte. Ich hatte einen gewissen Verdacht und brannte darauf, ihn bestätigt zu wissen. »Willst du mich nur hinhalten?«

»Nein.« Seine Arme um mich lockerten sich, aber er ließ mich nicht los. »Ich bin ehrlich beeindruckt, dass du mir meine Geheimnisse lässt. Dabei verhalte ich mich wie ein Arschloch, wenn ich erwarte, dass du nicht danach fragst, und du bist wundervoll, weil du es nicht tust. Ich danke dir.«

Ich schwieg einen Augenblick und dachte darüber nach,

ob das mit anderen Worten hieß: *Das werde ich nicht beantworten.* Dazu kam, dass ich tatsächlich fand, dass er sich in dieser Beziehung wie ein Arschloch verhielt, und ich mich zu fragen begann, ob etwas mit mir nicht in Ordnung wäre. Ich runzelte die Stirn. »Weißt du, mir kommt es langsam so vor, als wäre ich vielleicht gar nicht so wundervoll, sondern vielmehr eine Idiotin. Aber bitte sehr. Na schön. Wirst du nun meine Frage beantworten oder nicht? Ein einfaches Ja oder Nein wäre hilfreich, damit ich klarer sehe.«

»Es ist der Tag, an dem Corinne gestorben ist.« Oder dies. Das war jedenfalls eine klare Antwort.

Es war auch, was ich schon vermutet hatte. Sobald er gesagt hatte, dass er verlobt gewesen war, sobald er gesagt hatte, dass sie gestorben war, war mir klar gewesen, dass die Erinnerung an sie ihn verfolgte. Wie sehr war er immer noch von ihr eingenommen? Gab es neben ihrem Geist überhaupt Raum für mich in seinem Leben? Mehr hatte ich gar nicht von ihm erwartet, aber er überraschte mich. »Ich weiß nicht, warum ich dachte, ich müsste es mir in die Haut ritzen lassen. Diesen Tag werde ich nie vergessen. Vielleicht habe ich es darum getan. Er war so dauerhaft in mein Gedächtnis gegraben, dass es mir nur logisch erschien, ihn auch äußerlich zu tragen.«

»Du hast sie geliebt.« Dummkopf. Natürlich hatte er sie geliebt. Schließlich wollte er sie heiraten. Aber es laut auszusprechen half mir, es realistischer zu sehen. Aus reinem Egoismus. Aus Ichbezogenheit. Aber auch aus Selbsterhaltungstrieb.

»Ich habe sie geliebt.« Sein Ton war bestimmt. »Jetzt liebe ich dich.« Ebenso bestimmt. »Dazwischen hat es niemanden gegeben.«

»Wirklich nicht?« Ich verdrehte mich, um ihn ansehen zu können. Aber meine Nase stieß an sein Kinn, und ich sah nur sein Profil und seinen Hals.

»Nein. Nur dich.«

Ich rieb die Nasenspitze an ihm, während ich diese Eröffnung verdaute. Ich war kein Weichling – und darauf war ich stolz. Aber während meiner Zeit mit JC war ich weicher geworden. Und wie jede Frau wurde ich von Zweifeln und Neid geplagt. Ich war eifersüchtig auf diese tote Frau. Das konnte ich nicht leugnen. Damit musste ich fertigwerden. Ich hatte den Verdacht, dass das einige Zeit dauern würde.

Hinzu kam der Rest seines Geständnisses. *Nur du.* Er hatte es gesagt, als er mich im Klub aufgesucht hatte. Und das war wichtiger. Das war noch schwerer zu begreifen. Denn wer war ich schon? Von allen Frauen, die sich nach ihm umgedreht haben mussten, von allen Frauen, die ihm einen Zimmerschlüssel oder eine Telefonnummer zugeschmuggelt haben mussten, warum ausgerechnet ich?

Ich versuchte, es zu raten. »Bin ich wie sie?«

»Nicht einmal annähernd. Nun, du bist allerdings genauso eigenwillig, wie sie es war. Aber das ist das Einzige, worin ihr euch ähnelt.«

Ich setzte mich auf, wandte mich um und saß jetzt auf seinem Oberschenkel. Vor mir sah ich eine Frau mit dunklem Haar und dunklen Augen. Eine schlanke Frau, denn ich hatte eine vollere Figur. Warm und freundlich. Liebenswert. »Warum also ich?«

»Warum nicht?« Er ließ den Blick zu meinen Brüsten wandern, dann zurück zu meinen Augen. »Muss ich dich daran erinnern, dass du unglaublich wundervoll bist?«

Ich verschränkte die Arme vor der Brust, denn ich wollte

mich nicht durch Lustgefühle von dieser Unterhaltung ablenken lassen. »Das hast du nicht gewusst, als wir unsere Vereinbarung trafen. Was hast du in mir gesehen, das dich dazu bewogen hat –«

»– mit dir zu schlafen? Warte mal, blond, perfekt gerundet, volle Brüste, lange Beine, vollkommen makellose Gesichtszüge. Habe ich die perfekten Titten erwähnt? Ich war bereits hart, als ich dich gerade erst eine Minute gesehen hatte. So hart, dass es wehtat.«

»Das war es also? Mein Äußeres? Darum wolltest du mit mir zusammen sein?« Mir wurde klar, wie dumm das klang, sobald ich ihm diese Frage gestellt hatte. »Ich meine, das ist natürlich logisch. Du suchtest ja bloß eine körperliche Beziehung. Davon hat es sicher zwischen Corinne und mir viele gegeben.« Mein Gott, jetzt wurde ich auch noch eifersüchtig.

JC stützte sich auf den Rand der Wanne und beugte sich über mich. »Ja. Es gab viele körperliche Beziehungen zwischen Corinne und dir. Aber bei keiner einzigen war ich an etwas anderem interessiert als dem, was ich in sexueller Hinsicht mit ihnen anfangen konnte.« Er lehnte sich zurück und setzte sich gerader hin als zuvor. »Ich habe mir eingeredet, dass ich an dir aus demselben Grund interessiert war. Aber das war Unsinn, denn du stelltest eine Herausforderung dar, und ich mag es gewöhnlich nicht, wenn ich mich anstrengen muss, um mit jemandem zu schlafen.« Er wartete, bis ich widerstrebend lächelte, ehe er fortfuhr. »In Wirklichkeit sah ich in dir etwas Vertrautes. Als Corinne starb, zog ich mich in mein Schneckenhaus zurück. Ich schaltete völlig ab. Ich hörte auf zu leben. Dann hat jemand – es war Matt – mich daran erinnert, dass sie das nicht gewollt hätte. Er hatte recht. Ich ließ mir also die andere Tätowierung machen – den buddhistischen Spruch –«

»›Das jetzige Zeitalter ist nur ein kurzer Moment im größeren Rahmen der Existenz.‹«

Er sah beeindruckt aus, dass ich mich daran erinnerte. »Ja. Und ich beschloss, jeden Tag voll auszuschöpfen. Was mir zuerst gar nicht gut bekam, weil ich die meiste Zeit betrunken oder bewusstlos war.«

»Und dann bist du irgendwo aufgewacht und konntest dich an nichts mehr erinnern, was du am Vorabend gemacht hattest.« Ich wusste noch genau, was er mir über sich erzählt hatte. Das war der Stoff meiner Tagträume gewesen.

»Genau. Das half mir auch nicht weiter. Aber als ich aufhörte, mich zu betrinken, ging es mir viel besser. Ich war immer noch traurig, aber es ging mir besser.«

Ich hasste das Bild, das JC von sich entwarf. Ich konnte ihn mir allerdings lebhaft vorstellen. Seinen kummervollen Blick. Wie er am Klavier saß und melancholische Melodien spielte. Und das waren nur Restbestände einer Trauer, die ihn einmal vollkommen in Anspruch genommen hatte.

Aber ich war nicht in Trauer gewesen, als wir uns begegneten. »Was hast du denn in mir gesehen, was dir so vertraut vorkam?«

»Himmel, als ich dir begegnet bin ...« Sein Gesicht strahlte auf eine Weise, die mir einen Stich im Herzen gab. Er umfasste mein Gesicht mit den Händen. »Da sah ich jemanden, der dem Leben eine Absage erteilt hatte.«

Mir kamen die Tränen. Ich blinzelte, um sie am Überfließen zu hindern.

»Aber du warst so schön, nicht nur deine Brüste und deine Beine, sondern deine ganze Persönlichkeit. Und ich konnte nicht fassen, wie verdammt unglaublich und wundervoll du warst«, er hielt inne, während ich lachen musste, »und doch wie erstarrt. Ich wollte dabei sein, wenn du auftauen würdest. Ich wollte derjenige sein, der dich dazu bringen würde. Ohne mich so dumm anzustellen, wie ich es getan habe. Und weil du das erste ... von allen Dingen das allererste ... warst, was mich seit Corinnes Tod wirklich interessierte. Ich musste dauernd an dich denken.«

Ich war noch nie so ... geschätzt worden. Es war überwältigend und atemberaubend. Wenn ich jetzt nicht einen Scherz machte, würde ich die Tränen nicht mehr zurückhalten können, und Weinen bekam mir gar nicht. »Du weißt schon, heute Abend bin ich dir sicher, nicht wahr? Du brauchst mir keinen Honig ums Maul zu schmieren, nur damit du mich ficken kannst, wo du willst.«

»Daran besteht kein Zweifel.«

Ich erschauerte, und JC zog mich näher an sich und küsste mich auf meine gesunde Wange. »Aber du wirst auch lernen müssen zu akzeptieren, dass ich dich liebe, Gwen. Und meine Liebe ist groß. Da wir jetzt über solche Dinge reden, wirst du noch eine Menge darüber hören. Wir nehmen uns Zeit, wenn dir das lieber ist. Aber an meinen Gefühlen für dich wird das nichts ändern.«

Ich war sprachlos. Es war so viel leichter, wenn er Verbalerotik benutzte. Wie er gesagt hatte, Männer fickten gern Blondinen mit großen Brüsten. Die Beine spreizen und jemanden zum Kommen bringen – damit war ich vertraut. Mit großer Liebe jedoch ...

Daran würde ich mich zuerst gewöhnen müssen. Und dazu würde ich einige Zeit brauchen.

»Okay, jetzt bin ich an der Reihe, eine Frage zu stellen.

Aber zuerst müssen wir hier raus. Sonst werden wir noch ganz verschrumpelt.«

Ich seufzte erleichtert auf, dankbar, dass JC ebenso viel Verständnis dafür hatte, dass ich mich langsam an die Liebe gewöhnen musste, wie ich dafür hatte, dass er sich mit seinen Geständnissen Zeit nehmen musste. Das Paradoxe daran war, wie verzweifelt ich mir seine Zuneigung gewünscht hatte und jetzt nicht wusste, wie ich damit umgehen sollte. Aber das würde schon kommen. Ich würde es lernen. Er würde es mir beibringen. *Es besteht kein Grund zur Eile*, beruhigte ich mich. *Wir haben ja Zeit.*

JC stieg zuerst aus der Wanne. Er wickelte sich ein Handtuch um die Taille und schlang ein zweites um mich, als ich ausgestiegen war. »So ist es besser«, sagte er, als ich vollkommen bedeckt war. »Jetzt kann ich mich auf das konzentrieren, was ich dich fragen wollte.«

Ich hätte es vorgezogen, wenn er das nicht gekonnt hätte. Ich hatte eigentlich genug davon, über Gefühle zu reden. Er sollte mich lieber auf die Ablage heben und mit mir machen, was er wollte.

Aber das war ja nur fair. »Also gut. Schieß los.«

Er stemmte die Hände in die Hüften, wo die tiefen Linien unter dem Handtuch verschwanden – Himmel, jetzt war ich abgelenkt –, und fragte: »Wie ist das mit deinem Dad?«

Ah, was für ein Stimmungskiller.

»Du kommst direkt zur Sache, wie?« Das war eine anspruchsvolle Frage. Die ganze Geschichte mit meinem Vater sollte eigentlich für ein anderes Mal aufgespart werden. Oder nicht?

Vielleicht brauchte ich ja auch nicht mit seinem Drang in

Konkurrenz zu treten, Geheimnisse zu bewahren. »Nach dem heutigen Tag ist das wohl eine angemessene Frage.«

JC nickte. Dann klappte er den Toilettendeckel herunter und setzte sich mit leicht gespreizten Beinen darauf. Er hielt einen Kamm in die Luft und klopfte einladend auf den Platz, den er vor sich frei gehalten hatte. »Erzähl es mir, während ich dir die Knoten auskämme.«

Noch mehr fürstliche Behandlung. Große Liebe. So konnte ich es schaffen.

»Okay.« Ich setzte mich auf den winzigen Fleck vor ihn hin. Sofort wurde mir der Vorteil daran klar. Ich konnte es ihm sagen, ohne ihn dabei anzusehen, genau wie es bei ihm gewesen war. Eigentlich war er derjenige, der verdammt unglaublich und wundervoll war.

Ich sah auf meine Hände herab, während er begann, mich zu kämmen. »Da gibt es eigentlich nicht viel zu berichten. Er hat hart gearbeitet, aber wir sind immer arm geblieben. Vielleicht war er deshalb immer so böse. Ich weiß es nicht. Ich bin sicher, dass sein Dad ihn auch geschlagen hat. Es war angelerntes Verhalten. Es war nicht so schlimm, als meine Mutter noch da war. Wahrscheinlich ließ sie sich von ihm an unserer Stelle verprügeln.«

Ich verteidigte ihn immer noch. Das war ja das Verrückte. Ob ich wohl je damit aufhören könnte?

Ich schloss die Augen. »Als sie gestorben war, versuchte Norma, bei mir die Rolle der Beschützerin zu übernehmen. Sie nahm es mit ihm auf. Aber sie war auch oft nicht da. Sie nahm alle möglichen Jobs an, wann immer sie konnte, um zu unserer Ernährung beizutragen. Dann machte sie ihren Abschluss mit Auszeichnung und bekam ein Stipendium für die Columbia Universität. Sie besuchte uns so oft wie möglich, aber wir wohnten in Jersey. Es war schwierig für sie, von New York dorthin zu kommen. Also wurden wir verprügelt. Und zwar dauernd. Ich lernte, ihm aus dem Weg zu gehen, wenn er in seiner schlimmsten Laune war, und was ich tun konnte, um ihn zu besänftigen, aber manchmal blieb mir nichts weiter übrig, als die Schläge einzustecken.«

JC sagte nichts dazu. Er kämmte mich nur weiter und zerrte am Kamm, wenn er sich in einem Knoten verfing. Ich lehnte mich nach vorne, wenn er das tat, und genoss den Schmerz. Konzentrierte mich ganz darauf anstatt auf den Herzschmerz, der mich ergriffen hatte, als ich begann, über meine Familie zu sprechen.

»Wie dem auch sei, als ich siebzehn war, schlug er meinen Bruder so brutal zusammen, dass er ins Krankenhaus musste. Brach ihm mehrere Rippen. Und die Nase. Und durchstach ihm die Lunge. Ben war damals zwölf. Weißt du, warum er so wütend geworden war? Er hatte Ben dabei erwischt, wie er sich in einer Zeitschriftenwerbung für Unterwäsche einen Mann betrachtete. Er dachte wohl, er könnte den Schwulen aus ihm herausprügeln. Der Sozialdienst war in unserem Leben schon oft da gewesen und hatte nie etwas unternommen. Aber diesmal griff er ein. Und Norma kam uns zu Hilfe. Sie hatte mittlerweile ihr Examen absolviert und hatte eine gute Stelle. Sie bekam das Sorgerecht für Ben und mich, bis ich achtzehn wurde, und Dad kam für zehn Jahre ins Gefängnis. Letzte Woche wurde er entlassen. Heute habe ich ihn seit zehn Jahren zum ersten Mal wiedergesehen.«

Ich weiß nicht, wann JC mit meinem Haar fertig war. Ich merkte erst, als ich meine Geschichte beendet hatte, dass er sich nicht bewegte, dass er beide Hände auf meine Oberarme gelegt hatte und dass der Kamm zu Boden gefallen war.

Er schlang beide Arme um mich, zog mich an sich und drückte das Gesicht an das meine. Und er wiegte mich. Wiegte mich bloß, ohne etwas zu sagen.

Ich war dankbar für sein Schweigen. Es war kein Mitleid. Es war Mitgefühl. Es war ein gutes Gefühl.

Ich hob die Hände, um sie auf seinen Armen ruhen zu lassen. »Danke«, sagte ich, wobei meine Stimme erstickter klang, als mir bewusst gewesen war.

JC legte mir die Lippen an die Schläfe. »Ich möchte jede Stelle küssen, an der er dich je berührt hat. Jeden blauen Fleck und jeden Kratzer, den er dir je zugefügt hat, möchte ich mit Küssen bedecken.«

»Das wären aber schrecklich viele Küsse.«

»Ich stelle mich der Herausforderung.«

Ich hatte gemischte Gefühle. Ein Teil von mir wollte schluchzend zusammenbrechen. Andererseits prickelte immer noch die Begierde in mir. Beides konnte ich nicht vereinbaren. Ich musste mich also für eine Sache entscheiden und ganz darin aufgehen. »JC, das mit dem Küssen, können wir das so bald wie möglich tun? Ich versuche ja, mich zu gedulden, aber –«

Er unterbrach mich. »Ja. Du bist ein braves Mädchen gewesen. Steh auf. Ich lasse bloß schnell das Wasser ab, dann komme ich auch ins Schlafzimmer.«

Ich hatte eigentlich gleich ins Schlafzimmer gehen wollen, aber als ich am Waschtisch vorbeikam, sah ich zufällig mein Spiegelbild. Ich hatte mir immer noch nicht mein Gesicht angesehen. Ehrlich gesagt hatte ich es vermieden. Jetzt konnte ich nicht wegsehen. Meine Wange war blaurot und entzündet. Unter meinem Auge bildete sich ein bläulicher Bluterguss, der sich selbst bis zu meiner Nase zog. Drei dunklere, schwärzlich-blaue Flecke waren auf meinem Wangenknochen sichtbar, die deutlichen Abdrücke seiner Knöchel. Ich betastete vorsichtig die Ränder, um zu sehen, wie weh es noch tat.

Wir brauchten ein Foto davon. So viel wusste ich jedenfalls. Als Beweisstück vor Gericht.

Aber im Moment war mir die praktische Seite gar nicht so wichtig. Etwas ganz anderes beschäftigte meine Gedanken. Das Hässliche daran. Ganz gleich, wie gern ich diesen Menschen vergessen wollte, dem ich die Hälfte meiner Erbmasse verdankte, ganz gleich, wie gern ich verdrängen wollte, dass er jemals existiert hatte, er hatte für immer seine Spuren auf mir hinterlassen. Selbst wenn die blauen Flecke verblassten, würden diese Spuren immer auf mir zurückbleiben. Er würde für immer der Ursprung meiner hässlichen Seite sein.

JC drängte sich dazwischen, damit ich mein Spiegelbild nicht mehr sehen konnte. »Hier werde ich anfangen.« Er zog mir die Hand vom Gesicht und hielt sie fest. Dann beugte er sich zu mir hinunter und begann, meine blauen Flecke vorsichtig und zärtlich zu küssen. »Hier«, sagte er dazwischen, »hier hat er dich berührt. Und hier.« Er hörte nicht auf, bis er jede verfärbte Hautstelle geküsst hatte.

Als er damit fertig war, fuhr er mit den Lippen über meinen Nasenrücken auf die andere Seite. »Und hier? Hat er dich jemals hier geschlagen?«

Ich nickte und er gab mir dort einen Kuss.

»Und hier?«, fragte er, als er unter meinem Auge angekommen war.

»Ja.«

Noch ein Kuss. »Und hier?« Über meiner Augenbraue.

»Ja.«

So ging es weiter, bis er meine Haut von der Stirn bis zum Kinn mit Küssen bedeckt hatte. Jeder sanfte Kuss ein Liebesbeweis. Jedes *Und hier* ein Zeugnis des Schmerzes. Mein Gesicht war tränennass, als er sich an meinem Hals entlang abwärtsbewegte, und obwohl ich wusste, dass er schließlich an jede meiner Körperstellen die Lippen drücken würde, brauchte ich etwas anderes. Er musste mich auf eine drastische Art wieder zum Leben erwecken. Ich brauchte einen Ruck.

»JC.« Ich wartete, bis er mir in die Augen sah. »Sei roh mit mir. Bitte. Ich muss wissen, dass ich wirklich existiere. Ich muss wissen, dass du wirklich existierst.«

Er zögerte einen Moment, ehe er auf einmal frech grinste. »Danke, dass du mir das gesagt hast, Gwen. Du weißt ja nicht, wie heiß ich das finde, wenn du dich mir anvertraust.«

Und er begann sofort, es mir zu zeigen, eroberte wie ein Raubtier meine Lippen und verschlang mich. Während unsere Lippen noch verbunden waren, hob er mich hoch und wirbelte mich herum. Er setzte mich auf die Ablage und löste mir das Handtuch. Diesmal fragte er nicht, wo ich verletzt worden war. Stattdessen bedeckte er mich ganz mit Küssen. Jeden Zentimeter. Er knabberte und leckte und saugte. Er hinterließ Kussspuren auf meinem Brustkorb. Bisse, die sich später in blaue Flecke verwandeln würden, bedeckten meine Brüste. Er küsste mich und markierte mich als die Seine.

Er umgab mich ganz mit Liebe.

Ich wand mich bereits keuchend, als er mit seinen

Lippen meine Klitoris fand. Mein Unterleib war angespannt und hochempfindlich nach all seinen Aufmerksamkeiten. Als er also in die Knie sank, mir seine Fingernägel schmerzhaft in die Oberschenkel grub und an meinem geschwollenen Nervenbündel saugte, befand ich mich sofort an der Schwelle zum Orgasmus. »Verdammt, JC. Ich glaube, ich komme.«

»Braves Mädchen. Fahre fort.« Er richtete meine Hüften weiter nach hinten und warf sich meine Beine über die Schultern, um mich weiter zu öffnen. Ich nahm die Arme zurück, stützte mich auf die Ellbogen und suchte nach den Worten, die er gern hörte, während er mich erregte. »Es wird immer intensiver. Ich werde enger. Himmel, das ist so ein schönes Gefühl. Du machst mich so glücklich. Ich fühle mich so geliebt.«

Finger drangen in meinen nassen Kanal ein. Sobald er meinen empfindlichen Punkt fand, war ich verloren. Ich rief seinen Namen, meine Beine verkrampften sich zitternd, während mein ganzer Körper – jedes Nervenende – sich entzündete und vor Hitze flammte.

Ich sah noch alles ganz verschwommen, als er seine Finger aus mir herauszog und meine glitschigen Säfte dazu benutzte, einen Finger in meinen Hintern einzuführen. Ich war eng und angespannt, aber öffnete mich ihm mit Leichtigkeit. Während er mit dem Mund noch meine Klitoris umspielte und die Euphorie meines ersten Orgasmus mich noch nicht verlassen hatte, leitete die Berührung seiner Fingerspitze an meinem empfindlichen Gewebe bereits den zweiten Höhepunkt ein.

Da ergab ich mich ihm. Vollkommen. Hemmungslos ließ ich mich von den Wellen überspülen und durchspülen. Er wollte mir große Liebe zeigen und ich würde mich dagegen wehren, aber hier, unter dem Einfluss seiner Lippen, seiner Zunge und seiner Finger konnte ich mich loslassen. Hier konnte ich ihm erlauben, mich vollkommen und ganz zu lieben. Hier konnte ich das ganze Maß seiner Liebe annehmen.

ALS ICH SCHLAFF UND haltlos war, trug JC mich zum Bett. »Wie geht es dir? Kannst du noch?«

Trotz zwei überwältigender Orgasmen, die mich völlig erschöpft hatten, musste er noch in mich eindringen, und das wollte ich auch. »Ich kann noch.«

»Gut.« Er ließ sein Handtuch zu Boden fallen und ich starrte unwillkürlich seine Erektion an, die dick und bereit war. Der bloße Anblick ging mir direkt ins Blut. Da wurde mir auf einmal klar, was für ein Glück ich gehabt hatte, ihn zu finden. Dieser Mann, der bei mir Körper und Seele gleichermaßen würdigen konnte; der mich ficken und sich auch in mich verlieben konnte. Das war verdammt wundervoll und ganz unglaublich.

Ehe er zu mir ins Bett kam, dämpfte er das Licht und beschäftigte sich mit seinem Handy, bis es begann, Musik zu spielen. »Ist das das Richtige?«

»Ich liebe Maroon 5.«

»Lausche den Worten.«

Ich hatte das Lied schon einmal gehört, aber jetzt konzentrierte ich mich auf den Text, während JC mich auf die Seite drehte und sich hinter mich legte. Er handelte von jemandem, der Angst hat, Angst vor der Liebe. Und er bittet die

Frau, Ja zu sagen, ihrer Beziehung eine Chance zu geben. Im Refrain wird immer wieder der Titel wiederholt – *My Heart is Open.*

Verdammt, das hätte mein Lied für JC sein können.

Wollte er mir damit zu verstehen geben, dass er meine Gefühle verstand? Er war immer so auf einer Wellenlänge mit mir – es würde mich nicht wundern.

Er sagte nicht, warum er ausgerechnet dieses Lied ausgesucht hatte. Während es spielte, spürte ich, wie er mich am Rücken entlang küsste und seine Lippen unter meinen Schulterblättern über die Narbe glitten, die ich dort hatte. Sein Schwanz drückte sich in meine Poritze, heiß und hart. Seine Hand schlängelte er von hinten um mich herum und drückte damit meine Brust zusammen, dann quetschte er meine Brustwarze, bis es beinahe schmerzte. Ich hatte gedacht, ich wäre vollkommen erschöpft, aber beim Klang der Musik, dem Zucken seiner Erektion und seinen andächtigen, wundervollen Liebkosungen sammelten sich neue Energien zwischen meinen Beinen.

Als er jeden Zentimeter meiner Rückseite geküsst hatte, war das Lied zu Ende, aber begann nach einer kurzen Pause von Neuem.

Er rollte mich auf den Rücken und schmiegte sich zwischen meine Beine. Sein Schwanz drückte sich an meinen Unterleib und ich wand mich unter ihm, um ihn an die richtige Stelle zu bringen. Aber JC hielt mich still.

»Ich habe es heute gehört«, sagte er und sah mir in die Augen. »Während der Taxifahrt vom Flughafen zum Klub. Ich habe es sofort runtergeladen. Mir wurde klar, dass es alles ist, was ich mit dir sein möchte. Ich möchte Ja zu dir sagen. Ich will für dich da sein, bis du auch Ja zu mir sagst.

Trotz all der Dinge, die ich nicht mit dir teilen kann, Gwen, trotz der Worte, die ich noch nicht sagen kann, ist mein Herz offen.«

Wenn es so etwas wie einen emotionalen Orgasmus gäbe, hatte ich jetzt einen. Etwas in meinem Inneren zerbarst und breitete sich in meiner Brust aus, in meinen Gliedern, bis hinunter in die Zehenspitzen und hinauf bis in den Kopf. Es war heiß. Prickelnd. Vollkommenes Glück.

Mir immer noch fest in die Augen sehend drang er in mich ein. Mit einem Stoß dehnte und erfüllte er mich auf dieselbe Weise, in der er mein Herz erfüllt hatte. Er machte mich vollkommen.

»Ja«, rief ich. »Genau so. Ja.« *Ja, ich liebe es, dich in mir zu spüren. Ja, ich will mehr. Ja, mein Herz ist auch offen.*

Er bewegte sich ein und aus, nicht zu schnell, aber auch nicht zu langsam. Er genoss mich. Er gab mir damit zu verstehen, wie sehr er mich liebte. Er bekräftigte sein Ja. Er kreiste die Hüften und stieß an meine Klitoris. Ich stöhnte und seufzte. Ich keuchte. Mein Körper sang.

Und er fuhr fort, meine Haut zu liebkosen, fuhr suchend mit den Fingern über meine Hüften und Oberschenkel, um meine Narben zu finden und zärtlich zu streicheln. »Mir ist ganz gleich, wie lange ich dazu brauche.« Sein Mund war meinem so nahe, dass ich seinen heißen Atem spürte. »Ich werde deine Wunden fortküssen. Ich werde deine Schmerzen fortküssen.«

Ich schlang ihm die Arme um den Hals. Seine Versuche, mich zu heilen, waren beherzt, und sie bedeuteten mir mehr, als ich es jemals ausdrücken könnte. Aber er musste wissen, dass das ein langer Prozess sein würde. Echte Heilung brauchte Zeit.

Ich strich mit den Lippen über seine und sagte: »Die meisten Narben habe ich innerlich.«

»Dort komme ich auch hin.« Als wollte er es beweisen, zog er mir die Beine bis zum Oberkörper hoch und drang mit seinem nächsten Stoß tiefer in mich ein, als ich ihn je zuvor gespürt hatte. Tiefer, als irgendjemand je in mich eingedrungen war.

Er küsste mich hungrig und ließ seine Zunge in meinen Mund gleiten. Ich fühlte ihn überall – mit meinen Lippen und meiner Zunge, auf meiner Haut, in meinem Geschlecht, in Herz und Kopf und allen Gliedern. Er durchdrang meine Sinne und meine Seele.

Und als er das Tempo erhöhte, als er hart und unerbittlich auf mich einstieß und die Spannung mir das Innere zusammenzog, beherrschte ich mich. Ich wartete. Als wir dann kamen, kamen wir gleichzeitig, offen und frei, wobei unsere Höhepunkte zu einer einzigen wunderbaren und glanzvollen Explosion verschmolzen.

WIR LIEBTEN uns die ganze Nacht und schliefen im Morgengrauen fest miteinander verschlungen schließlich ein.

Am Vormittag wurde ich von seiner Stimme geweckt, die hart und böse klang. Er saß auf der Bettkante und hielt sein Handy ans Ohr. Ich hörte nicht, was er gerade gesagt hatte, aber sein ganzer Körper drückte seine Erregung aus. Er war nicht nur aufgebracht. Er war ungeheuer wütend.

Er beendete den Anruf, ohne sich zu verabschieden, und ließ das Handy einfach zu Boden fallen. Dann stand er auf, ging kurz im Zimmer auf und ab, schrie plötzlich: »Verdammt!«, und schlug mit der Faust gegen die Wand.

Ich schnappte nach Luft, denn er hatte mich erschreckt und weil jede Form von Gewalt mir Angst machte.

Immer noch die Faust schüttelnd fuhr er zu mir herum und sah mich an. Auf der Stelle wurde sein Gesichtsausdruck weicher, aber sein Körper blieb angespannt.

»Willst du darüber sprechen?«

Er schüttelte den Kopf.

»Ist das eines von den Dingen, die du mir nicht erzählen kannst?«

Er antwortete nicht. Sein Atem ging schwer und schnell, bis er einen tiefen Atemzug nahm und langsam ausatmete.

Dann kam er wieder aufs Bett zurück und kniete jetzt vor mir. »Ich möchte über uns sprechen. Lass uns über uns sprechen.« Er nahm meine Hand in seine. »Können wir das?«

»Ja. Sicher.« Ich war beklommen. Nervös. Vorsichtig. »Was ist denn mit uns?«

Er küsste mir zuerst eine Hand, dann die andere. »Ich liebe dich, Gwen. Du weißt doch, dass ich dich liebe?«

»Ja.«

»Und du liebst mich auch?« Sein Ton war dringlich und voller Panik. Ganz und gar nicht, wie er normalerweise klang.

Besorgt richtete ich mich auf, sodass ich ebenfalls kniete. »Ja. Ich liebe ich, JC. Was ist denn?«

»Das ist gut«, sagte er leise vor sich hin. »Das wird gehen.« Dann lächelte er, ein wenig unsicher, aber aufrichtig, und schlang die Finger fest um meine. »Gwen. Heirate mich.«

SIEBZEHN
KAPITEL SIEBZEHN

ICH LACHTE.

Es gab keine andere angemessene Antwort. Es half mir auch, etwas von der seltsamen Spannung abzubauen, die sich in meinem Inneren gebildet hatte.

Aber als ich aufhörte zu lachen, sah er mich immer noch ernst und eindringlich an. Es war offenbar kein Witz gewesen.

»JC.« Ich hockte mich hin. »Benimm dich nicht so merkwürdig und sag mir, was los ist.«

Er verstärkte seinen Griff. »Es ist mir ernst, Gwen. Ich bitte dich, meine Frau zu werden.«

Ich blinzelte ein paarmal. Ich hatte nicht einmal Kaffee getrunken. Es sollte ein allgemeingültiges Gesetz geben, nach dem ohne Koffein keine ernsthaften Diskussionen und Anträge stattfinden dürfen.

Ich sah auf unsere verschlungenen Hände hinunter und dabei fiel mir auf, dass die Knöchel seiner rechten Hand von dem Faustschlag gegen die Wand gerötet und zerkratzt waren. Er hatte noch Glück gehabt, dass er keine Rigipsplatte zerschlagen hatte. »Oh Gott, Liebster. Tut es weh?«

Er warf einen flüchtigen Blick auf seine Hand, ehe er sich wieder auf mich konzentrierte. »Ich kann es gar nicht spüren. Es ist taub. Heirate mich.«

Nun hatte er dies schon zum dritten Mal gesagt, aber jetzt drangen die Worte zum ersten Mal in mein Bewusstsein vor. Meine Kehle und mein Brustkorb verengten sich und in meinem Magen begann es zu flattern, doch während einige dieser Empfindungen zweifellos angenehm waren, wusste ich genau, was ich darauf antworten musste. »Ich kann dich nicht heiraten, JC.«

»Warum nicht?« Er reagierte schnell und gefasst. Darauf vorbereitet. Als hätte er erwartet, dass ich Nein sagte.

Ich entzog ihm meine Hände und versuchte, mir darauf Antworten zu überlegen, die vollkommen einleuchtend klingen sollten. »Weil es zu früh ist. Weil wir einander nicht einmal richtig kennen. Weil wir uns gerade erst gestanden haben, dass wir uns lieben.« Ich glitt aus dem Bett, denn ich fühlte mich so nahe bei ihm unbehaglich, solange er sich dermaßen merkwürdig verhielt.

»Aber empfunden haben wir das doch schon länger. Und welche Rolle spielt dabei schon die Zeit? Wir lieben uns, und das ist das Einzige, was zählt. Heirate mich.« Er klang so zuversichtlich. Immer wieder dieselben zwei Worte – heirate mich. Als würde es einen Unterschied machen, wenn er sie immer wieder sagte. Als könnte er mich schließlich überreden, wenn er nur genügend Geduld aufbrachte.

»JC.« Ich fand meine Unterwäsche und zog sie an, denn

ohne Kleider fühlte ich mich ihm zu ausgeliefert. »Ich kann nicht –« Ich nahm einen tiefen Atemzug.

Aber vielleicht ja doch.

Ich suchte ein Hemd, das ich anziehen konnte, während ich versuchte, es mir vorzustellen. Ich hatte nie daran gedacht, JC zu heiraten. Ich hatte noch nie überhaupt irgendjemanden heiraten wollen. Darum war mir auch der Gedanke an eine solche Verbindung völlig fremd und kam mir merkwürdig vor.

Aber wenn ich es mir jetzt überlegte ...

Es wäre auch nicht das Schlimmste. Jeden Abend – oder in meinem Fall jeden Morgen – an einen Ort zurückkehren zu können, den man sein Zuhause nannte und der mehr eine Person als eine Örtlichkeit war. Einen Ort, der sicher war. Der voller Liebe war. Der Gedanke daran wärmte mir das Herz. Er schien sich darin auszubreiten und zu wachsen und kam mir gar nicht mehr so lächerlich vor, wie das der Fall sein sollte.

Ich fand JCs T-Shirt auf dem Boden und zog es mir über den Kopf. Als ich mich umdrehte, stand er direkt vor mir und sah erwartungsvoll aus. »Du kannst nicht? Warum denn nicht?«

»Ich weiß nicht. Vielleicht könnte ich es ja.« *Mist, hatte ich das wirklich gerade gesagt?*

Ich wanderte ins Wohnzimmer, denn ich war so nervös, dass ich mich unbedingt bewegen musste.

Er folgte mir. »Vielleicht. Du hast vielleicht gesagt.«

»Vielleicht«, sagte ich wieder. »Ich brauche Zeit, um es mir zu überlegen. Viel Zeit. Diese Idee ist verrückt und kommt völlig aus heiterem Himmel, aber spontane Ideen können auch ihre Vorteile haben.« In jener Nacht im Klub zum Beispiel hatte ich keineswegs vorher geplant, Sex mit JC zu haben. »Trotzdem. Ich brauche Zeit zum Nachdenken. Mindestens ein paar Wochen. Vielleicht auch länger. Meine Antwort ist also vielleicht.« Was zum Teufel redete ich denn da?

Ich zwang mich zu atmen, ein und aus, damit ich keine ausgewachsene Panikattacke haben würde.

Vielleicht ist nicht ja. Vielleicht ist okay. Vielleicht lässt sich vertreten.

Jesus, wie konnte ich das überhaupt ernst nehmen?

Ich wandte mich ihm zu und hoffte, er würde zufrieden sein, weil ich nicht gerade Nein gesagt hatte.

Aber das war er nicht. Er runzelte die Stirn und schüttelte den Kopf. »Ich habe nicht ...« Er stieß einen ungeduldigen Laut aus, teils Seufzer, teils Stöhnen. »Ich habe nicht ›in ein paar Wochen‹ gemeint. Heute, Gwen. Heirate mich heute.«

Oh nein. Das kam nicht infrage. *Himmel, nein.* Nun könnte ich wirklich eine Panikattacke haben, denn wie konnte er auch nur denken, ich würde ihn *heute* heiraten? Das war doch lächerlich. Es war absoluter, vollkommener Wahnsinn.

Hatte ich mich in einen Verrückten verliebt? Das würde mir ähnlichsehen. Und ob er das war oder nicht, zerstörte ich alles, was wir hatten, indem ich die einzige Normale von uns beiden war?

Ich nahm noch ein paar tiefe Atemzüge und fuhr fort, in der Hotelsuite herumzuwandern, so schnell, dass man es auch als Hin- und Herlaufen hätte bezeichnen können, wenn es in irgendeiner geraden Linie gewesen wäre.

JC war mir direkt auf den Fersen. »Hör auf durchzudrehen. Es ist mir ernst. Es ist eine gute Idee.«

Ich ging ums Sofa herum, aber er änderte die Richtung, um mir den Weg abzuschneiden, als ich auf der anderen Seite ankam. »Wir fliegen nach Las Vegas und sind vor heute Abend schon Mann und Frau.«

Ich wandte mich ab und ging ins Schlafzimmer.

»Stell es dir nur vor, Gwen. Wir könnten uns die ganze Nacht lieben.«

Ich wirbelte so schnell herum, dass wir praktisch zusammenprallten. »Wir können uns die ganze Nacht lieben, ohne vorher zu heiraten. Hier. In New York City.«

Er schlang mir die Arme um die Taille und verflocht die Finger, um mich stillzuhalten. »Ich weiß, aber das wird etwas anderes sein.«

Seine Arme waren der Himmel für mich. In seinen Armen fand ich Frieden. Sie beruhigten und trösteten mich, obwohl sie mich auch ein wenig schwindelig machten.

Zwar nicht schwindelig genug, um seinen Antrag ernst zu nehmen. Aber schwindelig genug, um mich daran zu erinnern, wie gern ich von ihm umarmt wurde.

»Denk doch nur, wie viel schöner es sein wird, wenn wir verheiratet sind«, sagte er. »Wir werden immer so wie jetzt zusammen sein. Wirklich zusammen. Nichts kann zwischen uns kommen.«

Ich legte ihm die Arme um den Hals und gab ihm einen Kuss auf das Brustbein. »Das klingt wundervoll, JC. Aber eine Ehe bedeutet etwas anderes. Das ist eine Entscheidung, die man im Rahmen einer Beziehung gemeinsam trifft, und das geht nicht einfach so über Nacht. Dazu braucht man nicht nur einen Ring und ein Jawort.«

Er lehnte die Stirn an meine und wiegte uns hin und her. »Dann lass uns eben jetzt entscheiden, dass wir für immer zusammenbleiben. Dass wir ein richtiges Paar sein wollen. Und dass nichts zwischen uns kommen kann. Und das besiegeln wir mit einer Trauung. Ich muss sowieso nach Las Vegas.«

Er war so aufrichtig, so beharrlich ... und er war so wundervoll zu mir gewesen, besonders während der letzten vierundzwanzig Stunden. Und ich liebte ihn.

Aber das war einfach nicht genug.

»Nein.« Ich kam mir trotzdem ganz schlecht vor. »Es tut mir leid. Das kann ich nicht. Das kann ich nicht machen.«

Er stieß mich frustriert von sich, fuhr sich mit der Hand durchs Haar und stemmte sie dann in die Hüfte. »Warum nicht?«

Ich schüttelte bloß den Kopf, weil mir keine Antwort mehr einfiel.

»Warum. Nicht?«, wiederholte er und betonte jedes Wort einzeln. Er legte sich die Hand auf die Brust. »Mein Herz ist offen, Gwen. Ist deines auch offen?«

»Mit meinem Herzen hat das nichts zu tun, JC. Es geht um sachlichere Dinge.« Ich schlang die Arme um mich. Jetzt war ich ebenfalls frustriert. Ich mochte es nicht, wenn meine Gefühle in Zweifel gezogen wurden. Es fiel mir schwer genug, zu akzeptieren und zuzugeben, was ich empfand. Deswegen auch noch kritisiert und konfrontiert zu werden ging mir gegen den Strich.

Er schlug mit der Faust gegen den Schrank, nicht so fest, wie er gegen die Wand geschlagen hatte, bloß laut genug, dass man es hören konnte. »Zum Teufel mit sachlichen Dingen. Heirate mich.«

»Ich habe Nein gesagt.« Ich klang leise und fest. Endgültig.

Etwas verärgert ging ich zum Nachttisch hinüber und begann, nach meinem Handy zu suchen. Ich wusste, dass ich bald Norma anrufen und herausfinden musste, was ich in der Sache mit Dad unternehmen sollte, aber hauptsächlich war es ein Vorwand, etwas zu tun. Mein Handy zu suchen, anstatt hier stehen zu müssen und mich mit meinem Ein-Tages-Freund darüber zu streiten, ob wir heiraten sollten oder nicht.

Auf meiner Seite konnte ich es nicht finden, ich ging also hinüber zu JCs Seite und fand es unter den Schmerztabletten. Ich nahm drei davon und schluckte sie ohne Wasser. Ich brauchte sie, und nicht nur, weil mein Gesicht schmerzte.

JC stand die ganze Zeit neben dem Schrank und beobachtete mich.

Als ich ihn ansah, nutzte er es aus, um es noch einmal zu versuchen. »Sag mir, warum nicht. Gib mir einen triftigen Grund. Liebst du mich doch nicht?«

Wie lange dauert es, bis die Schmerztabletten wirken?

Trotz der Kopfschmerzen, die er mir verursacht hatte, liebte ich ihn. Ich wollte ihn nicht verlieren. Ich wollte ihn nicht wegstoßen. Ich wollte, dass er mich verstand.

Ich ging zu ihm und nahm seine Hand in meine. »Natürlich liebe ich dich. Wirklich. Aber du musst auch realistisch sein, JC. Das Einzige, was wir wirklich miteinander haben, ist Sex. Ich hoffe –« *Das ist nicht das richtige Wort.* »Nein, ich *weiß*, dass wir mehr haben könnten. Sehr viel mehr. Aber um das zu erreichen, brauchen wir Zeit. Wir können nicht bloß auf der Basis von körperlicher Kompatibilität und gefühlsmäßigem Potenzial heiraten. Darauf kann man keine gute Ehe aufbauen.«

Er streichelte mir die Wange. »Du denkst nur mit dem Kopf, Gwen. Höre stattdessen auf die Stimme deines Herzens.«

Ich schloss die Augen und versuchte zu verstehen, wie es überhaupt zu dieser Unterhaltung gekommen war. Unsere Beziehung war zwar unorthodox gewesen, aber dies war völlig absurd. Er schien so davon besessen, als hätte er Angst, mich zu verlieren. Hatte ich ihm das Gefühl gegeben, ich würde ihn verlassen? Oder war etwas passiert, das ihn ...

Es war der Anruf. Himmel, natürlich war es das. Ich war von dem Antrag so perplex gewesen, dass ich beinahe den Zusammenhang vergessen hätte. Dadurch war dies ausgelöst worden, dies ... dies ... was auch immer es war. Mit wem um Himmels willen hatte er bloß geredet? Und was zum Teufel konnte eine solche Panik verursachen?

Ich öffnete die Augen und blickte suchend in seine. »Jetzt im Augenblick sagt mir mein Herz, dass etwas anderes dahintersteckt, JC, und dass dieser ganze Unsinn nur eine Reaktion darauf ist.«

»Das ist kein Unsinn. Ich sage dir, dass ich mein Leben mit dir verbringen möchte.«

Seine Berührung, die Zärtlichkeit in seiner Stimme – was, wenn er mich wirklich *so sehr* liebte? War das die absurdeste Sache der Welt?

Ja. Es war absurd. Und mir ging die Geduld aus.

Ich ließ seine Hand los und wich zurück. »Du hast einen Anruf bekommen, der dich aus der Fassung brachte – so sehr, dass du ein verdammtes Loch in die Wand geschlagen hast –, einen Anruf, über den du mir nichts sagen kannst, der aber dazu führte, dass du mir einen Heiratsantrag gemacht hast. Da steckt doch etwas anderes dahinter. Dies ist nicht nur eine romantische Laune.«

Seine Haltung änderte sich, als er zu einer neuen Taktik überging. »Heirate mich, Gwen. Dann erzähle ich dir alles. Jede Einzelheit. All meine Geheimnisse.«

Mir fröstelte plötzlich. »Das ist ein ziemlich beschissenes Ultimatum.« Dann wurde mir ganz heiß vor Zorn. »Meinst du, ich würde dich nur heiraten, um meine Neugier zu befriedigen?« Ich hatte ihn nicht bedrängt. Ich hatte nicht darauf bestanden, dass er mir irgendetwas erzählte, und jetzt kam er mir so?

Er entschuldigte sich hastig. »Es tut mir leid. So habe ich das nicht gemeint. Es soll kein Ultimatum sein. Es ist bloß … es geht eben nicht anders. Ich wünschte, es wäre anders, aber das ist es nicht. Es hat mit Verpflichtungen zu tun. Und mit einem Weg, den ich eingeschlagen habe, ehe ich dich überhaupt kennengelernt habe. Mir sind die Hände gebunden und es bringt mich um. Das musst du mir glauben – *es bringt mich um*. Ich brauche *dich*. Ich liebe dich. Ich schlage nicht vor, dass du mich heiratest, um deine Neugier zu befriedigen, sondern weil ich dir damit sagen will, dass ich kein Mann sein würde, der vor seiner Ehefrau Geheimnisse hat.«

Er zog mich wieder in die Arme. Zurück in den Himmel. »Heirate mich, Gwen. Heirate mich und lass mich dich glücklich machen. Lass mich dir morgens den Kaffee ans Bett bringen. Lass mich deinen Körper in Ekstase versetzen und dir zeigen, wie schön du bist. Lass mich dich ganz mit Liebe bedecken. Lass mich für dich sorgen und dich anbeten und mit dir zusammen sein.«

Wenn es liebevollere Worte im Wörterbuch gab, kannte

ich sie noch nicht. Wenn es andere Wendungen und Gefühle gab, die dazu fähig waren, die eisigsten Tiefen in mir aufzutauen, hatte ich sie noch nie erfahren. Ich hatte meine Rolle im Leben akzeptiert. Ich wusste, wer ich war und was mein Lebenszweck war. Ich war nicht dazu geschaffen, geachtet oder geliebt zu werden. Und dieser Mann – dieser Mann tat nicht nur das, sondern er *betete mich an*.

Und er wusste, wie er mich davon überzeugen konnte, dass er mich für immer anbeten würde.

Ich erlaubte mir, ihn zu küssen. Ich ließ mich sein dringendes und aufrichtiges Bedürfnis durch seine Lippen und seine Zunge empfinden. Ich fühlte mich seiner Liebe wert.

Dann nahm ich einen Schritt zurück – fort von seinem Himmel, fort von seinem Frieden. Und ich betete, dass eines Tages mein Traum vom Paradies Wirklichkeit würde. »N-nein«, sagte ich mit erstickter Stimme. »Es tut mir leid. Aber ich weiß, dass ich mich nicht irre. Ich muss Nein sagen.«

Sein ganzer Körper schien in sich zusammenzusinken.

Und wie man sich beim Aufwachen an einen schönen Traum klammert, der zu verblassen droht, versuchte ich, etwas davon zu retten. »Sieh mal, wir sollten mehr Zeit zusammen verbringen. Vielleicht zusammenziehen.« Mehr als die Hälfte der Woche verbrachte er ohnehin in L.A. Das war ein Kompromiss, dem ich zustimmen konnte, obwohl ich das Gefühl hatte, dass ihn im Augenblick nichts trösten konnte. Er hatte sich aus irgendeinem Grund diese eine Sache in den Kopf gesetzt, und ich konnte ihn nicht davon abbringen.

Alles Leben war aus seinen Zügen gewichen. Er hatte aufgegeben. »Das wird nicht gehen. Ich weiß nicht einmal, wann ich wieder nach New York komme.«

»Weil ich dich nicht heiraten will?« Meine Kehle war wie zugeschnürt und ich war von widerstreitenden Gefühlen zerrissen. War ich wegen dieser emotionalen Erpressung wütend? Oder hatte ich Angst, ihn endgültig zu verlieren? Vielleicht ein wenig von beidem.

»Nein. Weil es nicht sicher ist.«

»Es ist nicht sicher? Warum ist es nicht sicher?«

Er winkte ab. »Vergiss es.« Er straffte sich und versuchte, sich mit seinem Ausdruck nicht zu verraten. »Bitte bestehe nicht darauf, dass ich dir mehr sage. Aber so stehen die Dinge im Augenblick und ich kann nichts daran ändern. Es kann sein, dass ich eine Weile nicht zurückkommen kann.«

Ich dachte zuerst, er hätte sich irgendwie verplappert, aber dann konzentrierte ich mich auf seine letzten Worte. *Es kann sein, dass ich eine Weile nicht zurückkommen kann.*

Er sagte das mit so viel stoischem Gleichmut, dass ich – *irgendwie* – darauf reagieren musste. Auf eine Weise, die der völligen Unempfindlichkeit gerecht würde, die er bloß einen Augenblick nach seinem verblüffenden Ausbruch von Leidenschaft an den Tag legte.

Für etwas musste ich mich entscheiden, und Ärger siegte. »Okay, lass mich das einmal klarstellen. Du wolltest mich nur heiraten, um mich dann zu verlassen?«

Er hob die Hand, als wollte er damit meinen Gedankengang aufhalten. »Ich wollte dich bitten, mit mir zu kommen.« Als würde das alles in Ordnung bringen. Als machte das einen Unterschied.

Verdammt, es brachte nichts in Ordnung. Und es machte nur den einen Unterschied, dass ich noch wütender wurde. »Heißt das, du wolltest, dass ich hier alles stehen und liegen lasse? Auf unbestimmte Zeit?«

Zur Antwort grinste er nur schuldbewusst.

»Warum sollte ich das tun? Das geht doch nicht. Ich habe schließlich hier mein Leben. Meinen Job. Meine Schwester. Ich kann nicht einfach verschwinden.« Meine Stimme wurde immer höher und mein Blutdruck sicher auch. Wie ein PEZ-Spender legte ich den Kopf zurück, aber anstelle von Süßigkeiten kam Frust heraus. Ich konnte nicht verstehen, wie ein normalerweise vernünftiger Mensch sich plötzlich so irrational verhalten konnte.

Es sei denn, ich erlag einer Selbsttäuschung und wusste nicht genug über JC, um beurteilen zu können, ob er normalerweise vernünftig war.

Oder aber ...

Sein Kommentar bezüglich Sicherheit fiel mir wieder ein und mein Kopf kehrte in die normale Stellung zurück. »JC, steckst du in Schwierigkeiten?«

Er hatte sich gerade mit der Faust an die Stirn geschlagen, aber nun hielt er inne und sah mir in die Augen. »Nicht, was du denkst.«

»Ich denke gar nichts! Ich weiß nicht genug über dich, um irgendetwas zu denken!«

Mein Handy begann, in meiner Hand zu klingeln. Ich beachtete es zunächst nicht. Dann sah ich leise fluchend nach und entdeckte Normas Namen und dazu noch das Blinksignal, das anzeigte, dass meine Batterie bald leer sein würde. Es war nicht gerade der ideale Moment, ihren Anruf entgegenzunehmen, aber ich musste mit ihr sprechen. Und ich brauchte dringend eine Pause von meiner Unterhaltung mit JC. Ich brauchte einen Moment Ablenkung.

Ich wandte mich von ihm ab und meldete mich. »Hallo?«

»Passt es dir gerade?«

Ich warf einen verstohlenen Blick auf JC. »Eigentlich nicht. Aber meine Batterie ist fast leer, also komm gleich zur Sache.«

»Ich verstehe.« Sie ging irgendwo hin, während sie mit mir sprach. Ich konnte ihre Absätze auf dem Boden hören. Sie tätigte fast nie einen Anruf, während sie still saß. Das betrachtete sie als Zeitverschwendung. Dazu war sie zu tüchtig. »Geht es dir heute Morgen besser?«

Ehrlich gesagt war ich mir da nicht so sicher. »Das ist eine gute Frage.«

»Ich verstehe.« Das tat sie nicht, aber ich ließ sie in dem Glauben. »Es tut mir leid, dass ich dir das zumuten muss, aber wir müssen uns treffen.«

Das hatte ich erwartet. Sie brauchte von mir die ausgefüllte und unterschriebene Aussage und was sonst noch gesetzlich vorgeschrieben war, um ihn anzuzeigen. »Okay. Wann denn?«

»Jetzt gleich. Ich kann dich in einer Viertelstunde von einem Wagen abholen lassen.«

Noch ein Blick auf JC. Ich wollte ihn nicht so allein lassen. Zwischen uns gab es noch viel zu viel Spannung. »Geht es auch ein bisschen später?«

»Nein. Wir treffen uns mit einem Beamten der New Yorker Polizei. Er hat gerade angerufen, und jetzt ist er verfügbar. Wir brauchen deine Aussage und dieses Überwachungsband. Und er muss dein Gesicht sehen. Ist es geschwollen?« Sie war so sachlich. Das hatte ich schon immer an ihr geschätzt. Sie war nie zimperlich oder übertrieben gefühlvoll. Sie war pragmatisch. Sie war gewissenhaft und gründlich.

»Ja. Es ist so ziemlich grün und blau. Er hat mich mit den Knöcheln erwischt.«

»Wir brauchen ein Foto davon.«

»Also gut.« Ich atmete einmal tief ein und wieder aus. »Einverstanden. Ich werde bereit sein.«

»Du bist im Vier Jahreszeiten?«

»Ja.«

»Der Wagen ist in fünfzehn Minuten da.«

Ich hielt das Handy noch ein wenig länger ans Ohr, nachdem sie aufgehängt hatte. Ich machte mir bereits Sorgen um JC. Und jetzt musste ich mich auch noch mit meinem Vater beschäftigen. Am liebsten hätte ich mich wieder ins Bett gelegt und den Tag noch einmal von vorne angefangen. Oder besser noch, mich ins Bett gelegt, um die vorherige Nacht zu wiederholen – mit JC zu schlafen und in der Dunkelheit süße Koseworte zu murmeln.

Aber die Sonne schien und der Wagen war unterwegs zu mir.

Ich wandte mich zu JC um. »Meine Schwester«, sagte ich. Er hatte mich während des ganzen Telefongesprächs mit undurchdringlichem Gesicht beobachtet. »Sie braucht mich für die gerichtlichen Schritte, die wir gegen meinen Vater einleiten wollen. In einer Viertelstunde werde ich abgeholt. Also.«

Er nickte. Dann schloss er die Augen und fuhr sich rau mit der Hand über die Stirn. Er sah verloren aus. Einsam.

Es brach mir das Herz an Stellen, von denen ich bisher gar nicht wusste, dass ich sie hatte. Ich wollte zu ihm gehen, ihn in die Arme nehmen und trösten. Wollte ihn davon überzeugen, dass, was immer es war, was ihn bedrängte, ihn nicht besiegen konnte.

Aber ich wusste ja nicht einmal, ob das stimmte. Ich wusste eigentlich gar nichts von ihm.

Ich schüttelte hilflos den Kopf, denn ich wusste nicht, wie ich mich in dieser Situation verhalten sollte, und ich hatte ohnehin keine Zeit dazu. »Ich möchte gern ein andermal darüber reden«, sagte ich, während ich meine Kleider einsammelte. »Wir werden schon eine Lösung finden.«

»Hm.« Er sah mich nicht an und wirkte geistesabwesend.

Im Badezimmerspiegel gab ich mir zehn Sekunden, um das farbenfrohe Souvenir zu untersuchen, das ich von meinem Vater bekommen hatte, dann zwang ich mich, es zu ignorieren. Ich wusch mich am Becken und benutzte etwas von JCs Deo, ehe ich sein Hemd mit den Kleidern vertauschte, die ich am Vortag getragen hatte. Ich reinigte mir die Zähne mit dem Finger und seiner Zahnpasta. Für mein Haar brauchte ich etwas länger. Es war schon wieder fest verknotet, ein Zeugnis unserer Aktivitäten während der Nacht. Zum Glück fand ich ein Gummiband, das ich bei einem vorherigen Besuch auf der Ablage im Badezimmer liegen gelassen hatte, sodass ich es mir wenigstens hochbinden konnte.

Als ich aus dem Badezimmer kam, war JC bereits angezogen und saß mit seinem Laptop am Schreibtisch im Wohnzimmer.

»Ich gehe jetzt«, sagte ich ungeschickt.

Er stand auf und kam zu mir herüber. »Ich habe gehört, was du gesagt hast, Gwen. Ich möchte, dass du das weißt. Aber wenn du deine Meinung änderst – ich habe im Trump Hotel in Las Vegas ein Zimmer gemietet. Von La Guardia geht ein Flugzeug um zwölf Uhr fünfzehn. Ich habe mein

Ticket unter dem Namen Alex Mader gekauft und der Nebensitz ist für dich reserviert. Du kannst immer noch mitkommen.«

Mir drehte sich alles im Kopf. »Alex Mader? Ist das dein richtiger Name?«

»Nein. Das ist der Name, unter dem ich reise. Komm mit.«

Da wurde mir plötzlich alles klar. Er ging fort. Er ging wirklich fort. Jetzt. Ich musste mich mit meinem verdammten Vater auseinandersetzen, während der Mann, den ich liebte, spurlos verschwand und nicht einmal wusste, wann er wiederkommen würde.

Ich war im Begriff, ihn zu bitten, nicht abzureisen oder wenigstens zu warten, bis ich von meinem Treffen mit Norma zurückgekehrt war, aber er ließ mich nicht zu Wort kommen, sondern umarmte mich nur fest. »Sag jetzt nichts. Ich muss fort. Und zwar auf der Stelle. Aber ohne dich will ich das nicht. Also entschließe dich mitzukommen. Bitte.«

Er küsste mich. Es war wie ein letzter Kuss, der nach Abschied schmeckte. Nach Sehnsucht und Kummer. Voller Melancholie und Qual. Verzweiflung und Reue. Endgültigkeit.

Ehe er sich von mir losmachte, gab er mir noch einen Kuss auf die Nasenspitze. »Überleg es dir anders, Gwen. Überleg es dir anders.«

KAPITEL ACHTZEHN

DER WAGEN WARTETE BEREITS auf mich, als ich nach unten ging. Es war nicht der gewöhnliche schwarze Dienstwagen, den Norma gelegentlich benutzte. Er sah luxuriös und teuer aus. Viel vornehmer. Er gehörte sicher Hudson Pierce.

Was bedeutete, dass sie ihn in mein Drama eingeweiht hatte. Na wunderbar. Wie toll war es, dass irgendwelche wichtigen Leute wussten, dass ich, ganz gleich, wie stark ich äußerlich wirkte, doch nur ein Sandsack war?

Trotz meiner Demütigung gelang es mir, den Fahrer anzulächeln – es war ein Mann mittleren Alters mit einem Schnurrbart und vollem, braunem Haar. Außerdem war er neu. Sein Hawaiihemd und die Bermudashorts entsprachen jedenfalls nicht der normalen Uniform. Aus irgendeinem Grund verunsicherten mich diese veränderten Umstände noch mehr. Ich stieg seufzend auf den Rücksitz.

Nachdem er mir gesagt hatte, wo wir hinfuhren – zu

einem Café in der Nähe von Pierce Industries –, versuchte Mr. Schnurrbart nicht, mit mir zu flirten. Dafür war ich dankbar. Was ich wirklich brauchte, waren ein Glas Whiskey und ein paar Stunden total anspruchsloses Fernsehen, aber da ich das so bald nicht bekommen würde, gab ich mich mit dem Schweigen zufrieden.

Aber ich war zu überdreht, als dass ich mich hätte entspannen können. Der in mir tobende Gefühlssturm tat sein Übriges, um mich an den Rand der Hysterie zu treiben. Wenn JCs Abschied doch bloß nicht so kryptisch gewesen wäre, würde es mir besser gehen. Er sagte, dass er fortmusste, und das glaubte ich ihm. Aber wusste er wirklich nicht, wann er wiederkommen würde, oder war das bloß ein Trick, um mich dazu zu bringen, seinen lächerlichen Antrag anzunehmen?

Als er es mir gesagt hatte, war ich wütend geworden. Empört, dass er mich verlassen wollte. Aufgebracht, dass er mich einfach so aus meinem Leben reißen wollte. Und dann hatte Norma angerufen und ich hatte weggemusst, und erst jetzt kam mir zu Bewusstsein, dass er mich tatsächlich verlassen würde. Dass seine Einladung, ihn am Flughafen zu treffen, meine letzte Chance sein könnte, mit ihm zusammen zu sein.

Aber warum, um Himmels willen? Er hatte so geklungen, als hätte er keinen Einfluss darauf, wann er nach New York zurückkehren konnte. War eines seiner Projekte schiefgegangen? Etwas, in das er mehr Zeit und Energie investieren musste? Wenn das der Fall war, warum musste er mich dann zuerst heiraten? Damit ich an ihn gebunden war?

Je länger wir unterwegs waren, desto mehr wurde ich von Entsetzen ergriffen. Desto sicherer war ich, dass JC tatsächlich in der Klemme steckte. Anders konnte es gar nicht sein. Es war die einzig logische Erklärung. War es etwas so Schlimmes, dass er untertauchen musste? Dass er dachte, ich würde ihn nicht mehr lieben, wenn ich wüsste, was es war? Wollte er deswegen dafür sorgen, dass ich ihm mein Jawort gegeben hatte, ehe ich es erfuhr?

Ich begann, meine Reaktion zu bereuen. Ich hätte ihm sagen sollen, dass es mir ganz gleich war, was er getan hatte. Ich hätte ihm versichern sollen, dass ich ihn wegen seiner Vergangenheit niemals verurteilen würde. Es war so wundervoll von ihm gewesen, mir seine bedingungslose Liebe zu schenken. Und ich hatte nicht dasselbe getan.

Warum zum Teufel hatte ich nicht dasselbe getan?

Und war es jetzt zu spät dazu?

Ich versuchte, auf meinem Handy nachzusehen, wie spät es war, aber die Batterie war leer. Ich hatte das Hotel um etwa zehn Uhr verlassen. Jetzt konnte es höchstens Viertel nach zehn sein. Wenn ich den Fahrer jetzt bat, mich direkt zum Flughafen zu bringen, würde ich es noch rechtzeitig schaffen. Er würde sich allerdings wahrscheinlich weigern. Er bekam seine Anweisungen von Norma, nicht von mir. Aber wenn ich jetzt ausstieg, könnte ich vielleicht ein Taxi erwischen. Würde ich es wagen, meine Schwester einfach zu versetzen?

Ich wagte es. Norma und die Anklage gegen meinen Vater konnten warten. Ich würde also einem Polizeibeamten Ungelegenheiten bereiten. Das machte mir nicht allzu viel aus. Noch vor sechs Monaten hätte ich nicht das gleiche Dringlichkeitsgefühl empfunden, aber ich war eine andere geworden. Jetzt war mir genug an meinem Glück gelegen, um etwas dafür zu unternehmen. Wenn dies meine einzige Chance war, JC zu behalten, musste ich sie wahrnehmen. Ich musste ihm noch eine Gelegenheit geben, mir offen alles zu sagen.

Während der restlichen Fahrt bereitete ich mich seelisch darauf vor, und als wir uns den Gebäuden von Pierce Industries näherten, hielt ich bereits nach einem geeigneten Ort Ausschau, wo ich ein Taxi anhalten konnte.

Dann allerdings hielt der Wagen bei Pierce Industries an, nicht einen Häuserblock weiter vor dem Café. Und nicht nur vor dem Gebäude, sondern am Empfang der Parkgarage. Ehe ich fragen konnte, erklärte der Fahrer, während er seinen Autoschlüssel abgab: »Das Café hat keinen Parkplatz, wir gehen also von hier aus zu Fuß.«

Wir gehen zu Fuß? Er würde also *mit*kommen? Warum setzte er mich nicht einfach dort ab?

Ich stieg verwirrt aus und folgte dem Fahrer hinaus auf den Gehsteig.

»Es ist am Ende des Häuserblocks auf der rechten Seite.« *Aha! Vielleicht würde er jetzt verschwinden.* »Ich lasse Sie vorgehen.«

Oder vielleicht auch nicht.

Ich nahm ein paar zögernde Schritte in Richtung Café, um zu sehen, ob er mir folgen würde, und hielt dabei die ganze Zeit nach einem Taxi Ausschau. Als ich sicher war, dass er mich begleitete, wandte ich mich zu ihm um. »Von hier aus kann ich es allein schaffen, vielen Dank. Es ist nett, dass Sie bis hierhin mitgekommen sind.«

»Ich muss mich entschuldigen, Miss Anders, aber ich habe die Anweisung, Sie direkt zu Ihrer Schwester zu bringen.«

Mein ganzer Körper versteifte sich. »Habe ich etwas falsch gemacht? Stecke ich in Schwierigkeiten?«

»Nein. Ganz und gar nicht.« Ich merkte, dass er einen wachsamen Blick auf die Umgebung hielt, ohne den Kopf zu bewegen. »Ihre Schwester macht sich Sorgen um Ihre Sicherheit, das ist alles.«

Wenn meine sachliche Schwester Angst um mich hatte, ging etwas vor sich, von dem ich nichts wusste. Etwas Schlimmes.

Ich blieb stehen und sah mich nach einem Taxi um.

Norma saß im Café an einer Stelle, wo sie leicht zu entdecken war. Mit ihr am Tisch saßen drei Männer – einer in Polizeiuniform, einer, den ich nicht kannte, und ein weiterer, der mir den Rücken zugekehrt hatte. Trotz der Versicherungen meines Fahrers – der scheinbar auch mein Leibwächter war –, zögerte ich immer noch, ehe ich zu ihr hinüberging. Er ließ mich allein gehen, während er sich anstellte, um irgendetwas am Empfang abzuholen. Es war schön, endlich etwas Freiheit zu haben, aber obwohl meine Schwester mich noch nicht bemerkt hatte, wollte ich jetzt nur noch zu ihr.

»Hey«, sagte ich, als ich bei ihrem Tisch ankam. Als ich dann das Gesicht des dritten Mannes sah, kreischte ich laut auf.

Er sprang blitzschnell von seinem Stuhl auf und schloss mich in die Arme. »Hey, große Schwester.«

Ben, Ben. Ich schmiegte mich an sein Hemd und hielt ihn fest, als wäre er mein Leben. Drückte ihn eng genug an mich, um verstohlene Tränen zu verbergen. Es gab so viel, was ich ihm sagen wollte, aber ich brachte kein Wort heraus. Ich dachte sie also besonders intensiv und hoffte, dass er sie auch so hören konnte. *Ich habe dich so vermisst. Ich liebe dich. Ich bin ja so froh, dass du hier bist. Warum bist du hier?*

»Ich bin auch froh, dich zu sehen«, sagte er, während er mich in den Armen hielt. Schließlich zwang ich mich, ihn loszulassen, als die anderen begannen, unruhig zu werden. »Übrigens siehst du beschissen aus.«

»Na, vielen Dank«, sagte ich und tat so, als wäre ich schockiert. »Aber was machst du denn überhaupt hier?« So überglücklich ich auch war, ihn zu sehen, befürchtete ich gleichzeitig, dass seine Anwesenheit noch etwas zu bedeuten hatte, von dem ich nichts ahnte.

»Das sage ich dir noch. Gwen, das ist Eric.« Er wies auf den anderen Mann in Zivil. Eric war das genaue Gegenteil meines Bruders. Er war groß, während Ben eher klein war, gedrungen im Gegensatz zu Bens schlanker Gestalt, und blond anstatt dunkelhaarig wie Ben.

»Er sieht nett aus«, flüsterte ich Ben zu, ehe ich mich über den Tisch beugte, um Eric die Hand zu geben.

»Im Augenblick muss das genügen, weil ich hier eingeklemmt sitze«, sagte Eric, »aber nachher umarme ich dich richtig.«

In der Regel war ich skeptisch, wenn irgendjemand dachte, er wäre für meinen Bruder gut genug. Bei Eric war das etwas anderes. Er hatte in einer schwierigen Zeit zu meinem Bruder gehalten, was ihm von vornherein Pluspunkte einbrachte, und von Angesicht zu Angesicht erkannte ich sofort, dass er sowohl ein Beschützer als auch ein liebevoller Kerl war.

Gut für Ben.

»Gwen, wenn es dir nichts ausmacht, wollen wir diesen Herrn von der Polizei nicht länger als nötig aufhalten.«

Norma lächelte zu mir hinauf, aber es war kein warmes Lächeln. Sie *lächelte nicht mit den Augen*, wie man so schön sagt. Ihre Augen waren glanzlos und voller Ernst.

Ich schluckte, als mir die unerfreuliche Situation wieder zu Bewusstsein kam, und setzte mich nickend auf den freien Stuhl. Plötzlich wünschte ich, dass ich mir zuerst einen Kaffee bestellt hätte. Ich hatte das Gefühl, dass mir für diese Unterhaltung die Energie fehlte.

Norma musste gesehen haben, wie ich einen sehnsüchtigen Blick auf ihren Cappuccino warf. Sie reichte mir ihre Tasse und sagte: »Dies ist Officer Taylor. Er ist mit Dads Fall betraut.«

»Hi. Und vielen Dank.« Ich nahm einen Schluck von dem viel zu süßen Getränk. Wenigstens befeuchtete es mir die trockene Kehle. Als ich die Tasse wieder hinstellte, bemerkte ich, dass alle Augen auf mir ruhten.

Mir rann ein Schauer den Rücken hinunter, als mir plötzlich ein Gedanke kam. »Sie haben noch nicht mit ihm gesprochen, oder?« Wenn die Polizei ihn bereits verhört hatte, würde er wütend sein. Vielleicht würde er mich sogar bedrohen. Hatte ich deshalb einen Leibwächter bekommen? War Ben aus diesem Grund hier? Hatten deshalb alle so gespannt meine Ankunft erwartet?

So irrational es auch sein mochte, versetzte mich der Gedanke daran, meinen Vater verärgert zu haben, in Panikstimmung. Ich bekam feuchte Hände und mein Magen rebellierte. Ich wollte gern glauben, dass ich vor ihm sicher war. Schließlich war er auf Bewährung freigelassen. Er war in einem Rehabilitierungszentrum. Und doch war es ihm schon einmal gelungen, mich zu schlagen.

Norma legte mir beschwichtigend die Hand aufs Knie. »Er wird dir nichts antun, Gwen. Hörst du?«

Ich blickte sie suchend an, fühlte mich aber nicht getröstet. Sie machte sich Sorgen, und das beunruhigte mich. Ich wandte mich dem Polizeibeamten zu. »Was hat er denn gesagt? Ich muss es wissen.« Ich sah zu Ben hinüber. »Und was hat deine Anwesenheit hier mit der Sache zu tun?«

Ben stieß mich mit dem Ellbogen an. »Meine Anwesenheit hat damit gar nichts zu tun, aber ich bin froh, dass ich zufällig gekommen bin, als all das passiert ist. Und jetzt lass den Polizeibeamten reden, ehe Norma total aushakt.«

Ich warf einen Blick auf Norma, die mich böse ansah. »Also gut«, gab ich nach. »Aber nachher musst du mir alles ganz genau berichten.« Ich konzentrierte mich wieder auf Officer Taylor.

»Bitte sehr«, sagte Norma zu ihm, als müsste sie ihm das Wort erteilen. Nach seinem Gesichtsausdruck zu urteilen war ihm ganz gleich, ob sie das tat oder nicht.

Ich mochte ihn jetzt schon.

»Wir haben noch nicht die Gelegenheit gehabt, uns mit William Anders zu unterhalten«, sagte Officer Taylor. »Ihrer Anklage zufolge hätten wir das natürlich getan. Oder sein Bewährungshelfer hätte es getan. Aber er ist gestern Abend nicht zurückgekehrt.«

»Was hat das zu bedeuten?« Mir sträubte sich vor Angst jedes Haar an meinem Körper, aber ich musste sichergehen, dass ich alles richtig verstand, was er sagte. Er musste es aussprechen.

Diesmal wechselte Officer Taylor zuerst einen Blick mit Norma, ehe er antwortete. »Es ist eine Verletzung seiner Bewährungsauflagen. Zusammen mit der Klage auf Körperverletzung und obendrein noch versuchter Erpressung reicht das aus, ihn wieder hinter Gitter zu bringen.«

Ben lehnte sich auf seinem Stuhl nach vorn. »Ich will dir sagen, was das bedeutet – es bedeutet, dass er ein flüchtiger Verbrecher ist. Es ist ihm klar geworden, dass er gestern mit dir Scheiße gebaut hat, und jetzt hat er zu viel Angst, um zurückzukommen und die Sache auszubaden. Es bedeutet, dass ihn niemand überwacht. Es bedeutet, dass das Arschloch frei herumläuft.«

»Es bedeutet, dass wir nicht vor ihm sicher sind.«

Also. Ich hatte es genau wissen wollen und das hatte ich jetzt auch bekommen. Ich trank noch einen Schluck von Normas Cappuccino und wünschte, es wäre etwas Stärkeres. Wünschte, ich wäre jemand Stärkeres.

Ich legte eine Hand auf die von Norma, die immer noch auf meinem Knie lag, und drückte sie. *Sie reagiert über*, sagte ich mir. Sie ist nur übertrieben vorsichtig. Wir sind nicht in Gefahr. *Ich* bin nicht in Gefahr.

Aber ich wusste, dass das genaue Gegenteil zutraf. Sie war nicht der Typ zum Übertreiben. Ich konnte mir sogar vorstellen, warum sie mit dem Officer Blicke wechselte. Sie hatte ihn wahrscheinlich gebeten, mir keine Angst zu machen. Seine Angaben kurz und sachlich zu halten. Entweder hatte sie vergessen, Ben dasselbe einzuschärfen, oder er hatte ihr nicht gehorcht.

Ich fuhr mir mit der freien Hand an der Kehle auf und ab, denn ich musste meine Finger irgendwie beschäftigen, und stellte die kritische Frage. »Sie halten es für möglich, dass er wieder bei mir auftaucht, nicht wahr?«

»Das ist schwer zu sagen«, erwiderte Officer Taylor. »Er hat es schon einmal gemacht, und das lässt es uns wahrscheinlicher erscheinen, dass er es wieder tun wird. Besonders weil er mit leeren Händen wieder abziehen musste.«

Ich nickte. Mein Gott. Bei all dem Nicken kam ich mir schon wie ein Wackeldackel vor, aber es war leichter, als es laut auszusprechen. Leichter, als zu sagen: *Ich weiß, was Sie damit sagen wollen.* Leichter, als der Tatsache ins Auge zu sehen, dass mein Vater höchstwahrscheinlich wiederkommen würde.

Ein Schluchzen blieb mir in der Kehle stecken. Das Schreckgespenst aus meiner Kindheit war echt und am Leben und immer noch gefährlich. Wie konnte ich da nicht weinen vor Angst?

Und Ben erst! Er musste genauso viel Angst ausstehen wie ich. Er war ja noch viel mehr von meinem Vater gepeinigt worden.

Ich packte ihn am Arm. »Und du solltest im Moment gar nicht hier in dieser Stadt sein.« Ironischerweise war ich diejenige gewesen, die unbedingt gewollt hatte, dass er zurückkam, und jetzt war ausgerechnet ich es, die ihn darum bat, wieder zu verschwinden.

Ben tätschelte mir die Hand. »Es ist verdammt gruselig, nicht wahr? Aber das macht mir nichts. Du kannst mir ruhig glauben.«

Hinter ihm sah ich, wie mein Fahrer ein paar Tische weiter Platz nahm. Er beachtete uns kaum. *Bewacht er uns alle?*, fragte ich mich. Würden wir von jetzt an so leben müssen? Heimlich beschützt von Fremden, die meine Schwester bezahlte?

Das gefiel mir gar nicht. Aber Ben war so mutig, da musste ich mich auch zusammenreißen. Ich straffte den Rücken und zwang mich, so tapfer zu wirken, wie ich es sein wollte, und mich nicht von meiner Angst lähmen zu lassen. Nicht, wie es in meiner Kindheit gewesen war. »Warum macht er denn eigentlich solche Dummheiten? Das verstehe ich gar nicht. Er ist doch nie ein Krimineller gewesen. Er hat seine Kinder geschlagen. Er war aber nie ein Dieb oder ein Erpresser. Er war nicht der Typ, der flüchtet.«

»Wie ich bereits Ihrem Bruder und Ihrer Schwester erklärt habe, ehe Sie ankamen, ändert das Leben im Gefängnis die Leute, Miss Anders«, sagte Officer Taylor geduldig. »Und Mitgefangene sind nicht sehr nett zu Kindesmisshandlern. Ihr Vater kann es nicht leicht gehabt haben. Außerdem scheint er drogensüchtig geworden zu sein. Ich tippe auf Crack. Das ist nichts Ungewöhnliches, und das Merkwürdige bei vielen dieser Süchtigen ist, dass ihnen ihre Entlassung eher wie eine Bürde als wie ein Segen erscheint. Ihre Hauptsorge besteht darin, wo sie ihren nächsten Fix herbekommen, und sie haben keine Kontakte, kein Geld und keinen Ort, wo sie danach ihren Rausch ausschlafen könnten.« *Mein Vater ist kokainsüchtig.* Na wunderbar. Hätte ich das nicht merken sollen, als ich ihn gesehen habe? War er zittrig gewesen? Waren seine Pupillen erweitert gewesen? Mich überkam ein quälendes Schuldgefühl. Schuld – war das die Möglichkeit? Wie rettungslos bescheuert war es, dass ich dachte, wir wären daran schuld? Als ob er nicht in diesem Zustand wäre, wenn wir ihn nicht ins Gefängnis gebracht hätten.

Das waren unsinnige Reaktionen, aber ich konnte mich nicht dagegen wehren. Ich hasste den Teil von mir, der mit meinem Vater Mitleid empfand. Ich verabscheute mich dafür, mich insgeheim zu fragen, warum Ben es nicht einfach alles über sich ergehen ließ, wie ich es getan hatte. Dafür, dass ich auch nur eine Sekunde lang meine Gewissensbisse in der Gegenwart über die Sicherheit meines Bruders in der Vergangenheit stellte.

Ich konnte ihn nicht einmal ansehen.

Norma lehnte sich näher zu mir. »Was immer du jetzt auch denken magst, Gwen, ist ganz natürlich. Mach dir deshalb keine Vorwürfe.«

Das war leichter gesagt als getan. Sie wusste ja nicht, was ich dachte.

Als wollte es mich daran erinnern, was für ein Ungeheuer mein Vater war, begann mein Gesicht genau in diesem Moment zu schmerzen. *Vergiss diese Schmerzen nicht*, sagte es mir. *Dies und noch viel Schlimmeres hat Ben ertragen müssen. Dein Vater hat seine Strafe verdient.*

Hassgefühle halfen mir auch nicht mehr als Schuldgefühle. Ich nahm meine Hand von Normas und schlug ein Bein über das andere. »Was geschieht also jetzt?«

Ich hatte die Frage an alle gerichtet, aber Officer Taylor beantwortete sie. »Wir wollen ihn natürlich da festnehmen, wo wir ihn vermuten. Im Augenblick ist das morgen früh im Klub. Wir haben bereits den Besitzer und den Manager davon in Kenntnis gesetzt und geplant, dass ein Einsatzteam ihn erwartet, sollte er dort auftauchen.«

»Werde ich dort sein müssen?« Mit angehaltenem Atem wartete ich darauf zu erfahren, ob ich als Köder fungieren musste oder nicht.

Zu meiner Erleichterung schüttelte der Officer den Kopf. »Das halten wir nicht für nötig. Es wäre uns sogar lieber, wenn Sie nicht da wären.«

Ich seufzte hörbar auf. »Okay. Das ist mir auch lieber.«

Norma lächelte mir Mut zu. »Matt hat schon gesagt, dass

du dir so lange freinehmen kannst, wie du willst. Er hat völliges Verständnis dafür.«

»Danke. Ich werde es mir überlegen.« Eigentlich konnte ich über gar nichts mehr nachdenken. In meinem Kopf rauschte es wie bei einem Radio, das unscharf eingestellt ist. Während der restlichen Unterhaltung mit Officer Taylor, der meine Aussage aufnahm, mein Gesicht fotografierte und gewissenhaft seine Arbeit tat, ging das Rauschen weiter. Alles, was mir durch den Kopf ging, wurde davon übertönt. Nichts blieb hängen. Nichts berührte mich.

Ich hatte keine Ahnung, wie lange es dauerte, bis Officer Taylor sich verabschiedete und Norma und ich allein mit unserem Bruder und seinem Partner sitzen blieben. Irgendwann hatte jemand mir einen Kaffee bestellt – Eric vielleicht – und jetzt wärmte ich mir daran die Hände. Wie konnte mir nur so kalt sein, obwohl es im Café so muffig warm und stickig war?

Norma lehnte sich auf ihrem Stuhl zurück und betrachtete mich eine Weile. Schließlich sagte sie: »Wirst du mir einen Gefallen tun? Atme einmal tief ein. Dieser Teil ist jetzt überstanden. Denk nicht mehr dran.«

Ich war versucht, mich mit ihr zu streiten – ich brauchte meine nervöse Spannung; damit fühlte ich mich sicher –, aber mir taten schon die Schultern weh und mir schmerzte der Kiefer, weil ich so lange die Zähne zusammengebissen hatte. Vielleicht war es ja doch keine so schlechte Idee, mich zu entspannen.

Ein wenig widerstrebend atmete ich ein und wieder aus. Dann noch einmal. Nach dem dritten Mal fühlte ich mich tatsächlich ein bisschen weniger gestresst. Ich rollte den Kopf von einer Seite auf die andere und schüttelte die Arme aus.

»Besser?«

»Ja. Danke. Das habe ich gebraucht.«

»Ich weiß.« Sie wandte sich Ben zu. »Und was ist mit dir? Wie fühlst du dich?«

Ein kurzer Blick auf meinen Bruder bewies, dass der Tag für ihn auch nicht gerade leicht gewesen war. »Ich weiß nicht«, sagte er. »Als wir vor zehn Jahren die Initiative ergriffen haben, dachte ich, die Sache wäre damit erledigt.«

»Das haben wir alle gedacht.« Norma klang müde und in diesem Augenblick kam es mir zu Bewusstsein, dass sie zwar die schlimmste Phase im Leben mit unserem Vater nicht miterlebt hatte, aber ihn trotzdem fast ihr ganzes Leben lang bekämpft hatte. Für uns. Es wunderte mich, dass sie nicht erschöpfter war.

Ben rutschte ein paarmal auf seinem Stuhl hin und her und ich konnte sehen, wie er versuchte, mit seinen aufgewühlten Gefühlen fertigzuwerden. Sie bedrückten ihn, und darüber zu reden war noch schwerer. »Es ist nicht fair«, sagte er schließlich mit knirschenden Zähnen. »Es ist nicht fair, dass er uns immer noch in Angst und Schrecken versetzen kann.«

Eric streckte ihm die Hand hin und Ben nahm sie, wobei er sich fest daran klammerte.

»Ich bin okay.« Bens Versicherung war an Eric gerichtet, aber ich hatte den Eindruck, dass sie für uns alle bestimmt war. »Wirklich. Bloß wütend. Was viel besser ist, als sich beschämt und verängstigt zu fühlen. Das kannst du mir glauben.«

Ich brauchte ihm nicht nur zu glauben. Ich wusste aus eigener Erfahrung, dass Scham und Angst beschissene Gefühle waren. Ich empfand sie gerade in diesem Moment.

»Können wir Dad jetzt vergessen? Und würdet ihr beide mir jetzt bitte sagen, was ihr hier macht?«

Ben und Eric wechselten einen Blick, den ich nicht interpretieren konnte. »Also«, sagte Ben, »Eric und ich planen schon eine ganze Weile hierherzukommen. Während meiner Therapie, die ich nach dem Krankenhausaufenthalt gemacht habe, ist mir klar geworden, dass ich all meine Erinnerungen an die Vergangenheit verdrängt habe, weil ich dachte, ich könnte so damit fertigwerden. Das war natürlich nicht der Fall. Denn die Vergangenheit bleibt immer dieselbe, ich kann sie nicht ändern und muss lernen, sie so zu akzeptieren, wie sie ist, und so weiter und so fort, alles Hokuspokus Psychologiekram. Aber andererseits stimmte es auch, dass ich mich beim Verdrängen von Erinnerungen gerade der Dinge beraubte, die mich am stärksten gemacht haben. Ihr beide zum Beispiel. Und diese Stadt. Wesentliche Beziehungen.« Bei seinen letzten Worten lächelte er Eric an. »Anstatt also die schmerzlichen Erfahrungen unter den Teppich zu kehren, arbeite ich daran, mich ihnen zu stellen und mit ihnen zu leben. Das hat wirklich einen ganz anderen Menschen aus mir gemacht.«

»Das ist wundervoll, Ben. Ich sehe es dir an, und ich bin ja so froh darüber. Und ich freue mich auch sehr über deinen Besuch, obwohl du keinen schlechteren Zeitpunkt dafür hättest wählen können.«

Ben ließ Erics Hand los und schlang den Arm hinter sich um die Stuhllehne. »Wir hatten eigentlich vor, erst nächsten Monat zu kommen, aber als Norma gestern angerufen hat, wollte ich jetzt schon hier sein. Und wir sind nicht bloß zu Besuch da – wir wollen uns hier eine Wohnung suchen.«

»Ihr zieht hierher?« Ich hätte nicht erstaunter sein

können, wenn er gesagt hätte, er wäre schwanger. »Alle beide? Aber warum? Ich meine, hurra! Aber ich bin so verwirrt.«

Ben lachte. »Ich weiß. Es ist eine 180-Grad-Wendung. Aber ich sage dir ja, ich habe mich geändert. Ich lasse mich von Dad nicht mehr abschrecken. Ich habe schon viel zu viel Zeit von meiner Familie getrennt verschwendet. Von euch beiden. Ich möchte hier sein. Ich *muss* einfach hier sein. Umso mehr, da Dad beschlossen hat, ein ganz besonderes Arschloch zu sein. Wir müssen zusammenhalten. Das ist für uns alle das Beste.«

Ich nickte wieder wie ein Wackeldackel, aber diesmal war ich vor lauter Glück sprachlos.

»Wie dem auch sei«, fuhr Ben fort, »Erics Unternehmen hat außerhalb von New York eine Zweigstelle und er kann leicht versetzt werden. Und ich hatte keinen Job mehr, seit ich beim Filmtheater aufgehört habe. Als Norma uns also ihre Unterstützung angeboten hat, erschien es uns als der geeignete Zeitpunkt, umzuziehen.«

Ich wandte mich zu Norma um. »Du hast davon gewusst?«

Sie zuckte die Achseln. »Wir haben darüber gesprochen. Er wollte, dass es eine Überraschung würde.«

»Es ist eine wirklich schöne Überraschung.« *Die allerbeste.* Ich strahlte und es kümmerte mich gar nicht, wie meine Wange dabei schmerzte.

»Aber genug von mir«, sagte Ben, was lustig war, da wir kaum von ihm gesprochen hatten. »Jetzt möchte ich hören, wie es mit dir und diesem Kerl läuft, den du kennengelernt hast.«

Als er JC erwähnte, wurde ich erneut von meinen

Gefühlen überwältigt, denn mir fiel plötzlich ein, wie die Dinge zwischen uns standen, als wir uns getrennt hatten.

»Was hast du denn?«, fragte Norma, die mir wie immer ansehen konnte, wenn etwas nicht in Ordnung war. »Ist etwas schiefgegangen?«

Ich zögerte einen Moment, ehe ich antwortete. Heute Morgen hatte ich ihm noch unbedingt nachfahren wollen. Dann hatte ich das völlig vergessen, weil ich mich mit dem dringenderen Problem bezüglich meines Vaters auseinandersetzen musste. Dann war ich durch Bens Ankunft davon abgelenkt worden. Es war nicht einmal Mittag, und ich hatte bereits eine Achterbahn der Gefühle hinter mir.

Dadurch, dass ich ein wenig Abstand von den morgendlichen Konflikten mit JC gewonnen hatte, hatte sich auch meine Perspektive geändert. Vielleicht hatte ich zu dramatisch reagiert.

»Also«, sagte ich und suchte nach einem Weg, die Situation zusammenzufassen. »Im Moment ist unsere Beziehung etwas merkwürdig. Das meiste daran ist eigentlich verdammt wundervoll. Wir haben uns gerade gestanden, dass wir uns lieben. Und er hat sich die ganze Nacht um mich gekümmert nach, nun, nach der Sache mit Dad. JC war unheimlich lieb.« Ich nahm einen Schluck von meinem Getränk und hoffte, dass ich damit mein unwillkürliches Erröten verbergen könnte.

»Das ist fantastisch«, sagte Ben.

Gleichzeitig bemerkte Norma: »Ich hatte das Gefühl, dass er seine Meinung ändern würde.«

»Ja, das hat er allerdings. Und es war wundervoll. Aber dann hat er heute Morgen alles ruiniert. Er hat mir einen Antrag gemacht.«

Norma spitzte die Ohren, aber es war Ben, der sofort reagierte. »Einen Heiratsantrag? Das gibt's ja nicht!«

»Doch. Er will nach Las Vegas und dort heiraten. Heute Abend.« Es meinen Geschwistern so zu erzählen, ohne die seltsamen Einzelheiten wie den Anruf, den er erhalten hatte, zu erwähnen, oder sein übertriebenes Verhalten, ließ die ganze Sache wieder total lächerlich erscheinen.

Oder vielleicht wollte ich auch, dass es sich lächerlich anhörte, und erzählte es deswegen so. Weil ich nicht das Gefühl haben wollte, einen Fehler gemacht zu haben.

»Und gehst du mit ihm?« Dies kam von Norma.

»Nein! So verrückt bin ich nicht. Wofür hältst du mich eigentlich? Ich weiß ja nicht einmal, wie er mit Nachnamen heißt. Und seinen richtigen Vornamen hat er mir auch nicht verraten.« Ausflüchte, Ausflüchte, Ausflüchte. Mir war klar, dass ich sie machte. Ich fragte mich, ob Norma sie genauso leicht durchschaute, wie sie mich in allen anderen Dingen durchschaute.

»Wie auch immer.« Ich begann, den Untersatz meiner Kaffeetasse zu zerpflücken. »Als ich gehen musste, sagte er, er müsse sich auf den Weg zum Flughafen machen, und hoffte, dass ich nachkommen würde. Sein Abschied war so endgültig. Als wäre alles zwischen uns aus, wenn ich ihn nicht heirate. Und wenn das wirklich der Fall ist, will ich ihn auf keinen Fall heiraten. Aber wenn das sein Ernst ist, werde ich wirklich traurig sein.« Mein Mut verließ mich am Ende schließlich doch und ich biss mir auf die Lippe, um meine Gefühle zu beherrschen.

Ich wartete darauf, dass Ben mich trösten oder dass Norma mit mir schimpfen würde, oder dass ich bekam, was immer ich verdiente. Ich wusste nicht genau, was es war. Vielleicht nichts. Vielleicht hatte ich gar nichts verdient.

Ich hatte bereits fast den ganzen Untersetzer zerpflückt, als Norma schließlich fragte: »Ist er jetzt unterwegs nach Las Vegas?«

»Ja.«

Norma setzte sich in ihrem Stuhl zurück. »Du solltest ihm nachfliegen.«

»Das finde ich auch«, stimmte Ben zu.

Ich fuhr auf. »Ich soll ihn heiraten?«

»Nein«, sagte Norma im selben Augenblick, als Ben: »Warum nicht?«, fragte.

Norma überlegte. »Nun, wenn du willst. Aber ich habe gemeint, du solltest nach Las Vegas fliegen. Zu ihm. Um bei ihm zu sein. Er braucht dich offensichtlich. Und im Moment wäre es mir lieber, wenn du nicht hierbleibst. Vergiss einfach mal alles hier. Lerne den Mann erst besser kennen. Wenn ihr dann am Ende heiratet, dann ist das auch gut.«

»Ich schätze es ungeheuer, wie lässig du mit dem Rest meines Lebens umgehst«, sagte ich sarkastisch, aber in Wirklichkeit schätzte ich es eigentlich doch.

Sie setzte sich nach vorn und stützte die Unterarme auf den Tisch. »Ich gehe ganz und gar nicht lässig mit deinem Leben um. Ich versuche, dich vor einem Mann in Sicherheit zu bringen, der dir immer wieder wehgetan hat. JC hingegen hat dir nur Gutes getan, soweit ich das beurteilen kann. Wenn du sagst, dass er genau das ist, was du dir gewünscht hast, gebe ich ohne Zögern meine Zustimmung für eure gemeinsame Zukunft.«

Ich starrte sie mit offenem Mund an. Als ich es merkte, machte ich ihn zu, sah sie aber weiterhin ungläubig an. Das sah meiner Schwester gar nicht ähnlich. Sie war noch praktischer veranlagt als ich. Sie war nüchtern und pragmatisch. Sie investierte nur in lohnende Dinge. Sie ging nie ein Risiko ein. Einfach niemals.

Vielleicht merkte sie, wie ungewöhnlich das für sie klang, und fügte hinzu: »Ich sage ja nur, flieg nach Las Vegas. Wenn du dann da bist, kannst du den Rest besser beurteilen.«

»Es ist wirklich eine gute Idee«, stimmte Ben ihr zu. »Mir wäre auch wohler, wenn du im Augenblick nicht hier wärst.«

»Und was ist der Unterschied dabei, dass du hier bist?« Mein Ton war aggressiver als beabsichtigt, aber entsprach genau meinen Gefühlen.

»Ein riesiger Unterschied«, sagte Ben. »Dad weiß nicht, dass ich hier bin. Er weiß nicht, wo er mich finden könnte. Er hat auch gar kein Interesse an mir. Ich bin nicht derjenige, der etwas für ihn tun soll. Außerdem habe ich ja Eric zum Schutz.« Beide Männer lachten, als handelte es sich um einen Insiderwitz.

Oder vielleicht waren sie ja nur miteinander glücklich.

Und Norma hatte Boyd.

»Du ziehst es in Erwägung«, sagte Ben augenzwinkernd. »Du bist genauso leicht zu durchschauen wie früher.«

Ich verdrehte die Augen. »Aber du bist doch gerade erst angekommen. Ich kann doch nicht weg, wenn wir uns noch gar nicht richtig unterhalten haben.«

»Ich werde hier wohnen, sei nicht so melodramatisch. Wir werden uns ständig sehen. Außerdem haben Eric und ich gar keine Zeit für dich. Wir müssen uns eine Million Wohnungen ansehen und uns bis Sonntag, wenn wir abreisen, für eine entschieden haben. Du wärst dabei bloß im Weg.«

Ich war zu erschöpft, um weitere Ausflüchte zu suchen. Ben hatte recht – ich würde noch viel von ihm sehen. Außerhalb der Reichweite meines Vaters würde mir auch wohler sein, während er noch auf freiem Fuß war. Eigentlich war es eine gute Idee.

Und ich wollte ja auch mit JC zusammen sein. Ich wollte ihn nicht heiraten, aber ich wollte ihn auch nicht verlassen. Er sollte wissen, dass ich mich von keinerlei Schwierigkeiten abschrecken lassen würde, in denen er gerade stecken mochte.

Ich nahm Normas Handy, das vor ihr auf dem Tisch lag, und sah nach, wie spät es war. Es war Viertel vor zwölf. Ich wurde immer aufgeregter. »Diesen Flug erwische ich auf keinen Fall.«

Norma zuckte die Achseln. »Dann nimm eben den nächsten. Benutze meine Kreditkarte. Weißt du, in welchem Hotel er wohnt?«

»Ja.«

»Gut.« Sie blickte zu dem Mann hinüber, der mich hierhergebracht hatte. »Du weißt doch noch, wer dich hierhergefahren hat?«

»Der Möchtegern Tom Selleck?«, fragte ich.

Ben schlug mit der Hand auf den Tisch. »Genau dem sieht er ähnlich.«

Darüber musste sie unwillkürlich lächeln. »Sein Name ist Reynold. Er ist einer von Hudsons Leibwächtern. Er hat ihn mir für den heutigen Tag ausgeliehen. Er wird dich nach Hause bringen, vor der Tür auf dich warten und dich dann zum Flugplatz fahren.«

»Er wird *vor der Tür* warten?« Dass er ein Leibwächter war, hatte ich mir schon gedacht, aber war das nicht zu auffällig? »Er sieht bereits wie Magnum aus. Ist das nicht ein wenig zu offensichtlich?«

»Ich versuche ja gar nicht, diskret zu sein«, sagte sie etwas frustriert. »Ich will ja gerade, dass Dad oder seine Freunde wissen, dass du bewacht wirst.«

»Okay, okay.« Ehrlich gesagt war ich nur noch müde. Ich hätte mich einfach von vornherein einverstanden erklären sollen.

Dann überwältigte mich ein anderes Gefühl. Diesmal war es hauptsächlich Dankbarkeit.

Ich ergriff Normas Hand mit einer und Bens mit der anderen Hand. »Ich danke euch beiden. Dir besonders, Schwesterherz. Für alles.«

Norma legte ihre Hand auf meine. »Ich liebe dich, Gwen. Es gibt nichts, was ich nicht für dich tun würde.« Sie sagte das so sachlich. So schlicht und klar, dass ich keine andere Wahl hatte, als es zu glauben.

Sie zog sich zuerst zurück und ich wusste, wie liebevoll sie es meinte, als sie sagte: »Und jetzt scher dich nach Hause und pack deine Sachen.«

DER FRÜHESTE FLUG, den ich nach Las Vegas bekommen konnte, war ein Nachtflug, der erst um Mitternacht ging. Aber das störte mich nicht sehr. Es gab mir Zeit, zu tun, was ich erledigen musste, und dazu, mich etwas zu beruhigen. Ich buchte mein Flugticket, packte eine Reisetasche und rief dann Norma an, um ihr meine Pläne im Detail mitzuteilen.

»Gut. Möchtest du Reynold Bescheid sagen oder soll ich ihn anrufen?«

Da ich so tun wollte, als bräuchte ich keinen Leibwächter, bat ich sie, ihn anzurufen. »Aber was ist mit dir, Schwesterherz? Ich möchte dich nicht allein hierlassen.«

»Ich fahre nach der Arbeit direkt zu dem Jungen.« Sie hatte angefangen, ihn bei unseren Telefongesprächen »den Jungen« zu nennen, falls uns irgendjemand zuhörte. »Ich sehe dich also nicht mehr. Gute Reise. Ich wünsche dir viel Spaß, und ruf mich an, wenn du da bist, okay?«

»Einverstanden. Hab dich lieb. Pass auf dich auf.«

Wir beendeten das Gespräch und ich wählte Matts Nummer. Er meldete sich nicht, also musste ich ihm eine Nachricht hinterlassen, um ihm mitzuteilen, dass ich mindestens bis nächste Woche freinehmen musste. Ich kam mir ein wenig wie ein Arschloch vor, weil ich ihn einfach so im Stich ließ. Aber wenn ich mir dann das dreiste Grinsen meines Vaters und seine erhobene Hand ins Gedächtnis rief, machte es mir nichts mehr aus wegzulaufen. Es war reiner Selbsterhaltungstrieb. Und dies war, was ich tun musste, um keinen Nervenzusammenbruch zu erleiden.

Trotz all der Gedanken, die mich beschäftigten, gelang es mir dennoch, ein paar Stunden zu schlafen. Als ich wieder wach wurde, war es Zeit aufzubrechen.

Und als ich schließlich in Las Vegas landete, war es mir gelungen, mir den Grund dafür, dass ich New York so überstürzt verlassen hatte, völlig aus dem Kopf zu schlagen. Da es mir jetzt nur noch darum ging, mich mit JC zu treffen, begann ich, mich darauf zu freuen. Sogar sehr zu freuen.

Und mir war etwas beklommen zumute.

Er würde es mir nicht übel nehmen, wenn ich ihn auf

diese Weise überraschen würde, oder? Dies war jedenfalls das Spontanste, was ich je getan hatte. Ich kam mir ein wenig verrückt vor. Noch verrückter war, dass ich irgendwann während des Fluges noch einmal über seinen Antrag nachgedacht hatte. Warum sollten wir nicht heiraten? Was war schon das Schlimmste, das passieren konnte?

Ich war zwar immer noch nicht überzeugt, aber ich sah es wenigstens als eine Möglichkeit an. Wie Norma gesagt hatte, ich musste zuerst einmal dort sein und dann sehen, was passieren würde. Aber ich spürte dennoch ein nervöses Flattern im Magen, nachdem wir längst auf dem McCarren Flughafen gelandet waren.

Ich war so von nervöser Spannung erfüllt, dass ich den größten Schönheitsfehler an meinem Plan erst bemerkte, als ich bereits das Trump Hotel betreten hatte und in der Empfangshalle stand – ich wusste nicht einmal seine Zimmernummer. Und ich konnte es am Empfang nicht herausfinden, weil ich immer noch nicht wusste, wie er eigentlich hieß.

Anstatt dem Drang zu folgen, mich zu Boden sinken zu lassen und hemmungslos zu weinen, zwang ich mich, mir andere Lösungen zu überlegen, ehe ich endgültig aufgeben würde. Es gab nur zwei Aufzüge. Ich konnte mich danebensetzen und warten, bis er kam. Aber das konnte Tage dauern. Ich seufzte tief.

Dann fiel mir der Name ein, unter dem er seinen Flug gebucht hatte.

Es war einen Versuch wert.

Ich nahm allen Mut zusammen und näherte mich der Anmeldung. »Hi, können Sie mir sagen, ob ein Alex Mader bei Ihnen ein Zimmer hat?« Ich war nicht sicher, ob das

Hotel eigentlich berechtigt war, Zimmernummern eingetragener Gäste an Dritte weiterzugeben. Wenn das überhaupt der Name war, den er benutzt hatte.

Ich schöpfte Hoffnung, als der Hotelangestellte daraufhin etwas in seinen Computer eingab. Nachdem er eine Weile den Monitor studiert hatte, fragte er: »Sind Sie Gwen?«

Mein Herz schlug so laut, dass er es sicher hören konnte. »Ja.«

»Wenn Sie sich nur schnell ausweisen würden, Mrs. Mader, dann gebe ich Ihnen Ihren Zimmerschlüssel.«

Mrs. Mader. JC hatte gesagt, er hätte das Zimmer bereits gebucht, ehe er New York verließ. Er war voller Hoffnung gewesen. Ich versuchte, mich nicht zu sehr davon beeinflussen zu lassen, als ich meine Karte hervorzog und sie dem Hotelangestellten überreichte. »Sie ist noch auf meinen Mädchennamen ausgestellt. Gilt sie trotzdem?« Mir rann ein Schauer den Rücken hinab. Dies kam mir zu leicht vor, um es zu genießen. Zu leicht, um zu glauben, dass ich tatsächlich bald Mrs. Mader sein würde.

Oder Mrs. Wie-auch-immer-JC-mit-Nachnamen-hieß.

»Das sollte genügen.« Der Angestellte scannte meinen Ausweis und händigte mir den Schlüssel aus. »Zimmer vierhundertsiebzehn.«

Ich hatte es geschafft. Ich hatte den Schlüssel. Ich hatte die Zimmernummer. Jetzt brauchte ich nur noch hinzugehen.

Ich war bisher erst ein Mal in Las Vegas gewesen, und zwar anlässlich Normas dreißigstem Geburtstag. Wir wohnten im Venetian, einem riesigen Hotelkomplex, der fast schon eine Stadt für sich war. Das Trump Hotel war ganz anders. Es war klein und luxuriös. Es bot kein Glücksspiel an, und das war sicher der Grund für die Tatsache, dass es klein und geschmackvoll war. Mir hatte Las Vegas bei meinem ersten Besuch überhaupt nicht gefallen, aber hier fühlte ich mich wohl.

Mir gefiel allerdings nicht, wie schnell ich im vierten Stockwerk ankam. Ich hatte kaum Zeit gehabt, mich zu sammeln, und hier war ich nun und würde gleich JC gegenüberstehen. Mir gingen eine ganze Reihe Dinge durch den Kopf, die ich *hätte tun sollen* und die mich zum Innehalten brachten, nachdem sich die Aufzugtüren hinter mir geschlossen hatten. *Ich hätte eine vernünftigere Tageszeit abwarten sollen. Ich hätte die Damentoilette im Empfangsbereich benutzen sollen, um mir die Haare zu kämmen. Ich hätte unter meinem Trainingsanzug sexy Dessous tragen sollen. Und ich hätte gar keinen Trainingsanzug tragen dürfen.*

Was hatte ich mir bloß dabei gedacht?

Aber Trainingsanzug oder nicht, zerzaustes Haar oder nicht, ich musste JC sehen. Wir hatten uns vor achtzehn Stunden getrennt, aber es kam mir wie eine Woche vor, und plötzlich konnte ich es keine Sekunde länger aushalten.

Mit frischem Mut folgte ich den Wegweisern zu Zimmer vierhundertsiebzehn.

An der Tür angekommen zögerte ich. Sicher, ich hatte einen Schlüssel, aber ich wollte nicht einfach so hereinplatzen. Wenn jemand das bei mir getan hätte, hätte ich einen Herzinfarkt bekommen. Ich klopfte lieber.

Es dauerte bloß ein paar Sekunden, bis ich Schritte hörte und die Tür aufgeschlossen wurde. Er hatte also nicht schlafen können. Hatte er mich vermisst? Hatte er gedacht, dass ich es wäre, die vor seiner Tür wartete?

Als sich die Tür öffnete, war es allerdings nicht JC, den ich erblickte. Ich sah mich einer älteren Frau gegenüber – nun, sie war jedenfalls älter als ich. In den Vierzigern, wenn ich raten sollte. Sie hatte rotblondes Haar, trug zu viel Make-up und bloß ein T-Shirt und einen Slip.

Ich geriet in Panik, ehe mir klar wurde, dass ich mich verhört haben musste, als der Hotelangestellte mir die Zimmernummer genannt hatte. »Bitte entschuldigen Sie die Störung«, sagte ich. »Ich habe mich in der Zimmernummer geirrt.«

Die Frau lächelte freundlich. »Wen suchen Sie denn?«

»JC.« Vielleicht hätte ich Alex Mader sagen sollen. Ich war so durcheinander.

»Aber nein, Süße. Sie haben das richtige Zimmer. Er ist hier.«

»Ist er das?« Jetzt war ich noch verwirrter. Und voller Panik. Und obwohl es unhöflich war und mir nicht zustand, da es schließlich ihr Hotelzimmer war, aber da sie keine Hose trug und scheinbar mit einem Mann das Zimmer teilte, der mir vor nicht einmal vierundzwanzig Stunden einen Heirats-antrag gemacht hatte – musste ich es einfach wissen. »Darf ich fragen, wer Sie sind?«

Sie schien deshalb nicht im Geringsten beleidigt zu sein. Im Gegenteil, sie strahlte. Als wäre es vollkommen normal, um vier Uhr morgens eine fremde Frau zu empfangen und ihre Fragen zu beantworten.

»Ich heiße Tamara«, sagte sie. »Und ich bin seine Frau.«

NEUNZEHN
KAPITEL NEUNZEHN

DER KORRIDOR SCHIEN sich zur Seite zu neigen. Mir rauschte das Blut in den Ohren und meine Finger und Zehen wurden ganz taub. Und mein Herz – es sank, wie ein außer Kontrolle geratener Aufzug, der auf den Erdboden zurast, um dort zu zerschellen.

Aber es war spät – oder früh – und ich war müde von der Reise und einer Überdosis von Gefühlen. Es war möglich, dass ich etwas missverstanden hatte oder die Tussi da vor mir etwas missverstanden hatte oder dass irgendwer irgendetwas missverstanden hatte.

Dann erblickte ich ihn hinter ihr, mit zerzaustem Haar, nackter Brust und barfuß. Irgendwie war es noch viel schlimmer, ihn so zu sehen, halb bekleidet und intim, als nur zu hören, dass der verdammte Scheißkerl verheiratet war. Denn erstens schien es zu beweisen, dass er tatsächlich verheiratet war. Zweitens deutete es darauf hin, dass er sie ausgerechnet in dieser Nacht gefickt hatte, während ich zu ihm eilte.

Und drittens – oh-Gott-ich-hatte-mich-in-einen-verheirateten-Mann-verliebt! Als ihm aufging, wer ich war, starrte er mich entsetzt an und wurde blass. »Gwen!«

Ich warf ihm einen verachtungsvollen Blick zu, der immer noch bloß einen Bruchteil dessen zum Ausdruck brachte, was ich von ihm dachte. »Du verdammtes Arschloch.«

Da ich nicht wusste, was ich ihm sonst noch zu sagen hatte, drehte ich mich auf dem Absatz um und ging zurück zum Aufzug, wobei ich meinen Koffer hinter mir her schleifte.

Ich schäumte vor Wut. Ungehemmtem, wildem, heißem Zorn. Rot glühend. Ich sah nur noch rot. Ich wollte schreien und brüllen und mit Gegenständen um mich werfen. Ich verabscheute mich dafür, solch gewalttätige Impulse zu haben. So rot zu sehen.

Und irgendwo unter diesem rot glühenden Zorn lauerte Blau. Aber ich wollte zuerst hier raus, ehe es sich in etwas so Schwächlichem wie Tränen oder Schluchzen manifestierte.

»Nein, nein, nein, nein!« JC musste sich an seiner Frau vorbeigedrängelt haben – seiner gottverdammten Frau –, denn er tauchte plötzlich neben mir auf. »Das ist ein Missverständnis.«

»Ja. Das sagen sie alle.« Meine Worte klangen erstickt, kurz angebunden. Zornig.

»Warte mal. Ich kann es dir erklären.« Er lief an mir vorbei und ging rückwärts vor mir her, während er mich bat, stehen zu bleiben. »Bitte, du musst mich erklären lassen. Geh nicht einfach fort. Ich kann es dir erklären.«

Ich wollte weitergehen. Mein inneres Navigationsgerät war auf die Aufzüge programmiert, auf den Fluchtweg. Es war reiner Selbsterhaltungstrieb. Aber ich war ein rationales Wesen, das sich nicht nur auf seine Instinkte verließ. Ich musste ihm die Chance geben, die Dinge klarzustellen.

Lieber Gott, bitte lass ihn alles aufklären!

Ich blieb stehen, mein Gesichtsausdruck war steinhart. Mein Herz nicht ganz so hart. »Du kannst es ja versuchen.«

»Okay. Ich. Sie.« Er zerrte verzweifelt an einer Haarlocke auf seinem Kopf. »Jesus, ich weiß nicht, wo ich anfangen soll.«

Ich verschränkte die Arme vor der Brust. »Fang einfach irgendwo an. Aber fang an.«

Er rieb die Handflächen aneinander. »Okay. Okay.«

Seine Unfähigkeit, die Situation zusammenzufassen, raubte mir auch den letzten Hoffnungsschimmer, dass die ganze Sache ein Missverständnis war. Es war nur noch krankhafte Neugier, die mich veranlasste weiterzufragen. »Wer ist diese Frau? Fang damit an.«

Er runzelte die Stirn, als wäre diese Frage besonders schwer zu beantworten. Ich wartete darauf, dass er ihre Worte bestätigen würde. Wartete darauf, dass er sagen würde: *Sie ist meine Frau.*

Stattdessen sagte er: »Das weiß ich nicht.«

»Ja. Verdammtes Arschloch.« Ich wäre ja bereit zuhören, wenn er reden würde. Aber ich bekam immer nur ausweichende Antworten von ihm, und das reichte mir nicht. Diesmal nicht. Ich begann, um ihn herumzugehen.

Er breitete die Arme aus, um mir den Weg zu versperren. »Das ist mein Ernst. Ich bin aufgewacht, kurz bevor du gekommen bist. Und da habe ich sie gesehen.« Mir fiel auf, dass er blinzelte und die Hand hob, um die Augen vor dem Licht zu schützen, das vom Wandleuchter kam. »Ich bin ins

Bad gegangen. Und als ich wieder herauskam, warst du da. Es tut mir leid, es fällt mir schwer, mich zu konzentrieren.«

Wohl eher, dir noch mehr Lügen auszudenken.

Da ich mich jetzt an den roten Nebel gewöhnt hatte, der mich umgab, konnte ich allerdings sehen, dass seine Haut wirklich merkwürdig aussah. Bleich. Beinahe grün. Als ich mich nach vorne beugte, sah ich, dass seine Augen blutunterlaufen waren. Und er roch komisch. Säuerlich und nach Zahnpasta.

Und wie er sich vor dem Licht schützte ... »Was zum Teufel ist denn mit dir los?«

»Nichts.« Er schüttelte den Kopf, dann hielt er inne und schien es zu bereuen. »Ich bin. Ich habe einen Kater.«

»Um vier Uhr morgens, verdammt noch mal?« Es fühlte sich erstaunlich gut an zu fluchen, während ich wütend war. Mit dieser Gefühlsregung hatte ich nicht viel Erfahrung. Vor Wut rot zu sehen war typischer für meinen Vater. Ich vermied es nach Möglichkeit und beschränkte mich lieber auf gemäßigtere Reaktionen wie Verdrossenheit und Gereiztheit.

Heute war das nicht möglich. Heute waren es grellrote Worte und eine grellrote Lautstärke. »Wann zum Teufel hast du denn angefangen zu trinken, dass du um vier Uhr am Morgen schon einen verdammten Kater hast?«

»Im Flugzeug.« Er hielt triumphierend den Zeigefinger in die Luft. »*Das* ist, was ich sagen wollte! Lass mich damit anfangen. Am Flughafen. Ich war am Flughafen und *du bist nicht gekommen.*« Er betonte den letzten Teil seines Satzes und zeigte jetzt mit dem Finger auf mich.

Oh nein. »Ich musste mich um diese Sache mit meinem verdammten Vater kümmern! Du hast mir ja sowieso verdammt wenig Zeit gegeben. Und ich habe nie gesagt, dass ich kommen würde, du bist also verdammt noch mal selbst schuld, wenn du dir falsche Hoffnungen gemacht hast.«

Er wedelte mit der Hand in der Luft herum, als versuchte er, jegliche falschen Hoffnungen, die er sich gemacht hatte, zu verscheuchen. »Ich weiß, ich weiß. Es war zu wenig Zeit. Aber mehr hatte ich eben nicht.« Er verschränkte die Hände hinterm Kopf. »Ich mache dir ja auch gar keinen Vorwurf.« Er ließ die Hände wieder an seine Seiten fallen. »Ich erzähle dir bloß, wie es passiert ist. Du bist nicht gekommen und ich bin ins Flugzeug gestiegen und habe angefangen zu trinken.«

»Aber du trinkst doch gar nicht.«

»Ich war verzweifelt. Wenn ich verzweifelt bin, trinke ich.«

Verzweifelt, weil ich nicht gekommen war. Er verband die beiden Dinge zwar nicht direkt miteinander, aber es war impliziert.

»Als wir landeten, war ich betrunken. Aber ich erinnere mich noch daran, wie ich hier angekommen bin. Zur Anmeldung kam. Dann bin ich in die Bar gegangen und habe immer wieder nachbestellt.« Er wünschte, er hätte das bleiben lassen. Seine Züge drückten das deutlich aus – seine Reue, sein Elend.

Reue machte nichts wieder gut und ehrlich gesagt war mir sein Elend scheißegal. »Und Tamara?«

»Wer?«

»Deine. Frau?«

Er wand sich und ich war nicht sicher, ob es daran lag, dass ich für seine empfindlichen Ohren zu laut gesprochen hatte oder dass ihm nicht gefiel, was ich gesagt hatte. Neben uns öffnete sich kurz eine Tür und eine Frau im Morgenrock warf uns einen bösen Blick zu, ehe sie die Tür wieder schloss.

JC senkte die Stimme. »Können wir woanders darüber sprechen?«

»Ich will mit dieser Frau nicht im selben Zimmer sein.«

Er seufzte leise, versuchte aber nicht, mich umzustimmen. Er sah sich im Korridor um und sagte dann: »Hier drüben.« Er griff nach meinem Arm.

Ich entzog mich ihm. »Nein. Lass das. Ich kann allein gehen.«

Er runzelte die Stirn, widersprach mir aber nicht.

Ich folgte ihm den Korridor entlang bis zum Automatenraum. Er hielt mir die Tür auf und forderte mich mit einer Geste auf einzutreten. Wenigstens war es hier etwas weniger öffentlich. Und dunkel, denn das einzige Licht kam vom Getränkeautomaten. Und wo sollten wir schon sonst hingehen? JC trug weder Hemd noch Schuhe, und ich würde ganz bestimmt nicht warten, bis er angezogen war, damit wir hinunter in die Empfangshalle gehen konnten. Und je mehr Zeit ich ihm gewähren würde, desto mehr würde meine Entschlossenheit auf die Probe gestellt werden, das war mir klar. Mit jeder Sekunde wurde sie schwächer.

Ich ließ meinen Koffer auf dem Korridor und ging hinein.

Er schloss hinter sich die Tür. Wir starrten einander an.

»Also? Tamara?« Mir versagte die Stimme. Ich war den Tränen doch ein wenig näher.

»Ich kann mich nicht einmal daran erinnern, wie ich sie getroffen habe.« Er klang frustriert, aber mehr über sich selbst als über mich. »Mir ist nur noch klar im Gedächtnis, dass ich an der Bar saß und an dich dachte, und dass alle Probleme gelöst wären, wenn du mich nur geheiratet hättest.«

Diese Vorstellung gab mir einen Stich im Herzen.

Dann wurde mir klar, was er da andeutete, und alles Mitleid verflog wieder. »Willst du damit sagen, dass du dich meinetwegen betrunken und dann irgendwie jemand anderen geheiratet hast?«

Er sagte nichts dazu. Sein Gesichtsausdruck sprach für ihn.

»Gottverdammter Mist, jetzt reicht es mir aber.« Ein netter kleiner Plan, zuerst in diesen Raum zu gehen – jetzt stand er vor dem einzigen Ausgang. »Geh mir aus dem Weg.«

Er rührte sich nicht. »Es war dumm von mir, Gwen. Das weiß ich doch. Ich weiß.«

Es war nicht bloß dumm – es war verantwortungslos und unglaublich und gemein. »Lass mich durch, ich muss jetzt weg.« Ich wollte um ihn herumgehen, aber ich wollte ihn nicht berühren. Was für ein Dilemma.

Er bewegte sich nicht von der Stelle. »Nein. Du musst mich anhören. Ich versuche nicht zu entschuldigen, was ich getan habe. Es war total verkorkst und ich kann gut verstehen, dass du mich dafür hasst. Aber ich kann es wieder in Ordnung bringen. Ich kann die Ehe annullieren lassen. Ich weiß nicht einmal, ob wir wirklich geheiratet haben. Sie behauptet das nur, aber das ist alles. Ich habe keinen Beweis dafür gesehen.«

»Alles, was du sagst, macht die Sache noch viel schlimmer.« Das Rot vor meinen Augen wurde blasslila. Ich kochte nicht mehr vor Zorn. Er war abgekühlt und nun fühlte ich mich verletzt. Gequält. »Lass mich gehen. Bitte, lass mich gehen.«

»Das kann ich nicht. Ich kann es nicht.« Er streckte die Hände nach mir aus und hielt sie in die Luft, als ich ihm auswich. »Ach, Gwen. Du und ich, wir können doch trotzdem zusammen sein. Du bist gekommen. Das muss doch etwas bedeuten, oder nicht?«

Klang meine Stimme so verzweifelt dringlich wie seine? Wahrscheinlich schon. Denn genauso war mir zumute. Ich hatte das verzweifelte Bedürfnis zu gehen. Ihm glauben zu können. Wünschte mir so sehr, dass das Ganze gar nicht geschehen wäre.

»Ich wollte, ich wäre nicht gekommen.« Das war mein größter Fehler gewesen. »Ich bin gekommen, weil es mich schrecklich bedrückt hat, wie die Dinge zwischen uns standen und dass ich dich nicht heiraten wollte. Aber es ist jetzt ganz bedeutungslos, warum ich gekommen bin, denn du hast mit ihr geschlafen.« Meine Gefühle waren nicht mehr einzudämmen, jedes Wort drückte aus, wie er mich verletzt hatte. Die Vorstellung, wie die beiden zusammen im Bett waren – der beiden beim Sex –, war das Allerschlimmste für mich. Er hatte zwar gesagt, dass sie das nicht getan hatten, aber wie konnte das möglich sein? War das nicht der ganze Zweck betrunkener Hochzeiten in Las Vegas?

Er wusste, woran ich dachte. »Ich habe es nicht getan. Ich habe nicht mit ihr geschlafen. Das kann ich beschwören.«

»Wie kannst du dir da so sicher sein?« Wenn er sich nicht daran erinnern konnte, wie sie sich in der Kapelle das Jawort gegeben hatten, wie konnte er erwarten, dass es ihm noch im Gedächtnis war, etwas so Einfaches zu tun, wie den Reißverschluss an seiner Hose herunterzuziehen?

»Weil ich das nicht tun würde. Das könnte ich dir nicht antun. Ich könnte es einfach nicht. Niemals.« Er war wie rasend, als er mich verzweifelt anflehte, ihm zu glauben. »Als ich aufwachte, war ich angezogen. Und wenn ich betrunken bin, kann ich gar nicht –« Er winkte ab und sprach es nicht aus.

»Du kannst keine Erektion bekommen?«

»Genau.«

Mir fiel ein Stein vom Herzen. Ich wollte ihm ja nur zu gern glauben.

Aber er war ja nur teilweise bekleidet. »Wo ist denn dein Hemd?«

»Ich habe es ausgezogen, kurz bevor du gekommen bist.« Als ich ihm einen ungläubigen Blick zuwarf, gestand er mir: »Ich hatte mich übergeben und es war ganz mit Erbrochenem bedeckt.«

»Danach riechst du also.« Das schien ihm peinlich zu sein. *Gut.* Das geschah ihm recht.

Wir schwiegen eine Weile und hingen beide unseren düsteren Gedanken nach. Ich wusste nicht warum, aber ich glaubte ihm. Er mochte zwar ein verdammt verantwortungsloses Arschloch sein, aber ich glaubte nicht, dass er mich anlog. Das machte die Situation allerdings nicht weniger peinlich. Und ich wusste trotzdem nicht, was ich jetzt tun oder sagen sollte.

Schließlich sagte JC: »Ich habe dir doch erzählt, dass ich Dummheiten mache, wenn ich betrunken bin.«

Dummheiten war hier wohl kaum der richtige Ausdruck. »Hast du sie geküsst?«

Er wandte den Blick ab und fluchte leise vor sich hin. »Ich weiß nicht. Ich kann mich nicht erinnern. Vielleicht.« Er sah mir wieder in die Augen. »Wenn ich es getan habe ... wenn ich es getan habe, Gwen, bist du es gewesen. In meiner Vorstellung bist du es gewesen. Die ganze Zeit. Ich weiß, dass das ein schwacher Trost ist. Ich weiß, dass ich Mist gebaut habe. Ich war verzweifelt. Ich wollte dich bei mir haben und dann habe ich alles ruiniert.«

Er war völlig gebrochen. Und ich fühlte mich genauso. Wenn ich noch länger neben ihm stand, würde ich versuchen, ihn zu trösten. Ich würde ihm in die Arme sinken und mich von ihm ebenfalls trösten lassen.

Er bewahrte mich vor meiner eigenen Schwäche, indem er die Tür freigab. »Geh ruhig. Wenn du gehen willst, solltest du das tun. Ich werde dich nicht hier festhalten, wenn es gegen deinen Willen ist.«

Er ging durchs Zimmer zur gegenüberliegenden Wand. Jetzt konnte ich gehen. Nichts hinderte mich mehr daran. Nun, abgesehen von allem, was mich von Anfang an zu JC hingezogen hatte.

Ich verschränkte die Arme vor der Brust und lehnte mich gegen die Tür hinter mir. JC lehnte ebenfalls an der Wand hinter ihm, die Hände in die Taschen seiner Jeans vergraben. Wir starrten einander an, wie in einer schweigenden Konfrontation. Oder vielleicht in schweigendem Einvernehmen. Die Lage war außer Kontrolle geraten, dessen waren wir uns beide bewusst. Das Problem war nur, dass keiner von uns wusste, wie sie nun zu retten war.

»Ich bringe es in Ordnung«, sagte er nach ein paar Minuten. »Ich mache es wieder rückgängig. Es ist keine richtige Heirat. Ich weiß nicht einmal, wie sie mit Nachnamen heißt.«

»Ich weiß auch nicht, wie du mit Nachnamen heißt.«

»Ich heiße Bruzzo.«

Bruzzo. Ich bewegte die Lippen und probierte aus, wie es sich anfühlte, seinen Namen zu sagen, ohne es laut zu tun. Es war ein Geschenk. Es sollte ein Friedensangebot sein, und das wusste ich zu schätzen.

Aber es war zu wenig und kam zu spät. Wie ein kleines Schmuckstück im Nachhinein. »Das kann jetzt auch nichts mehr ändern. Welchen Unterschied macht es schon, ob du sie oder mich geheiratet hast? Wir sind beide nur Fremde für dich.«

»Das ist nicht wahr. So etwas darfst du nicht sagen. Wir sind uns nicht fremd. Du hast recht, wenn du sagst, dass mein Nachname an nichts etwas ändert, weil er bloß ein Detail ist. Er ist nicht wichtig. Alles, was wirklich zählt, wissen wir schon voneinander.«

»Ich glaube nicht, dass das wahr ist. Denn was immer dich dazu treibt, unbedingt zu heiraten und damit alle Probleme zu lösen, scheint dir ungeheuer wichtig zu sein, doch ich weiß nichts darüber.« Mir versagte die Stimme, ein deutliches Warnsignal, mich zu entfernen. Ich weigerte mich, vor ihm in Tränen auszubrechen. »Dies war keine gute Idee. Ich hätte nicht kommen sollen. Ich muss jetzt gehen.« Ich drehte mich um und legte die Hand auf die Klinke.

»Du hast doch gesagt, dass du warten könntest. Du hast gesagt, dass du meine Geheimnisse nicht zu wissen brauchtest.« Das waren ernsthafte Vorwürfe, die mich zurückhalten sollten, und das taten sie auch.

Ich fuhr zu ihm herum. »Das war, ehe *du* plötzlich alles davon abhängig gemacht hast!« Ich vergrub das Gesicht in den Händen. Ich wusste, dass ich gehen sollte, aber ich war noch nicht mit ihm fertig. Zu viele Dinge waren noch unausgesprochen und wenn ich auch offenbar nichts Sinnvolles aus ihm herausbekommen konnte, gab es Dinge, die ich ihm meinerseits sagen wollte. Dinge, die ich ihm sagen musste, wenn es mir jemals gelingen sollte, ihn ohne Reue zu verlassen.

Ich ließ die Arme sinken und sah ihn offen an. »Ich weiß, dass du in Schwierigkeiten steckst, JC. Ich weiß, dass du denkst, ich würde kein Verständnis dafür haben, oder dass, was immer du zu verbergen hast, zu viel für mich wäre, aber ich würde dich trotzdem lieben. Mein Herz ist offen, JC. Ich werde dich trotzdem lieben. Ich liebe dich selbst jetzt noch – zum Teufel, ich kann es nicht fassen, dass ich das zu dir sage –, aber ich liebe dich selbst noch, nachdem du an demselben gottverdammten Tag, an dem du mir einen Heiratsantrag gemacht hast, eine andere geheiratet hast.«

In zwei Schritten stand er vor mir. Zögernd legte er mir die Hände auf die Oberarme. Ich ließ es zu.

»Ich habe nichts verbrochen.« Mit den Daumen strich er mir über die Haut, sodass elektrische Funken wie Sternschnuppen an meinen Armen herab schossen. »Ich bin Kronzeuge in einer Ermittlung. Ich bin zur Verschwiegenheit verpflichtet und genieße als Gegenleistung Schutz von der Regierung. Davon darf ich dir eigentlich gar nichts sagen. Der Kerl, gegen den ich aussage, ist alles andere als ein guter Mensch. Er ist gefährlich. Er ist vollkommen skrupellos. Ich dachte, alles wäre in Ordnung, als er festgenommen wurde. Dann bekam ich heute Morgen diesen Anruf – vielmehr gestern Morgen –, um mir mitzuteilen, dass ihm Kaution gewährt worden ist. Das hätte nicht passieren dürfen. Er weiß noch nicht, dass ich Kronzeuge gegen ihn bin, aber er wird es erfahren, wenn die Staatsanwälte die Beweisaufnahme vorlegen. Das wird bald geschehen. Und dann muss ich untergetaucht sein.«

Mir blieb der Mund offen stehen. Ich war genauso

verblüfft über seinen plötzlichen Entschluss, aufrichtig zu sein, wie über das, was er gerade gesagt hatte. Obwohl das, was er mir gerade eröffnet hatte, ziemlich überwältigend war. *Kronzeuge. Gefährlicher Kerl. Untertauchen.* Mir wurde ganz schwindelig.

Dann klickte es. *Klick. Klick.* Jedes Teil fügte sich in mein JC-Puzzle. *Warum er über nichts reden durfte. Warum er nicht nach New York zurückkehren konnte.* Plötzlich machte alles Sinn.

»Ich habe es dir nicht eher gesagt, weil ich einen Schwur geleistet habe.« Er kam einen Schritt näher, sodass sich unsere Körper mehr berührten, und ich verbarg die Hände hinter dem Rücken, um sie zwischen meinem Hinterteil und der Tür einzuklemmen, damit ich der Versuchung widerstehen konnte, ihn zu umarmen. »Aber ich habe es dir auch verschwiegen, weil ich dich schützen musste. Alle meine persönlichen Kontakte bedeuten eine Gefahr. Je weniger du über mich weißt, desto besser. Anfangs dachte ich, dass für dich keine Gefahr bestünde, als unsere Beziehung noch so locker war. Aber sobald mehr daraus wurde, konnte ich das nicht mehr garantieren.«

Warum er versucht hatte, Abstand zu bewahren.

Klick. »Und der Schutz, den ich von der Regierung genieße, erstreckt sich nicht auf Liebesbeziehungen.«

»Nein.«

Klick. »Aber auf Ehefrauen schon.«

»Aha.«

Warum er so schnell heiraten wollte.

»Na, dann ist Tamara ja wenigstens sicher.« Das klang gehässig. Aber so war mir eben zumute. Eigentlich war die Situation lachhaft. Wenn ein Unbeteiligter sich diese

Episode meines Lebens ansähe, würde er sie ungemein unterhaltsam finden. Wie könnte man sie nennen? *Der Mittwoch, an dem ich nicht geheiratet habe. Der Mittwoch, an dem er eine andere heiratete.*

JC ließ die Hände von meinen Armen gleiten. Er sah nicht so aus, als wüsste er meinen Humor zu schätzen.

»Es tut mir leid. Ich versuche immer noch, das Ganze zu verdauen.« Ich atmete tief ein und schlang die Arme um mich. »Der einzige Weg, vor dem Mann sicher zu sein, gegen den du aussagst, wer immer er auch ist, wäre also, dich zu heiraten. Und wie beschützen sie uns dann?«

»Sie beschützen uns, indem sie uns verstecken. Indem sie dafür sorgen, dass niemand uns finden kann.«

»Wir müssen unser bisheriges Leben aufgeben, meinst du.«

JC seufzte und lehnte sich erschöpft gegen die Wand, als belastete ihn diese ganze Unterhaltung so sehr, dass es seine Kräfte beinahe überstieg. Oder vielleicht war es auch nicht unsere Unterhaltung, sondern seine ganze Lage. Ja, sicher Letzteres.

Er fuhr sich mit der Hand übers Gesicht und senkte den Kopf, um mich anzusehen. »Außer dir habe ich nichts, was ich aufgeben müsste.«

Das gab mir ein warmes Gefühl. Es war doch, wovon jede Frau träumte, oder nicht? Das Einzige im Leben eines Mannes zu sein, was ihm etwas bedeutete. Warum konnte ich ihm nicht dasselbe bieten? »Das trifft auf mich nicht zu. Ich habe Norma. Ich habe Ben.« Ben, der endlich wieder nach New York zog, um uns näher zu sein – ich konnte ihn jetzt nicht verlassen.

Allerdings würde mein Bruder von allen Menschen am

besten verstehen, wenn jemand das Bedürfnis hatte, eine Weile zu verschwinden. »Würde ich zuvor noch mit ihnen reden können?«

»Nein, ich hätte es nicht einmal dir sagen dürfen, es sei denn, wir wären verheiratet. Darum habe ich es dir gestern nicht erzählt.«

»Ich soll einfach verschwinden, ohne meiner Familie etwas zu sagen, und das ist der einzige Weg, vor jemandem sicher zu sein, der hinter dir her ist.« Heiraten, um beschützt zu sein – das hörte sich archaisch an und gar nicht nach meinem Geschmack, aber ich begann, mich zu sorgen, ich hätte keine andere Wahl.

JC zögerte einen Moment.

»Bin ich in Gefahr, wenn ich nicht mit dir gehe?«, bohrte ich nach.

»Nein. Wenn du mich nicht heiraten würdest, würde dir nichts geschehen. Der Kerl, gegen den ich aussage, weiß nichts über dich. Ich bin derjenige, der untertauchen muss.« Er sagte das, obwohl er wusste, dass er damit seine Chance verringerte, mich dazu zu überreden, mit ihm zu gehen. Aber er war offen und ehrlich. Und dafür war ich ihm dankbar.

Dankbar genug, dass ich weiterfragte. »Aber wie lange denn?«

»Ich weiß nicht. Ein paar Monate vielleicht. Oder länger. Ich bin nicht sicher.«

»Aber wie viel länger könnte es denn dauern? Ein Jahr? Mehr als ein Jahr?« Ich war mir nicht darüber klar, ob ich vorhatte, mit ihm zu gehen, oder ob ich nur unbedingt wissen musste, wie lange er fort sein würde. Jedenfalls war mir diese Antwort ungeheuer wichtig.

»Ehrlich gesagt weiß ich das nicht.« Er stand jetzt wieder

vor mir. »Es hängt teilweise davon ab, wie die Gerichtsverhandlung läuft, und von einigen anderen Dingen. Aber mehr kann ich dir nicht sagen, Gwen, es sei denn, du begleitest mich.« Er fuhr mit dem Daumen an meinem Kinn entlang. »Ich kann dich nicht in Gefahr bringen. Ich gehe bereits ein Risiko ein, indem ich dir überhaupt etwas erzählt habe.«

Seine Berührung machte mich verletzlich, selbst in dieser geringen Dosis. Sie war gleichzeitig Linderung und Gift – sie heilte die Wunden zwischen uns und brachte mich um.

Ich versuchte nicht, sie zu meiden, aber sie hinterließ doch ein Gefühl der Bitterkeit. »Etwas davon hättest du mir auch früher sagen können, weißt du. Ehe du davongelaufen bist und jemand anderen geheiratet hast.«

»Vergiss sie. Sie hat nichts damit zu tun. Dies betrifft nur uns.« JC stützte links und rechts von mir die Hände an die Wand, umfasste mich, sperrte mich ein. »Ja. Ich hätte dir wenigstens etwas sagen können. Aber ich war davon überzeugt, dass es sicherer für dich wäre, wenn ich es dir ganz verschweigen würde. Und ich wollte mich an die Vereinbarung mit den Leuten halten, mit denen ich zusammenarbeite. Jetzt bin ich mir nicht mehr so sicher. Jetzt will ich nur, dass du bei mir bleibst.«

Ich konnte nicht anders – ich schlang ihm die Arme um den Hals. »Ich möchte ja auch mit dir zusammen sein. Aber dies? Dies ist eine riesige Entscheidung.«

»Das ist es. Und es ist nicht fair, dich damit zu konfrontieren. Aber ich tue es trotzdem. Denn es ist so lange her, dass irgendjemand oder irgendetwas mir so viel bedeutet hat. Bis ich dich kennengelernt habe. Du bedeutest mir etwas. Und ich brauche nicht zu wissen, wann du geboren wurdest oder wie viele Geschwister du hast oder wo du aufgewachsen bist, um zu wissen, was ich für dich *empfinde*. Ich kann nicht so tun, als sei das nicht ebenso ungeheuer groß wie das, worum ich dich bitte. Es ist noch größer. Für mich ist es das.«

Er trat einen Schritt zurück und breitete flehentlich die Hände aus. »Das ist alles, Gwen. Ich habe alle Karten auf den Tisch gelegt. Mein Herz ist offen und ich bin bereit. Ich lebe für das Jetzt. Für dich. Ich sage Ja. Sag auch Ja, Gwen. Sag mir, dass du dasselbe willst.«

Ja lag mir schon auf der Zungenspitze. Er entzog es mir so leicht, wie ein Zauberer eine nicht enden wollende Reihe von Schals aus dem Zylinder zog. *Ja, ja, ja, ja, ja, ja.* Die Liste von Beweggründen, die mich nach Hause zogen, war verhältnismäßig kurz. Ich liebte meine Arbeit, aber ich konnte einen anderen Job finden. Ich wollte mich ohnehin von meinem Vater fernhalten. Ben war gerade erst zurückgekehrt, aber er hatte ja Eric. Und Norma – sie hatte Boyd. Sie brauchten mich nicht, wenn es auch ein entschiedener Nachteil war, dass ich ihnen nicht sagen konnte, wo ich sein würde. Aber sollten diese Gründe mich davon abhalten, dem Mann zu folgen, den ich liebte?

Wohl kaum.

Aber da war etwas anderes, das meiner Zustimmung im Weg stand, und das war jedenfalls bei allem, was ich tun oder lassen würde, das entscheidende Element – ich selbst. Mein eigenes Gefühl. Mein Instinkt.

Er warnte mich: *Du kennst ihn nicht gut genug, um ihn zu heiraten.* Er warnte mich: *Du kennst ihn nicht gut genug, um mit ihm davonzulaufen.* Er warnte mich: *Du kennst ihn nicht gut genug, um darauf zu vertrauen, dass er dir nicht wieder das Herz bricht, wie er es heute Abend getan hat.*

Er warnte mich: *Du kennst ihn nicht, Punktum.*

Er hatte zwar triftige Gründe dafür, mir Dinge zu verschweigen, aber das änderte nichts an der Tatsache, dass er sie mir verschwiegen hatte. Er hatte sich von mir zurückgezogen und mich verletzt, und diese Wunde war noch viel zu frisch. Er hatte versucht, mich zur Heirat zu überreden, ohne mir seine Beweggründe mitzuteilen. Und er hatte jemand anderen geheiratet.

All diese Dinge konnte ich ihm verzeihen – und das würde ich auch –, aber nicht von jetzt auf gleich. Nicht in einem Raum mit Getränkeautomaten im Trump Hotel. Nicht bald genug, um es mir zu ermöglichen, jetzt Ja zu sagen.

Mir blieb nur eine Antwort übrig: »Nein.«

JC sank in sich zusammen. Wie ein Ballon, dem die Luft entweicht. Mir ging es ebenso, obwohl ich es gewesen war, die diese schmerzliche Entscheidung getroffen hatte.

»Bist du sicher?«, fragte er.

Das war eine kritische Frage, denn ich war alles andere als sicher.

Aber das brauchte ich gar nicht zu sein – ich brauchte bloß zu meinen, was ich sagte. Und das tat ich. Ich meinte nein.

Ich nahm einen tiefen Atemzug. »Ich liebe dich«, sagte ich mit jeder Unze aufrichtiger Zuneigung, die ich in mir hatte. »Und mein Herz ist offen. So viel offener, als es seit Langem gewesen ist. Aber so sehr ich mir auch wünsche, ich könnte sorglos und spontan sein, bleibe ich doch verantwortungsbewusst und praktisch. Und mein praktischer Sinn sagt mir, wenn wirklich etwas zwischen uns ist – und wenn es wirklich so stark ist, wie du denkst, so stark, wie ich denke –, dann ist es dauerhaft. Und dann wird es noch da sein, wenn du wiederkommst. Es kann warten. Und wenn es das nicht tut, hat es eben nicht sein sollen.«

»Aber es *soll* so sein.« Doch er klang nicht, als wollte er mir wirklich widersprechen. Mehr, als wollte er seine Meinung dazu abgeben.

»Dann wird es auch dauerhaft sein.« Ich sah ihm fest in die Augen, erinnerte mich daran, wie sein Blick auf mir ruhte, mich aufnahm und er immer nur das Allerbeste in mir sah. Ich dachte daran, wie es sich anfühlte, am ganzen Körper seine Lippen zu spüren und seine Hände. Seine Liebe zu spüren. Das würde ich auch nie vergessen.

Dann sagte ich es wieder, um meinetwillen ebenso wie um seinetwillen. »Nein.«

»Nein.« Als er es aussprach, wurde es Wirklichkeit. Es war eine Bestätigung, keine Frage. Es war eine Einverständniserklärung. Es war eine weiße Flagge, die endgültige Kapitulation in der Schlacht um den Liebesbeweis.

Es war seine Art zu sagen: *Ich lasse dich gehen. Du bist frei.*

Er zog mich in die Arme und drückte seine Stirn gegen meine. »Ich liebe dich, Gwen. Du hast meinem Leben wieder einen Sinn gegeben, und dafür bin ich dir ja so dankbar. Warte nicht auf mich, hörst du? Wenn ich zu dir zurückkommen kann – falls das möglich ist –, werde ich dich finden, und dann werden wir sehen, wie die Dinge sich entwickeln. Aber warte nicht auf mich.«

Mir begannen die Augen zu brennen. »Warum nicht? Besteht denn die Möglichkeit, dass du nicht wiederkommst?« Dann kam mir noch ein Gedanke. »Wirst du in Gefahr sein?«

»Mir wird nichts zustoßen. Ich möchte bloß nicht, dass du dein Leben damit verschwendest zu warten. Ich habe das getan. Darum will ich nicht, dass du es tust. Ich komme zu dir zurück, aber du sollst so leben, als täte ich das nicht. Versprich es mir.«

Sein eindringlicher Ton verursachte mir Unbehagen. Ich wusste nicht, ob er die Gefahr herunterspielte, und das gab mir ein ungutes Gefühl und bestärkte mich in meinem Entschluss, nicht einfach mit ihm zu gehen. Aber zu versprechen, nicht auf ihn zu warten ...

Das konnte ich nicht. Und das wollte ich auch gar nicht. Es gab noch zu vieles zwischen uns, das ungelöst war. Zu viel, was wir noch nicht getan hatten. Ich hatte zu viel in unsere Beziehung investiert, um die Früchte nicht ernten zu wollen. Ich wollte entdecken, wer er war, und ihm zeigen, wer ich war. Ich wollte mich in ihn verlieben, intensiver und mit größerer Klarheit. Ich wollte all dies erleben und dann, wenn ich Glück hatte, eine zweite Chance bekommen, ihn zu heiraten. Wenn ich eine Entscheidung treffen konnte, die nicht von einem verrückten Zeitplan abhing oder von fremden Leuten, die nichts damit zu tun hatten.

Doch es waren ja nur Worte, und zwar Worte, die er hören wollte, also versprach ich es ihm.

Dann küsste er mich hart und rau, wobei seine Lippen mit der ganzen Gewalt eines Menschen auf die meinen prallten, der mit den Gegebenheiten nicht einverstanden ist. Ich ließ ihn gewähren und nahm die Spuren seines gewalttätigen Kusses in Kauf. Von diesem Kuss musste ich noch lange zehren und ich wollte mich gut daran erinnern können.

ICH HATTE KEINE AHNUNG, wo ich hingehen sollte,

nachdem ich das Hotel verlassen hatte, ich bat also den Fahrer, mich zum Flughafen zu bringen. Da ich sonst nichts zu tun hatte, besorgte ich mir ein Flugticket nach New York und wanderte anschließend noch eine Weile ziellos umher. Ich fühlte mich wie betäubt und konnte keinen Gedanken fassen. Ich sah zu, wie Leute zu ihren Flugsteigen eilten. Ich beobachtete, wie eine alte Frau an einem Glücksspielautomaten den Jackpot gewann. Ich hob für eine Mutter den Schnuller auf, die nicht gemerkt hatte, dass ihr Baby ihn fallen gelassen hatte.

Gegen neun raffte ich mich auf, Norma anzurufen. »Ich komme nach Hause.«

»Brauchst du Geld für ein Ticket?« Es war ja so nett von ihr, nicht nachzufragen. Einfach zu verstehen, was ich brauchte.

Ich würde ihr alles berichten. Später. Nicht am Telefon. »Nein, ich habe schon eins.«

»Ich wette, das hat dich einen ganz schönen Batzen gekostet. Schick mir eine SMS mit der Ankunftszeit, damit ich Reynold schicken kann, um dich abzuholen. Ich werde Boyd bitten, für uns alle bei uns zu Hause etwas zum Abendessen zu bestellen. Sicher werden Ben und Eric auch kommen, wenn sie mit ihrer Wohnungssuche fertig sind.« *Reynold.* Ich wusste augenblicklich, was das zu bedeuten hatte, und mir sträubten sich die Nackenhaare.

»Ist Dad aufgetaucht?«

»Nein. Ob er wieder Drogen genommen und dann die Verabredung vergessen oder eine Falle gewittert hat, weiß ich nicht. Es liegt ein Haftbefehl gegen ihn vor, aber ohne eine Spur kann im Moment niemand viel unternehmen.«

Dad war also noch auf freiem Fuß. In meine Taubheit

mischte sich Schuldbewusstsein. Ich machte mir Vorwürfe dafür, dass überhaupt ein Problem bestand. Vorwürfe darüber, dass ich nach Hause kam und Norma sich wieder Sorgen machen musste. Sie wünschte sich sicher, ich wäre fortgeblieben, bis er festgenommen worden war. Wenn sie gewusst hätte, dass JC mir behördlichen Schutz angeboten hatte – was ich ihr natürlich nie verraten würde –, hätte sie sicher gewünscht, dass ich mit ihm verschwunden wäre. Sie war eine gute Beschützerin.

Aber ich hatte mich nun einmal dagegen entschieden, bei JC zu bleiben, und ich bereute meinen Entschluss nicht. Selbst wenn das bedeutete, dass ich mich meinen Dämonen stellen musste.

Ich war dazu fähig. Ich war bereit.

»Dad wird mich nicht unterkriegen«, sagte ich ein wenig herausfordernder, als mir zumute war. Dafür gab ich mir selbst Pluspunkte – es fiel mir nicht leicht, tapfer zu sein, wenn er im Spiel war.

»Ich weiß. Das lasse ich nicht zu.« Sie hielt inne. »Komm nach Hause.«

Nie hatte ich süßere Worte von ihr vernommen.

Nachdem ich aufgehängt hatte, suchte ich mir eine Toilette, die nicht überfüllt war, ging in die letzte Kabine und schloss mich ein. Vollständig angezogen setzte ich mich auf den Deckel, zog die Beine an und legte mir das Kinn auf die Knie.

Dann begann ich zu schluchzen.

OHNE VON IHREM HANDY AUFZUBLICKEN, schimpfte Norma leise mit mir. »Kannst du nicht still sitzen? Dein Herumzappeln macht mich ganz nervös.«

»Dann setz dich eben woanders hin.« Wir hatten uns gerade erst vor zwei Minuten bei Hudson Pierce' Sekretärin angemeldet und sie hatte gesagt, dass er gleich kommen würde. So lange konnte Norma mein Wippen nicht ertragen.

Sie legte mir eine Hand aufs Knie, um es ruhig zu halten. »Bist du etwa nervös?«

»Nein. Ich bin allgemein ruhelos.« Das war meine neueste Angewohnheit. Nicht sehr tröstlich, aber beinahe immer passend.

»Und schlecht gelaunt«, murmelte Norma vor sich hin.

Ich machte ein böses Gesicht. Schließlich hatte ich ja eine Entschuldigung dafür. Mein Vater war immer noch auf freiem Fuß und ich schlief nicht gut. Seit ich vor einer Woche aus Las Vegas zurückgekehrt war, bewohnte ich ein

Zimmer im Gramercy Park Hotel, weil Norma es für sicherer hielt. Sie hatte mir einen Vollzeit-Leibwächter besorgen wollen, aber ich hatte mich strikt geweigert, rund um die Uhr beobachtet zu werden. Dad hatte schließlich weder die Mittel noch das Geld dazu, jemanden anzustellen, um mich zu finden, wenn es ihm selbst nicht gelang. Ich brauchte also nur die Orte zu meiden, an denen er mich auf eigene Faust suchen würde. Unsere Wohnung. Das Eighty-Eighth Floor. Ich wohnte also jetzt in einem Hotel und war auf der Suche nach einem neuen Job.

Mein ganzes Leben war auf den Kopf gestellt. Norma konnte von Glück reden, dass ich nur schlecht gelaunt war.

Dazu kam auch noch die Sache mit JC.

Er fehlte mir. Ich war daran gewöhnt gewesen, ihn nur einmal in der Woche zu sehen, aber das Bewusstsein, dass ich ihn so bald nicht wiedersehen würde, ließ mich ihn so vermissen, dass es mir bis in die Zähne und Knochen wehtat. Dieser Trennungsschmerz und die Entfernung brachten in mir übermächtige Zweifel und eine Reue auf, die ich mir geschworen hatte, nicht zu empfinden. Vielleicht hätte ich ja doch mit ihm gehen sollen. Vielleicht machte es nichts, dass ich ihn nicht richtig kannte. Ich war ohnehin nur nach Hause gekommen, um unterzutauchen. Hätte ich das nicht viel lieber mit ihm getan?

Die ganze Lage stimmte mich missmutig und düster.

Ich hatte jedoch ein schlechtes Gewissen, es an Norma auszulassen. Hudson hatte ihr ein Projekt übertragen, das zeitaufwändiger als ihre gewöhnlichen Aufgaben war, und obendrein schlug sie sich mit dem ganzen Quatsch herum, der mich betraf.

Ich bemühte mich, freundlicher zu ihr zu sein. »Hast du

schon etwas darüber gehört, wann unsere Wohnungen fertig sein werden?«

»Gerade eben«, sagte sie und schloss eine E-Mail auf ihrem Handy. »Anfang nächster Woche.«

»Und mein Name erscheint nirgendwo auf dem Vertrag?«

»Nein. Es ist alles in Erics Namen.«

Die Tatsache, dass Eric und Ben nach New York zogen, machte das Leben leichter. Es war ihnen tatsächlich gelungen, ein Gebäude zu finden, in dem zwei Wohnungen frei waren, die nebeneinander lagen. Es war ein gesichertes Gebäude und mit dem Geld, das Norma ihnen geliehen hatte, konnten sie für beide Wohnungen eine Anzahlung machen und hatten die Absicht geäußert, sie eines Tages zu einer umzubauen. Vielleicht würden sie das auch irgendwann in die Tat umsetzen, aber zunächst einmal würden sie die eine und ich die andere bewohnen. Nun, sie würden jedenfalls einziehen, sobald sie den Umzug organisiert hatten. Das würde ungefähr noch einen Monat dauern, schätzte ich.

Obwohl die Umstände nicht die besten waren, freute ich mich darauf, meine eigene Wohnung zu haben. Ich hatte noch nie allein gelebt und im Alter von dreißig Jahren war es wohl langsam Zeit dazu. Und ich würde neben meinem Bruder wohnen. Das war perfekt und wohl der einzige Weg, alles so zu regeln, dass Norma keine Gewissensbisse zu haben brauchte, mich loszuwerden.

Ich hatte das Gefühl, dass das dennoch der Fall war, und hatte zugegeben nicht viel getan, um etwas daran zu ändern. Ich war zu sehr damit beschäftigt, mich in Selbstmitleid zu suhlen. Mein Gott, was für eine beschissene Schwester ich doch war. Ich wollte mich wenigstens gerade bei ihr bedanken, als Hudson aus seinem Büro kam. »Norma, entschuldige bitte, dass ich dich warten lassen musste. Ich war am Telefon.« Er sah meine Schwester jeden Tag, ich war also nicht erstaunt, dass ihre Begrüßung nicht förmlicher ausfiel. Mir bot er die Hand. »Sie sind sicher Gwen.«

»Das bin ich.« Ich nahm seine Hand. Sie war warm und fest. Es war ein Griff, wie man ihn von einem einflussreichen Mann erwartete. »Ich freue mich, Sie endlich persönlich kennenzulernen, Mr. Pierce. Norma hat mir so viel über Sie erzählt.«

Ich konnte schwören, dass ich ihren Tritt spürte, obwohl sie ihn mir nur in Gedanken versetzte.

»Nennen Sie mich Hudson. Und danke gleichfalls. Kommen Sie doch herein.« Er führte uns in sein Büro und lud uns mit einer Geste ein, auf den seinem Schreibtisch zugewandten Sesseln Platz zu nehmen, während er die Tür schloss. Es war ein geräumiges Büro – es gab außer dem Arbeitsbereich noch eine komplette Sitzecke. Die Wände bestanden aus riesigen Fensterscheiben. Mir kam unwillkürlich in den Sinn, wie ich gegen solche Fenster gedrückt wurde. Nackt und keuchend, während JC mir gezeigt hatte, wie schön es sich anfühlen konnte, so entblößt zu sein.

»Bitte nehmen Sie doch Platz«, sagte Hudson.

»Entschuldigung, ich habe bloß den Ausblick bewundert.« Himmel, ich kam mir wie eine Idiotin vor. Ich hatte gar nicht gemerkt, dass ich immer noch dastand und gedankenverloren aus dem Fenster starrte, bis er etwas sagte. Ich setzte mich nun, schlug die Beine übereinander und hoffte, dass mein Erröten nicht zu offensichtlich war.

»Er ist allerdings ziemlich ablenkend«, erwiderte er.

»Darum steht mein Schreibtisch auch davon abgewandt.« Er setzte sich und fragte: »Hattet ihr beide einen schönen Feiertag?«

Der Vortag war der Vierte Juli gewesen. Ich hatte den größten Teil der Nacht damit verbracht, in der Stadt herumzulaufen. Während Norma zu Hause von ihrem Freund gespankt worden und der Rest der Bevölkerung über das farbenfrohe Feuerwerk am Himmel in Bewunderungsrufe ausgebrochen war, war ich zum Vier Jahreszeiten gegangen. Ich wollte bloß an einem Ort sein, an dem wir zusammen gewesen waren, JC und ich. Meine Schlüsselkarte öffnete die Tür nicht mehr und als ich am Empfang nachfragte, wurde mir mitgeteilt, dass das Zimmer nicht mehr auf JC Bruzzo gebucht war.

Erst da war mir zu Bewusstsein gekommen, wie endgültig er verschwunden war.

»Er war wundervoll«, sagte Norma, »danke der Nachfrage.«

Ich spürte, dass sie ihn nun fragen wollte, wie sein Feiertag gewesen wäre. Da mir der Austausch von Höflichkeiten nicht lag, schnitt ich ihr das Wort ab. »Ich bin Ihnen für diese Gelegenheit wirklich dankbar. Norma hat gesagt, dass sie Ihnen meinen Lebenslauf bereits gefaxt hat, darum habe ich ihn nicht mitgebracht. Aber ich erzähle Ihnen gern, was immer Sie über meine aktuellen Aufgabenbereiche, meine Ausbildung oder meine Ideen bezüglich des Sky Launches wissen möchten. Ich glaube, es hat eine Menge Potenzial, zu *dem* Klub zu werden, und dass ich genau die Richtige bin, um dabei zu helfen, es dazu zu machen.«

Hudson setzte sich in seinem Stuhl zurück. »Ich habe Ihren Lebenslauf bekommen. Ich habe ihn nur kurz überflogen, aber ich werde ihn an Alayna Withers weitergeben. Sicher hat Norma Ihnen schon erklärt, was Alayna vorschwebt.«

»Das hat sie. Ist Alayna also diejenige, die für die Einstellung zuständig ist?« Norma hatte mir nicht viele Details gegeben. Sie hatte bloß gesagt, dass das genau der richtige Job für mich wäre und dass ich um vierzehn Uhr da sein sollte.

»Ich bin der Besitzer des Klubs, aber Alayna ist die Geschäftsführerin. Mit der Leitung habe ich nur sehr wenig zu tun. Ich bin gern bereit zu helfen, wo ich kann, aber es ist nicht meine Entscheidung, wer die Stelle bekommt. Sie hat mich allerdings gebeten, jemanden zu finden, der die nötigen Fähigkeiten besitzt, ihr bei der Leitung des Ganzen zu helfen, und nach allem, was ich über das Eighty-Eighth und Ihre Qualifikationen erfahren habe, glaube ich, dass Sie die perfekte Kandidatin wären.«

Ein Signal ertönte, das wie eine SMS-Benachrichtigung auf einem Handy klang. »Entschuldigen Sie«, sagte Hudson und nahm sein Handy aus der Schreibtischschublade.

Während er die Nachricht las, lehnte sich Norma zu mir hinüber und flüsterte: »Das ist Alaynas Klingelton.«

»Oh.« Aus den wenigen Dingen, die er gesagt hatte, konnte ich schließen, dass der Kerl ganz verrückt nach seiner Freundin war. Wenn er von ihr sprach, schwangen Ehrfurcht und Bewunderung in seiner Stimme. Ich wettete, dass er nicht für jedermanns SMS ein Gespräch unterbrach. Aber wenn sie es war …

Einen Augenblick erlaubte ich mir, neidisch zu sein. Bis mir einfiel, dass ich ja ebenso jemanden hätte haben können, der mich bei allem, was ich tat, bewunderte und anbetete. Aber ich hatte ihn abgewiesen.

»Mir scheint, Alayna ist unterwegs nach oben«, sagte Hudson und legte sein Handy wieder in die Schublade. »Sie wird in ein paar Minuten mit Ihnen sprechen.«

»Perfektes Timing«, bemerkte Norma mit einem künstlichen Lächeln und ich hatte den Verdacht, dass sie Alayna nicht besonders schätzte. Jedenfalls nicht die Vorstellung von Alayna. Obwohl meine Schwester mit Boyd glücklich war, hatte sie Hudson viel zu lange aus der Entfernung angebetet, um ohne Weiteres eine andere Frau in seinem Leben zu akzeptieren.

Diese Einsicht bewirkte seltsamerweise, dass ich mich ihr näher fühlte, als ich es seit einiger Zeit getan hatte.

»Hudson.« Selbst die Art, wie sie seinen Namen aussprach, verriet eine gewisse Zärtlichkeit. »Während wir auf sie warten, muss ich dich etwas fragen. Wenn du also beschließt –« Sie unterbrach sich. »Ich meine, wenn Alayna also beschließt, meine Schwester einzustellen, möchte ich mich zuerst versichern, dass beim Sky Launch die notwendigen Sicherheitsvorkehrungen vorhanden sind.«

»Norma –« Ich verstummte, ehe ich etwas Schwesterliches und Unangebrachtes sagte. Ich wandte mich an ihren Chef. »Ich bin sicher, dass die beim Klub vorhandenen Sicherheitsvorkehrungen angemessen sind.«

»Du wirst sicher gern hören, dass das Sky Launch erstklassige Sicherheitsvorkehrungen besitzt.« Hudson sah Norma fest an. »Schließlich befindet sich jemand in diesem Klub, der für mich wertvoller als alles andere auf der Welt ist. Wenn ich dir sage, dass dies ein sicherer Ort ist, kannst du mir glauben.«

»Ich danke dir für dein Verständnis, Hudson.«

Ich fand es irritierend, dass über mich gesprochen wurde,

als wäre ich ein Schwächling, der unbedingt Schutz brauchte. So dramatisch war die Lage schließlich auch nicht. »Ich befinde mich nicht in Gefahr. Ich möchte nicht, dass Sie denken, ich würde in dieser Hinsicht ein Problem sein. Es ist bloß so, dass mein Vater –«

Hudson hob die Hand, um mich am Weiterreden zu hindern. »Norma hat mir gesagt, dass Sie die Gründe für den Stellenwechsel vertraulich halten wollen. Wenn Sie Alayna diese Gründe nicht mitteilen wollen, würde ich sie lieber auch nicht hören. Ich möchte keine Geheimnisse vor ihr haben, wenn es nicht unbedingt nötig ist.«

Es gab einen weiteren Austausch von Blicken zwischen meiner Schwester und ihrem Chef. Offenbar hatten die beiden ihre eigenen Geheimnisse. Höchstwahrscheinlich was geschäftliche Dinge betraf. Kein Wunder, dass sie so unheimlich für ihn schwärmte – die beiden waren durch ihren Beruf miteinander verbunden, den sie beide liebten. Ich fragte mich, ob ihnen überhaupt bewusst war, wie eng dieses Band zwischen ihnen war.

»Ich glaube, ich habe gerade den Aufzug gehört.« Hudson stand hinter seinem Schreibtisch auf und ging zur Tür seines Büros. Sobald er sie geöffnet hatte, kam eine Frau herein. Er nahm ihr Gesicht zwischen seine Hände. »Ich habe deine SMS bekommen. Was ist passiert? Bist du verletzt?«

»Nein, verletzt nicht.« Sie zitterte. Sie hatte offensichtlich Angst. Diese Art von Angst konnte ich schon von Weitem spüren. Sie war mir vertraut.

Sofort fühlte ich mich mit ihr verbunden. Norma mochte sie wohl nicht, ich aber schon. Während sie abgelenkt war, betrachtete ich sie genau. Sie war ganz attraktiv – schlank, brünett, gut gekleidet.

»Alayna, was hast du?« Wie Hudson sie ansah, mit so viel liebevoller Sorge ... es war zu viel für mich. Es gab mir einen Stich. Gab mir Herzklopfen. Ließ ein Gefühl der Bitterkeit in mir aufsteigen.

Ich wandte mich ab.

»Ich muss dir etwas zeigen. Kann ich –« Alayna unterbrach sich, als Norma aufstand.

»Oh, es tut mir leid.« Alayna fasste sich und verbarg schnell ihre emotionale Erregung. »Ich wusste nicht, dass du Gesellschaft hast.«

»Alayna, du erinnerst dich doch sicher an Norma«, sagte Hudson.

»Ja, natürlich. Norma Anders. Wir haben uns bei der Veranstaltung im Botanischen Garten kennengelernt.« Sie klang reserviert. Das war auch nicht weiter verwunderlich, denn meine Schwester war nicht gerade freundlich zu ihr.

»Das ist richtig. Nett, Sie wiederzusehen, Alayna.« Norma konzentrierte sich auf Hudson. »Wenn ihr beide euch unter vier Augen unterhalten möchtet, lassen wir euch allein.«

»Nein, nein. Ich muss mich entschuldigen, dass ich einfach so hereingeplatzt bin. Das entspricht keineswegs meiner Gewohnheit.« Alayna klang verlegen.

Ich hatte mich ihnen gerade wieder zugewandt, als Hudson sagte: »Ganz im Gegenteil, Alayna, dies ist perfektes Timing.« Er nickte mir zu, worauf ich mich erhob. »Dies ist Normas Schwester Gwen. Sie ist eine der Geschäftsführerinnen des Eighty-Eighth Floor.«

»Oh.« Alaynas Gesichtsausdruck war undurchdringlich.

Dann leuchteten ihre Augen auf. »Oh!« Sie kam mit ausgestreckter Hand auf mich zu. »Alayna Withers.«

Ich schenkte ihr ein aufrichtiges Lächeln. »Sehr erfreut.« Sie betrachtete mich mit dem Interesse, das man jemandem zeigt, mit dem man sich vorstellen kann zusammenzuarbeiten. So, wie ich sie einen Augenblick zuvor betrachtet hatte.

Ich konnte es mir nun vorstellen – mit einer anderen Frau zu arbeiten. Gemeinsam einen Nachtklub zu leiten. Ideen auszutauschen, Verbesserungen zu planen. Vielleicht sogar Freundschaft zu schließen. Ich war zu sehr damit beschäftigt gewesen, einen Job zu finden, um mir zu überlegen, welche Möglichkeiten sich mir in einer neuen Umgebung eröffnen würden. Es war richtig aufregend.

»Alayna ist im Augenblick PR-Managerin beim Sky Launch, aber, wie ich bereits erwähnte, wird sie die Stelle des jetzigen Geschäftsführers übernehmen, sobald sie frei wird.« Hudson hatte eigentlich suggeriert, dass sie bereits die Geschäftsführerin wäre. Ich spürte, dass er sie nur als PR-Managerin bezeichnete, um sie zu beschwichtigen. Er sah sie bereits an der Spitze.

Ich konnte es mir ebenfalls vorstellen. »Hudson hat erwähnt, Sie suchen eine operative Geschäftsleiterin.«

Sie nickte. »Wären Sie daran interessiert?«

»Absolut.«

Wir vereinbarten ein Vorstellungsgespräch am folgenden Abend im Sky Launch. Sie hatte sich Sorgen darum gemacht, dass es mit meiner Schicht im Eighty-Eighth zeitlich nicht zusammenpassen würde, aber ich versicherte ihr, ich hätte mir den Tag freigenommen, um die Dinge zu erleichtern. Ich wollte ihr nicht erklären, dass ich mich seit dem Zusammenstoß mit meinem Vater nicht dazu überwinden konnte, den Klub zu betreten. Darum hatte ich auch nichts dagegen einzuwenden gehabt, eine neue Stelle zu suchen, als Norma es mir vorgeschlagen hatte – der bloße Gedanke daran, zu meiner alten zurückzukehren, versetzte mich in eine Panik, wie ich sie seit meiner Kindheit nicht mehr erlebt hatte.

Wenn ich bedachte, wie verängstigt sie bei ihrem Eintreten erschienen war, fragte ich mich, ob Alayna meine Angstgefühle vielleicht verstanden hätte.

Vielleicht würde ich es ihr erzählen. Eines Tages.

Hudson begleitete uns zum Wartezimmer zurück, wo Norma sich überschwänglich bei ihm bedankte. Ich hatte ihm bereits zuvor für die Gelegenheit gedankt – und dachte, das wäre ausreichend, besonders da er es gar nicht war, dem ich zu danken hatte, falls ich die Stelle bekam, sondern Alayna.

Als er seine Bürotür hinter sich geschlossen hatte, wandte Norma sich mir äußerst erleichtert zu. »Das ist gut gelaufen. Du warst erstaunlich liebenswürdig. Ich bin beeindruckt.«

Ihre Bemerkung ging mir nahe. »Na ja, sie wird noch bald genug herausfinden, dass ich ein kaltherziges Biest bin.« Ich machte mich auf den Weg zu den Aufzügen, wandte mich aber zu Norma um. »Ich habe es im Augenblick nicht leicht. Das bedeutet nicht, dass ich mich unprofessionell verhalte.«

»Das hat herablassend geklungen, nicht wahr? Es tut mir leid.« Anstelle der geschäftlichen kam nun ihre mütterliche Seite zutage. Sie kam auf mich zu und legte die Hand auf meine. »Ich weiß, wie schwer es für dich ist. Bist du sicher, dass dies das Richtige ist? Wir könnten dir ja auch einen

Leibwächter beschaffen. Dann könntest du beim Eighty-Eighth bleiben.«

Ich schüttelte den Kopf. »Du weißt doch, dass ich nicht dorthin zurückgehen kann.«

»Ich weiß, dass du das nicht willst. Aber ich glaube, dass du alles tun kannst, wozu du dich entschließt.« Sie wollte damit ihre Solidarität bekunden und mir Zuversicht geben – und damit hatte sie ja auch Erfolg –, aber ich verdrehte trotzdem innerlich die Augen.

Andererseits schätzte ich die Mühe, die sie sich um mich machte. Ich belohnte sie mit einer der Erkenntnisse, die ich während unseres Treffens gewonnen hatte. »Alayna ist schrecklich eifersüchtig auf dich und Hudson, weißt du.«

»Das ist lächerlich, wenn man bedenkt, dass er mich nie richtig beachtet hat. Gott sei Dank macht mir das nichts mehr aus.« Aber sie konnte mir nichts vormachen – sie freute sich über das, was ich gesagt hatte. »Fährst du direkt nach unten? Dann warte ich noch hier auf den Aufzug mit dir.«

Ich strich mir mit den Händen durchs Haar, während wir nebeneinander hergingen. Ich hatte es mir erst am Vortag schneiden und färben lassen und musste mich noch an die neue Länge gewöhnen.

»Es gefällt mir.« Norma wies auf mein Haar. »Die Farbe steht dir gut.«

»Findest du?« Ich zog eine Strähne herunter, um die aschblonde Farbe zu betrachten, die so anders wirkte als mein von Natur aus hellerer Ton.

»Ja.« Sie drückte auf die Abwärtstaste. »Wieso hast du es dir eigentlich färben lassen? Um dich vor Dad zu verstecken?«

»Nee. Ich brauchte eine Veränderung. Tut man das

nicht, wenn man mit seinem Freund Schluss gemacht hat –
zum Friseur gehen?«

»Ihr habt nicht Schluss gemacht. Er kommt doch
wieder.«

Ich hatte Norma alles über JC erzählt und hatte ihr nur
seinen Nachnamen verschwiegen und den Grund dafür, dass
er die Stadt verlassen musste. Ich hatte ihr auch nicht gesagt,
dass ich auf unbestimmte Zeit verschwunden wäre, wenn ich
ihn geheiratet hätte. Das hätte ich ihr unmöglich erklären
können, ohne ihr die ganze Geschichte zu erzählen, und
außerdem wollte ich nicht, dass ihr klar würde, wie nahe ich
daran gewesen war, sie ohne ein Wort zu verlassen.

Sie hatte zugehört. Sie hatte genickt. Zuerst hatte sie sich
ziemlich über seine Heirat mit Tamara aufgeregt, beinahe
mehr als ich, aber schließlich hatte sie sich wieder beruhigt
und gesagt, sie könnte verstehen, dass Leute aus Liebeskummer alle möglichen verrückten Sachen anstellten. Vielleicht hatte sie ihm ja vollkommen vergeben, da war ich mir
nicht sicher, aber ich hatte den Verdacht, dass ihre jüngsten
enthusiastischen und aufmunternden Bemerkungen in
Bezug auf ihn und unsere Beziehung eher dem Zweck
dienen sollten, mich aufzuheitern, als ihre wahre Meinung
von ihm zu reflektieren. Wie immer es auch gemeint war, ich
wollte es nur allzu gern glauben. Wollte glauben, dass er zu
mir zurückkäme. Aber dem stand ein großes Hindernis im
Weg, das ich bisher nur mir selbst eingestanden hatte. Es war
der einzige Nachteil dabei, die Stelle bei Alayna Withers
anzunehmen. Es war der einzige Grund, aus dem ich mich
dafür verabscheute, dass ich mich nicht dazu überwinden
konnte, meine alte Stelle wieder aufzunehmen.

»Was hast du denn?«, drängte Norma, die meine innere

Erregung bemerkte. »Meinst du nicht, dass er wiederkommt?«

»Doch, schon. Eigentlich ja. Ich weiß allerdings nicht, wann er wiederkommt. Und er hat mir gesagt, dass ich nicht auf ihn warten soll, doch das ignoriere ich. Aber ich werde nicht mehr dort arbeiten, wo er mich suchen wird. Er hat weder meinen vollen Namen noch meine Telefonnummer. Wie soll er mich da finden?«

»Hm.« Sie dachte eine Weile darüber nach. »JC scheint mir ein sehr findiger Bursche zu sein. Ich mache mir keine Sorgen.«

Ich hörte auf, an meiner Unterlippe zu kauen, und beschloss, dass es gleichgültig war, ob sie recht hatte oder nicht. Sich damit herumzuquälen würde auch nichts daran ändern, und die Befürchtung, bei JCs Rückkehr nicht an Ort und Stelle zu sein, reichte nicht aus, um weiterhin zu arbeiten, wo ich mich nicht wohlfühlte. Besonders jetzt nicht, da sich mir beim Sky Launch eine noch bessere Gelegenheit bot.

Und JC *war* ein findiger Bursche. Es mochte eine ganze Menge Dinge geben, die ich nicht über ihn wusste, aber in dieser Beziehung war ich mir sicher. Er konnte erreichen, was er wollte. Er konnte sich konsequent einer Aufgabe widmen. Er konnte sie zu Ende bringen.

Wenn er mich wirklich so sehr liebte, wie er es mir versichert hatte, würde er alles tun, um mich zu finden.

»Find Me – Sobald du mich gefunden hast (Das Found-Duo, Buch 2)«

DANKSAGUNGEN

Oh, welche Freude. Wir sind mal wieder bei diesem Teil angekommen. Dem Teil, vor dem mir immer graut und auf den ich mich gleichzeitig freue. Es gibt so viele Leute, denen ich unbedingt meinen Dank aussprechen möchte, aber nie so recht weiß, wie ich ihn in Worte fassen soll. Und dann vergesse ich womöglich noch jemanden und komme mir deshalb ganz schlecht vor. Aber bei diesem Buch wird es mir vielleicht gelingen, alle zu erwähnen.

Genug gezaudert. Auf geht's.

Mein Dank geht an Tom, der mich auf mehr Arten befreit, als ihm bewusst ist. Du bist mein Mann, mein Betreuer, mein Forschungsassistent, mein Graphiker, der Vater meiner Kinder, mein Geliebter und mein Freund.

An meine beiden Töchter, die eines Tages entdecken werden, was Mommy da eigentlich die ganze Zeit schreibt, und trotzdem stolz auf sie sein werden (wenn nicht, tut einfach so). Ich danke euch für eure Geduld bei meinen

Erziehungsversuchen und versichere, dass ich euch mehr liebe als es Wörter in meinen Büchern gibt.

An meine Mutter, die meine Bücher vielleicht nicht einmal liest. Ich verdanke nur dir, dass ich so bin, wie ich bin. Ich danke dir auch dafür, dass du mir die Freiheit gelassen hast, mein Leben selbst zu gestalten. Darum bin ich so glücklich geworden.

An Bethany Hagen, meine geliebte Verlegerin, Buch-Elfe und die beste Freundin, die ich je im Internet gefunden habe. Und an dieser Stelle fällt es mir schwer, die richtigen Worte zu finden. Das Ende dieses Buches hat solche Schwierigkeiten bereitet. Dir vielleicht nicht, aber mir. Ich bin dir unsagbar dankbar für deine unverbrüchliche Treue. Du hast mir weiterhin zur Seite gestanden, als du alle Gründe der Welt hattest, mir dieses Projekt vor die Füße zu werfen. Du weißt ja nicht, wie viel mir das bedeutet hat. Ich werde versuchen, es damit wettzumachen, dass wir ganz viel über Strände und Moore und Priester und Tarot und Mozart und Analsex und Gummibärchen und Scotch reden.

Und ich habe mich scheinbar zu einer sentimentalen Heulsuse entwickelt. Immer mal was Neues.

An Rebecca Friedman, mit der ich sehr gern arbeite, mich unterhalte, Pläne schmiede und Geschäfte mache. Lass uns ein paar Wochen nach Italien fahren, ja? Ich wette, wir würden die ganze Zeit über die Arbeit reden.

Shanyn Day danke ich dafür, dass du so viel von mir erträgst und all die Dinge tust, die mir zuwider sind, und dabei gleichzeitig so tust, als wäre ich immer noch ein anständiger Mensch, obwohl du mich erlebst, wenn ich mich ganz und gar nicht so benehme. Und für alles, was du sonst so tust – Werbung, Assistieren. Das machst du auch sehr gut.

An Kayti McGee geht mein Dank dafür, praktisch meine angetraute Arbeitspartnerin zu sein. Du bist so stark und weise und humorvoll und kreativ, dass es mich immer wieder überwältigt. Du bist zur Stelle, wenn ich eine frische Dosis Sarkasmus brauche, und ein Ohr für meine Kritiker. Mehr wäre perfekt.

Ich bedanke mich bei der besten Band der Welt, die NAturals – Gennifer Albin, Sierra Simone, Melanie Harlow, Kayti McGee und Tamara Mataya. Ihr seid mein sicherer Hafen. Vielen Dank, dass ihr mich in eure Reihen aufgenommen habt.

Eileen Rothschild danke ich dafür, mir genügend Spielraum zu geben, all diese Dinge zu schreiben. Und dafür, cool zu sein und mir Verträge und Marketinghilfe und all das zu besorgen.

Kimberly Brower ein Dankeschön für den Audiovertrag (und dafür, meine Bücher zu lesen) und an Flavia Viotti eines für alle zukünftigen und bereits bestehenden Auslandsverträge. An Lauren Blakely und CD Reiss geht mein Dank für eure Ideen, euer Brainstorming und eure Freundschaft auf dem Weg zur Weltherrschaft. Alles, was ihr berührt, verwandelt sich in pures Gold. Ich kann mich so glücklich schätzen, dass ich euer Vorbild vor Augen habe.

An Cait Petersen dafür, dass sie mich bei allen Anbietern im Rahmen der vorgeschriebenen Formatierungsregeln hält, ohne mit der Wimper zu zucken. An Kari March für die wunderschönen Teaser – und so eine schnelle Bearbeitung! An Jenny Tyler für Adleraugen, die nichts übersehen – dir habe ich es zu verdanken, wenn ich makellos erscheine.

An Letty Caporusso, Roxie Madar und Melanie Cesa geht mein Dankeschön für die ersten Beurteilungen. Eure

Anmerkungen waren ungeheuer wertvoll und ich bin so dankbar dafür. An Angela McLain, weil sie als Erste die endgültige Fassung gelesen hat. Hast du das eigentlich gewusst? Überraschung!

An Brandie Zuckerman, weil sie Gwen ihren Namen gegeben hat, was ich vergessen habe zu erwähnen. Es ist schon so lange her, dass du sogar mittlerweile selbst einen neuen Namen hast. Ich hoffe, dein Leben ist so schön, wie es auf Facebook aussieht.

Ich bedanke mich bei all den Gruppen, in denen ich mich wiedergefunden habe – allen Frauen, die mich auf dem Pfad der Tugend halten (ihr wisst schon, wen ich meine), den Frauen, die mir profane Nachrichten schicken (ihr wisst schon, wen ich meine), und den Frauen, die zu Hause schreiben wie ich und viel Freude an Tom Hiddleston und Dinoporn haben (ihr wisst schon, wen ich meine). Wenn ich sage, dass ich mich bei euch wiedergefunden habe, meine ich nicht, dass ich aus Versehen zu euch geraten wäre, sondern dass ich unter euch mein wahres Ich gefunden habe. Ihr seid nette Menschen und ich kann von Glück sagen, dass ich euch kennengelernt habe.

Mein Dank geht an all die wundervollen Gleichgesinnten, die ich bei meiner Tätigkeit kennengelernt habe – (an dieser Stelle vergesse ich sicher ein paar Leute) –, Kristen Proby, Emma Hart, Trish Mint, Amy McAvoy, Jesey Newman, Claire Contreras, Kristy Bromberg, M. Pierce, Kyla Linde, Lisa Otto, Pepper Winters, Rachel Brookes, Melody Grace und so viele andere, dass ich sie unmöglich alle erwähnen kann. Es ist stimulierend, in demselben Bereich zu arbeiten wie so viele Menschen, die ich bewundere. Es macht mein tägliches Pendeln zwischen Bett und Schreibtisch zu einem lohnenden Unternehmen.

Ich bedanke mich auch bei allen Bloggern für ihre Unterstützung und Werbung und die Zeit, die sie mir und meinen Geschichten schenken.

Ich bedanke mich beim Free Me Streetteam und den Paige Girls und den Hudson! Fixed-Trilogie-Fans. Ich schaue viel öfter bei euren Gruppen vorbei, als ihr denkt. Danke für eure treue Zuneigung, auch wenn ich nicht immer da bin.

Ich möchte mich vor allem bei meinen Leserinnen und Lesern bedanken! Bei jedem einzelnen von euch, die mein Buch zur Hand genommen haben, obwohl es so viele andere Bücher zu lesen gibt – ich stehe so in eurer Schuld für eure Zeit und dafür, dass ihr meine Bücher kauft oder ausleiht und weiterempfehlt. Ihr habt mein Leben verändert. Davon bin ich jeden Tag aufs Neue überwältigt. JEDEN TAG. Ich danke euch aus der ganzen Tiefe meines übervollen Herzens.

Und schließlich danke ich meinem Gott dafür, dass er mir die höchste Freiheit geschenkt hat. Deine Pläne für mich erfüllen mich mit Ehrfurcht und ewiger Dankbarkeit. Ich danke dir dafür, dass du unter allen meinen Wunden meine schöne Seele siehst.

BIOGRAFIE

Laurelin Paige hat weltweit Millionen von Büchern verkauft und wurde so zu einer New York Times, Wall Street Journal und USA Today Bestsellerautorin. Sie schwärmt für schöne Liebesromane und ist stets ganz aus dem Häuschen, wenn es ums Küssen geht, sehr zum Leidwesen ihrer drei Töchter. Ihr Mann scheint sich allerdings nicht darüber zu beschweren. Wenn sie nicht gerade ein Buch liest oder eine sexy Geschichte schreibt, singt sie wahrscheinlich, schaut Killing Eve oder Letterkenny, oder sie träumt von Michael Fassbender. Sie ist außerdem ein stolzes Mitglied von Mensa International, obwohl sie diese Tatsache eigentlich zu nichts weiter nutzt, als sie in ihrer Biografie zu erwähnen. Vertreten wird sie durch Rebecca Friedman.

Besuchen Sie Laurelin im Netz!
laurelinpaige.com
www.facebook.com/LaurelinPaige
www.instagram.com/thereallaurelinpaige
E-Mail: laurelinpaigeauthor@gmail.com